LES OUBLIÉS

Auteur de renommée internationale né en 1955, John Grisham a été avocat pendant dix ans avant de connaître son premier succès littéraire avec *La Firme*, publié en 1991. Aujourd'hui auteur à temps plein, il est un véritable phénomène éditorial aux États-Unis où chacun de ses livres se vend à plusieurs millions d'exemplaires et fait l'objet d'adaptations cinématographiques très remarquées. Marié, père de deux enfants, John Grisham est l'un des auteurs les plus lus dans le monde.

Paru au Livre de Poche :

L'ALLÉE DU SYCOMORE

LE CAS FITZGERALD

LES IMPOSTEURS

L'INFORMATEUR

L'INSOUMIS

L'OMBRE DE GRAY MOUNTAIN

LA SENTENCE

JOHN GRISHAM

Les Oubliés

ROMAN TRADUIT DE L'ANGLAIS (ÉTATS-UNIS)
PAR DOMINIQUE DEFERT

JC LATTÈS

Titre original :

THE GUARDIANS
Publié aux États-Unis par Doubleday,
une division de Penguin Random
House LLC, New York.

Ce livre est une œuvre de fiction. Les personnages, les lieux et situations décrits dans ce livre sont imaginaires ou utilisés de manière fictive. Toute ressemblance avec des personnages, lieux ou événements réels est purement fortuite.

ISBN : 978-2-253-24276-5 – 1re publication LGF

À James McCloskey
« The Exonerator »

1

Duke Russell n'est pas coupable du crime dont on l'accuse et pour lequel il a été condamné à mort. Pourtant, il doit être exécuté dans une heure et quarante-quatre minutes. Durant ces nuits d'angoisse, le temps semble s'accélérer jusqu'à l'heure fatale. J'ai connu déjà deux de ces comptes à rebours dans d'autres États. Dont un est arrivé jusqu'à son terme, et mon client a prononcé ses derniers mots. L'autre s'est arrêté *in extremis*. Un petit miracle.

Malgré le tic-tac de l'horloge, ce ne sera pas ce soir pour Duke. Les dirigeants de l'Alabama parviendront peut-être à lui servir un « vrai » dernier repas et à lui administrer son injection, mais une autre fois. Duke Russell est dans le couloir de la mort depuis seulement neuf ans. La durée moyenne est de quinze. Vingt ans, ce n'est pas une exception. Notre appel est quelque part dans la onzième cour de circuit à Atlanta, passant de service en service, et, quand il va arriver chez le bon greffier, l'exécution sera ajournée dans l'heure. Duke retournera en cellule d'isolement en attendant de mourir un autre jour.

C'est mon client depuis quatre ans. Auparavant, pour le défendre, il y avait un grand cabinet de Chicago, qui a consacré des milliers d'heures à son cas, et un comité de soutien anti-peine de mort à Birmingham qui aujourd'hui se réduit comme peau de chagrin. Il y a quatre ans donc, quand j'ai été convaincu de son innocence, j'ai décidé d'aller au front pour lui. En ce moment, je m'occupe de cinq dossiers. Tous des erreurs judiciaires, du moins selon moi.

J'ai vu mourir l'un de mes clients. Il était innocent, j'en suis toujours persuadé. Malheureusement, je n'ai pas pu le prouver à temps. Et un, c'est déjà trop.

Pour la troisième fois de la journée, je pénètre dans le couloir de la mort de l'État de l'Alabama et m'arrête devant le portail de sécurité où deux gardes, la mine sévère, défendent leur fief. L'un tient à la main un registre et me dévisage ; on dirait qu'il a oublié que j'étais là il y a à peine deux heures !

— Post. Cullen Post, dis-je au gars pour lui raviver la mémoire. Pour Duke Russell.

Il épluche sa liste comme s'il détenait des informations vitales, trouve la bonne ligne et désigne du menton un bac en plastique à côté d'un petit tapis roulant. J'y dépose mon porte-documents et mon téléphone, comme précédemment.

Je joue au finaud.

— J'ôte ma montre et ma ceinture aussi ?

— Non, grogne-t-il.

Je passe le portique. Rien ne sonne. L'administration est rassurée : l'avocat qui va fouler le saint des saints n'est pas armé ! Je récupère mes affaires et suis l'autre garde jusqu'à une grille. À son tour, il me fait un signe du menton, manipule des serrures qui tintent et claquent dans le silence, et la porte s'ouvre. Nous empruntons un long corridor, nous enfonçant toujours plus profond dans les entrailles du bâtiment sinistre. Passé un dernier angle de mur, je découvre un groupe d'hommes qui attendent devant une porte d'acier. Quatre en uniforme, deux en costume. L'un des deux en civil est le directeur de la prison.

D'un air solennel, il s'approche de moi.

— Vous avez une minute ?

— Pas beaucoup plus.

Nous nous écartons pour parler. Ce n'est pas un mauvais bougre. Il fait juste son travail. Il est nouveau dans le métier et n'a jamais eu à gérer une exécution. Mais il demeure l'ennemi. Quoi qu'il me demande, je ne lui lâcherai aucune info.

On se tient face à face, tels deux vieux amis.

— Comment ça se présente ?

Je jette un regard autour de moi, faisant mine d'évaluer la situation.

— Je n'en sais rien. Pour l'instant, le compte à rebours tourne.

— Allez, Post. Nos équipes disent que tous les voyants sont au vert pour vous.

— Ils n'y connaissent rien. Et nous avons déjà eu cette conversation.

— Honnêtement, quelles sont vos chances ce soir ?

— Cinquante/cinquante, lancé-je en mentant sans vergogne.

Surpris, il ne sait que répondre.

J'en profite.

— Maintenant, j'aimerais voir mon client.

— Très bien ! répond-il d'une voix forte, comme s'il était furieux.

Il ne veut pas qu'on s'imagine qu'il coopère avec moi et revient vers le groupe à grands pas agacés. Les gardes s'écartent tandis que l'un d'eux ouvre la porte.

Dans la cellule du condamné, Duke est allongé sur un petit lit, les yeux fermés. Pour l'occasion, il a droit à une télévision couleur qu'il peut regarder quand il veut. Pour l'instant, elle est sur « silence ». À l'écran, la grande info du jour, ce sont les incendies de forêt en Californie. Sa mise à mort n'émeut guère le pays.

Le jour de l'exécution, chaque État a son rituel pour renforcer l'intensité dramatique. Ici, en Alabama, ils autorisent les visites des familles, sans vitre de séparation, dans une grande pièce. Ensuite, à 22 heures, ils emmènent le détenu dans une cellule spéciale, qui se trouve juste à côté de la salle d'injection. Le prisonnier peut avoir auprès de lui un aumônier et un avocat. Personne d'autre. Son dernier repas est servi à 22 h 30 et il choisit ce qu'il veut, excepté de l'alcool.

Duke se redresse à mon arrivée. Je lui souris.

— Comment ça va ?

— Au poil ! Je ne me suis jamais senti aussi bien. Des nouvelles ?

— Pas encore, mais je suis optimiste. Encore un peu de patience.

Duke a trente-huit ans. Il est blanc. Avant d'être arrêté pour viol et meurtre, son casier était vierge. Juste deux conduites en état d'ivresse et quelques contraventions pour excès de vitesse. Aucune voie de fait. Aucun acte de violence. C'était un grand fêtard dans sa jeunesse, toutefois, après neuf années de réclusion et d'isolement, il s'est considérablement calmé. Mon travail est de lui rendre la liberté, mais, à cet instant précis, ce projet semble totalement irréaliste.

Je prends la télécommande et zappe sur la chaîne de Birmingham, sans mettre le son.

— Vous paraissez bien tranquille.

— Normal. Ce n'est pas moi qui risque la seringue.

— Vous êtes un marrant, Post.

— Tout va bien, Duke. Relaxe.

— Ah oui ?

Il s'assoit sur le bord du matelas. Je le trouve d'une zénitude magnifique, vu les circonstances.

Il lâche un rire.

— Vous vous souvenez de Lucky Skelton ?

— Non.

— Finalement, ils l'ont exécuté. Il y a quatre ou cinq ans. Après lui avoir servi un dernier repas à trois reprises ! Il est monté trois fois sur la planche avant qu'on ne le pousse à l'eau ! Et, chaque fois, il a commandé une pizza aux saucisses et un Coca cerise.

— Et toi ? Tu as choisi quoi ?

— Steak frites, avec un pack de six.

— À mon avis, tu peux oublier la bière.

— Vous allez me sortir de là, Post, pas vrai ?

— Pas ce soir, mais je m'y emploie.

— Dès que je suis dehors, je fonce dans le premier bar et me saoule jusqu'au coma !

— Je viendrai fêter ça avec toi. (Je monte le son de la télé.) Regarde, c'est le gouverneur.

Il se tient devant une forêt de micros et de caméras. Costume sombre, cravate parme, chemise blanche, les cheveux gominés avec une précision chirurgicale. Il est déjà en tenue de campagne ! D'un ton grave, il déclare :

— J'ai examiné en détail le dossier de M. Duke Russell et me suis longuement concerté avec mes équipes. J'ai aussi rencontré la famille d'Emily Broone, la victime de Duke Russell. Et celle-ci s'oppose fermement à toute idée de clémence. Après avoir étudié tous les aspects de l'affaire, j'ai décidé de laisser le processus de l'exécution suivre son cours. La justice populaire s'est exprimée. Il n'y aura donc pas de grâce de l'État pour Duke Russell.

Il prononce ces mots de son ton le plus sentencieux, salue son public et sort du champ. Fin de sa grande prestation. La star a quitté la scène ! Trois jours plus tôt, dans sa grande générosité, il m'a accordé un entretien d'un quart d'heure, puis s'est empressé d'aller rapporter notre conversation à ses journalistes préférés.

S'il avait réellement examiné le dossier, il se serait rendu compte que Duke n'a rien à voir avec le viol et le meurtre d'Emily Broone il y a onze ans. Je coupe à nouveau le son.

— Comme d'hab. Fallait s'y attendre.

— Il a déjà accordé une grâce ? demande Duke.

— Jamais.

On frappe à la porte. Un coup puissant. Et le battant s'ouvre. Deux surveillants entrent. L'un des deux pousse un chariot avec le dernier repas du condamné. Puis ils sortent de la cellule. Duke observe la viande et les frites. Il y a aussi une petite tranche de gâteau au chocolat.

— Pas de bière, constate-t-il.

— Mais tu as du thé glacé.

Il s'installe au bord du lit et commence à manger. L'odeur est tentante. Je n'ai rien avalé depuis vingt-quatre heures au moins !

— Vous voulez des frites ?

— Non, merci.

— Je ne pourrai pas tout manger. Je n'ai pas très faim. Bizarre, non ?

— Comment ça s'est passé avec ta mère ?

Il enfourne un gros morceau de viande et mâche lentement.

— Pas très bien, c'était couru d'avance. Il y a eu plein de larmes. C'était pénible.

Mon téléphone vibre dans ma poche. Je le sors, regarde qui m'appelle.

— On y est.

Je lance un sourire à Duke et décroche.

C'est le greffier de la cour du onzième circuit, un gars que je connais bien, et il m'informe que son patron vient de signer l'ajournement de l'exécution, le temps de s'assurer que Duke Russell a eu un procès équitable. Je lui demande quand la décision sera officielle et il me répond tout de suite.

Je me tourne vers mon client.

— On a notre sursis. Tu n'auras pas de piqûre ce soir. Il te faut combien de temps pour finir ton steak ?

— Cinq minutes, me répond-il avec un sourire jusqu'aux oreilles.

— Vous pouvez me donner dix minutes ? demandé-je au greffier. Mon client aimerait terminer son dernier repas.

Un marchandage s'ensuit et nous nous mettons d'accord sur sept minutes. Je le remercie, raccroche et appelle un autre numéro.

— Dépêche-toi ! dis-je à Duke qui a curieusement retrouvé l'appétit et semble heureux comme un cochon devant son auge.

Le responsable de la condamnation de Duke est Chad Falwright, le procureur d'une petite ville. Il attend dans les bureaux de la prison à cinq cents mètres de là, impatient de savourer son moment de gloire. Il pense qu'à 23 h 30, un van va venir le chercher, avec les Broone et le shérif du coin, pour les conduire au couloir de la mort, et qu'il va s'installer dans une petite pièce scindée par une grande vitre qui sera occultée à cet instant par un rideau. Il attendra alors que Duke soit sanglé sur la table, avec ses perfusions aux poignets, puis le rideau sera tiré de façon théâtrale.

Pour un procureur, il n'y a pas de plus haut fait que d'être témoin d'une exécution dont on est l'instigateur.

Chad Falwright n'aura cependant pas ce plaisir. Je compose son numéro. Il décroche aussitôt.

— C'est Post. J'ai de mauvaises nouvelles. Le onzième circuit vient d'accorder un sursis. Vous êtes bon pour retourner à Verona la queue entre les jambes.

— Quoi ? Qu'est-ce que vous racontez ? bredouille-t-il.

— Vous m'avez très bien entendu, Chad. Votre dossier bidon vole en éclats. Vous n'aurez pas la tête de Duke, même si je dois reconnaître que ce soir ça s'est joué à un cheveu. Le onzième circuit a des doutes quant à l'équité du procès. Ils lèvent le pied. C'est fini, Chad. Désolé de gâcher la fête.

— Vous plaisantez, Post.

— Ben voyons. C'est sûr qu'on se tord de rire dans le couloir de la mort ! Vous avez bien rigolé avec les journalistes aujourd'hui. Maintenant, savourez le piquant de la chute.

Dire que je n'aime pas ce type est un euphémisme !

Je raccroche et me tourne vers Duke qui a l'air de se régaler.

— Je peux appeler ma mère ? demande-t-il la bouche pleine.

— Non. Seuls les avocats peuvent téléphoner ici, mais elle va le savoir bientôt. Dépêche-toi de finir !

Il avale son dernier morceau de viande avec une rasade de thé glacé, et attaque son gâteau au chocolat. Je prends la télécommande, monte le son. Un journaliste, de planton aux abords de la prison, explique en bafouillant que l'exécution a été suspendue. Il paraît perdu. Et autour de lui, c'est l'affolement général.

Quelques secondes après, on toque à la porte et le directeur de la prison entre.

— Vous avez appris la nouvelle, annonce-t-il en regardant la télévision allumée.

— Absolument. Désolé de casser l'ambiance. Vous pouvez dire à vos gars de se détendre. Et appeler un van pour moi.

Duke s'essuie la bouche sur sa manche, lâche un grand rire.

— Vous avez l'air déçu, monsieur le directeur ?

— Non. Je suis plutôt soulagé.

À l'évidence, ce n'est pas vrai. Lui aussi a passé la journée à parler aux journalistes, ravi d'être sur le devant de la scène. Et tout tombe à l'eau, au dernier moment.

— Je m'en vais, dis-je en serrant la main de Duke.

— Merci, Post.

— Je te rappelle. (Je me dirige vers la porte et lance au directeur :) Toutes mes salutations au gouverneur.

On m'escorte dehors où l'air froid me cingle les joues. Je me sens pousser des ailes. Un surveillant me conduit vers un van banalisé garé à quelques mètres de là.

— À la porte d'entrée, indiqué-je au chauffeur.

Pendant que l'on traverse le vaste complexe de la prison Holman, la fatigue et la faim me tombent dessus d'un coup. Et le soulagement aussi. Je ferme les yeux, prends de longues inspirations, mesurant ce petit miracle. Duke va voir le soleil se lever. Je lui ai sauvé la vie ce soir. Mais pour lui rendre la liberté, il faudra un autre miracle.

Pour des raisons mystérieuses, tous les détenus à Holman ont été assignés dans leur cellule, comme si l'administration craignait que les prisonniers en colère ne se rassemblent et ne fassent une descente dans le couloir de la mort pour sauver Duke, rejouant la prise de la Bastille en Alabama. Maintenant que la mesure de confinement a été levée, la tension est retombée. Les renforts se retirent et moi, tout ce que je veux, c'est sortir d'ici. Je suis garé près des portes, où les équipes de télévision remballent déjà leur matériel. Je remercie le chauffeur, monte dans mon petit SUV Ford et quitte les lieux au plus vite. Trois kilomètres plus loin, je m'arrête sur le parking d'une épicerie de campagne pour passer un coup de fil.

Son nom est Mark Carter. Un Blanc, âge trente-trois ans, habitant un bungalow de location à Bayliss, à quinze kilomètres de Verona. Dans mon fichier, j'ai des photos de sa maison, de son pick-up et de sa petite amie du moment. Il y a onze ans, Carter a violé et tué Emily Broone, et ma mission est de le prouver.

Avec un téléphone à carte prépayée, je compose son numéro, que je ne suis pas censé avoir. Après cinq sonneries il décroche.

— Allô ?

— Mark Carter ?

— Qui le demande ?

— Vous ne me connaissez pas, Carter. J'appelle de la prison. Duke Russell vient d'avoir un sursis. Je suis au regret de vous annoncer qu'il est toujours en vie. Vous êtes devant la télévision ?

— Qui est à l'appareil ?

— Oui, je suis certain que vous regardez les infos, assis sur votre gros cul avec votre gros boudin de copine, à croiser les doigts pour que l'Alabama exécute enfin Russell pour le crime que vous avez commis. Vous êtes une ordure, vous espérez le voir payer à votre place. Une ordure et un lâche.

— Viens me le dire en face.

— Oh, je vais venir. Au tribunal. Je vais prouver que c'est vous et faire libérer Russell. Et vous allez prendre sa place. J'arrive, Carter. J'arrive.

Je coupe la communication avant qu'il n'ait le temps d'ajouter un mot.

2

L'essence étant un peu moins chère que les motels, je passe beaucoup de temps à rouler la nuit sur des routes désertes. Je me dis toujours que je dormirai plus tard, comme si une longue hibernation m'attendait au bout du chemin. En vérité, je fais de petits sommes, mais dors peu, et ce n'est pas près de changer. Je porte mon fardeau sur les épaules : le sort de personnes innocentes moisissant en prison, tandis que les vrais criminels – des violeurs, des assassins – se promènent dans les rues en totale liberté.

Duke Russell a été condamné par un jury d'une ville rurale. La moitié des jurés savaient à peine lire et écrire, ils ont été des proies faciles pour les deux charlatans présentés par Chad Falwright en guise d'experts. Le premier était un dentiste à la retraite, originaire du Wyoming. Comment s'était-il retrouvé à Verona, en Alabama ? Mystère. Sur un ton d'autorité, avec son beau costume et une collection de termes médicaux, il avait certifié que les trois traces de morsure sur le bras d'Emily Broone provenaient des dents de Duke. Ce guignol gagnait son pain en témoignant dans toutes les cours du pays, toujours pour l'accusation, et toujours pour de coquets émoluments. Dans son esprit tordu, les « vrais » violeurs mordaient leur victime jusqu'au sang – comme si l'acte en soi n'était pas assez violent comme ça !

Son analyse aurait été facile à discréditer pendant le contre-interrogatoire. Malheureusement, l'avocat de Duke devait somnoler derrière sa table, ou être totalement ivre.

Le deuxième expert du ministère public était un membre de la médico-légale. Sa spécialité était, et est toujours, l'analyse capillaire. Sept poils pubiens avaient été retrouvés sur le corps d'Emily, et le type a convaincu le jury qu'ils appartenaient à Duke. Ce n'était pourtant pas le cas. En fait, ce sont les poils de Mark Carter, mais nous n'en avons pas la preuve. Pas encore. Les guignols chargés de l'enquête ne s'étaient guère intéressés au cas de Carter, alors qu'il était la dernière personne à avoir vu la victime la nuit de sa disparition.

L'analyse des morsures et des poils est rejetée par la plupart des juridictions du pays. C'est de « la science de comptoir », comme l'affirment les avocats, un domaine de l'expertise judiciaire hautement versatile. Combien d'innocents ont été condamnés à de lourdes peines à cause d'un beau parleur et de ses théories fumeuses.

N'importe quel avocat digne de ce nom aurait descendu ces deux imposteurs devant tout le monde – celui de Duke ne valait même pas les trois mille dollars que lui allouait l'État. Il ne valait pas grand-chose, pour ne pas dire rien. Il n'avait aucune expérience en matière d'affaires criminelles, il empestait l'alcool durant les débats, et ne connaissait pas son dossier. Il était venu au procès les mains dans les poches, en pensant son client coupable. L'année suivante, il a écopé de trois condamnations pour conduite en état d'ivresse, a été radié du barreau et a fini par mourir d'une cirrhose.

Aujourd'hui, je dois recoller les morceaux, faire prévaloir la justice.

Personne ne m'a forcé. Comme toujours, je me suis porté volontaire.

Je roule vers Montgomery, qui se trouve à deux heures et demie de route. J'ai tout le temps de réfléchir. Si je m'arrête dans un motel, je ne pourrai pas dormir de toute façon. Je carbure encore à l'adrénaline après ce miracle de dernière minute. J'envoie un texto au greffier à Atlanta pour le remercier. J'en envoie un aussi à ma patronne qui, je l'espère, dort paisiblement.

Elle s'appelle Vicki Gourley et dirige notre petite fondation qui a ses bureaux dans le vieux quartier de Savannah. Elle a créé les Anges Gardiens il y a douze ans avec ses propres deniers. Chrétienne dévote, Vicki considère que les Évangiles lui imposent cette mission. Jésus a dit de ne pas oublier les prisonniers. Elle passe beaucoup de temps en visite dans les prisons tout en travaillant quinze heures par jour à tenter de faire libérer des innocents. Il y a des années, elle était membre d'un jury qui a condamné un jeune homme à la peine capitale. Deux ans plus tard, l'erreur judiciaire a été révélée : le procureur avait dissimulé des preuves qui disculpaient le prévenu et avait soudoyé son codétenu pour qu'il fasse un faux témoignage. Quant à la police, elle avait placé des indices compromettants et menti aux jurés. Lorsque le véritable assassin a été identifié grâce aux traces ADN, Vicki a vendu son entreprise de revêtements de sol à ses neveux et, avec l'argent, a fondé les Anges Gardiens.

J'ai été le premier embauché. Aujourd'hui, nous sommes trois.

Nous avons aussi un indépendant dans nos rangs. François Tatum. Un Noir de quarante-cinq ans qui dès l'adolescence a compris qu'il valait mieux s'appeler Frankie dans la Géorgie rurale. Sa mère, ayant du sang haïtien, avait donné à ses enfants des prénoms français, ce qui était un peu trop exotique dans ce coin perdu des États-Unis.

Frankie est le premier prisonnier que j'ai fait libérer. Quand je l'ai rencontré, il était condamné à la prison à perpétuité pour un meurtre qu'il n'avait pas commis. À l'époque, j'étais pasteur dans une petite église épiscopale de Savannah. Nous étions responsables de l'aumônerie de la prison. C'est ainsi que je l'ai connu. Il ne pensait qu'à prouver son innocence. Il ne parlait que de ça. C'était son obsession. Il était brillant, très cultivé, et avait étudié le droit de long en large en autodidacte. Dès ma seconde visite, j'étais convaincu de sa bonne foi.

Au début de ma carrière d'avocat, je m'occupais de justiciables qui ne pouvaient se payer une défense. J'avais des centaines de clients, et rapidement j'en étais arrivé à me dire que tous étaient coupables. Je n'avais jamais pris le temps de m'intéresser aux erreurs judiciaires. Frankie a changé la donne. Je me suis plongé dans son affaire et me suis aperçu que j'étais en mesure de prouver son innocence. C'est alors que j'ai fait la connaissance de Vicki et elle m'a proposé un poste qui payait encore moins que mes émoluments de pasteur. Et c'est toujours le cas.

François Tatum est devenu le premier client des Anges Gardiens. Après quatorze années d'incarcération, il avait été lâché par sa famille. Ses amis lui avaient tourné le dos. Tout petit, sa mère l'avait abandonné chez une tante, avec ses frères et sœurs, et avait disparu de la circulation. Quant à son père, il ne l'avait jamais connu. Quand j'ai rencontré Frankie en prison, c'était sa première visite en douze ans. Cet isolement peut sembler terrible, mais il a obtenu une compensation. Une fois disculpé et libre, Frankie a reçu en dédommagement une grosse somme d'argent de l'État de Géorgie. N'ayant ni famille ni amis pour venir jouer les parasites, Frankie s'est coulé dans le monde libre comme un fantôme, sans laisser de traces. Il a un petit appartement à Atlanta, une boîte aux lettres à Chattanooga, et passe le plus clair de son temps sur la route, à savourer l'ivresse des grands espaces. Son argent est caché dans plusieurs banques du Sud pour que personne ne puisse suivre sa piste. Il évite les relations car le genre humain l'a suffisamment fait souffrir comme ça. Et il a toujours peur que quelqu'un vienne le dépouiller.

Frankie n'a confiance en personne, sinon en moi. Quand il a été disculpé puis dédommagé, il m'a proposé de beaux honoraires. J'ai refusé. Après toutes ces années passées en cellule, il a mérité chaque *cent* de cet argent. Quand j'ai rejoint les Anges Gardiens, j'ai fait vœu de pauvreté. Si mes clients parviennent à survivre avec deux dollars par jour, je me dois, de mon côté, de mener une existence de spartiate.

Juste après Montgomery, je m'arrête à un relais routier près de Tuskegee. Le jour ne s'est pas levé. Il n'est pas encore 6 heures du matin. Le parking est encombré de poids lourds qui tournent au ralenti, tandis que les chauffeurs dorment ou prennent leur petit déjeuner. Le café est bondé et fleure bon le bacon et la saucisse. Du fond de la salle, quelqu'un me fait signe. Frankie nous a gardé un box.

Puisque nous sommes dans l'Alabama profond, nous nous serrons simplement la main. Ce serait malvenu de nous enlacer comme deux frères. Deux hommes, un Blanc et un Noir, s'étreignant dans un relais routier s'attireraient des regards mauvais. Ce qui en soi est le cadet de nos soucis. Frankie a plus d'argent que tous ces chauffeurs réunis, et il est sec et vif, comme du temps de la prison. Il ne cherche jamais l'affrontement. Il émane de lui une force tranquille qui généralement décourage toute velléité belliqueuse.

— Bravo patron ! me lance-t-il. Il s'en est fallu de peu.

— Duke avait commencé son dernier repas quand l'appel est tombé. Il a dû se dépêcher pour le terminer !

— Mais vous aviez l'air confiant.

— Simple posture. Un vieux truc d'avocat. En vérité, j'avais le ventre noué.

— En parlant de ventre, vous devez mourir de faim.

— C'est rien de le dire ! Au fait, j'ai appelé Carter en sortant de la prison. Je n'ai pas pu m'en empêcher.

Il fronce les sourcils.

— Vous aviez une bonne raison, j'imagine.

— Pas vraiment. J'étais juste furieux. Ce type était tranquille chez lui, à attendre l'injection de Duke. Tu imagines ça. C'est lui l'assassin et il jubile parce que quelqu'un va être exécuté à sa place. Il faut qu'on le coince, Frankie.

— Ça viendra.

Une serveuse apparaît. Je commande des œufs et du café. Frankie choisit des pancakes et des saucisses.

Il connaît le dossier aussi bien que moi. Il lit chaque rapport, chaque transcription, chaque note. Il peut fureter tranquille à Verona, personne ne le connaît. Il n'a peur de rien, mais il reste prudent, car il ne veut pas se faire prendre. Sa nouvelle vie est trop douce, sa liberté trop précieuse après qu'il en a été si longtemps privé.

— Il faut qu'on récupère l'ADN de Carter, dis-je. D'une façon ou d'une autre.

— Je sais. J'y travaille. Mais vous avez besoin de repos, patron.

— On verra ça plus tard. Comme tu le sais, en tant qu'avocat, je n'ai pas le droit de récupérer l'ADN de quelqu'un sans l'aval de la justice.

— Moi, je peux, pas vrai ?

Il esquisse un sourire et boit une gorgée de café. La serveuse m'apporte le mien.

— Possible. On va se pencher sur la question. Pendant une ou deux semaines, Carter va être inquiet à cause de mon appel. Et c'est tant mieux. Tôt ou tard, il va commettre une erreur et on en profitera.

— Où allez-vous maintenant ?

— À Savannah. J'y reste deux jours, puis je descends en Floride.

— Où ça ? À Seabrook ?

— Oui. À Seabrook. J'ai décidé de prendre l'affaire.

Par nature, Frankie n'est guère démonstratif. Rarement, on le voit battre des paupières ou avec un chevrotement dans la voix. Il parle toujours d'un ton calme, posé, comme s'il soupesait chaque mot. La survie en prison était à ce prix. La solitude a si souvent été son quotidien.

— Vous êtes sûr de votre coup ?

— Ce gars est innocent, Frankie. Et il n'a pas d'avocat.

Les assiettes arrivent. Nous nous servons en beurre, sirop d'érable et Tabasco. Le silence s'installe. L'affaire Seabrook est sur notre bureau depuis trois ans déjà et l'équipe s'interroge encore. Ces hésitations sont monnaie courante pour nous. Les Anges Gardiens sont submergés de courriers de détenus provenant des quatre coins du pays, tous se prétendant blancs comme neige. La grande majorité ne l'est pas. Nous devons passer les dossiers au crible pour sélectionner les cas les plus solides. Certes, nous ne sommes jamais à l'abri d'une erreur de jugement.

— Ça s'annonce carrément dangereux, précise Frankie.

— Je le sais. Mais on tergiverse depuis trop longtemps. Et lui moisit en cellule, à la place d'un autre.

Frankie mâchonne son pancake et hoche la tête, guère convaincu. J'insiste.

— Quand avons-nous refusé un combat ?

— Là, il vaut peut-être mieux déclarer forfait. Vous rejetez tous les jours des affaires, non ? Et celle-ci sent le roussi. Ce n'est pas les clients qui manquent. Vous avez l'embarras du choix.

— Tu deviendrais frileux ?

— Non, mais je n'ai pas envie qu'il vous arrive quelque chose. Moi, personne ne me connaît. Je vis et travaille dans l'ombre. Pas vous. Votre nom est partout. Si vous commencez à fouiner dans ce trou perdu, vous risquez d'agacer de sales types.

Je souris.

— Raison de plus !

*

Le soleil se lève quand je quitte le café. Sur le parking, nous nous donnons une vraie accolade cette fois. Je ne sais pas ce que va faire Frankie. Et c'est très bien comme ça. Chaque matin, il se lève, remercie Dieu pour cette seconde vie, monte dans son beau pick-up et met le cap vers l'horizon.

Sa liberté fait plaisir à voir et me donne la force de continuer. Sans les Anges Gardiens, il serait toujours enfermé dans sa cellule.

3

Il n'y a pas de voie express pour rejoindre Savannah. Je quitte donc l'Interstate à la sortie de Tuskegee et traverse la Géorgie par des petites routes qui deviennent de plus en plus encombrées avec le jour qui se lève. Je suis déjà venu dans ce coin. Ces dix dernières années, j'ai sillonné toute la « ceinture de la mort », de la Caroline du Nord au Texas. Un jour, j'ai failli prendre une affaire en Californie, mais Vicki a mis son veto. Je n'aime pas les aéroports et de toute façon les Anges Gardiens n'ont pas les moyens de me payer des allers et retours en avion. Alors je fais les trajets en voiture, de longs voyages, avec beaucoup de café et de livres audio pour tromper l'ennui. Et j'alterne périodes de méditation profonde et accès de téléphonite aiguë.

En traversant une petite ville, je passe devant le palais de justice local. Je vois trois jeunes avocats, dans leurs plus beaux costumes, monter d'un pas décidé les marches du perron, sans doute pour s'occuper d'une affaire de la plus haute importance. Cela aurait pu être moi, il y a longtemps.

J'avais trente ans quand j'ai abandonné le droit, et c'était pour une très bonne raison.

*

Ce matin-là, deux adolescents blancs de seize ans étaient morts, la gorge tranchée, et sexuellement mutilés. Ils se trouvaient dans un coin reculé du comté quand une bande de jeunes Noirs les avaient attaqués pour voler leur voiture. Le véhicule avait été retrouvé plusieurs heures plus tard. Un membre du gang avait parlé. Des arrestations suivaient. Des détails avaient été donnés.

Ce genre de faits divers était courant à Memphis. Les violences de la nuit étaient annoncées au matin à un auditoire blasé, qui se posait une seule et sempiternelle question : « Jusqu'où cela va aller ? » Toutefois, même pour la population de Memphis, ce double meurtre fut un choc.

Brooke et moi, comme de coutume, regardions les infos au lit avec notre première tasse de café.

— Cela va être terrible, dis-je après avoir vu quelques images.

— Ça l'est déjà, non ?

— Tu vois très bien ce que je veux dire.

— Tu penses en défendre un ?

— D'abord, je vais prier pour eux.

En sortant de la douche, je me sentais mal et cherchais déjà une bonne excuse pour ne pas aller au bureau. J'avais l'appétit coupé et sautai le petit déjeuner. Au moment de quitter la maison, mon téléphone sonna. C'était mon chef. Il s'impatientait. J'embrassai Brooke avant de partir.

— Souhaite-moi bonne chance. Ça va pas être une partie de plaisir.

Les services de l'aide juridictionnelle se trouvaient en ville, au palais de justice. Quand j'entrai à 8 heures, l'endroit avait des airs de morgue. Tout le monde se terrait dans les bureaux, tête baissée. Quelques minutes plus tard, notre directeur nous convoqua en salle de réunion. Nous étions six avocats à nous occuper de la grande criminalité et comme nous œuvrions à Memphis, nous ne manquions pas de clients. À trente ans, j'étais le plus jeune. Quand je vis les regards de mes collègues, je compris que j'allais être appelé.

— Apparemment, ils étaient cinq, commença le patron. Tous arrêtés. Âgés de quinze à dix-sept ans. Deux ont parlé. Ils ont trouvé le gars et la fille à l'arrière de la voiture, en train de s'offrir du bon temps. Quatre des cinq agresseurs veulent entrer dans un gang, les Ravens, et pour intégrer ce groupe ils doivent violer une Blanche. De préférence une blonde. Ce qui est le cas de Crissy Spangler. Le chef, Lamar Robinson, a dirigé les opérations. Le copain de la fille, Will Foster, a été attaché à un arbre et forcé de regarder la bande faire une tournante avec Crissy. Comme il n'arrêtait pas de crier, ils l'ont émasculé puis lui ont ouvert la gorge. La police de Memphis va nous envoyer les photos.

Nous restâmes silencieux tous les six, frappés par l'horreur de la scène. Je détournai les yeux vers la fenêtre. Sauter tête la première dans le vide me semblait une solution raisonnable.

— Ensuite, ils ont pris la voiture de Will Foster, poursuivit le patron, et ils ont grillé un feu sur South Third – ce qui, soit dit entre nous, n'est pas très malin. Les flics en ont chopé trois et, quand ils ont vu le sang, ils les ont embarqués. Deux ont parlé et ont commencé à lâcher des détails. Ils ont affirmé qu'eux n'avaient rien fait, mais leurs aveux impliquent les cinq. Les autopsies sont en cours. Inutile de préciser que c'est pour nous. Leur première comparution est prévue à 14 heures cet après-midi et cela va être un beau cirque. Il y a des journalistes partout, et ça fuite à qui mieux mieux.

Je me rapprochai des vitres.

— Post, lança-t-il, vous avez Terrence Lattimore. Quinze ans. Apparemment pas très causant.

Quand tout le monde eut son client, le directeur donna ses dernières instructions.

— Allez vite rencontrer vos gars. Dites au shérif qu'ils n'ont pas le droit de les interroger sans votre présence. Ne vous faites pas d'illusions : ils sont membres d'un gang et ils ne vont sûrement pas coopérer, du moins pas pour l'instant.

Il nous regarda tour à tour – les malchanceux.

— Désolé, souffla-t-il.

Une heure plus tard, je passais les portes de la prison quand quelqu'un me héla, sans doute un journaliste.

— Vous êtes l'avocat de l'un des meurtriers ?

Je feignis de ne rien entendre et poursuivis mon chemin.

Quand j'entrai dans la petite pièce, Terrence Lattimore était menotté – poignets et chevilles – et enchaîné à une chaise métallique. Quand nous fûmes seuls, je lui expliquai que j'avais été désigné pour assurer sa défense et que je devais lui poser quelques questions, juste des points basiques pour commencer. Je n'eus pour réponse qu'un sourire narquois. Il n'avait que quinze ans, mais ce n'était plus un gamin – il avait déjà tout vu. Endurci par les gangs, la drogue et la violence.

Il me haïssait, moi, comme tous les Blancs. Il prétendit ne pas avoir d'adresse et m'ordonna de ne pas m'approcher de sa famille. Dans son casier figuraient deux expulsions d'écoles et quatre condamnations au tribunal pour mineurs, toutes pour voies de fait avec violence.

À midi, j'étais prêt à démissionner et à chercher un autre travail. J'avais rejoint l'aide juridictionnelle trois ans plus tôt, uniquement parce que je ne trouvais pas d'emploi dans un cabinet. Après ces trois années à écumer les bas-fonds de notre système judiciaire, je commençais à me demander pourquoi j'avais choisi cette voie. Franchement, je n'en savais plus rien. À cause de ce travail, je fréquentais des gens que j'aurais d'ordinaire évités comme la peste.

Impossible d'avaler quoi que ce soit au déjeuner. Notre groupe de cinq « élus » eut l'insigne honneur, avec notre directeur, de pouvoir regarder les photos de la scène de crime et de prendre connaissance des rapports d'autopsie. Si j'avais avalé la moindre bouchée, elle serait ressortie aussitôt.

Qu'est-ce que je faisais là ? C'était ça la vie que je voulais ? Jeune avocat, je n'en pouvais déjà plus de cette question : « Comment pouvez-vous défendre des gens que vous savez coupables ? » Bien sûr, il y avait la réponse classique : « Parce que tout le monde a droit à un procès équitable. C'est dans notre Constitution. »

Je n'y croyais plus. La vérité était implacable : certains crimes étaient si abominables, si cruels, que le tueur mérite soit d'être exécuté, pour ceux croyant aux vertus de la mise à mort, soit enfermé jusqu'à la fin de ses jours. Quand je sortis de cette réunion, je ne savais plus à quel groupe j'appartenais.

Je partis me réfugier dans mon bureau minuscule qui, au moins, avait une porte que l'on pouvait fermer. De ma fenêtre, j'apercevais la rue en contrebas. Je m'imaginais sauter, flotter dans l'air et partir loin, vers une plage exotique où la vie aurait été magnifique et douce, où la seule question serait de choisir son cocktail. Curieusement, Brooke n'était pas dans mon rêve. La sonnerie du téléphone me fit revenir à la réalité.

En fait, pas vraiment. J'étais encore coincé dans mon monde. Tout me semblait progresser au ralenti. Avec un mal fou, je parvins à articuler un « Allô ».

C'était une journaliste. Elle voulait me poser quelques questions sur les meurtres. Comme si j'allais lui parler ! Je raccrochai. Une heure s'écoula. Je crois que je n'ai rien fait pendant tout ce temps-là. J'étais tétanisé, l'esprit confus, l'estomac en vrac. Sortir d'ici, c'est tout ce que je voulais. Je me souviens d'avoir appelé Brooke pour lui annoncer la catastrophe : je devais défendre l'un des cinq gars.

Pour l'occasion, la comparution eut lieu dans une grande salle d'audience. Et malgré ses dimensions imposantes, tout y était oppressant. À cause de son taux de criminalité record, Memphis avait beaucoup de policiers et la plupart étaient dans les murs cet après-midi-là. Ils bloquaient les portes, fouillaient les journalistes, les spectateurs. Dans la salle, ils se tenaient en rang d'oignons dans l'allée centrale, ou alignés côte à côte le long des trois murs.

Le cousin du jeune Will Foster était un pompier de la ville. Il arriva avec un groupe de collègues, prêt à attaquer au moindre sourire narquois. Quelques Noirs s'étaient installés dans un coin de la salle, à l'écart, au plus loin des familles des victimes. Presse et médias étaient là, mais sans caméra ni appareil photo. Des avocats, qui n'avaient pas d'affaires en cours, déambulaient dans les allées, curieux.

Empruntant une entrée de service, je traversai la salle du jury et entrouvris la porte pour observer le public. La pièce était bondée. La tension palpable.

Le juge s'installa dans son fauteuil et réclama le silence. Les cinq accusés furent amenés, tous en combinaison orange et menottés. Les spectateurs étaient déjà bouche bée. Les crayons des dessinateurs crissaient dans les calepins. Des policiers formèrent une ligne derrière les cinq prévenus, comme un mur humain. Les jeunes se tenaient immobiles devant l'estrade, tête baissée. Quelqu'un au fond de la salle s'écria :

— Détachez-les ! Détachez-les !

Les flics firent taire l'importun.

Une femme éclata en sanglots.

J'entrai dans la salle et pris position derrière Terrence Lattimore, à côté de mes autres collègues. J'en profitai pour jeter un coup d'œil sur les deux premiers rangs. À l'évidence, c'étaient des proches des victimes, ils me jetaient des regards haineux.

J'étais honni par mon client. Honni par les victimes. Qu'est-ce que je faisais là ?

Le juge donna un coup de maillet.

— J'exige ordre et silence dans cette salle de tribunal ! Ceci est une audience préliminaire dont le but est d'établir l'identité des prévenus et de s'assurer qu'ils ont des avocats pour les défendre. Rien de plus. Cela étant établi, lequel d'entre vous est Lamar Robinson ?

Robinson releva la tête et marmonna quelque chose.

— Quel âge avez-vous ?

— Dix-sept ans.

— Mme Julie Showalter, du service de l'aide juridictionnelle, a été désignée pour vous défendre. L'avez-vous rencontrée ?

Ma collègue Julie fit un pas en avant et se plaça entre Robinson et son compère. Nous ne pouvions réellement nous approcher de nos clients à cause des chaînes qui les entravaient. Menottes et fers étaient toujours ôtés au tribunal. Le fait que ces cinq jeunes soient encore attachés en disait long sur l'humeur du juge.

Robinson jeta un coup d'œil vers Julie et haussa les épaules.

— Acceptez-vous que Mme Showalter assure votre défense ?

— Je peux pas avoir un frère comme avocat ?

— Vous pouvez prendre l'avocat de votre choix. Si vous avez de quoi le payer.

— Possible.

— Parfait, nous en reparlerons plus tard. Passons à présent à Terrence Lattimore.

Terrence regarda le juge comme s'il allait l'égorger lui aussi.

— Quel âge avez-vous, monsieur Lattimore ?

— Quinze.

— Vous avez de quoi vous payer un avocat ?

Il secoua la tête.

— Acceptez-vous que M. Cullen Post, mandaté par l'aide juridictionnelle, vous représente ?

Il haussa les épaules, comme s'il s'en fichait.

Le juge se tourna vers moi.

— Monsieur Post, avez-vous rencontré votre client ?

J'ouvris la bouche, aucun son n'en sortit. Je reculai d'un pas en fixant des yeux Son Honneur.

— Monsieur Post ?

Le silence tomba dans la salle d'audience. J'avais les oreilles qui sifflaient, un son assourdissant, les jambes en coton, le souffle court. Je fis un autre pas en arrière, puis tournai les talons et traversai le rempart de policiers. Je franchis le portillon, descendis l'allée centrale. Je dépassai un à un tous les flics. Pas un ne tenta de m'arrêter. J'entendis le juge crier dans mon dos :

— Où allez-vous, monsieur Post ?

Ou quelque chose comme ça.

Mais M. Post n'en savait rien.

Je poursuivis mon chemin, quittai la salle d'audience et fonçai aux toilettes. Secoué de spasmes, je vomis longtemps. Quand enfin mon estomac eut tout rendu, je m'aspergeai le visage d'eau. Ensuite, je me souviens vaguement d'un escalator, mais j'avais l'esprit embrumé. Sans trop savoir comment, je suis sorti du bâtiment.

Je me suis retrouvé dans ma voiture, roulant vers l'est, sur Poplar Avenue, loin du centre-ville. Sans le faire exprès, je grillai un feu et échappai de peu à un accident. J'ai entendu des klaxons rageurs derrière moi. À un moment, je me suis aperçu que j'avais oublié ma mallette dans la salle. Cela m'a fait sourire. Qu'elle y reste !

Les parents de ma mère habitaient une petite ferme à quinze kilomètres à l'ouest de Dyersburg dans le Tennessee, ma ville natale. Je suis arrivé là-bas dans l'après-midi, je ne sais plus à quelle heure. J'avais perdu la notion du temps. Je ne me souviens même pas d'avoir décidé de rentrer chez moi. Mes grands-parents étaient contents de me voir, mais ils comprirent rapidement que j'avais besoin d'aide. Ils me posèrent plein de questions. Pour toute réponse, je leur renvoyai un regard vide. Alors ils m'ont mis au lit et ont appelé Brooke.

Plus tard, dans la nuit, une ambulance m'a emmené. Avec Brooke à mes côtés, nous avons roulé pendant trois heures jusqu'à un hôpital psychiatrique dans la région de Nashville. Il n'y avait pas de lits disponibles à Memphis. De toute façon, je ne voulais pas retourner là-bas. Dans les jours qui ont suivi, j'ai commencé une thérapie, avec des médicaments et de longues séances avec des psys. Et lentement, j'ai commencé à surmonter ma dépression. Au bout d'un mois, mon assurance maladie n'a plus voulu payer les soins. Il était temps pour moi de partir et j'étais prêt.

Je ne voulais pas retourner dans notre appartement de Memphis, alors j'ai vécu chez mes grands-parents. C'est à cette époque que Brooke et moi avons décidé de nous séparer. Après trois ans de mariage, nous nous sommes rendu compte que nous ne pouvions passer le reste de notre vie ensemble. Si nous refusions cette évidence, nous allions nous causer bien des souffrances. Jusque-là, nous n'en avions guère parlé. On se disputait rarement. Et pourtant, durant ces heures sombres à la ferme, nous avons trouvé le courage d'aborder ce sujet douloureux. Nous nous aimions encore, mais nous n'étions déjà plus ensemble. Au début, nous avions opté pour une séparation d'un an, mais nous avons vite abandonné cette idée. Je ne lui en voulais pas de m'avoir quitté après ma dépression. Je désirais, autant qu'elle, recouvrer ma liberté. Nous nous sommes donc séparés le cœur brisé, en nous promettant de rester amis – d'essayer du moins. Cela non plus n'a pas marché.

Quand Brooke est sortie de ma vie, Dieu a frappé à ma porte. Il est venu sous la forme du révérend Bennie Drake, le pasteur de l'église épiscopale de Dyersburg. Bennie avait une quarantaine d'années, un homme d'Église moderne qui n'avait pas la langue dans sa poche. Il portait des jeans délavés, toujours avec son col romain et une veste noire. Il a vite été mon rayon de lumière pendant ma convalescence. Ses visites hebdomadaires sont devenues quotidiennes et j'attendais avec impatience nos conversations sur le perron. Immédiatement, je me suis senti en confiance et lui ai avoué que je désirais couper les ponts avec le monde juridique. Je n'avais que trente ans et souhaitais être réellement utile à mes semblables. Je ne voulais pas passer le reste de ma vie à poursuivre des accusés ou à défendre des coupables, et encore moins travailler dans un cabinet à connaître les affres du stress et des luttes intestines. Plus je me liais d'amitié avec Bennie, plus je voulais être comme lui. Il a discerné quelque chose en moi et m'a suggéré de devenir pasteur, de prendre le temps de réfléchir à cette possibilité. Nous partagions de longues prières ensemble et des discussions plus longues encore. Et peu à peu la foi m'a gagné.

Huit mois après ma dernière apparition devant une cour, j'ai déménagé à Alexandria, en Virginie, et suis entré au séminaire, où j'ai passé trois années à étudier avec assiduité. Pour financer mes études, je travaillais vingt heures par semaine dans un gros cabinet d'avocats comme documentaliste. Je détestais cet emploi, mais je suis parvenu à ne rien montrer. Chaque semaine en me rendant au bureau, je me rappelais pourquoi j'avais abandonné le droit. J'ai été ordonné prêtre à trente-cinq ans et affecté comme pasteur auxiliaire à l'église épiscopale de la paix sur Drayton Street, dans le vieux centre de Savannah. Le vicaire s'appelait Luther Hodges, un homme exceptionnel, et depuis des années il était aumônier de prison. Son oncle était mort derrière les barreaux, et il était décidé à aider les « oubliés ». Trois mois après mon arrivée à Savannah, j'ai rencontré François Tatum, un oublié parmi les oubliés.

Faire libérer Frankie deux ans plus tard a été la plus grande joie de ma vie. J'avais trouvé ma vocation. Par une intervention divine, mon chemin avait croisé celui de Vicki Gourley, une femme qui, comme moi, avait une mission à accomplir.

4

Les Anges Gardiens occupent l'angle d'un vieil entrepôt sur Broad Street à Savannah. Le reste du grand bâtiment est encore utilisé par l'ancienne entreprise que Vicki a vendue à ses neveux. Les murs sont toujours à elle et elle leur loue l'endroit. Bien sûr, la majeure partie du loyer est engloutie par les Anges Gardiens.

Il est près de midi quand j'arrive dans nos locaux. Je ne m'attends pas à être fêté comme un héros. De toute façon, je n'en suis pas un. Il n'y a ni réceptionniste, ni hall d'accueil, ni aucune pièce cosy pour recevoir nos clients – ils sont tous en prison de toute façon. Nous n'avons pas les moyens d'embaucher des secrétaires. Nous faisons tout nous-mêmes : lettres, recherches, dossiers, plannings. Nous répondons au téléphone, préparons le café, vidons les poubelles.

Le plus souvent, Vicki déjeune avec sa mère à la maison de retraite au bout de la rue. Son bureau immaculé est désert. Je jette un coup d'œil à sa table de travail. Pas une feuille de papier n'y traîne. Derrière, sur une console, il y a une photo sous cadre : Vicki avec Boyd, feu son mari. C'est lui qui a créé la fabrique de revêtements de sol. Et à sa mort, elle a repris les rênes et dirigé sa société d'une main de fer jusqu'à ce que les erreurs du système judiciaire la révoltent et qu'elle fonde les Anges Gardiens.

En face, de l'autre côté du couloir, c'est le bureau de Mazy Ruffin, spécialiste des litiges et experte juridique de notre cabinet. Elle non plus n'est pas dans son bureau. Elle est sans doute occupée à trimballer ses enfants ici ou là. Elle en a quatre, et souvent ils traînent dans nos locaux l'après-midi. Quand les Anges Gardiens se transforment en garderie improvisée, Vicki ferme discrètement sa porte. Et je fais pareil – si je suis là, ce qui est plutôt rare. Lorsque nous avons engagé Mazy il y a quatre ans, elle avait posé deux conditions non négociables. La première : pouvoir amener ses enfants au bureau quand elle y était obligée. Elle n'avait pas les moyens de payer une baby-sitter. La seconde, c'était son salaire. Il lui fallait soixante-cinq mille dollars par an pour survivre, et pas un sou de moins. À nous deux, Vicki et moi gagnons moins, mais nous n'avons pas d'enfants à élever, et nos émoluments ne sont pas notre priorité. Nous avons accepté ses demandes, et Mazy est toujours la mieux payée de l'équipe.

Et elle vaut chaque dollar qu'elle nous coûte. Elle a grandi dans des cités difficiles au sud d'Atlanta. Elle s'est parfois retrouvée à la rue, mais elle ne parle guère de cette époque. Un professeur au lycée a remarqué ses capacités et l'a prise sous son aile. Elle a décroché sa licence à Morehouse à Atlanta, puis son droit à la faculté Emory, au pas de charge, en collectionnant les meilleures notes. Elle a décliné les offres de gros cabinets et choisi d'aider sa communauté noire en intégrant le service d'assistance juridique de la NAACP.

Cette belle carrière s'est arrêtée net quand son mariage a volé en éclats. Et alors que nous cherchions un autre avocat pour les Anges Gardiens, un ami m'a parlé d'elle.

Le rez-de-chaussée est le fief de ces deux femmes. Quand je suis ici, je me terre au premier étage, dans un cagibi que je nomme pompeusement mon bureau. En face, il y a une salle de réunion, bien qu'il n'y en ait guère chez nous. De temps en temps, on se sert de cette pièce pour enregistrer des dépositions ou recevoir un de nos disculpés avec sa famille.

J'y entre et allume les lumières. Au centre trône une longue table ovale que j'ai achetée cent dollars dans un vide-grenier. Tout autour dix chaises dépareillées, une collection qu'on agrandit au fil des années. Ce qui manque à cette pièce en termes de décoration et de style est amplement compensé par l'aura qui en émane. D'un côté, il y a notre « Wall of Fame » : les photos sous cadre des huit hommes à qui nous avons rendu la liberté, et le premier de la ligne est Frankie. Leurs visages souriants sont notre raison d'être. Ils nous donnent la force de continuer la lutte, de combattre le système, de défendre le droit et la justice.

Huit. Seulement huit. Et ils sont des milliers à moisir en prison ! Notre travail n'aura jamais de fin. Cela ne nous décourage pas, au contraire.

Sur un autre mur, il y a cinq photos, plus petites, montrant nos clients actuels, tous derrière les barreaux. Duke Russell en Alabama. Shasta Briley en Caroline du Nord. Billy Rayburn au Tennessee. Curtis Wallace au Mississippi. Little Jimmy Flagler en Géorgie. Trois

Noirs, deux Blancs, une femme. La couleur de la peau et le sexe ne sont pas un critère de sélection pour nous. Les deux autres murs sont couverts d'une collection hétéroclite d'images et de coupures de presse immortalisant nos moments de gloire quand nous sortons de la prison avec nos clients enfin disculpés. Je suis sur la plupart des clichés, en compagnie d'autres avocats qui nous ont aidés dans notre tâche. Mazy et Vicki apparaissent sur quelques-uns. Voir tous ces sourires fait chaud au cœur.

Je grimpe au dernier étage pour rejoindre mon appartement sous les toits. Un trois pièces pour un loyer gratis. Je ne vais pas décrire l'ameublement. Je me contenterai de dire que les deux femmes de ma vie, Vicki et Mazy, n'y mettraient jamais les pieds. J'y passe en moyenne dix nuits par mois. Bien sûr, c'est le foutoir. Et ce serait pire si je l'occupais davantage, je dois le reconnaître !

Je prends une douche dans ma salle de bains minuscule, puis m'écroule sur le lit.

*

Après deux heures dans un état comateux, des bruits au rez-de-chaussée me réveillent. Je m'habille et descends. Mazy m'accueille avec un grand sourire et me prend dans ses bras.

— Félicitations ! Félicitations ! ne cesse-t-elle de répéter.

— Il s'en est fallu de peu. C'était vraiment chaud. Duke mangeait son steak quand l'appel est tombé.

— Et il l'a terminé ?

— Oh oui !

Daniel, son petit de quatre ans, se jette sur moi pour m'embrasser. Il ne sait pas où j'étais hier soir et encore moins ce que je faisais, mais il est toujours partant pour un gros câlin. Entendant nos voix, Vicki sort de son bureau. D'autres enlacements, d'autres congratulations.

Quand nous avions perdu Albert Hoover en Caroline du Nord, nous nous étions réfugiés dans le bureau de Vicki pour pleurer. Cette fois, c'est bien plus joyeux.

— Je vais faire du café ! annonce-t-elle.

Comme son bureau est un peu plus grand, et n'est pas encombré de tables croulant sous les jeux de société et les livres de coloriages, nous décidons de nous y retrouver pour le débriefing. Nous avons été en contact téléphonique durant tout le compte à rebours de la veille. Elles connaissent la plupart des détails. Je leur narre ma rencontre avec Frankie ce matin et nous évoquons notre prochaine action. Il n'y a plus de deadline, pas de date d'exécution, pas de compte à rebours funeste à l'horizon. La pression a disparu. Les cas de condamnation à mort traînent pendant des années, jusqu'à ce que soit fixé le jour du rendez-vous avec l'injection létale. Alors d'un coup, c'est l'affolement général. Nous travaillons H-24, et quand un sursis est prononcé, nous savons qu'il se passera à nouveau des mois, des années, avant la prochaine frayeur. On ne se relâche pas pour autant, car nos clients sont innocents et luttent chaque jour pour survivre au cauchemar de l'incarcération.

Nous discutons de nos quatre autres affaires. Aucune date d'exécution n'est arrêtée.

Puis j'aborde le sujet le moins plaisant.

— Et les finances ?

Vicki, comme de coutume, sourit.

— Oh, nous sommes fauchés.

— Je dois aller passer un coup de fil, annonce Mazy. (Elle se lève et me fait un bisou sur le front.) Encore bravo, Post.

Dès qu'on évoque les questions d'argent, Mazy prend la tangente. Vicki et moi évitons de lui en parler pour ne pas la mettre en porte à faux.

— On a reçu le chèque de la Fondation Cayhill, cinquante mille dollars, m'explique Vicki. On pourra donc payer les factures pendant un mois ou deux.

Notre budget de fonctionnement est d'un demi-million de dollars par an et, pour avoir cette somme, il nous faut solliciter de petites ONG et des donateurs privés. Si j'avais le courage de quémander, je passerais mes journées au téléphone, à écrire des lettres, à faire des discours pour lever des fonds. Il y a une corrélation directe entre l'argent que nous avons et le nombre d'innocents que nous pouvons disculper. Je n'ai pourtant pas le temps, ni l'envie, de supplier les gens. Vicki et moi avons conclu, voilà bien longtemps, qu'une grande équipe engendrerait une trop forte pression financière pour les Anges Gardiens. Nous préférons donc œuvrer en effectif réduit, juste nous trois.

Obtenir l'annulation d'une condamnation prend des années et coûte au bas mot deux cent mille dollars. Quand nous sommes à court, on se débrouille toujours pour trouver les fonds qui nous manquent.

— Ça va aller, dit-elle, fidèle à son habitude. J'ai déposé des demandes de subvention et j'ai des mécènes en vue.

— De mon côté, je vais passer quelques coups de fil.

Même si je déteste ça, je m'oblige, quelques heures par semaine, à contacter des avocats qui soutiennent financièrement notre cause. J'ai aussi mon petit réseau d'églises. Nous ne sommes pas vraiment une organisation religieuse, mais nous appeler les Anges Gardiens aide.

— Je suppose que tu vas à Seabrook ? me demande Vicki.

— Exactement. On tergiverse depuis trois ans et j'en ai assez de discuter. Nous savons tous qu'il est innocent. Il est en prison depuis vingt-deux ans et il n'a pas d'avocat. Personne ne s'occupe de son cas. On doit y aller, voilà mon avis.

— On est d'accord avec Mazy.

— Merci.

En vérité, c'est à moi que revient la décision de partir ou non au front. Nous examinons de façon collégiale chaque affaire, nous l'étudions de long en large, jusqu'au moindre détail, et si l'un de nous trois, au fil des recherches, met son veto, nous laissons tomber. Mais Seabrook est toujours sur la table et ne cesse de nous tourmenter, parce qu'à l'évidence notre futur client a été piégé.

— Je fais un coquelet ce soir. Ça te dit ?

— Dieu te bénisse ! J'attendais ton invitation.

Vicki vit seule et adore cuisiner. Quand je suis en ville, nous dînons souvent ensemble dans son petit pavillon à quelques pâtés de maisons d'ici. Vicki s'inquiète beaucoup de ma santé et de mes habitudes alimentaires. Quant à Mazy, elle se préoccupe de ma vie amoureuse – qui est inexistante et, par conséquent, un non-sujet.

5

Seabrook est une ville rurale du nord de la Floride, loin des complexes immobiliers et des lotissements pour retraités fortunés. Tampa se trouve à deux heures de route au sud, Gainesville à une heure à l'est. Même si le Golfe est à seulement quarante-cinq minutes en voiture, cette portion de littoral n'a jamais attiré l'attention des promoteurs. Avec ses onze mille habitants, Seabrook est le siège du comté de Ruiz, et regroupe la plupart des activités économiques de ce territoire oublié. L'exode de la population a été un peu amorti par l'arrivée de citadins septuagénaires attirés par les prix bas des mobile homes. La grande rue résiste, avec seulement une dizaine d'immeubles abandonnés. Il y a même des magasins discount à la sortie de la ville. Le palais de justice, d'inspiration hispanique, est bien entretenu et il y règne toujours une belle activité, grâce à la vingtaine d'avocats qui s'occupent des litiges du comté.

Il y a vingt et un ans, l'un d'entre eux a été tué dans son bureau et pendant quelques mois Seabrook a fait la une des journaux, une première dans son histoire. Il s'appelait Keith Russo, il avait trente-sept ans. Son corps a été retrouvé derrière sa table de travail, baignant dans son sang. On lui a tiré deux fois dans la tête avec un fusil de chasse calibre 12. Il ne restait plus grand-chose de son visage. Les photos de la scène de crime étaient sinistres, pour ne pas dire insupportables, du moins pour certains jurés. Keith Russo travaillait seul au cabinet un soir de décembre. Peu avant sa mort, l'électricité avait été coupée.

Keith Russo était associé depuis onze ans avec son épouse, Diana. Ils n'avaient pas d'enfants. À leurs débuts, ils s'occupaient d'affaires légales et administratives, mais l'un et l'autre voulaient développer leur cabinet et échapper à l'ennui des rédactions de testaments et autres documents juridiques. Ils désiraient devenir avocats à la cour, faire leur trou dans le domaine lucratif des dommages et intérêts. La compétition dans ce secteur était féroce et ils avaient du mal à décrocher de gros procès.

Diana se trouvait chez le coiffeur lorsque son mari a été assassiné. Elle a découvert son corps trois heures plus tard quand elle s'est rendue au bureau parce qu'il n'était pas rentré à la maison et ne répondait pas au téléphone. Après les funérailles, elle s'est recluse et a porté le deuil pendant des mois. Elle a fermé le cabinet, vendu les locaux, et finalement leur maison. Elle a reçu deux millions de dollars de l'assurance décès plus les parts de Keith dans la société. L'existence de cette assurance vie a intéressé la police pendant un temps mais cela s'est arrêté là. Dès leur mariage, le couple avait opté pour cette protection mutuelle. Diana avait contracté une assurance similaire en faveur de son mari.

Au début, il n'y avait pas de suspect, jusqu'à ce que Diana lâche le nom de Quincy Miller, un ancien client – très mécontent. Quatre ans avant le meurtre, Russo s'était occupé du divorce de Miller, et son client n'avait guère été satisfait du résultat. Le juge l'avait condamné à verser une lourde prestation compensatoire, ainsi qu'une pension alimentaire très élevée, bien plus qu'il ne pouvait payer, et cela avait détruit sa vie. Comme Miller n'avait plus les moyens de rétribuer son avocat, Russo l'avait lâché et finalement la date limite pour faire appel avait été dépassée. Quincy Miller gagnait bien sa vie en tant que chauffeur routier, mais il perdit son emploi quand sa femme fit saisir son salaire pour défaut de paiement. Incapable de s'acquitter de ses dettes, il se déclara en faillite personnelle et quitta la région. Bien sûr, il fut attrapé, ramené à Seabrook et jeté en prison pendant trois mois, avant que le juge le libère. Il s'enfuit à nouveau. Et fut arrêté cette fois pour trafic de drogue à Tampa. Il purgea alors un an derrière les barreaux puis eut droit à une libération conditionnelle.

Évidemment, Miller imputa tous ses problèmes à Keith Russo. La plupart de ses confrères en ville reconnaissaient en privé que Keith ne s'était pas beaucoup investi, ni montré très opiniâtre devant le juge. Russo méprisait les affaires de divorce et rêvait de devenir un ténor du barreau. Au dire de Diana, Quincy Miller était passé à deux reprises au cabinet, avait menacé l'équipe et exigé de voir son ex-avocat. Personne n'avait alerté la police ni porté plainte. Elle racontait également que Miller les avait harcelés au téléphone, mais les Russo n'avaient jamais changé de ligne.

On ne retrouva pas l'arme du crime. Miller jura qu'il n'avait pas de fusil, cependant son ex-femme raconta aux flics qu'il en avait un. Le coup de théâtre eut lieu deux semaines après le meurtre, quand la police eut un mandat pour fouiller sa voiture. Dans le coffre, ils trouvèrent une lampe de poche avec des gouttelettes séchées sur la lentille. Ils en déduisirent qu'il s'agissait de sang. Miller soutenait qu'il n'avait jamais vu cette lampe de sa vie. Son ex-femme, là aussi, déclara qu'il en avait une pareille.

Une théorie fut vite échafaudée et l'enquête bouclée. Selon la police, Quincy Miller avait mûrement préparé son forfait et avait attendu que Keith Russo soit seul un soir au bureau. Il avait coupé l'électricité au compteur à l'extérieur du bâtiment et était entré par la porte de derrière. Connaissant bien les lieux, il savait exactement où trouver sa victime. Avec la lampe de poche pour s'éclairer dans l'obscurité, il avait surpris Russo à sa table de travail, tiré deux coups de fusil à bout portant et s'était enfui. À en juger par la quantité de sang retrouvé sur place, il était normal que des objets alentour aient pu recevoir des éclaboussures.

Deux pâtés de maisons plus loin, une junkie nommée Carrie Holland aperçut un homme noir quittant le quartier au pas de course. Selon elle, il avait dans les mains un objet allongé, un bâton ou quelque chose de ce genre. Miller est noir. Seabrook est blanc à quatre-vingts pour cent, avec dix pour cent d'Afro-Américains et dix pour cent d'Hispaniques. Carrie ne put identifier Quincy Miller mais jura qu'il était de la même taille et corpulence que l'homme qu'elle avait vu s'enfuir dans la ruelle.

L'avocat nommé par la cour parvint à obtenir un déplacement de l'affaire et le procès eut lieu dans le comté voisin. Il y avait là-bas quatre-vingt-trois pour cent de Blancs, et un seul Noir dans le jury.

Les débats se focalisèrent sur la lampe de poche retrouvée dans le coffre de la voiture de Miller. Un expert ès taches de sang de Denver certifia qu'au vu de l'orientation du corps et de l'angle du fusil à l'instant du tir, des positions respectives de la victime et de l'assaillant dans la pièce, ainsi que de la quantité d'hémoglobine maculant les murs, le sol, la bibliothèque et la desserte, cette lampe de poche était bel et bien sur les lieux du crime. Les taches mystérieuses sur la lentille frontale étaient dues aux « rétroprojections ». Autrement dit, il s'agissait du sang de la victime. Détail d'importance : l'expert reconnut qu'il n'avait pas eu la lampe entre les mains, mais assura qu'il avait pu mener une « analyse complète » grâce aux clichés en couleur pris par les enquêteurs. Effectivement, cette pièce à conviction avait disparu plusieurs mois avant le procès.

Diana raconta que son mari avait peur de son ancien client. À de nombreuses reprises, il lui avait confié ses craintes. Au point qu'il portait parfois une arme.

Carrie Holland, dans son témoignage, accusa ouvertement Miller. Non, elle n'avait subi aucune pression, affirma-t-elle à la barre. Personne ne l'avait forcée à témoigner pour l'accusation, et personne ne lui avait promis l'abandon des poursuites après son arrestation pour usage de stupéfiants.

En attendant son procès, Miller fut transféré à la prison de Gainesville. Aucune explication ne fut donnée sur ce changement de lieu de détention. Il passa là-bas une semaine avant de retrouver sa cellule à Seabrook. Mais pendant ce séjour à Gainesville, on le plaça dans une cellule en compagnie d'un mouchard nommé Zeke Huffey qui, à la barre, déclara que le prévenu se vantait d'avoir perpétré le crime. Huffey connaissait tous les détails, le nombre de tirs, le calibre de l'arme. Et pour épicer son récit, il expliqua aux jurés que Miller riait aux éclats quand il était allé sur la côte, le lendemain du meurtre, jeter le fusil dans la mer. Durant le contre-interrogatoire, Huffey nia, lui aussi, avoir négocié une remise de peine avec le procureur.

L'enquêteur de la police scientifique reconnut qu'aucune empreinte de Miller n'avait été retrouvée sur la scène du crime, ni sur le disjoncteur derrière les bureaux. Il se permit d'avancer que « l'accusé devait porter des gants ».

Un médecin légiste monta dans le box des témoins et présenta des agrandissements couleur, format A4, de la scène de crime. L'avocat de Miller objecta avec vigueur, déclarant que ces photographies étaient préjudiciables à la défense, voire hautement toxiques, mais le juge les autorisa. Plusieurs jurés furent choqués par ces images où l'on voyait Keith couvert de sang, le visage réduit en charpie. L'origine du décès était évidente.

À cause de son casier judiciaire et de ses autres démêlés avec la justice, Quincy Miller ne fut pas autorisé à prendre la parole pour sa défense. Tyler Townsend, son avocat, était un débutant commis d'office. Il n'avait pas trente ans. C'était le premier procès où son client risquait la peine de mort, et cette inexpérience aurait pu être dommageable. Ce ne fut pourtant pas le cas. Townsend se battit bec et ongles, attaqua tous les témoins du ministère public, toutes les pièces à conviction. Il réfuta les conclusions des experts, pointa les failles dans leur raisonnement, se moqua des services de police qui avaient perdu la lampe de poche – l'élément le plus important du dossier ! Il agita les photos sous le nez des jurés en mettant au défi quiconque de prouver que les petites taches sur la lentille étaient réellement du sang. Il contesta les témoignages de Carrie Holland et Zeke Huffey, les traita de menteurs. Il laissa entendre que Diana n'était pas la pauvre épouse innocente qu'elle prétendait être et la fit pleurer pendant le contre-interrogatoire, ce qui, somme toute, faisait partie de son rôle de veuve. À plusieurs reprises, il fut recadré par le juge, mais Townsend n'en fit qu'à sa tête. Sa défense était si agressive qu'il se mit à dos les jurés. Le procès vira à la foire d'empoigne à force de multiplier les sarcasmes à l'encontre de l'accusation, de critiquer les décisions du juge et de houspiller le jury.

La défense présenta un alibi. Au dire d'une certaine Valerie Cooper, Miller se trouvait avec elle au moment du meurtre. Elle était mère célibataire et habitait Hernando, à une heure de route au sud de Seabrook. Elle avait rencontré Quincy dans un bar et ils se voyaient par intermittence. Elle était certaine que Quincy était avec elle ce jour-là, cependant, une fois dans le box des témoins, elle parut intimidée et guère crédible. Quand le procureur lui parla de sa condamnation pour usage de stupéfiants, elle s'effondra.

Pour sa plaidoirie finale, Tyler Townsend utilisa deux accessoires – un fusil de chasse calibre 12 et une lampe de poche – et démontra qu'il était quasiment impossible de tirer deux coups de feu sur quelqu'un tout en tenant l'un et l'autre. Les jurés, qui venaient pour la plupart des campagnes, semblaient de son avis, mais cela ne changea rien sur le fond. Townsend était en larmes quand il les supplia d'acquitter son client.

Il n'obtint aucun vote en ce sens. En quelques minutes, le jury jugea Miller coupable. En revanche, se mettre d'accord sur la sentence se révéla plus problématique et chronophage. Finalement, après deux jours de débats houleux, le seul Noir du jury parvint à arracher à ses confrères une peine d'emprisonnement à perpétuité incompressible. Les onze autres jurés blancs étaient déçus de ne pas avoir obtenu la peine capitale.

Les appels firent leur chemin et la condamnation de Quincy Miller fut confirmée à tous les niveaux. Depuis vingt-deux années, il crie son innocence, mais personne ne l'entend.

Le jeune Tyler Townsend fut anéanti par cette défaite et ne s'en remit jamais. Seabrook se ligua contre lui et son cabinet périclita. Peu après le rejet de tous ses appels, il jeta l'éponge et déménagea à Jacksonville où il travailla à mi-temps comme avocat de l'aide juridictionnelle avant de changer de métier.

Frankie l'a repéré à Fort Lauderdale, où il semble couler une vie paisible avec une famille et un beau-père promoteur de centres commerciaux. Pour l'approcher, il va falloir user de ruse et de finesse. Ça, nous savons faire.

Diana Russo n'est jamais revenue à Seabrook. D'après ce qu'on sait, elle ne s'est pas remariée. Mais c'est à vérifier. Grâce à une société d'enquêteurs privés avec laquelle nous travaillons de temps en temps, Vicki l'a retrouvée il y a un an, à la Martinique. Pour une nouvelle liasse de billets, nos espions pourraient creuser davantage. Toutefois, nous préférons garder notre argent. Avoir une conversation avec elle serait, pour le moment, une perte de temps.

Notre priorité, c'est rendre à Quincy Miller sa liberté. Trouver le véritable meurtrier est secondaire. Pour mener à bien notre mission, nous devons démonter le dossier du ministère public. Élucider cet assassinat restera le travail de quelqu'un d'autre. Après vingt-deux ans, plus personne évidemment ne s'intéresse à ce dossier. L'État de Floride a eu son procès et son condamné. La vérité n'est plus une nécessité.

6

Quincy Miller a passé les huit dernières années au Garvin Correctional Institute, un établissement pénitentiaire aux environs de Peckham, une petite bourgade à une heure au nord d'Orlando. Ma première visite remonte à quatre mois, en qualité de pasteur. Je portais alors mon col blanc et ma chemise noire. C'est impressionnant comme un homme d'Église a droit à plus de respect qu'un avocat, du moins dans le monde carcéral.

Aujourd'hui, je porte encore le col, juste pour agacer les gardes. Vicki s'est occupée de la paperasse et je suis désormais officiellement l'avocat de Miller. Le gardien à la réception étudie mes papiers, puis mon col d'ecclésiastique. Il se pose des questions mais l'étonnement le rend mutique. Je laisse mon téléphone, passe le portail de sécurité, puis on me fait attendre une heure dans une pièce miteuse où je feuillette des magazines à sensation en me demandant encore une fois où va le monde. Enfin, un surveillant vient me chercher pour sortir du bâtiment. Nous longeons une allée bordée d'une clôture chapeautée de fils barbelés. J'ai visité bon nombre de prisons. Je ne suis plus étonné par la rudesse du milieu carcéral. Elles se ressemblent toutes : des parallélépipèdes de béton sans fenêtres, des cours de promenade avec des hommes en combinaison orange s'efforçant de tuer le temps, des gardiens à chaque grille qui me lancent des regards noirs parce que je viens aider la vermine. Nous pénétrons dans une autre unité où se trouve une grande pièce bordée de cabines. Le surveillant ouvre l'une d'elles et me fait entrer.

Miller est déjà là, de l'autre côté d'une épaisse paroi en Plexiglas. Les portes se referment. Nous sommes seuls. Pour compliquer les visites, il n'y a pas d'ouverture dans la vitre, et pour nous parler nous devons utiliser un téléphone qui date d'au moins trente ans. Si je veux remettre un document à mon client, je dois appeler un gardien qui va d'abord l'examiner et faire le tour de la salle pour passer de l'autre côté.

Miller sourit et donne un petit coup de poing sur le Plexiglas. Je lui retourne son salut. Nous venons officiellement de nous serrer la main. Il a cinquante et un ans. Hormis ses cheveux gris, il en paraît quarante. Il soulève de la fonte toute la journée, fait du karaté, évite la nourriture infâme qu'on sert ici, reste mince et médite beaucoup. Il décroche son combiné.

— D'abord, monsieur Post, je veux vous remercier de prendre mon dossier.

Ses yeux s'embuent aussitôt.

Durant ces quinze dernières années, Quincy Miller n'a eu ni avocat ni représentant légal, personne de l'autre côté des grilles pour tenter de prouver son innocence. Par expérience, je sais qu'il n'existe pas de plus lourd fardeau. Une véritable torture. Un système corrompu l'a mis sous les verrous, et personne n'a pris les armes pour le défendre. Être innocent derrière les barreaux est déjà un supplice, mais ne pouvoir faire entendre sa voix le rend totalement impuissant.

— Tout l'honneur est pour moi. Et tous mes clients m'appellent Post, juste Post. Pas de « monsieur ».

Il esquisse un autre sourire.

— Entendu. Et moi, c'est Quincy.

— D'accord, Quincy. Les papiers sont faits. Officiellement, je suis votre nouvel avocat. Des questions ?

— Oui. Vous ressemblez plutôt à un prêtre ou à un curé. Pourquoi vous avez ce col ?

— Parce que je suis pasteur de l'Église épiscopale et que cet attribut ouvre bien des portes, parfois du moins.

— On avait un prêtre qui portait ce genre de trucs. Je n'ai jamais compris pourquoi.

Dans son enfance, Quincy a fréquenté l'Église épiscopale méthodiste africaine et tout son clergé arbore le col. Il a arrêté ses études à l'adolescence. Il s'est marié à dix-huit ans parce que sa petite amie du moment est tombée enceinte et leur union a toujours été houleuse. Deux autres enfants ont suivi. Je connais leurs noms et adresses, comme leurs lieux de travail. Je sais aussi qu'ils n'ont pas parlé à leur père depuis le procès. Son ex-femme a témoigné contre lui. Son frère s'appelle Marvis, un saint homme qui lui rend visite une fois par mois et lui envoie de temps en temps de l'argent.

Quincy a de la chance d'être encore de ce monde. L'unique Noir du jury lui a sauvé la vie. Sinon, il se serait retrouvé dans le couloir de la mort et, à l'époque, l'État de Floride exécutait à tour de bras.

Comme toujours, nous avons compilé un épais dossier sur son cas.

— Et maintenant, Post ? demande-t-il avec un sourire. C'est quoi le programme ?

— On a du pain sur la planche ! On va commencer par la scène de crime et tirer tous les fils.

— Cela remonte à loin.

— Certes, mais Keith Russo est toujours mort et ceux qui ont témoigné contre vous sont en vie. Nous allons les trouver, tenter de gagner leur confiance et voir ce qu'ils ont à dire aujourd'hui.

— Et le mouchard ?

— Bizarrement, il n'est pas mort d'une overdose ! Huffey est de retour en prison, en Arkansas cette fois. Il aura passé près de la moitié de sa vie en cellule, chaque fois à cause de la drogue. J'irai le voir.

— Il ne risque pas de reconnaître qu'il a menti.

— Allez savoir ? Tout est possible avec ces gars-là. Les menteurs professionnels montrent un détachement surprenant à l'égard de leurs mensonges. Au cours de sa carrière, Huffey s'est parjuré au moins sur cinq autres affaires pour s'attirer les bonnes grâces des autorités. Il n'a rien à perdre à avouer qu'il a menti à votre procès.

— Je n'oublierai jamais le jour où ils ont appelé ce gars à la barre. Avec sa chemise blanche et sa cravate toute propre. J'ai eu du mal à le reconnaître. On était dans la même cellule des mois avant. Quand il s'est mis à sortir tout son baratin, ce que soi-disant je lui avais raconté, j'ai failli hurler. Bien sûr, les flics lui avaient donné les détails – l'électricité qui avait été coupée, le coup de la lampe de poche, et tout le reste. C'est à ce moment-là que j'ai compris : j'étais foutu. J'ai regardé les jurés : ils gobaient tout ! Tous ses mensonges. Jusqu'au moindre mot. J'étais abattu. J'ai pensé : « Ce gars a juré de dire la vérité et rien que la vérité. Le juge est censé s'assurer que c'est le cas, non ? Quant au procureur, il sait que son témoin ment et que le type a négocié un accord avec les flics. Absolument tout le monde est au courant. Sauf ces abrutis de jurés. »

— C'est triste à dire, mais ça arrive tout le temps. Les mouchards en prison témoignent tous les jours dans ce pays. D'autres nations plus évoluées les interdisent, pas nous.

Quincy ferme les yeux, secoue la tête.

— Je n'arrête pas de revoir cette ordure raconter ses salades dans le box. J'y pense tout le temps.

— La haine ne sert à rien. C'est de l'énergie perdue.

— Peut-être. Mais je n'ai que ça à faire. Mes journées sont loin d'être pleines. Vous allez parler à June ?

— Je vais essayer.

— Elle va refuser. C'est couru d'avance.

Son ex-femme s'est remariée trois ans après le procès, a divorcé, puis s'est remariée à nouveau. Frankie l'a retrouvée à Tallahassee, sous le nom de June Walker. Elle est la seconde femme d'Otis Walker, électricien à la Florida State University, et semble mener une vie stable et tranquille. Ils habitent un quartier résidentiel de la classe moyenne, à prédominance noire, et ont eu un enfant ensemble. Elle est cinq fois grand-mère par son premier mariage, des petits-enfants que Quincy n'a jamais vus, pas même en photo. Il n'a plus de contact avec ses trois enfants depuis son procès. Dans son souvenir, ils sont toujours des nourrissons, figés dans le temps.

— Pourquoi refuserait-elle de me parler ?

— Parce qu'elle a menti aussi. Ils ont tous menti, Post. C'est évident. Même les experts.

— Je ne suis pas certain que ces derniers l'aient fait sciemment. Ils manquaient juste de rigueur scientifique et ils se sont trompés.

— Peut-être. À vous de démêler ça. En tout cas, June a menti, c'est sûr. Pour le fusil et pour la lampe. Et elle a menti quand elle a raconté aux jurés que j'étais en ville la nuit du meurtre.

— Pourquoi a-t-elle fait ça, Quincy ?

Il secoue la tête, comme si j'avais posé une question stupide. Il pose le téléphone, se frotte les yeux, puis reprend le combiné.

— Avec elle, c'est la guerre ouverte, Post. Je n'aurais jamais dû me marier et encore moins divorcer. Russo a merdé sur toute la ligne et, du jour au lendemain, je me suis retrouvé sur la paille, incapable de payer la pension alimentaire et l'indemnité compensatoire. June était sans travail et dans la mouise. Quand j'ai eu du retard dans les paiements, elle m'a poursuivi, encore et encore. Le divorce a été un coup de massue, mais ce n'était rien comparé à ce qui m'attendait. La haine s'est installée entre nous et a fait des ravages. Quand ils m'ont arrêté pour meurtre, je lui devais en gros quarante mille dollars. Je les lui dois encore. J'ai toujours la justice aux fesses pour ça. Elle ne lâche pas l'affaire.

— Elle aurait fait ça par vengeance ?

— Plus par haine, je pense. Je n'ai jamais eu de fusil. Vous pouvez vérifier les registres.

— Il n'y a aucune trace, effectivement.

— Vous voyez !

— Cela ne prouve rien, en particulier dans cet État. Il y a des centaines de façons de se procurer une arme.

— Vous croyez qui, Post, moi ou cette menteuse ?

— Si je ne vous croyais pas, je ne serais pas là.

— D'accord, d'accord. À la limite, je peux comprendre pour le fusil, mais pourquoi a-t-elle menti pour la lampe de poche ? Je n'avais jamais vu ce machin de ma vie. Ils n'ont même pas été fichus de la présenter au procès.

— Si nous partons du principe que votre arrestation et le procès ont été truqués, que c'était un stratagème pour vous faire porter le chapeau, alors il est vraisemblable que la police a fait pression sur June pour qu'elle affirme que la lampe de poche vous appartenait. Et la rancœur a été son moteur.

— Et comment je pourrais lui payer tout ce que je dois si je suis dans le couloir de la mort ? C'est quoi la logique ?

— Très bonne question. Mais je ne suis pas dans sa tête.

— Heureusement pour vous !

Nous rions tous les deux de bon cœur. Il se lève, s'étire puis demande :

— Combien de temps vous avez ?

— Trois heures.

— Génial. Ma cellule fait trois mètres sur deux. C'est à peine plus grand que cette cabine. Mon codétenu est un Blanc. Il vient de la zone. Il est tombé pour drogue. Ce n'est pas un mauvais gars, ni un mauvais compagnon, mais passer dix heures par jour avec un autre être humain enfermé dans une cage ? Vous imaginez ce que c'est ?

— Non.

— On ne s'adresse pas la parole depuis plus d'un an.

— Pourquoi ?

— Parce qu'on ne se supporte plus. Je n'ai rien contre les Blancs, Post, mais il y a trop de différences. Moi, j'écoute de la Motown, lui, c'est cette merde de country. Ma couchette est tirée au cordeau. Lui est bordélique. Je ne touche pas à la drogue. Lui, il est défoncé du matin au soir. Je n'en peux plus. Pardon. Je déteste les geignards. Je suis si heureux que vous soyez là. Vous n'imaginez pas à quel point.

— C'est moi qui ai de la chance, Quincy.

— Mais pourquoi ? Vous n'allez pas gagner beaucoup d'argent ? Défendre des gens comme moi, ça rapporte des clopinettes.

— C'est vrai que nous n'avons pas encore parlé de mes honoraires.

— Envoyez-moi la facture. Et après attaquez-moi puisque je n'ai pas de quoi vous payer !

Nous nous mettons à rire. Il se rassoit, avec le combiné coincé sous son menton.

— Sérieusement ? Qui vous paie ?

— Je travaille pour un cabinet à but non lucratif et je ne gagne pas beaucoup. Mais je ne suis pas là pour l'argent.

— Dieu vous bénisse, Post !

— Diana Russo, à deux reprises au moins, a dit que vous êtes venu au cabinet pour proférer des menaces contre Keith. C'est vrai ?

— Pas du tout. J'y suis allé plusieurs fois pour mon divorce. Après le jugement, j'ai arrêté. Quand Russo n'a plus voulu me prendre au téléphone, j'ai débarqué une fois à son bureau, une seule, et oui, j'avais envie de prendre une batte de baseball et de lui exploser la tête. La petite réceptionniste m'a dit qu'il était au tribunal. Ce qui n'était pas vrai, parce que sa voiture, une jolie Jaguar noire, était garée sur le parking derrière. Comme la fille mentait, la moutarde m'est montée au nez. Mais je me suis retenu. J'ai serré les dents et suis parti, et ne suis jamais revenu. Je le jure, c'est la vérité, Post. Diana a menti, comme les autres.

— Elle déclare que vous avez téléphoné plusieurs fois chez eux pour les harceler.

— Encore des mensonges. Les appels téléphoniques laissent des traces. Je ne suis pas stupide à ce point. Mon avocat, Tyler Townsend, a voulu récupérer les archives de la compagnie de téléphone, mais Diana a mis son veto. Il a tenté d'obtenir un mandat du juge et là on a manqué de temps pendant le procès. Après le verdict, le juge a refusé. On n'a jamais pu consulter le relevé des appels. Au fait, vous avez parlé à Tyler ?

— Non, mais c'est au programme. Nous avons retrouvé sa trace.

— C'est un bon gars, Post, vraiment. Il me croyait et il s'est battu comme un lion. Il était déchaîné. Je sais qu'il y a pas mal de brebis galeuses chez les avocats, mais lui, c'était un type bien.

— Vous avez encore des contacts avec lui ?

— Plus maintenant. C'est vieux tout ça. On s'est écrit pendant des années, même après qu'il a raccroché les gants. Un jour, il m'a dit dans une lettre que mon affaire avait brisé sa vie. Il savait que j'étais innocent et quand j'ai été reconnu coupable, il a perdu toute foi dans le système judiciaire. Il ne voulait plus s'en approcher. Il m'a rendu visite il y a dix ans. J'étais tellement content de le voir, mais ça a fait remonter de mauvais souvenirs. Il a fondu en larmes.

— Il sait qui est le véritable assassin ? Il a une piste ?

Quincy baisse son téléphone et lève les yeux vers le plafond, comme si cette simple question était déjà trop risquée.

— Vous avez confiance en ces machins ? demande-t-il en désignant le combiné.

Il est illégal d'écouter les conversations entre un avocat et son client, pourtant cela arrive. Je secoue la tête.

— Non.

— Moi non plus. Les lettres, c'est plus sûr, pas vrai ?

— Exact.

La prison n'a pas le droit de lire le courrier concernant les affaires juridiques, et d'après mon expérience, ils ne tentent pas le diable. Ce serait trop évident s'ils ouvraient les enveloppes.

Quincy, discrètement, m'indique qu'il me communiquera ses infos par écrit. J'acquiesce.

Il a passé vingt-deux ans en prison, a priori protégé du monde extérieur, et pourtant il est inquiet. Cela en dit long. Keith Russo n'a pas été assassiné pour rien. Quelqu'un a organisé ce meurtre – un plan minutieux –, est passé à l'action puis est sorti des radars. La suite a été savamment orchestrée, en s'assurant la collaboration de plusieurs personnes. On a affaire à des gens intelligents. Leur mettre la main dessus sera sans doute impossible. En revanche, je peux prouver l'innocence de Quincy, j'en suis certain, sinon je ne serais pas là.

Ces gens sont dehors, libres, et Quincy ne cesse de penser à eux.

Les trois heures passent rapidement. Nous couvrons beaucoup de sujets. Les livres : il en lit deux ou trois par semaine. Mes victoires : il est fasciné par les gens que je suis parvenu à faire libérer. La politique : il se tient au courant par les journaux et les magazines. La musique : il aime la soul de Detroit des années 1960. La vie carcérale : il s'insurge contre un système qui se soucie si peu de la réinsertion. Le sport : il a une petite télévision couleur et regarde tous les championnats, même celui de hockey, c'est son dernier petit plaisir. Quand le gardien tape à la porte, je dis au revoir à Quincy et lui promets de revenir. On se touche le poing à travers le Plexiglas et il me remercie à nouveau.

7

La Chevrolet Impala d'Otis Walker est sur le parking de l'atelier de maintenance de l'université, situé en bordure du campus. Frankie est garé à proximité. Il attend. C'est un modèle de 2006, acheté d'occasion par Walker avec un prêt à la consommation. Vicki a le dossier. Sa seconde femme, June, conduit une Toyota payée comptant. Leur fils de seize ans n'a pas encore son permis.

Cinq minutes après 17 heures, Walker sort du bâtiment avec deux collègues et se dirige vers sa voiture. Frankie descend de son pick-up, fait mine d'examiner un pneu. Les deux compagnons de Walker le saluent et s'éloignent. Au moment où il ouvre sa portière, Frankie surgit de nulle part et lui lance :

— Monsieur Walker ? Vous avez une seconde ?

Il se méfie immédiatement. Mais le gars est Noir, il a un gentil sourire et ce n'est pas la première fois qu'un inconnu l'aborde.

— Ça dépend. C'est pour quoi ?

Frankie lui serre la main.

— Je m'appelle Frankie Tatum. Je suis enquêteur pour un avocat de Savannah.

Walker devient carrément suspicieux. Il balance sa boîte-repas sur le siège et referme la portière.

— Qu'est-ce que vous voulez ?

Frankie lève les mains en l'air.

— Du calme ! Je viens en paix. Je veux juste quelques renseignements au sujet d'une ancienne affaire.

À cet instant, un Blanc aurait été refoulé, mais Frankie semble inoffensif.

— Je vous écoute, répond Walker.

— J'imagine que votre épouse vous a parlé de son premier mari, Quincy Miller.

En entendant ce nom, ses épaules s'affaissent un peu, puis la curiosité l'emporte.

— Pas beaucoup. C'est vieux. Pourquoi vous vous intéressez à Miller ?

— Je travaille pour son avocat. Nous sommes convaincus que Quincy Miller a été piégé pour le meurtre et nous comptons le prouver.

— Bonne chance ! Miller a eu ce qu'il mérite.

— Pas du tout, monsieur Walker. Quincy est innocent et il est incarcéré depuis vingt-deux ans pour un crime qu'il n'a pas commis.

— C'est ce que vous croyez ?

— Absolument. Comme son avocat.

Walker réfléchit un moment. Il n'a pas de casier judiciaire, n'est jamais allé en prison, mais son cousin est en cellule après avoir agressé un policier. Pour l'Amérique blanche, les prisons sont des lieux nécessaires où les méchants peuvent expier leurs crimes. Pour l'Amérique noire, ce sont plutôt des enclos où l'on parque les minorités qu'on ne veut plus voir dans les rues.

— Et qui a tué cet avocat ? demande Walker.

— Nous ne le savons pas. Et nous ne le saurons peut-être jamais. Mais nous cherchons la vérité et essayons de faire sortir Quincy de cellule.

— Je ne vois pas en quoi je peux vous aider.

— Vous, peut-être pas. Mais votre femme sûrement. Elle a témoigné contre lui. Je suis certain qu'elle vous a tout raconté.

Walker hausse les épaules et lance un regard autour de lui.

— Possible. Il y a longtemps. Cela fait des années qu'elle n'a plus fait allusion à Quincy Miller.

— J'aimerais lui parler.

— De quoi ?

— De son témoignage. Elle n'a pas dit la vérité, monsieur Walker. Elle a raconté aux jurés que Quincy avait un fusil de chasse. C'était l'arme du crime, l'arme de quelqu'un d'autre.

— J'ai rencontré June plusieurs années après le meurtre. Entre-temps, elle avait eu un autre mari. Je suis le numéro trois. Je sais qu'elle a eu des moments difficiles quand elle était plus jeune, mais nous avons une vie agréable aujourd'hui. Elle n'a aucune envie d'avoir de nouveau des problèmes à cause de Quincy Miller.

— Je veux juste un coup de main, Otis. Rien d'autre. L'un de nos frères est enfermé dans une prison, à moins de deux heures de route d'ici. Les flics blancs, le procureur blanc et les jurés blancs ont dit qu'il avait tué un avocat blanc. Et pourtant ce n'est pas vrai.

Walker crache par terre, s'adosse à sa voiture et croise les bras.

Frankie insiste doucement :

— J'ai fait quatorze ans dans un pénitencier de Géorgie pour un meurtre que je n'ai pas commis. Je sais ce que c'est. J'ai eu de la chance et j'en suis sorti. Mais j'ai laissé des tas de gars innocents derrière. Des gars comme vous et moi. On est si nombreux dans ce cas. Le système est pipé, Otis. On veut sortir Quincy de là.

— Quel rapport avec June ?

— Elle vous a parlé de la lampe de poche ?

Walker réfléchit une seconde puis secoue la tête. Frankie enchaîne.

— Il y avait une lampe de poche avec du sang dessus. Les flics affirment qu'elle était présente sur les lieux du crime. Quincy n'a jamais vu cette lampe, n'y a jamais touché. Et June a déclaré au tribunal qu'il en avait une comme ça. C'est faux, Otis. Totalement faux. Elle a dit aussi au jury que Quincy était à Seabrook le soir du crime. Ce qui est encore faux. Il était chez sa maîtresse, à cent kilomètres de là.

Otis est marié avec June depuis dix-sept ans. Selon toute vraisemblance, il est au courant que sa femme s'est parjurée. Alors pourquoi tourner autour du pot ?

— Vous laissez entendre que c'est une menteuse ?

— Non. Plus aujourd'hui. Comme vous le dites vous-même, ce n'était pas la même personne à l'époque. Entre elle et Quincy, c'était la guerre ouverte. Il lui devait un tas de fric et il ne pouvait pas payer. Les flics ont fait pression pour qu'elle l'enfonce au tribunal.

— C'était il y a longtemps.

— Tout juste ! Quincy en sait quelque chose. Vingt-deux ans en cellule !

— Très bien, à supposer qu'elle n'ait pas dit la vérité, vous croyez qu'elle va le reconnaître aujourd'hui ? Vous rêvez !

— Je veux juste lui parler. Je sais où elle travaille. J'aurais pu aller la trouver, mais ce n'est pas ma façon de procéder. Ce n'est en rien un guet-apens. Je respecte votre vie privée, Otis. Je vous demande simplement d'en toucher deux mots à June. Rien de plus.

— Vous débarquez quand même à l'improviste.

— Quelle autre solution avais-je ? Vous envoyer un e-mail pour vous prévenir ? Je vais maintenant quitter la ville. Racontez à votre femme notre rencontre, s'il vous plaît, et voyons comment elle réagit.

— Je sais ce qu'elle va dire. Elle a coupé les ponts. Elle ne veut plus entendre parler de Miller.

— Ça va être difficile d'y échapper. (Frankie lui tend une carte des Anges Gardiens.) Voici mon numéro de téléphone. Rendez-moi ce service. S'il vous plaît.

Walker prend la carte, l'examine recto verso.

— Les « Anges Gardiens ». Vous êtes quoi, une sorte de secte ?

— Non. Le gars qui s'occupe de Quincy, c'est l'avocat qui m'a sorti de prison. Il est pasteur aussi. Un type bien. C'est sa mission sur terre aujourd'hui : sortir les innocents de taule.

— C'est un Blanc ?

— Oui.

— Alors, ça ne peut pas être un type bien.

— C'est parce que vous ne le connaissez pas. Ni vous ni June. Laissez-nous une chance, Otis.

— D'accord, mais ne vous faites pas trop d'illusions.

— Quoi qu'il en soit, je vous remercie du temps que vous m'avez consacré.

8

Chez les Anges Gardiens, nous avons une série de brochures, une pour chaque type de situation. Si notre cible est un Blanc, je prends celle où je suis sur la photo, tout sourire. Avec le col *ad hoc*. Si nous devons approcher une femme blanche, nous lui envoyons le flyer avec Vicki en couverture. Pour les Noirs, c'est Mazy qui est en première page, bras dessus bras dessous avec l'un de nos disculpés noirs. Nous aimons dire que la couleur n'importe pas, mais ce n'est pas vrai. C'est un sésame.

Puisque Zeke Huffey est blanc, je lui adresse ma brochure avec ma trombine, accompagnée d'une lettre lui apprenant que sa situation difficile a attiré l'attention de notre petite fondation caritative. Deux semaines plus tard, je reçois sa réponse manuscrite où Huffey me remercie de l'intérêt que nous lui portons. Je lui envoie mon courrier type, pour savoir s'il a besoin de quelque chose. Évidemment, il me réclame de l'argent. Je lui fais parvenir deux cents dollars par MoneyGram, ainsi qu'une autre lettre lui demandant si je peux venir lui rendre visite. Il est d'accord, bien sûr.

Huffey est un véritable délinquant professionnel, qui a été incarcéré dans trois États différents durant sa carrière. Il vient des environs de Tampa, mais nous n'avons retrouvé aucune trace de sa famille. À vingt-cinq ans, il s'est marié et a rapidement divorcé après sa condamnation pour trafic de stupéfiants. D'après ce que l'on sait, il n'a pas d'enfants, et ne doit pas avoir beaucoup de visites. Il y a trois ans, il s'est fait arrêter à Little Rock, dans l'Arkansas, et purge là-bas une peine de cinq ans.

Sa carrière de mouchard a commencé par le procès de Quincy Miller. Il avait dix-huit ans quand il a témoigné. Un mois après le verdict, les chefs d'accusation contre lui ont été annulés et il est sorti libre. L'accord a été si intéressant qu'il a recommencé, encore et encore. Dans toutes les prisons, il y a un dealer impatient d'alléger sa peine. Avec un bon coaching des policiers et de l'accusation, un mouchard peut être tout à fait convaincant devant un jury, même en plein parjure. Les jurés ne peuvent imaginer qu'un témoin, d'où qu'il vienne, puisse prêter serment sur la Bible et ensuite raconter n'importe quoi.

En ce moment, Zeke Huffey purge sa peine dans l'annexe d'une prison perdue au milieu des champs de coton dans le nord-est de l'Arkansas. Je ne vois pas en quoi c'est une « annexe ». C'est un centre de détention standard avec sa panoplie de barbelés et de bâtiments en béton. Manque de chance, l'établissement est géré par une société privée à but lucratif, autrement dit les gardiens sont sous-payés et en sous-effectifs, la nourriture infâme, et l'intendance fait des économies sur tout – du beurre de cacahuète jusqu'au papier-toilette –, quant aux soins médicaux, ils sont inexistants. À croire qu'aux États-Unis, tout, des écoles aux prisons, peut être une source de profits pour le capital.

On me conduit dans une pièce équipée d'une série de box réservés aux visites des avocats. Un surveillant m'enferme dans l'une des cabines. Je m'assois et observe l'épaisse paroi de Plexiglas. Les minutes passent. Dix, vingt, trente. Je ne suis pas pressé. La porte de l'autre côté s'ouvre enfin et Zeke Huffey entre. Il me lance un grand sourire pendant qu'un gardien lui retire les menottes. Quand nous sommes seuls, il demande :

— Pourquoi on est dans la salle des avocats ?

À l'évidence, il a remarqué mon col.

— Je suis ravi de vous rencontrer, Zeke. Merci du temps que vous m'accordez.

— Oh, du temps, j'en ai plein ! Je savais pas que vous étiez avocat.

— Je suis avocat et prêtre. Comment ça se passe ici ? Vous êtes bien traité ?

Il lâche un rire et allume une cigarette. Bien sûr, il n'y a pas de ventilation dans la pièce.

— Des prisons, j'en ai connu, et celle-là c'est la pire. Les murs appartiennent à l'État mais c'est une boîte privée qui gère. L'Atlantic Corrections Corporation. Vous les connaissez ?

— Oui. J'ai déjà visité quelques-uns de leurs centres pénitentiaires. Ce sont des pourris, c'est ça ?

— Quatre dollars pour un rouleau de PQ ! Alors que dehors ça n'en vaut même pas un. Et on a droit à un rouleau par semaine, une vraie toile émeri qui vous fait marcher comme un canard ! D'ailleurs, merci pour le fric. C'est cool, monsieur Post. J'ai des potes qui ne reçoivent jamais un sou de l'extérieur.

Les tatouages hideux de prisonniers décorent son cou. Il a les orbites et les joues creusées, stigmates d'une vie de junkie.

— Nous vous enverrons encore de l'argent, mais nos finances sont serrées.

— Qui ça « nous » ? Et pourquoi vous êtes là ? Les avocats ne peuvent plus rien pour moi.

— Je travaille pour une organisation qui cherche à faire libérer des détenus innocents. L'un de nos clients est Quincy Miller. Ce nom vous dit quelque chose ?

Il lâche un petit rire et souffle un nuage de fumée.

— Alors comme ça, vous m'avez baratiné ?

— Vous préférez que je parte ?

— Ça dépend de ce que vous me demandez.

En escroc aguerri, Huffey comprend que l'avantage vient de changer de camp. Je veux quelque chose que lui seul possède. Et il fait déjà ses comptes. Il connaît les règles du jeu.

— Commençons par la vérité.

Il rit à nouveau.

— La vérité, la justice et le rêve américain ! Il doit vous manquer une case, monsieur Post, à vouloir trouver la vérité dans un endroit pareil !

— C'est mon travail, Zeke. Le seul moyen de faire sortir Quincy Miller de prison. Vous comme moi savons que vous êtes un mouchard professionnel et que vous avez menti lors du procès. Quincy ne vous a jamais rien raconté. Ce sont les flics qui vous ont donné les détails du crime et le proc vous a fait répéter votre témoignage. Le jury a tout gobé et Quincy est enfermé depuis vingt-deux ans. Il est temps pour lui de retrouver la liberté.

Huffey sourit, d'un air compatissant.

— J'ai faim. Vous pouvez aller me chercher un Coca et des cacahuètes ?

— Bien sûr.

Il est courant, même ici, que les visiteurs achètent à manger pour les résidents. Je toque à la porte. Un gardien finit par m'ouvrir. Nous nous rendons tous les deux aux distributeurs. Et je commence à enfourner mes pièces : deux dollars pour une canette, et un dollar pour un minuscule sachet de cacahuètes. J'en prends deux. Le surveillant me reconduit dans la pièce et, quelques minutes plus tard, il apparaît de l'autre côté de la paroi de Plexiglas et donne à Huffey mes emplettes.

— Merci, me lance-t-il en buvant une gorgée.

Comme il ne faut pas laisser de trou dans la conversation, je demande :

— Comment les flics vous ont convaincu de témoigner contre Quincy ?

— Vous connaissez le système, monsieur Post. Ils ont toujours besoin de gars comme moi, en particulier quand ils n'ont pas de preuves. Je ne me souviens plus des détails. Ça fait longtemps.

— Oui, longtemps, pour Quincy aussi. Vous avez pensé à lui ? La vie en prison, vous savez ce que c'est. Vous avez envoyé un innocent derrière les barreaux pour le restant de ses jours. Ça ne vous a jamais tourmenté ?

— Pas vraiment. J'avais d'autres chats à fouetter, si vous voyez ce que je veux dire.

— Non, je ne vois pas. Quincy a une chance de sortir du trou. Ce n'est pas gagné, ça va être compliqué, mais on est habitués. C'est mon travail, Zeke, et je m'y connais. Et pour ça, j'ai besoin de vous.

— De moi ? Je suis censé faire quoi ?

— Dire la vérité. Déclarer par écrit que vous avez menti au procès et que vous l'avez fait parce que la police et le procureur vous ont promis une jolie récompense.

Il croque une poignée de cacahuètes, observe le sol. J'insiste :

— Je sais ce que vous pensez, Zeke. La Floride, c'est loin, et vous n'avez aucune envie de raviver cette vieille histoire. Si vous dites la vérité, les flics et le ministère public vont vous tomber dessus, vous accuser de parjure et vous enfermer à nouveau. C'est ce que vous craignez. Pourtant ça n'arrivera pas. Il y a prescription. On ne peut plus vous poursuivre. Et puis, tous les acteurs de l'époque sont hors jeu. Le shérif a pris sa retraite. Le procureur aussi. Et le juge est mort. La justice là-bas se contrefiche totalement de vous. Si vous nous aidez à faire libérer Quincy Miller, vous n'avez rien à gagner, mais rien à perdre non plus. Ce n'est pas un dilemme terrible. Faites ce qui est juste : révélez la vérité, et reprenez le cours de votre vie.

— Monsieur Post, je sors dans dix-sept mois. Je ne vais pas tout foutre en l'air.

— L'Arkansas se fiche de ce que vous avez pu dire dans une salle d'audience de Floride il y a vingt-deux ans. Vous n'avez pas fait de parjure ici. C'est tout ce qui compte pour eux. Une fois que vous serez en liberté conditionnelle, leur seul souci sera de vous trouver un remplaçant dans votre cellule. Vous savez très bien comment ça fonctionne. Vous être un pro.

Il sourit. Il a la stupidité de prendre ça pour un compliment. Il aime l'idée d'être aux commandes. Il boit une nouvelle gorgée de Coca, allume une autre cigarette. Il me répond enfin :

— Je ne sais pas trop, monsieur Post. Ça semble quand même très chaud pour moi. Je ne vois pas pourquoi je prendrais ce risque.

— Pourquoi pas ? Vous ne devez rien à ces flics, ni à ce procureur. Aucune loyauté. Vous resterez toujours un ennemi pour eux. Un gars du camp d'en face. Pour une fois, faites quelque chose de bien dans votre vie.

Il y a un long silence. Le temps n'a pas la même valeur ici. Il termine son sachet de cacahuètes et ouvre le second.

— Je n'ai jamais vu un avocat faire ce genre de choses. Combien de gens vous avez fait libérer ?

— Huit. Huit en dix ans. Tous innocents. En ce moment, nous avons six clients, en comptant Quincy Miller.

— Vous pourriez me faire sortir, moi aussi ? demande-t-il.

Il n'y croit pas plus que moi.

— Zeke, si je vous pensais innocent, je tenterais le coup.

— Ce serait une perte de temps.

— Effectivement. Alors, Zeke ? Vous allez nous aider ?

— Ce serait pour quand ?

— Difficile à dire. On enquête, on suit toutes les pistes pour monter notre dossier. C'est un travail de fourmi, comme vous vous en doutez. Il n'y a pas d'urgence. On ne va pas vous mettre la pression, mais j'aimerais rester en contact avec vous.

— Faites ça, monsieur Post, restez en contact, et trouvez-moi quelques dollars au passage. Des cacahuètes et un Coca, c'est un festin dans ce trou à rats !

— Je vous enverrai de l'argent, Zeke. Et si vous avez quelques minutes, pensez à Quincy. Vous lui devez bien ça.

— D'accord. J'y penserai.

9

Carrie Holland avait dix-neuf ans quand elle a raconté, au procès de Quincy, avoir vu un Noir s'enfuir dans une ruelle sombre à l'heure du crime. De la même corpulence que Quincy, il avait dans les mains une sorte d'objet allongé, comme un bâton. Elle venait de se garer dans la rue, avait entendu deux déflagrations du côté du cabinet des Russo un peu plus loin, et avait vu un homme courir. Durant le contre-interrogatoire, Tyler Townsend ne retint pas ses coups. Elle n'habitait pas là mais était venue voir une amie ? D'accord. Quelle amie ? Son nom ? La voyant hésiter, Tyler se moqua d'elle ouvertement. « Donnez-moi donc le nom de cette amie, que je l'appelle à la barre ! Allez-y ! » Bien sûr, l'accusation fit objection pour arrêter le massacre et le juge l'accorda. D'après les minutes du procès, il semble que Carrie n'ait jamais pu se souvenir du nom de son amie.

Tyler s'était ensuite intéressé à cette fameuse « ruelle sombre », totalement dépourvue d'éclairage. À l'aide d'un plan de la ville, il repéra les immeubles et la configuration des lieux. Au vu de la distance qui séparait la voiture de Carrie Holland et le cabinet de Keith Russo, il remit en cause la véracité de son témoignage. Comment pouvait-elle avoir vu tout ça ?

Il l'assaillit de questions, un véritable pilonnage, si bien que le juge dut refréner Townsend.

Carrie avait été condamnée pour usage de stupéfiants l'année précédente et Townsend la harcela. Avait-elle pris de la drogue avant de monter dans le box des témoins ? Luttait-elle encore contre ses addictions ? Était-il vrai qu'elle avait une liaison à l'époque avec un agent de la police du comté. Voyant que le contre-interrogatoire promettait d'être long, le juge demanda à l'avocat d'écourter. Furieux, Townsend répliqua que l'accusation avait le droit, elle, de prendre tout son temps. Le juge menaça le jeune avocat de le condamner pour outrage à la cour – et ce n'était pas la première fois. Quand Townsend en eut terminé avec Carrie Holland, il avait semé le doute quant à sa crédibilité, mais il s'était montré si agressif envers la jeune femme que les jurés la prirent en sympathie.

Peu de temps après le procès, Carrie quitta la région. Elle vécut près de Columbus, en Géorgie, se maria, eut deux enfants, divorça et disparut des radars. Vicki mit un an en recherchant sur le Net pour la retrouver. Elle s'appelle désormais Carrie Pruitt et habite au fin fond du Tennessee. Elle travaille dans une manufacture de meubles près de Kingsport, et loge dans un mobile home avec un dénommé Buck.

À son crédit, elle est parvenue à se faire oublier des autorités. Son casier ne porte que cette condamnation pour usage de stupéfiants à Seabrook, qui n'a pas été effacée. Carrie ne touche sans doute plus à la drogue, ce qui, pour notre quête, est toujours un plus.

Comme d'habitude Frankie s'est lancé dans un petit repérage il y a un mois. Il a pris des photos du mobile home et des alentours. Ainsi que de l'usine où elle travaille. Avec l'aide d'un détective de Kingsport, il a appris qu'elle a un fils à l'armée et un autre qui habite Knoxville. Buck Pruitt est chauffeur routier et il n'a pas de casier. Curieusement, son père a été le pasteur d'une petite église rurale à trente kilomètres de là. Nous avons peut-être affaire à une famille stable et solide.

Il y a de bonnes chances que ni Buck ni personne à cinq cents kilomètres à la ronde ne connaisse le passé de Carrie. Ce qui complique l'opération. Elle n'aura aucune envie de revenir sur son témoignage vingt ans après et risquer de mettre sa vie actuelle sens dessus dessous.

Je retrouve Frankie dans un coffee-shop à Kingsport. Devant deux gaufres, nous parlons des clichés qu'il a pris. Le mobile home est à l'écart, avec un chenil à l'arrière où Buck Pruitt a quelques chiens de chasse. Bien sûr, il conduit un pick-up. Elle, une Honda. Vicki a vérifié les plaques et le nom des propriétaires. Ni l'un ni l'autre ne sont inscrits sur les listes électorales. Un beau bateau de pêche est à l'abri sous un hangar, à côté du mobile home. À l'évidence, pour Buck, la chasse et la pêche sont des affaires sérieuses.

— Je n'aime pas cet endroit, lâche Frankie, en examinant les images.

— J'ai vu pire. (Et c'est la vérité. J'ai frappé à bien des portes où je m'attendais à être accueilli par un fusil ou un doberman.) Supposons que Pruitt ne sache rien du passé de sa belle, qu'il n'ait jamais entendu parler de Quincy Miller… Carrie préférera sans doute la jouer discret.

— Je suis d'accord. Mieux vaut ne pas s'approcher de la maison.

— À quelle heure elle part au travail ?

— Je ne sais pas. Elle pointe à 8 heures et s'en va à 17 heures. Elle ne sort pas pour déjeuner. Elle gagne environ neuf dollars de l'heure, sur une chaîne de montage, pas dans un bureau. On ne peut donc pas la joindre par téléphone.

— Et elle ne voudra pas parler devant ses collègues. C'est couru d'avance. Quel est le temps prévu pour samedi ?

— Beau et ensoleillé. Parfait pour aller à la pêche, non ?

— Espérons !

*

À l'aube, le samedi, Frankie prend de l'essence à une station-service à un kilomètre du mobile home. C'est notre jour de chance, du moins c'est ce que nous pensons à cet instant-là. Pruitt, avec un ami, passe en pick-up, avec le bateau de pêche sur la remorque, en route vers un lac ou une rivière. Frankie me prévient et j'appelle aussitôt leur ligne fixe.

Une femme à la voix ensommeillée décroche. Je prends mon ton le plus chaleureux.

— Bonjour, madame Pruitt. Mon nom est Cullen Post et je suis avocat à Savannah, en Géorgie. Vous avez une minute à m'accorder ?

— Qu'est-ce que vous voulez ? Qui êtes-vous ?

Elle paraît d'un coup tout à fait réveillée.

— Je m'appelle Cullen Post. J'aimerais vous parler d'un procès où vous avez témoigné il y a longtemps.

— C'est pas le bon numéro.

— Vous vous appeliez Carrie Holland et vous habitiez Seabrook en Floride. J'ai toutes les transcriptions des débats et je ne suis pas là pour vous attirer des ennuis. Je vous assure.

— Vous vous trompez de personne, monsieur.

— Je représente Quincy Miller. Il est en prison depuis vingt-deux ans à cause de vous, Carrie. Accordez-moi une demi-heure de votre temps, c'est le moins que vous puissiez faire.

Elle raccroche. Dix minutes plus tard, je me gare devant le mobile home. Frankie n'est pas loin, au cas où elle me tirerait dessus.

Carrie ouvre lentement la porte et s'avance sur le petit perron de bois. Elle est mince et porte un jean serré. Ses cheveux blonds sont tirés en arrière. Même sans maquillage, elle est plutôt agréable à regarder, quoique des années de tabagisme lui aient ridé le coin des yeux et des lèvres. Elle a une cigarette à la main et me scrute.

Je porte mon col de pasteur. Malheureusement, la magic n'opère pas. Avec un sourire, je me lance :

— Désolé de débarquer ainsi, mais j'étais dans le secteur.

— Qu'est-ce que vous voulez ? demande-t-elle en aspirant une longue bouffée.

— Je veux que mon client sorte de prison, Carrie, et c'est là que vous entrez en jeu. Je ne suis pas là pour vous harceler ou vous mettre dans l'embarras, je vous le promets. Je parie que Buck n'a jamais entendu parler de Quincy Miller, je me trompe ? Et je vous comprends. Je n'aurais rien dit, moi non plus. Mais Quincy Miller est derrière les barreaux pour un meurtre qu'il n'a pas commis. Il n'a tué personne. Et vous n'avez pas vu d'homme noir s'enfuir dans la rue. Vous avez dit ça sous la pression des flics, n'est-ce pas ? Vous sortiez avec l'un d'eux. Et ils vous connaissaient. Ils avaient besoin d'un témoin et vous aviez un problème de drogue. C'est bien ça, Carrie ?

— Comment vous m'avez retrouvée ?

— Vous ne vous cachez pas vraiment.

— Allez-vous-en ou j'appelle la police.

Je lève les mains en l'air.

— Pas de problème. Vous êtes chez vous. Je m'en vais. (Je lâche ma carte dans l'herbe.) C'est mon numéro. Je serai obligé de revenir. C'est mon travail. Mais je vous promets de ne pas révéler votre passé. Je veux juste vous parler, Carrie. Rien d'autre. Vous avez fait quelque chose de terrible il y a vingt-deux ans et il est temps de corriger ça.

Elle ne bouge pas et me regarde partir.

*

La lettre de Quincy est écrite à la main, entièrement en majuscules. Cela a dû lui prendre un temps fou.

> CHER POST,
>
> MERCI ENCORE DE VOUS OCCUPER DE MON AFFAIRE. VOUS NE POUVEZ IMAGINER CE QUE C'EST QUE D'ÊTRE ENFERMÉ ET SAVOIR QUE PERSONNE NE VOUS CROIT. MAIS

AUJOURD'HUI, TOUT A CHANGÉ, POST, GRÂCE À VOUS. MAINTENANT, METTEZ-VOUS AU TRAVAIL ET SORTEZ-MOI DE LÀ !

VOUS VOULIEZ SAVOIR SI MON SUPER AVOCAT EN HERBE SAVAIT QUI ÉTAIT LE VÉRITABLE MEURTRIER ? OUI, IL AVAIT SA PETITE IDÉE. IL M'A DIT QUE TOUT LE MONDE, DANS CETTE PARTIE DE LA FLORIDE, ÉTAIT AU COURANT QUE KEITH RUSSO ET SA FEMME ÉTAIENT EN AFFAIRES AVEC DES GENS PEU RECOMMANDABLES. ILS DÉFENDAIENT DES TRAFIQUANTS DE DROGUE. ILS ONT GAGNÉ BEAUCOUP D'ARGENT ET CELA A COMMENCÉ À SE VOIR. SEABROOK EST UNE VILLE MODESTE ET IL N'Y A PAS BEAUCOUP DE FRIC À SE FAIRE, MÊME POUR DES AVOCATS. LES GENS ONT FINI PAR SE POSER DES QUESTIONS. LE SHÉRIF DU COMTÉ, PFITZNER, ÉTAIT UN ESCROC LUI AUSSI. TYLER DISAIT QU'IL TREMPAIT DANS CE TRAFIC DE STUPÉFIANTS, ET AUSSI QU'IL ÉTAIT IMPLIQUÉ DANS CE MEURTRE. PROBABLEMENT.

POUR MOI, C'EST ÉVIDENT, POST. PFITZNER A MIS CETTE LAMPE ÉLECTRIQUE DANS LE COFFRE DE MA VOITURE, J'EN SUIS CERTAIN. TOUTE CETTE HISTOIRE ÉTAIT UN GIGANTESQUE COUP MONTÉ. ILS SAVAIENT QUE CE SERAIT PLUS FACILE, À SEABROOK, DE CONDAMNER UN NOIR, PLUTÔT QU'UN BLANC. ET ILS AVAIENT RAISON !

UN AMI M'A CONSEILLÉ DE FAIRE APPEL À RUSSO POUR MON DIVORCE. UN MAUVAIS CONSEIL. TRÈS MAUVAIS. IL M'A DEMANDÉ BIEN TROP D'ARGENT ET A FAIT DU MAUVAIS BOULOT. DÈS LE DÉBUT, J'AI SENTI QU'IL

N'AVAIT AUCUNE ENVIE DE S'OCCUPER DE MON CAS. QUAND LE JUGE M'A CONDAMNÉ À CETTE INDEMNITÉ COMPENSATOIRE ET À CETTE PENSION ALIMENTAIRE, J'AI DIT À RUSSO : PUTAIN, C'EST PAS POSSIBLE. JE NE PEUX PAS PAYER TOUT ÇA ! ET VOUS SAVEZ CE QU'IL M'A RÉPONDU ? « VOUS AVEZ DE LA CHANCE. CELA AURAIT PU ÊTRE PIRE. » LE JUGE ÉTAIT UN VIEUX BIGOT. IL DÉTESTAIT LES MARIS INFIDÈLES. ET MON EX N'ARRÊTAIT PAS DE RÉPÉTER QUE J'ÉTAIS UN COUREUR DE JUPONS. POUR RUSSO, C'ÉTAIT COMME SI JE L'AVAIS MÉRITÉ.

ALORS QU'IL TROMPAIT SA FEMME À QUI MIEUX MIEUX ! ENFIN PASSONS. QUE DIEU AIT SON ÂME.

TYLER NE SAVAIT PAS EXACTEMENT POURQUOI ON AVAIT TUÉ RUSSO, MAIS, QUAND ON FAIT DES AFFAIRES AVEC DES DEALERS, IL FAUT S'ATTENDRE À UN RETOUR DE BÂTON. PEUT-ÊTRE A-T-IL DEMANDÉ TROP D'ARGENT ? PEUT-ÊTRE A-T-IL JOUÉ LES BALANCES ? PEUT-ÊTRE SA FEMME N'A PAS VOULU BAISSER SON NIVEAU DE VIE. JE L'AI RENCONTRÉE UNE OU DEUX FOIS, QUAND JE SUIS VENU AU CABINET, ET ELLE NE M'A PAS FAIT BONNE IMPRESSION. CE N'ÉTAIT PAS UNE TENDRE, C'EST SÛR !

APRÈS MON PROCÈS, TYLER A REÇU DES MENACES. CELA LUI A VRAIMENT FICHU LA TROUILLE. ILS ONT RÉUSSI À LUI FAIRE QUITTER LA VILLE. IL PENSAIT QUE DES SALES TYPES EN AVAIENT APRÈS LUI. DES ANNÉES PLUS TARD, QUAND MES APPELS ONT TOUS ÉTÉ REJETÉS ET QU'IL N'ÉTAIT PLUS MON

AVOCAT, TYLER M'A DIT QU'UN ADJOINT DU SHÉRIF S'ÉTAIT FAIT TUER À SEABROOK. QUE CELA AVAIT UN LIEN AVEC LE MEURTRE DE RUSSO ET LA BANDE DE TRAFIQUANTS. MAIS IL N'AVAIT AUCUNE PREUVE.

ON EN EST LÀ, POST. VOILÀ LA THÉORIE DE TYLER CONCERNANT L'ASSASSINAT DE RUSSO. ET IL CROYAIT QUE SA FEMME ÉTAIT IMPLIQUÉE AUSSI. SAUF QU'IL EST TROP TARD MAINTENANT POUR PROUVER QUOI QUE CE SOIT.

MERCI ENCORE, POST. L'ESPOIR FAIT RÉELLEMENT VIVRE ET J'ESPÈRE VOUS REVOIR BIENTÔT. NE LÂCHEZ RIEN.

VOTRE CLIENT ET AMI, QUINCY MILLER.

10

Paul Norwood, l'expert qui a témoigné contre Quincy, était un ancien inspecteur de la brigade criminelle de Denver. Après avoir travaillé sur des scènes de meurtre pendant quelques années, il avait décidé de rendre sa plaque de policier. Il s'était acheté deux costumes et s'était reconverti dans l'expertise judiciaire. Il avait abandonné ses études à l'université, et n'avait pas eu le temps de passer un diplôme en criminologie, ni en quelque domaine scientifique. Pour combler ses lacunes, il a donc suivi des séminaires, participé à des stages de formation en médecine légale, lu des livres et des articles écrits par d'autres experts. Il s'exprimait bien et n'avait aucun mal à persuader les juges qu'il connaissait son affaire. Une fois accepté par la cour comme expert médico-légal, convaincre les jurés était un jeu d'enfant. Ses avis et analyses, *de facto*, semblaient des données scientifiques incontestables.

Norwood était loin d'être le seul dans son cas. Dans les années 1980 et 1990, les experts proliféraient dans les tribunaux, toutes sortes de spécialistes autoproclamés écumaient le pays pour influencer les jurys avec leurs déductions sans aucun fondement scientifique. Et pour couronner le tout, beaucoup de séries télé avaient pour héros des experts capables de résoudre des crimes très complexes grâce à leur flair et leur savoir infaillible. Sur le petit écran, les plus charismatiques pouvaient, rien qu'en examinant un cadavre ensanglanté, donner le nom du tueur. Dans la vraie vie, des milliers d'accusés ont été condamnés et enfermés en prison à cause de théories fumeuses échafaudées avec des indices divers et variés : taches de sang, salive, morsures, traces de coups, bouts de tissus, éclats de verre, cheveux, poils pubiens, empreintes de chaussure. Même la balistique et l'analyse des empreintes digitales n'étaient pas exemptes d'erreurs.

Les bons avocats, malgré leurs efforts, parvenaient rarement à discréditer ces gens. Les questions scientifiques dépassaient les capacités des juges et ils n'avaient pas le temps de se mettre à niveau. Quand un spécialiste se présentait à la barre avec un minimum d'expérience et semblait savoir de quoi il parlait, la cour l'autorisait à s'exprimer. Et cela faisait boule de neige : si un gars avait été accepté comme expert dans plusieurs tribunaux, c'est qu'il avait une certaine légitimité. Les cours d'appel prirent l'habitude de confirmer les jugements sans remettre en cause le professionnalisme de ces experts derrière les analyses médico-légales, contribuant ainsi à asseoir leur réputation. Plus leurs CV s'étoffaient, plus l'opinion publique était encline à gober leurs conclusions farfelues au profit de l'accusation.

Et plus Paul Norwood témoignait à la barre, plus il devenait finaud. Un an avant que se tienne le procès de Quincy en 1988, Norwood avait suivi une formation accélérée sur l'analyse des traces de sang, une semaine de cours organisée par un laboratoire privé du Kentucky. On lui avait donné un beau certificat de fin de stage et il avait pu ajouter ce nouveau domaine d'expertise à son curriculum florissant. Il impressionna vite les jurys par son savoir : il connaissait toutes les façons dont le sang pouvait être disséminé sur une scène de crime. Il était multispécialiste : traces d'hémoglobine, reconstitution criminelle, balistique, analyse de poils et de cheveux. Il se faisait de la pub partout, du relationnel avec les flics et les procureurs, écrivait même des manuels de médecine légale. Sa réputation grimpa en flèche et il était très sollicité.

Après vingt-cinq ans de carrière, Norwood avait témoigné dans des centaines de procès, toujours au profit du ministère public, contre le prévenu. Et toujours pour de coquets honoraires.

Cependant l'analyse ADN était arrivée et avait mis un sérieux coup d'arrêt à son commerce. L'identification par empreinte génétique non seulement bouleversa les méthodes d'investigation mais mit au jour les déviances et failles de la prétendue science dont Norwood et ses confrères se faisaient les champions. Dans la moitié des affaires où des condamnés ont été disculpés grâce à l'ADN, de tels « experts » avaient été les pièces maîtresses de l'accusation.

En l'espace d'une année, 2005, trois condamnations de Norwood furent invalidées par les tests ADN, révélant du même coup ses méthodes approximatives et ses erreurs. Ses victimes avaient passé, à elles trois, cinquante-neuf ans en prison, dont une dans le couloir de la mort. Sous la pression, l'expert prit sa retraite après un dernier procès en 2006, où la défense, durant le contre-interrogatoire, démonta totalement son analyse des taches de sang. Une véritable humiliation. L'avocat, pas à pas, le contraignit à raconter les trois camouflets qu'il avait essuyés l'année précédente. Les questions étaient brillantes, insidieuses, implacables. L'accusé fut déclaré non coupable. Le véritable tueur a été identifié plus tard. Et Norwood a alors décidé de raccrocher les gants.

Toutefois, pour Quincy Miller, le mal était fait. Il avait été condamné à cause de Norwood et de son analyse des traces de sang sur une lampe électrique – lampe qu'il n'avait jamais eue entre les mains.

Puisqu'elle avait disparu avant le procès.

*

Norwood refuse de discuter de l'affaire. Je lui ai écrit à deux reprises. Il m'a répondu une fois. Il ne veut pas en parler, pas même au téléphone. Il assure être en mauvaise santé. Ce procès est très ancien, sa mémoire lui joue des tours, ce genre de choses… Une conversation qui, de toute façon, n'aurait pas servi à grand-chose. À ce jour, sept de ses rapports ont été officiellement discrédités et il est régulièrement cité comme le symbole de ces experts charlatans. Les avocats anti-peine de mort se déchaînent contre lui. Il fait même l'objet d'un procès. Des blogueurs l'éreintent pour tout le mal qu'il a engendré. Les juges des cours d'appel passent au crible sa carrière d'imposteur. Un groupe de défense tente de rassembler les fonds nécessaires pour réexaminer toutes les affaires où il est intervenu, même si trouver l'argent reste ardu. S'il avait bien voulu me rencontrer, je lui aurais demandé de réfuter ses déclarations au procès de Quincy et de réparer les torts qu'il a causés. Mais pour le moment il n'exprime aucun remords.

Avec ou sans Norwood dans notre escarcelle, nous sommes obligés d'engager à notre tour un expert médico-légal, et les bons praticiens sont chers.

Je suis à Savannah. Nous avons deux jours pour fourbir nos armes. Vicki, Mazy et moi sommes dans la salle de réunion et discutons du choix des experts – les quatre rescapés de la sélection, tous d'éminents criminologues aux antécédents irréprochables. Nous allons en choisir deux et leur envoyer le dossier. Le moins cher demande quinze mille dollars pour consulter les pièces. Le plus onéreux réclame trente mille, et c'est non négociable. Les actions pour disculper des détenus se sont multipliées ces dernières années, et ces pointures sont courtisées par tous les comités de lutte contre les erreurs judiciaires.

Notre préféré est le professeur Kyle Benderschmidt de la Virginia Commonwealth University, à Richmond. Il y enseigne depuis des décennies et a monté l'un des plus prestigieux départements de médecine légale du pays. J'ai parlé à d'autres avocats et ils ne tarissent pas d'éloges à son égard.

Nous comptons consacrer soixante-quinze mille dollars à notre guerre, pour payer les experts, les détectives privés, et éventuellement les avocats. Mais nous n'aimons pas payer nos confrères. Au fil des années, nous avons appris à les rallier à notre cause et à les convaincre de travailler pour nous gratuitement. Nous avons ainsi constitué un petit réseau de collaborateurs aux quatre coins du pays. Même certains scientifiques acceptent de réduire leurs honoraires pour nous aider à libérer un innocent, quoique cela reste rare.

Benderschmidt veut trente mille, c'est son prix.

— On a l'argent ? m'enquiers-je.

— Bien sûr, répond Vicki avec un sourire, toujours optimiste.

Si on est à court, elle décrochera son téléphone pour crier misère auprès de nos généreux donateurs.

— Alors embauchons-le.

Mazy est d'accord. Nous passons au deuxième expert.

— Pour l'instant, ça ne part pas sur les chapeaux de roues, lance Mazy. June Walker, Zeke Huffey, Carrie Holland… tu t'es pris que des vestes.

Comme dans tous les groupes, les railleries vont bon train chez les Anges Gardiens. Vicki et Mazy s'entendent plutôt bien, mais préfèrent s'éviter. Alors quand je suis là, c'est moi leur cible préférée. Si on ne s'appréciait pas autant, ça finirait en pugilat !

Je ris de bon cœur.

— C'est vrai. Les bons départs, ce n'est pas notre fort.

— Je préfère être la tortue de la fable, plutôt que le lièvre, réplique Vicki, reprenant sa maxime favorite.

— Pour mémoire, il nous a fallu trois ans pour nous décider à prendre cette affaire. Et vous espérez que je le fasse libérer dans le mois ?

— Non. Simplement on aimerait bien que ça bouge un peu, rétorque Mazy.

— Je n'ai pas encore sorti le grand jeu !

Mazy esquisse un sourire.

— Quand comptes-tu aller à Seabrook ?

— Je ne sais pas. Le plus tard possible. Personne là-bas ne sait que nous sommes sur le coup et mieux vaut rester dans l'ombre.

— C'est quoi le niveau de danger ? demande Vicki.

— Difficile à dire. Mais il n'est pas négligeable. Si Russo s'est fait descendre par un gang, ces gars sont toujours là. Et le tueur aussi. Dès que je pointerai mon nez, ils le sauront.

— Ça paraît plutôt chaud, Post, lance Mazy.

— Je ne vais pas soutenir le contraire, mais c'est toujours comme ça, non ? Nos clients sont en prison à cause de gens mal intentionnés. Ils sont ravis que les flics se soient trompés de bonhomme, ça les fait bien rire, et ils n'ont aucune envie qu'un avocat vienne gâcher la fête.

— Fais quand même attention, insiste Vicki.

Elles sont vraiment inquiètes.

— Je fais toujours attention. Tu cuisines quoi ce soir ?

— Désolée. J'ai ma séance de bridge.

— Et nous, c'est pizza congelée, annonce Mazy.

Mazy déteste préparer à manger. Avec quatre gosses à la maison, son congélateur lui sauve la mise.

— James n'est pas là ?

Mazy et son mari se sont séparés voilà quelques années et ont tenté le divorce. Mais cela n'a pas très bien marché. En tout cas, pas mieux que la vie conjugale. Elle sait que je me fais du souci et qu'en rien je ne veux être indiscret.

— Il va et vient, passe un peu de temps avec les enfants.

— Je prie pour vous.
— Je sais, Post. Et on prie pour toi aussi.

*

Je n'ai jamais de nourriture chez moi parce que les denrées s'abîment trop vite. Puisque je n'ai pu me faire inviter par l'une ou l'autre de mes collègues, je travaille jusqu'au soir et pars en promenade dans le quartier historique. Noël est dans deux semaines, l'air est frais. J'habite Savannah depuis une dizaine d'années, pourtant je ne connais toujours pas bien la ville. Je suis trop souvent absent pour profiter de ses charmes et il est difficile de se faire des amis quand on est un nomade comme moi. Mais mon meilleur ami est chez lui et est ravi d'avoir de la compagnie.

Luther Hodges m'a embauché à ma sortie du séminaire et m'a fait venir à Savannah. Il est à la retraite aujourd'hui et sa femme est décédée il y a quelques années. Il vit dans une petite maison qui appartient au diocèse, pas très loin de Chippewa Square. Il m'attend sur le perron, impatient de sortir.

— Bonjour, mon père, dis-je en l'enlaçant.

— Bonjour, mon fils.

Un rite immuable.

— Tu as maigri.

Il s'inquiète toujours de mon mode de vie : la mauvaise nourriture, le manque de sommeil, le stress.

— Pas vous en revanche !

Il tapote sa bedaine.

— Les glaces sont mon péché mignon.

— Je suis affamé ! Allons-y.

Nous marchons sur le trottoir, bras dessus bras dessous, et nous descendons Whitaker Street. Luther a près de quatre-vingts ans à présent, et à chacune de mes visites il avance un peu plus lentement. Il boite et a grand besoin de se faire opérer du genou, mais il ne veut pas en entendre parler. Les prothèses sont pour les infirmes, selon lui. « Je suis trop jeune pour être vieux », c'est l'une de ses expressions favorites.

— Où étais-tu ? me demande-t-il.

— Ici et là. La routine, quoi.

— Parle-moi de ton affaire.

Il est fasciné par mon travail et veut toujours avoir des détails. Il connaît le nom de tous les clients des Anges Gardiens et suit l'avancée des dossiers sur Internet.

J'évoque Quincy Miller et ma difficulté à faire bouger les choses. Il est très attentif et, fidèle à son habitude, parle peu. Combien de gens ont la chance d'avoir un ami prêt à les écouter pendant des heures ? Luther Hodges est un don du ciel.

Je lui trace les grandes lignes sans rien révéler de confidentiel, puis lui demande des nouvelles de ses activités. Il consacre plusieurs heures par jour à écrire à des hommes et femmes derrière les barreaux. C'est son ministère et il s'y adonne complètement. Il tient à jour ses fichiers et a des copies de toute sa correspondance. Les prisonniers qui sont sur la liste de Luther auront tous une carte pour leur anniversaire et pour Noël. Et quand Luther a de l'argent, il leur envoie ce qu'il a.

Ils sont soixante en ce moment. L'un est mort la semaine dernière. Un jeune du Mississippi qui s'est pendu. Luther a la voix qui chevrote quand il en parle. Le garçon avait évoqué à deux reprises le suicide dans ses lettres et Luther s'était inquiété. Plusieurs fois, il avait averti l'administration de la prison, mais elle n'a pas bougé.

Nous arrivons au fleuve Savannah et empruntons la jolie rue pavée qui longe la rive. Notre cantine depuis des années est un restaurant de fruits de mer. C'est ici que Luther m'a emmené lors de notre première rencontre. Avant d'ouvrir la porte, il annonce :

— C'est moi qui t'invite.

Il connaît ma situation financière.

— Si vous y tenez.

11

Le campus de l'université est si grand qu'il semble avoir phagocyté tout le centre-ville de Richmond. Par un après-midi glacial de janvier, je me dirige vers le département des sciences médico-légales sur West Main Street. Kyle Benderschmidt dirige ce service d'une main de fer depuis vingt ans. Son bureau occupe tout un angle du bâtiment. Une secrétaire me propose du café. Je ne refuse jamais. Les étudiants vont et viennent. À 15 heures précises, le grand criminologue apparaît et me lance un sourire.

Benderschmidt a un peu plus de soixante-dix ans, il est svelte, énergique, et vêtu comme du temps où il était étudiant : pantalon de toile, mocassins en cuir, chemise boutonnée jusqu'en haut. Bien qu'il soit très demandé comme expert, il aime encore enseigner et assure deux cours chaque semestre. En revanche, il déteste les salles de tribunal et évite d'y témoigner. Lui comme moi savons que si l'affaire de Quincy doit être rejugée, cela ne se produira pas avant des années. D'ordinaire, il étudie le dossier, rédige ses conclusions, fait quelques propositions et passe à l'affaire suivante, laissant aux avocats le soin d'exploiter au mieux son analyse.

Je le suis dans une petite salle de réunion. Sur la table trône la pile de documents que je lui ai fait parvenir trois semaines auparavant : des photos et des plans de la scène de crime, des clichés de la lampe de poche, le rapport d'autopsie et l'ensemble des transcriptions des débats – près de mille deux cents feuillets.

Je désigne les papiers.

— Alors ? Vous en pensez quoi ?

Il sourit à nouveau et secoue la tête.

— J'ai tout lu et je ne vois pas comment M. Miller a pu être condamné. Mais cela n'a rien d'inhabituel. Qu'est-ce qui est arrivé à cette lampe électrique ?

— Il y a eu un feu dans la réserve où les flics conservaient les scellés. On ne l'a jamais retrouvée.

— Oui, j'ai consulté cette partie. Je vous demande ce qui s'est vraiment passé.

— Je n'en sais rien. Nous n'avons pas encore mené notre enquête sur cet incendie et nous ne connaîtrons sans doute jamais la vérité.

— Très bien, supposons que ce soit un incendie volontaire. Sans cette lampe, il n'y avait plus d'élément direct incriminant Miller. Je ne vois pas ce que la police avait à gagner à faire disparaître cette pièce et à ne pas la montrer au jury.

J'ai l'impression d'être un témoin dans le box, pendant le contre-interrogatoire de la défense.

— Très bonne question, dis-je en sirotant mon café. Puisque nous en sommes aux suppositions… peut-être que la police ne voulait pas qu'un expert de la défense puisse l'examiner ?

— Mais la défense ne présentait pas d'expert.

— Certes. La défense n'avait aucun fonds. L'avocat a été commis d'office. Et le juge a refusé de donner de quoi payer un expert à la partie adverse. Les flics s'en doutaient, mais peut-être qu'ils ne voulaient courir aucun risque ? Ils pensaient pouvoir trouver un gars comme Norwood, qui accepterait de faire une analyse et de donner des conclusions uniquement à partir de photos.

— Ça se tient.

— Ce ne sont que des suppositions, professeur Benderschmidt. On en est réduit à ça pour le moment. À des supputations. Et peut-être que le sang sur la lampe appartenait à quelqu'un d'autre.

— Exactement, répond-il avec un petit sourire, comme s'il avait déjà trouvé la clé de l'énigme.

Il soulève un grand tirage montrant, en gros plan, la lentille frontale de la lampe de poche.

— J'ai examiné tous ces clichés, reprend-il. En long, en large et en travers. Mes confrères aussi. Nous ne sommes même pas sûrs qu'il s'agisse de sang.

— Si ce n'est pas du sang, qu'est-ce que c'est ?

— Impossible à dire. Le plus troublant, c'est que cette pièce n'a pas été retrouvée sur les lieux du crime. Nous ignorons comment ce sang, si tant est que c'en soit, est arrivé sur cette lentille. Et il y en a si peu. Difficile de se prononcer.

— Si ce sont des éclaboussures au moment du tir, le fusil et l'assassin devaient en être couverts aussi, non ?

— Sans doute, mais on ne le saura jamais. Ni l'arme ni les habits du tueur n'ont été récupérés. Nous savons juste qu'il s'agit d'un fusil de chasse à cause de la chevrotine. Deux tirs dans un espace aussi confiné produisent beaucoup de sang. D'ailleurs, les photos le prouvent. Ce qui est curieux, c'est que l'on n'a pas repéré les traces de pas de l'agresseur quand il est reparti avec ses chaussures maculées de sang.

— Non, il n'y a rien dans le rapport à ce sujet.

— Le tireur, à l'évidence, a pris grand soin de ne laisser aucun indice. Pas d'empreintes digitales. Il portait sans doute des gants. Pas de traces de semelles. Il avait donc enfilé des surchaussures. C'est du travail d'expert.

— Peut-être un contrat sur sa tête, lancé par un professionnel ?

— À vous de le découvrir. C'est votre domaine, pas le mien.

— Vous pensez qu'il est possible de tirer avec un fusil de chasse en le tenant d'une seule main, tout en ayant dans l'autre une lampe de poche ?

Je pose la question même si je connais la réponse.

— C'est hautement invraisemblable. Mais c'est une petite lampe, avec une lentille large de cinq centimètres. On peut la coincer dans la paume et maintenir le fût avec les doigts. C'est sans doute la version présentée par l'accusation. Personnellement, je doute que cette lampe se soit trouvée sur la scène du crime.

— Norwood a certifié que c'était bien du sang sur le verre, des rétroprojections suite aux tirs.

— Norwood s'est trompé une fois encore. Il aurait mieux fait de se taire.

— Vos chemins se sont donc déjà croisés ?

— Oh oui. Deux fois. Et les deux fois, j'ai démonté ses conclusions, mais les gars qu'il a fait condamner sont toujours en prison. Norwood était une petite star à l'époque. Il est hors jeu maintenant. Malheureusement beaucoup de ces charlatans sévissent encore. Cela me rend malade.

Benderschmidt ne décolère pas à propos de ces stages d'une semaine où des agents de police, des enquêteurs, ou n'importe qui ayant de quoi payer, peuvent suivre une formation accélérée, sortir avec un diplôme bidon et se prétendre experts.

— C'était irresponsable de sa part d'aller dire au jury que ces taches étaient du sang et qu'il provenait du cadavre de Russo ! (Il secoue la tête de dégoût.) Il n'y a aucun moyen scientifique de le savoir.

Norwood a expliqué aux jurés que les rétroprojections ne se propagent jamais au-delà d'un mètre vingt, une croyance populaire à l'époque. Cela prouvait que la lampe était proche de la victime. Ce qui est loin d'être aussi évident, selon Benderschmidt. La distance sur laquelle migrent ces éclaboussures varie grandement suivant les cas, et Norwood ne pouvait être aussi catégorique.

— Il y avait bien trop de variables à prendre en compte.

— Qu'est-ce que vous pensez de tout ça ?

— Que les conclusions de Norwood ne reposent sur aucune base scientifique. Primo, on ne peut affirmer que cette lampe était sur les lieux du crime. Secundo, il est possible que ces taches ne soient pas du sang. Voilà mon analyse. Je vous mettrai tout ça par écrit, avec de belles phrases savantes qui ne laisseront aucun doute.

Il consulte sa montre. Il va devoir me laisser un moment pour passer un coup de fil. Pas de problème. En son absence, je prends quelques notes et consigne les questions auxquelles je n'ai pas encore de réponses. Il ne les a pas non plus, mais j'ai envie d'avoir son avis. Et je le paie pour ça. Un quart d'heure plus tard, il revient avec une tasse de café.

— Qu'est-ce qui cloche, selon vous ? Oublions la science un moment. Passons aux spéculations.

— Vous avez raison, c'est presque aussi amusant ! concède-t-il avec un sourire. Première question : si la police a placé cette lampe dans le coffre de Miller, pourquoi se sont-ils arrêtés en si bon chemin ? Pourquoi ne pas y avoir mis aussi le fusil ?

Je me suis posé cent fois cette question.

— Peut-être craignaient-ils de ne pouvoir prouver qu'il lui appartenait ? Je suis certain que l'arme n'était pas déclarée. Ou alors, c'était trop compliqué. Le shérif n'était pas seul quand il a prétendu avoir trouvé la lampe. Il y avait d'autres flics aux alentours.

Benderschmidt m'écoute et hoche la tête.

— Ça se tient.

— Il est facile de cacher une lampe dans sa poche et de la glisser dans un coffre ni vu ni connu. C'est moins évident avec un fusil de chasse.

— Je veux bien accepter cette explication, approuve-t-il. Question suivante : selon le mouchard en prison, Miller a dit qu'il était parti au bord de la mer le lendemain pour balancer l'arme dans l'océan. Pourquoi n'a-t-il pas jeté aussi la lampe de poche ? Les deux étaient des pièces incriminantes. Les deux étaient maculées de sang. Il aurait été logique de se débarrasser du tout.

— Je n'ai pas la réponse. Et c'est un gros hiatus dans la version que les flics ont donnée à Huffey.

— Et pourquoi le bord de mer ? Avec ses bancs de sable, ses marées basses ?

— C'est vrai, ça ne tient pas debout.

— Effectivement. Autre question : pourquoi avoir utilisé un fusil ? C'est très bruyant. Le tireur a eu de la chance qu'on n'entende pas les coups de feu.

— En fait, Carrie Holland prétend avoir entendu quelque chose, mais son témoignage n'était pas crédible. Ils ont utilisé un fusil de chasse parce que c'est le genre d'arme qu'aurait pu avoir un gars comme Quincy Miller. Un pro aurait choisi un pistolet avec un silencieux, bien sûr. Là l'objectif était de brouiller les pistes, faire accuser Quincy.

— Miller était chasseur ?

— Pas du tout. Il n'a jamais tiré une perdrix de sa vie.

— Il avait des armes chez lui ?

— Oui. Deux pistolets pour sa protection. Sa femme a affirmé qu'il avait aussi un fusil, mais on ne peut pas se fier à son témoignage non plus.

— Vous avez fait du bon boulot, Post.

— Merci. J'ai un peu de bouteille. Comme vous. Maintenant que vous connaissez le dossier, j'aimerais avoir votre avis. Laissez parler votre instinct. Dites-moi, selon vous, comment s'est passé le meurtre.

Il se lève et s'approche d'une fenêtre.

— Quelque part, il y a une tête pensante, lâche-t-il en regardant au-dehors. C'est pour cette raison que nous ne pourrons élucider ce crime, à moins d'un miracle. Diana Russo a été convaincante quand elle a décrit le conflit qui opposait Miller et son mari. Je la suspecte d'avoir grandement exagéré. Pourtant le jury l'a crue. Elle a désigné du doigt un Noir dans une ville de Blancs. Un Noir, ayant un mobile, qui plus est ! Quant aux véritables responsables, ils en savaient suffisamment sur les lieux du crime pour utiliser cette lampe afin d'incriminer Miller. Le tueur n'a laissé aucun indice, ce qui est remarquable et en dit long sur le degré de préparation. S'il a commis une erreur, de toute évidence, les flics sont passés à côté ou ont volontairement fermé les yeux. Après vingt-deux ans, l'affaire est classée et semble impossible à résoudre. Nous ne trouverons pas l'assassin, monsieur Post, mais vous parviendrez peut-être à innocenter votre client.

— Il pourrait être coupable ?

— Vous avez des doutes ?

— J'ai toujours des doutes. C'est ça qui m'empêche de dormir.

Benderschmidt retourne à son fauteuil et prend une gorgée de café.

— Non, je pense qu'il est innocent. Le mobile est trop faible. Bien sûr, il a pu détester son ancien avocat, mais lui tirer dans la tête, c'est l'aller simple pour le couloir de la mort. Miller avait un alibi. Rien ne le relie à la scène de crime. L'explication la plus logique, c'est qu'il ne l'a pas tué. Voilà mon avis.

— Ça fait du bien de l'entendre.

Benderschmidt ne verse pas dans la sensiblerie et il a témoigné plus souvent pour l'accusation que pour la défense. Il est franc et direct, n'hésite pas à critiquer les autres experts, voire un confrère, quand il n'est pas d'accord. Nous passons encore quelques minutes à évoquer diverses affaires où ces fameuses rétroprojections de sang ont été déterminantes dans le verdict. Puis vient l'heure de prendre congé.

— Je vous remercie, professeur, dis-je en rassemblant mes affaires. Je sais que votre temps est précieux.

— Vous avez payé pour l'avoir, répond-il avec un sourire. Trente mille dollars.

Au moment où j'ouvre la porte, il lance :

— Une dernière chose, monsieur Post. Cela dépasse largement le champ de mon expertise, j'en suis conscient, simplement la situation pourrait être délicate. C'est juste un conseil. Faites attention à vous.

— Merci.

12

L'affaire suivante sur ma liste m'emmène à Tully Run, un petit établissement pénitentiaire niché au pied des Blue Ridge Mountains dans la partie occidentale de la Virginie. C'est ma deuxième visite ici. À cause d'Internet, il y a aujourd'hui des centaines de milliers de gens incarcérés pour délits sexuels. Pour de multiples raisons, les délinquants sexuels ne font pas bon ménage avec les détenus classiques. La plupart des États ont donc pris la décision de les séparer. La Virginie confine la plupart de cette population à Tully Run.

L'homme s'appelle Gerald Cook. Un Blanc, quarante-trois ans, condamné à vingt ans pour agressions sexuelles sur ses deux belles-filles. Comme je suis submergé de demandes, j'ai essayé jusqu'à présent d'éviter les affaires de mœurs. Toutefois, j'ai découvert que, là aussi, certains sont réellement innocents.

Dans sa jeunesse, Cook était un chien fou – buveur, bagarreur et coureur de jupons. Neuf ans plus tôt, il a épousé sa dernière conquête, une grossière erreur. Ils ont passé quelques années à se disputer, à se quitter et se rabibocher. Les deux avaient des problèmes pour garder un emploi et les fins de mois étaient toujours difficiles. Une semaine après que sa femme a demandé le divorce, Gerald a gagné cent mille dollars à la loterie et tenté de garder la nouvelle pour lui. L'épouse, presque aussitôt, a été au courant et ses avocats se sont excités. Gerald s'est enfui avec le butin et le divorce a traîné en longueur. Pour se rappeler à lui, et au moins récupérer une part du pactole, elle a monté une conspiration avec ses filles, alors âgées de onze et quatorze ans, pour l'accuser d'abus sexuels, délits qu'il n'a jamais commis. Les filles ont fait des dépositions, détaillant les viols et les sévices. Gerald a été arrêté, jeté en prison avec une caution pharaonique, et depuis n'a cessé de clamer son innocence.

En Virginie, il est difficile de défendre de telles accusations. Au procès, les deux filles sont montées dans le box des témoins et ont décrit les horreurs que leur avait fait subir leur beau-père. Gerald a soutenu une version opposée mais, trop rebelle dans l'âme, il a donné une mauvaise impression aux jurés. Il a été condamné à vingt ans. Lorsqu'il a été envoyé en prison, ses gains à la loterie n'étaient déjà plus qu'un doux souvenir.

Ses deux belles-filles ont abandonné leurs études avant la fin du lycée. En revanche, l'aînée s'est montrée précoce dans le domaine conjugal. À vingt et un ans, elle en est déjà à son second mariage. La cadette a eu un enfant et travaille aujourd'hui pour un salaire de misère dans un fast-food. Leur mère est propriétaire d'un salon de beauté dans les faubourgs de Lynchburg et a la langue bien pendue. Notre détective a obtenu les déclarations sous serment de deux anciennes clientes, où elles racontent que la patronne n'arrête pas de se vanter du mauvais tour qu'elle a joué à son ancien mari. Nous avons également en notre possession la déposition d'un de ses anciens amants révélant le même machiavélisme de l'ex-Mme Cook. Elle lui a fait tellement peur qu'il a pris la poudre d'escampette.

Gerald Cook a attiré notre attention par une lettre, il y a deux ans. Nous en recevons vingt par semaine, et c'est très frustrant. Vicki, Mazy et moi faisons notre possible pour les lire et trier le grain de l'ivraie. La grande majorité de ces courriers provient de détenus coupables qui ont eu tout le loisir de peaufiner leur défense et d'écrire de longues lettres. Je voyage toujours avec une liasse de ces missives encore cachetées pour occuper mes nuits. Chez les Anges Gardiens, nous nous faisons un devoir de tout lire.

L'histoire de Cook paraissant plausible, je lui ai répondu. Nous avons échangé quelques lettres, puis il m'a envoyé les transcriptions de son procès et l'ensemble de son dossier. Nous avons mené quelques recherches préliminaires et avons été convaincus qu'il disait la vérité. Je lui ai rendu visite il y a un an et je n'ai pas apprécié le personnage. Il a confirmé ce que j'avais pressenti à travers notre correspondance : son désir ardent de vengeance. Son but était de sortir d'ici et soit de tabasser son ex-épouse et ses filles, soit, plus vraisemblablement, de les accuser de trafic de drogue pour qu'elles se retrouvent à leur tour en prison. Il rêvait de pouvoir un jour venir les narguer au parloir. J'avais tenté de le calmer, de lui expliquer que nous avions certaines attentes concernant les clients que nous parvenions à faire libérer, et que nous ne voulions pas être les initiateurs d'une quelconque vendetta.

La plupart des détenus à qui je rends visite ne pensent qu'à la fin de leur calvaire, à l'ivresse de la liberté. Gerald, lui, demeure belliqueux et revanchard.

Pour tout salut, il pousse un grognement de l'autre côté de la vitre de Plexiglas et attrape le téléphone.

— Pourquoi c'est si long, Post ? Vous savez que je suis innocent. Faites-moi sortir de là. Et vite !

Je souris et lui réponds.

— Bonjour aussi, Gerald. Comment allez-vous ?

— Arrêtez vos conneries, Post. Qu'est-ce que vous foutez ? Je suis coincé ici avec une bande de pervers. Je me tape ces pédés depuis sept ans. J'en ai ma claque !

De mon ton le plus calme, je réponds :

— Gerald, on va peut-être s'arrêter là. Ça vaut mieux. Vous me criez dessus et je n'aime pas ça. Je vous rappelle que vous ne me payez pas. Je suis bénévole. Si vous continuez à être déplaisant, je m'en vais.

Il baisse la tête et se met à pleurer. J'attends, le temps qu'il faut. Il s'essuie les joues sur sa manche et évite mon regard.

— Je suis innocent, Post. Totalement innocent.

Sa voix chevrote.

— Je le sais, sinon je ne serais pas ici.

— Cette salope a monté ses filles contre moi. Elles ont menti et elles continuent à bien rire de ce qui m'arrive.

— Je vous crois, Gerald. Mais ça va être long de vous sortir d'ici. Il n'y a aucun moyen d'accélérer les choses. Je vous l'ai dit : il est facile de condamner un innocent et quasiment impossible de le disculper ensuite.

— Ce n'est pas juste, Post.

— Non, ce n'est pas juste. Et aujourd'hui j'ai un problème. Si vous sortez demain, je crains que vous fassiez quelque chose de stupide. Je vous ai mis en garde à plusieurs reprises contre ces idées de vengeance. Si c'est encore présent à votre esprit, je jette l'éponge.

— Je ne vais pas la tuer, Post. Promis. Je ne suis pas idiot à ce point. Je ne tiens pas à retourner au trou.

— Mais ?

— Mais quoi ?

— Il y a un « mais », Gerald. Qu'allez-vous faire ?

— Je vais trouver. Elle mérite de payer, non ? Je ne peux pas laisser passer ça.

— Et pourtant il le faut. Le programme, c'est de partir loin et d'oublier.

— Impossible, Post. Ce que m'a fait cette salope me hante. Elle et ses deux filles. Je les hais jusqu'au plus profond de moi. Je suis ici, dans ce trou à rats, innocent, et elles, elles se foutent de moi ! Où est la justice ?

Prudent par nature, je ne suis pas encore son avocat. Pas officiellement. Même si les Anges Gardiens ont déjà consacré à son affaire vingt mille dollars et deux ans d'enquête, nous n'avons rien signé. Cook m'inquiète depuis le début et je me suis ménagé une issue de secours.

— Vous voulez toujours vous venger, c'est bien ça, Gerald ?

Ses lèvres tremblent, ses yeux se mettent à nouveau à briller. Il me fixe du regard et hoche la tête.

— Alors je suis désolé, Gerald. C'est non. Je ne serai pas votre avocat.

D'un coup, il a un accès de rage.

— Ne me faites pas ça, Post ! (Il lance le téléphone contre la vitre.) Vous n'avez pas le droit ! Je vais crever ici. Je vais crever !

Il se met à cogner le Plexiglas. Je recule.

— Il faut m'aider, Post ! Vous savez que je suis innocent ! Vous n'allez pas vous barrer comme ça et me laisser ici ! Je n'ai rien fait ! Je n'ai rien fait !

La porte derrière moi s'ouvre et un gardien entre dans la cabine.

— Assis, détenu ! crie-t-il tandis que Gerald cogne contre la vitre.

La porte derrière lui s'ouvre à son tour et un autre surveillant apparaît. Il attrape Gerald et l'écarte de la paroi. Pendant que je sors, je l'entends hurler :

— Je suis innocent, Post. Je suis innocent !

En m'éloignant de Tully Run, je l'entends encore crier.

*

Quatre heures plus tard, j'entre à la prison pour femmes de Caroline du Nord, à Raleigh. Le parking est bondé et, comme toujours, je peste contre l'État qui consacre si peu d'argent à l'entretien de ses centres de détention. C'est un secteur économique important et prospère, parfois même une poule aux œufs d'or pour nombre d'États, et un grand fournisseur d'emplois. Aux États-Unis, il y a environ deux millions de personnes sous les verrous, et il faut un million d'employés et quatre-vingts milliards prélevés sur les deniers publics pour s'occuper d'eux.

Cette prison devrait être fermée, comme toutes les prisons pour femmes. Très peu sont de véritables criminelles. Leur erreur est souvent d'avoir choisi le mauvais gars comme petit ami.

La Caroline du Nord envoie ses condamnées à la peine capitale à Raleigh. Il y a six prisonnières dans le couloir de la mort, dont ma cliente, Shasta Briley. Elle a été condamnée pour le meurtre de ses trois enfants, le drame s'est passé à trente kilomètres d'ici.

Son cas est encore une triste histoire. Dès l'enfance, elle n'a pas eu de chance. Sa mère était accro au crack et elle a été baladée de familles d'accueil en orphelinats. Elle a lâché l'école, eu un bébé, a vécu chez une tante, a travaillé ici et là pour des salaires ridicules, a eu un autre bébé, et finalement est tombée à son tour dans la drogue. Après la naissance de son troisième enfant, elle a eu une chambre dans un foyer pour SDF où un éducateur l'a aidée à se désintoxiquer. Un membre d'une église lui a donné un travail et les a plus ou moins adoptés, elle et ses trois filles. Puis elle a déménagé dans un petit duplex de location. Cependant, chaque jour était une bataille pour survivre. Elle s'est fait arrêter après avoir émis des chèques sans provision, s'est prostituée pour gagner un peu d'argent, puis a commencé à vendre de la drogue.

Sa vie étant un cauchemar, elle était une proie facile pour la justice.

Il y a huit ans, un feu est parti dans sa maison en pleine nuit. Elle s'est échappée par une fenêtre et, tailladée et brûlée de partout, elle a couru chercher de l'aide auprès de ses voisins. Ses trois filles ont péri dans l'incendie. La paroisse l'a soutenue après cette tragédie. Les funérailles ont été poignantes et ont fait la une des journaux locaux. Puis un enquêteur de la police est venu en ville. Quand il a parlé d'incendie volontaire, l'empathie pour Shasta a fondu comme neige au soleil.

Lors de son procès, le ministère public a révélé qu'elle avait contracté des assurances vie quelques mois avant le drame ; trois fois dix mille dollars sur la tête de chacun de ses enfants, et dix mille pour le contenu de son duplex. Un proche a rapporté devant la cour qu'elle avait parlé de vendre ses enfants pour mille dollars. L'expert était formel : c'était un incendie volontaire. Shasta avait déjà un lourd passé : un casier judiciaire fourni, trois enfants de trois pères différents, et des antécédents de drogue et de prostitution. Au moment de l'incendie, les voisins avaient dit aux autorités qu'elle avait tenté de retourner dans sa maison en feu, mais que les flammes étaient déjà trop grandes. Elle était couverte de sang, avait les mains brûlées, et était folle de terreur et de chagrin. Toutefois, quand la rumeur d'un acte criminel a commencé à se propager, la plupart des gens ont changé de version. Au procès, trois d'entre eux ont déclaré au jury qu'elle semblait curieusement détachée alors que le feu faisait rage. Quelqu'un a même laissé entendre qu'elle était défoncée.

Sept ans plus tard, Shasta passe ses journées seule dans une cellule sans presque aucun contact. Le sexe est la première monnaie d'échange dans les prisons pour femmes, mais jusqu'à présent les gardiens l'ont laissée tranquille. Elle est maigre, mange à peine, lit la Bible et des livres de poche des heures durant et s'exprime d'une voix fluette. La vitre est équipée d'un Hygiaphone. Nous pouvons nous parler directement, sans l'entremise de téléphones. Elle me remercie de ma visite et me demande des nouvelles de Mazy.

Avec quatre enfants, Mazy quitte rarement Savannah, mais elle est venue ici à deux reprises et s'est prise de sympathie pour Shasta. Les deux femmes s'écrivent toutes les semaines et se parlent au téléphone une fois par mois. Désormais, Mazy est devenue experte en incendie criminel.

— J'ai reçu une lettre d'elle hier, annonce Shasta avec un sourire. Apparemment, ses enfants vont bien.

— Ils sont parfaits.

— Les miens me manquent tant, monsieur Post. C'est le pire de tout. Mes petites que j'ai perdues.

Aujourd'hui, le temps ne nous est pas compté. L'administration laisse les avocats s'entretenir avec leurs clients à leur guise, et Shasta est contente de sortir de sa cellule. Nous parlons de son affaire, des enfants de Mazy, de la pluie et du beau temps, de la Bible, de littérature, et de tout ce qui l'intéresse. Au bout d'une heure, je demande :

— Tu as lu le rapport ?

— Oui. Deux fois. On dirait que M. Muscrove connaît son affaire.

— Espérons-le.

Muscrove, c'est notre expert, un scientifique pur jus qui a démonté tout le dossier du ministère public. Il est certain que l'incendie était accidentel. Autrement dit, il n'y a ni crime ni délit. Mais parvenir à ce qu'un juge daigne lire son rapport est une autre histoire. Notre meilleur espoir, c'est une grâce du gouverneur. Là encore c'est loin d'être gagné.

Pendant que nous bavardons, je me dis que nous allons sans doute perdre cette affaire. Sur nos six clients actuels, Shasta a le moins de chances de survie.

Nous tentons d'étudier en détail le rapport de Muscrove, malheureusement les notions scientifiques me dépassent aussi. Finalement, elle veut me parler du dernier roman qu'elle vient de lire. Je suis content de pouvoir changer de sujet. Je m'émerveille toujours de voir des détenus se passionner pour la littérature durant leur incarcération.

Un gardien vient me rappeler qu'il se fait tard. Nous sommes restés ensemble plus de trois heures. Nous nous touchons la main à travers la paroi et nous disons au revoir. Comme toujours, elle me remercie du temps que je lui ai consacré.

13

Au moment du meurtre, le chef de la police de Seabrook était Bruno McKnatt qui, selon nos recherches, a très peu participé à l'enquête. En Floride, le shérif du comté est le premier représentant de la loi et peut, s'il le désire, gérer toutes les affaires criminelles, même celles commises dans les murs de la cité. Bien sûr, dans les très grandes villes, cette fonction échoit *de facto* à la police municipale. Keith Russo a été assassiné en plein centre-ville de Seabrook, mais McKnatt a été écarté à l'époque par Bradley Pfitzner, l'indéboulonnable shérif du comté de Ruiz.

McKnatt a été en poste à Seabrook de 1984 à 1990, puis il est parti rejoindre les forces de l'ordre à Gainesville. Ensuite sa carrière a périclité. Il a alors tenté de se reconvertir en agent immobilier. Vicki l'a retrouvé dans un lotissement pour retraités, Sunset Village, aux abords de Winter Haven. Il a aujourd'hui soixante-six ans et vit grâce à deux pensions, l'une de l'assurance vieillesse fédérale, l'autre de l'État de Floride. Il est marié et a trois enfants, désormais adultes, installés dans le sud de la péninsule. Nous ne savons pas grand-chose de lui car il est resté en dehors de l'affaire. Il n'a pas témoigné non plus au procès et son nom est à peine mentionné.

Entrer en contact avec McKnatt est ma première incursion dans le microcosme de Seabrook. Il n'est pas natif de la ville et n'y a passé que quelques années. Je suppose qu'il n'a plus beaucoup de contacts là-bas et qu'il ne s'est guère intéressé à ce meurtre. Je l'ai appelé la veille de mon arrivée. Il semblait disposé à me parler.

Sunset Village se compose d'une série de mobile homes, agencés en cercles concentriques autour d'une maison de quartier. Chaque mobile home a son arbre pour l'ombre et sa petite allée de ciment. Tous les véhicules dans le lotissement ont plus de dix ans. Les résidents semblent étouffer dans leur cube sur roues, et je vois partout des auvents et des rocking-chairs. Et aussi beaucoup de rampes d'accès pour handicapés. Dès que je gagne le premier cercle de Sunset Village, je suis observé. Quelques vieux me font des saluts amicaux, mais la plupart regardent d'un œil noir mon SUV Ford avec ses plaques de Géorgie. Je suis visiblement un intrus dans leur communauté. Je me gare devant la maison de quartier et observe un groupe jouer au palet sous un kiosque. D'autres font des parties d'échecs, de dames ou de dominos.

À soixante-six ans, McKnatt est ici le benjamin. Je le repère aussitôt, avec sa casquette bleue des Braves, et me dirige vers lui. Nous nous installons à une table de pique-nique près d'un panneau d'affichage avec sa myriade de flyers et de bulletins d'informations. Il est en surpoids mais paraît en bonne forme. Du moins, il ne se trimballe pas avec une bouteille d'oxygène !

Un peu sur la défensive, il déclare tout de go :

— J'aime bien cet endroit. Ce sont de braves gens. On veille tous les uns sur les autres. Personne n'a d'argent, alors il n'y a pas de m'as-tu-vu. Nous essayons de rester actifs. Et ce n'est pas le travail qui manque !

Je réponds des platitudes sur le charme du lieu. Je ne sais pas s'il me croit. En tout cas, il ne laisse rien paraître. Il semble content de parler, et fier d'avoir un visiteur. Pendant quelques minutes, j'évoque avec lui sa carrière de policier, puis il entre dans le vif du sujet.

— Pourquoi le cas de Quincy Miller vous intéresse donc tant ?

— C'est mon client. Et j'essaie de le faire sortir de prison.

— Ça fait un bail, non ?

— Vingt-deux ans. Vous le connaissiez ?

— Non. Pas avant le meurtre.

— Vous êtes allé sur la scène de crime ?

— Bien sûr. Pfitzner était déjà sur les lieux. Il est arrivé super vite et il m'a demandé de ramener Mme Russo chez elle. Elle venait de trouver le corps. C'est elle qui a appelé les secours. La pauvre était dans un sale état, comme vous l'imaginez. Je suis resté avec elle jusqu'à ce que ses amies arrivent. C'était horrible. Puis je suis retourné sur les lieux. Pfitzner avait pris les choses en main, comme toujours, et il aboyait ses ordres tous azimuts. Je lui ai dit qu'on devrait appeler la police d'État – c'est la procédure dans un cas pareil – mais Pfitzner a dit qu'il s'en chargerait plus tard.

— C'est ce qu'il a fait ?

— Le lendemain. Il a pris son temps ! À l'évidence, il voulait que personne d'autre ne s'occupe de cette affaire.

— Quelles étaient vos relations avec Pfitzner ?

Il esquisse un sourire dénué d'amusement.

— Je vais être honnête avec vous, commence-t-il, comme s'il ne l'avait pas été jusque-là. Pfitzner m'a fait sauter. Alors je n'ai aucune sympathie pour le bonhomme. Il était déjà shérif depuis vingt ans quand la ville m'a élu chef de la police de Seabrook. Il n'a jamais eu le moindre respect, ni pour moi ni pour mes hommes. Il tenait le comté d'une main de fer, et personne ne devait marcher sur ses plates-bandes. C'était comme ça.

— Pourquoi vous a-t-il écarté ?

McKnatt lâche un grognement et observe les vieux qui jouent au palet. Finalement, il hausse les épaules.

— Ça se passe comme ça dans les petites villes. J'avais dix hommes avec moi, Pfitzner en avait plus du double. Il avait un gros budget, il pouvait demander ce qu'il voulait, et moi, j'avais les restes. On ne s'est jamais bien entendus parce qu'il me considérait comme une menace. Il a mis à la porte un de ses adjoints et, quand il a appris que j'avais embauché le gars, cela l'a mis en rogne. Tous les politiciens du coin le craignaient. Il avait le bras long et a facilement pu me mettre hors jeu. Du jour au lendemain, j'étais *persona non grata*. Vous êtes allé à Seabrook ?

— Pas encore.

— Vous n'y trouverez pas grand-chose. Pfitzner est parti depuis longtemps et je suis sûr qu'il a effacé toutes les traces derrière lui.

Ce sont des paroles pleines de sous-entendus, comme s'il voulait me faire réagir, mais je laisse passer. C'est notre première rencontre, et je ne veux pas paraître trop avide. Je dois d'abord installer une relation de confiance, laisser du temps au temps. On a assez parlé du shérif Pfitzner. Je ramène la conversation sur ses rails.

— Vous connaissiez Keith Russo ?

— Bien sûr. Comme tous les avocats. C'est une petite ville.

— Quelle était votre opinion sur lui ?

— Intelligent, rusé, ce n'était pas mon préféré. Il a ridiculisé deux de mes hommes lors d'un procès et je n'ai pas apprécié. Je suppose qu'il faisait son boulot. Il voulait être une pointure et faut croire qu'il était bien parti. Du jour au lendemain, il s'est pointé avec une Jaguar flambant neuve, la seule sans doute en ville. On racontait qu'il avait gagné une grosse affaire à Sarasota et qu'il s'était fait un max de blé. Il aimait bien parader.

— Et son épouse, Diana ?

Il secoue la tête, comme si cela lui fendait encore le cœur.

— Pauvre femme. J'ai toujours eu un faible pour elle. Vous imaginez ce qu'elle a enduré, découvrir le cadavre de son mari, la tête en charpie ? Elle était à ramasser à la petite cuillère.

— J'imagine. C'était une bonne avocate ?

— Oui, très respectée. Enfin, je suppose. Je n'ai jamais eu affaire à elle. Et belle avec ça.

— Vous avez assisté au procès ?

— Non. Ils l'ont déplacé dans le comté de Butler,

juste à côté, et je n'avais pas de raisons officielles pour aller là-bas suivre les débats.

— À l'époque, vous pensiez que Quincy Miller était le meurtrier ?

Il a un haussement d'épaules.

— Bien sûr. Pourquoi j'en aurais douté ? Il avait une bonne raison de le tuer, autant que je me souvienne. Un témoin l'a vu s'enfuir des lieux du crime, non ?

— Certes. Une femme. Mais elle n'a vu qu'une silhouette. Elle n'a pu l'identifier formellement.

— On a trouvé aussi l'arme du crime dans le coffre de Miller…

— Pas exactement. Juste une lampe de poche avec du sang dessus.

— Les traces ADN correspondaient, non ?

— Aucune idée. En 1988, il n'y avait pas de test ADN. Et la lampe électrique s'est volatilisée avant le procès.

Il reste pensif un moment. À l'évidence, il ne se souvient plus très bien. Il a quitté Seabrook deux ans après le meurtre et s'est employé à oublier cette ville.

— Pour moi, c'était une affaire toute simple. Pas pour vous, n'est-ce pas ?

— Effectivement. Sinon, je ne serais pas ici.

— Qu'est-ce qui vous fait croire que Miller est innocent après toutes ces années ?

Je n'ai pas envie de lui dire ce que je sais, pas encore. Plus tard peut-être.

— Le dossier de l'accusation ne tient pas, réponds-je sans entrer dans les détails. Vous avez encore des amis à Seabrook ?

Il secoue la tête.

— Pas vraiment. Je ne suis pas resté longtemps là-bas. Et comme je vous l'ai dit, j'ai dû partir précipitamment. Ce n'était pas le meilleur moment de ma carrière.

— Et Kenny Taft ? Vous le connaissiez ?

— Bien sûr. Je connaissais tous les flics. Certains mieux que d'autres. C'est par les journaux que j'ai appris qu'il s'était fait descendre. J'étais à Gainesville à l'époque, aux stups. Je me souviens de lui. Un gars gentil. En quoi son cas vous intéresse ?

— Pour l'instant, monsieur McKnatt, tout m'intéresse. Kenny Taft était le seul policier noir de la brigade de Pfitzner.

— Blanc ou noir, les trafiquants s'en moquent, en particulier quand ils tirent sur des flics.

— Vous avez raison. Je voulais juste savoir si vous le connaissiez bien.

Un vieil homme en short, chaussettes noires et baskets rouges, s'approche et pose devant nous deux gobelets de limonade.

— Merci, Herbie, lance McKnatt. Ce n'est pas de refus.

— Je t'enverrai la note ! répond-il avant de repartir.

Nous buvons nos verres en observant les vieux qui jouent au palet avec des gestes lents et indolents. J'ai l'impression de voir une scène de film au ralenti.

— Si ce Miller n'a pas tué Russo, insiste McKnatt, qui est l'auteur selon vous ?

— Aucune idée. Et nous ne le saurons sans doute jamais. Mon travail est de prouver que Miller est innocent.

Il secoue la tête en souriant.

— Bonne chance ! Si c'est quelqu'un d'autre, il a eu plus de vingt ans pour disparaître de la circulation. C'est une affaire classée.

— Carrément enterrée. Mais c'est le cas de tous mes dossiers.

— C'est votre boulot ? Déterrer de vieux litiges et faire sortir les gens de prison ?

— Exactement.

— C'est quoi votre score ?

— Huit, en dix ans.

— Les huit étaient innocents ?

— Oui. Tous. Comme vous et moi.

— Et combien de fois vous avez retrouvé le vrai tueur ?

— Il n'y avait pas que des affaires de meurtre. Mais pour quatre cas, on a identifié les coupables.

— Alors tous mes vœux de réussite pour celui-là.

— Merci. Parce que ce n'est pas gagné.

Je change de sujet et passe au sport. C'est un supporter des Gators et il est fier des succès de son équipe de baseball. Nous parlons aussi du temps, de la retraite, un peu de politique. McKnatt n'est pas le type le plus vif que je connaisse.

Au bout d'une heure, je le remercie du temps qu'il m'a accordé et lui demande si je pourrai repasser le voir au besoin. Aucun problème, répond-il, sans doute content d'avoir de la visite.

Au moment où je m'éloigne du lotissement, une pensée me frappe : il ne m'a pas mis en garde au sujet de Seabrook et de son passé obscur. Il ne porte pas

Pfitzner dans son cœur et pourtant il n'a fait aucune allusion à ses contacts avec les narcotrafiquants.

Visiblement, il ne m'a pas tout dit.

14

Deux mois après un début très lent, nous marquons notre premier point : un appel de Carrie Holland. Elle veut me parler. Dimanche matin, au petit jour, je prends la route pour six heures de voyage jusqu'à Dalton, en Géorgie, qui se situe à mi-chemin entre Savannah et Kingsport dans le Tennessee. Le relais routier est juste à la sortie de l'Interstate 75. Et je connais l'endroit. Je me gare sur le parking de façon à pouvoir surveiller l'entrée du restaurant et attends Frankie. Nous parlons au téléphone et, vingt minutes plus tard, il se gare à côté de moi. Je le regarde pénétrer dans le bâtiment.

À l'intérieur, il choisit un box au fond de la salle, commande du café et un sandwich, puis ouvre le journal. Au milieu de la table trônent les condiments avec le distributeur de serviettes en papier. Avec un journal comme paravent, il retire la salière et le poivrier, pour les remplacer par des modèles bon marché que l'on trouve dans toutes les drogueries. Au fond de la salière, nous avons installé un petit enregistreur. Quand son sandwich arrive, il lâche un peu de sel sur son pain pour s'assurer que le dispositif est bien arrimé. Il m'annonce alors par SMS : tout est OK et il n'y a pas trop de monde dans la salle.

À 13 heures, horaire de mon rendez-vous, j'envoie un message à Frankie pour lui dire de prendre son temps pour manger. Aucune trace du pick-up de Buck Pruitt ni de la Honda de Carrie. J'ai leur photo en couleur dans mon dossier et mémorisé le numéro de leurs plaques du Tennessee. À 13 h 15, le pick-up arrive lentement sur le parking. Je préviens Frankie par texto, sors de mon SUV et entre dans le restaurant. Frankie est déjà au comptoir et paie l'addition. Je demande à la serveuse, qui débarrasse sa table, si je peux m'y installer.

Carrie est venue avec Buck, ce qui est bon signe. À l'évidence, elle lui a raconté son passé et a besoin de son soutien. Buck est un beau bébé, avec des bras gros comme des poteaux télégraphiques et une barbe grisonnante. Je le prends, à tort, pour une brute épaisse. Dès qu'ils franchissent les portes, je bondis de mon siège et vais à leur rencontre. Les présentations sont faites. Personne n'est à l'aise. Je les invite à s'asseoir, les remercie d'être venus et insiste pour leur offrir à déjeuner. Je suis moi-même affamé. Je commande des œufs et du café. Eux, des hamburgers et des frites.

Buck me lance un regard soupçonneux. Avant que je puisse prendre les rênes de la conversation, il déclare :

— On a cherché sur Internet : Les Anges Gardiens. Vous êtes quoi, prêtre ou avocat ?

— Les deux, mon colonel, dis-je avant de retracer succinctement mon parcours.

— Mon père était pasteur, annonce-t-il avec fierté. Vous étiez au courant ?

Oh, nous savons ! Il y a quatre ans, son père a pris sa retraite après trente ans de bons et loyaux services dans une petite église des environs de Blountville. Je fais semblant de découvrir tout cela et nous parlons un peu théologie. Je soupçonne Buck d'avoir perdu la foi il y a longtemps. Malgré son apparence, il a une voix douce et des manières délicates.

— Pour tout un tas de raisons, monsieur Post, commence Carrie, je n'avais jamais parlé à Buck de mon passé. Pas en détail.

— Appelez-moi juste Post, je vous en prie.

Elle me retourne un sourire et, une fois encore, je suis saisi par ses jolis yeux et ses traits fins. Elle s'est maquillée et a coiffé ses cheveux blonds en arrière. Dans une autre vie, j'aurais pu être tenté.

— Très bien. Commençons par le début, reprend Buck. Peut-on vous faire confiance ?

Il demande ça à quelqu'un qui justement est en train de l'enregistrer en douce !

Avant que j'aie le temps de répondre, il enchaîne :

— Carrie m'a raconté ce qui s'est réellement passé là-bas, et ce qu'elle a fait. Évidemment cela nous pose un problème, sinon nous ne serions pas là. Mais ça n'empêche que je sens les ennuis arriver.

— Qu'est-ce que vous voulez au juste ? ajoute-t-elle.

— La vérité.

— Vous n'avez pas de micro sur vous, au moins ? Ou un truc comme ça ? s'enquiert Buck.

Je lâche un ricanement et lève les mains en l'air.

— Allons ! Je ne suis pas flic. Vous voulez me fouiller ? Surtout, ne vous gênez pas.

La serveuse arrive pour remplir nos tasses de café et nous nous taisons. Une fois qu'elle est partie, je reprends la parole.

— Non, je n'ai pas de mouchard sur moi. Ce n'est pas ma façon de procéder. Ce que je veux est tout simple. Dans un monde parfait, vous me racontez la vérité et vous faites une déclaration pour m'aider à sortir Quincy Miller de prison. Je suis en contact avec d'autres témoins et je leur demande la même chose : la vérité. Je sais que la plupart des témoignages au procès étaient truqués, inventés de toutes pièces par les flics et l'accusation. J'essaie juste de rassembler les pièces du puzzle. Votre déposition nous sera utile, mais vous n'êtes qu'une des pièces.

— Quel genre de déposition ? demande Buck.

— Une déposition sous serment. Je la préparerai et vous pourrez la relire. Une fois ce document signé, je le garderai sous cloche le temps qu'il faudra. Personne à Kingsport n'en saura rien. Seabrook est bien trop loin.

— Je devrai aller au tribunal ?

— C'est peu probable. À supposer que je convainque un juge que Quincy n'a pas eu un procès équitable, ce qui est entre nous loin d'être gagné, il faudrait encore qu'un procureur décide de poursuivre à nouveau Quincy pour ce meurtre. Cela peut prendre des années. Auquel cas, oui, techniquement, vous pourriez être appelée à témoigner, mais ce n'est guère vraisemblable. Vous n'avez jamais vu d'homme noir fuir la scène du crime, n'est-ce pas ?

Elle hoche la tête sans rien dire. Nos plats arrivent. Buck apprécie le ketchup. Aucun des deux ne se sert en sel ou poivre. Je sale mes œufs et pose discrètement la salière au milieu de la table.

Carrie grignote une frite, évite mon regard. Buck attaque son hamburger avec entrain. Visiblement, ils ont discuté longtemps sans parvenir à prendre une décision. Comprenant qu'elle a besoin d'un petit coup de pouce, je demande :

— Qui vous a poussée à témoigner ? Le shérif Pfitzner ?

— C'est d'accord, monsieur Post, je vais vous parler, vous raconter ce qui s'est passé, mais je ne suis pas très chaude pour mettre ça par écrit. Je vais y réfléchir à deux fois avant de signer quoi que ce soit.

— Vous n'avez pas le droit de répéter ce qu'elle va vous dire, n'est-ce pas ? demande Buck en s'essuyant la bouche.

— Non, je ne peux pas le répéter devant une cour, si c'est ça le sens de votre question. Je rapporterai notre conversation à mon équipe. Cela n'ira pas plus loin. Un juge exige une déposition signée pour accepter un témoignage.

— C'est la réaction de mes fils qui m'inquiète, insiste-t-elle. Ils ne sont au courant de rien. S'ils découvrent que leur mère a menti devant un tribunal et a envoyé un homme en prison, je ne pourrai plus les regarder en face.

— Je comprends, Carrie. Et vous avez raison d'être préoccupée. Mais ils pourraient aussi être très fiers de vous parce que vous aurez contribué à faire libérer un innocent. Nous avons tous commis des erreurs dans notre jeunesse, et certaines peuvent être réparées. Vous vous faites du souci pour vos fils. Pensez à Quincy Miller. Il a trois enfants avec qui il n'a plus aucun contact depuis vingt-deux ans. Et cinq petits-enfants qu'il n'a jamais vus, pas même en photo.

Ils accusent le coup et cessent de manger. Ils sont bouleversés, effrayés, mais j'ai l'avantage.

— Nous avons tous les dossiers. Apparemment, vous étiez poursuivie pour usage de stupéfiants et les charges ont été levées quelques mois après le procès. Pfitzner vous a convaincue de vous présenter comme témoin, de raconter votre histoire et, en échange, le procureur vous a promis de laisser tomber les chefs d'accusation contre vous, c'est bien ça ?

Elle prend une profonde inspiration, regarde Buck qui hausse les épaules.

— Vas-y. On n'a pas fait cinq heures de route pour manger des hamburgers.

Elle tente de boire une gorgée de café, ses mains tremblent. Elle repose sa tasse, et repousse son assiette.

En regardant droit devant elle, elle commence :

— Je sortais avec un policier. Lonnie, il s'appelait. On prenait de la drogue. Beaucoup. Je me suis fait attraper, mais il s'est débrouillé pour m'éviter la détention provisoire. Et puis l'avocat s'est fait tuer. Et quelques semaines plus tard, Lonnie m'a annoncé qu'il avait trouvé une solution. Si je racontais que j'avais vu un Noir s'enfuir du cabinet de Russo, alors les charges seraient abandonnées. Comme ça. D'un coup de baguette magique ! Alors il m'a accompagnée chez Pfitzner et j'ai raconté mon histoire. Le lendemain, Lonnie et le shérif m'ont conduite chez le procureur, je ne me souviens plus de son nom.

— Burkhead. Forrest Burkhead.

— C'est ça. Et j'ai sorti à nouveau mon histoire. Il m'a enregistrée, mais n'a rien dit pour mon affaire de drogue. Quand j'ai posé la question à Lonnie plus tard, il m'a soutenu que tout était réglé entre Pfitzner et le procureur, et qu'il ne fallait pas que je m'inquiète. Lonnie et moi on se disputait beaucoup, la plupart du temps à cause de la drogue. Je n'y touche plus depuis quatorze ans, monsieur Post.

— Bravo. Félicitations.

— Buck m'a aidée à décrocher.

— Je dis pas non à une petite bière, précise Buck, mais la drogue, jamais ! Mon père m'aurait tué.

— Bref, ils m'ont emmenée dans le comté de Butler pour le procès et je suis montée dans le box des témoins. Je m'en voulais, mais je n'avais aucune envie d'aller en prison. J'ai pensé, c'est moi ou Quincy Miller, et bien sûr c'est moi que j'ai choisie. Chacun pour soi, comme on dit. Avec le temps, je me suis efforcée d'oublier ce procès. Et là-bas, ce jeune avocat m'a vraiment fait passer un sale quart d'heure.

— Tyler Townsend ?

— Oui. Exactement. Celui-là, je ne risque pas de l'oublier !

— Et ensuite ? Vous avez quitté la ville ?

— Oui, monsieur Post. Dès que le procès a été terminé, Pfitzner m'a convoquée dans son bureau, m'a donné mille dollars en liquide et m'a dit de ficher le camp. Il a ajouté que si je remettais les pieds en Floride dans les cinq ans, il me faisait arrêter pour avoir menti au jury. Il ne manquait pas d'air ! Un policier m'a emmenée à Gainesville et m'a mise dans un car pour Atlanta. Je ne suis jamais revenue, et n'en ai pas la moindre envie. Je n'ai même pas dit à mes amis où j'allais. Remarquez, je n'en avais pas beaucoup. C'était facile finalement de quitter cet endroit.

Buck veut avoir sa part de gloire.

— Quand elle m'a parlé de cette histoire, il y a une semaine, je l'ai encouragée : « Il faut révéler la vérité, chérie. Cet homme est enfermé à cause de toi. »

— Il y a toujours une arrestation pour usage de drogue dans votre casier, dis-je.

— C'était la première. Un an avant.

— Vous devriez la faire supprimer.

— Je sais, mais c'est vieux. Buck et moi avons une vie tranquille aujourd'hui. Nous travaillons dur pour payer nos factures. Je ne veux plus penser au passé.

— Si elle fait cette déposition, ils peuvent l'attaquer pour parjure en Floride ? s'enquiert Buck.

— Non. Il y a prescription. En outre, tout le monde s'en fiche. Shérif, procureur, juge, ils ont tous changé.

— Combien de temps ça va prendre ? demande-t-elle, visiblement soulagée d'avoir libéré sa conscience.

— C'est un processus très long. Des mois, des années. Voire jamais. Mais d'abord, il nous faut votre déposition.

— Elle la fera, répond Buck en prenant une nouvelle bouchée de son hamburger. (La bouche pleine, il insiste :) Pas vrai, chérie ?

— Je vais y réfléchir.

— Rassure-toi… Si tu dois descendre en Floride, je viendrai avec toi et gare à ceux qui voudront te chercher des noises.

— Il n'y aura aucun problème là-bas, reprends-je. La seule réelle épreuve pour vous, Carrie, c'est de le dire à vos fils. Le reste de votre famille, comme vos amis, ne le saura sans doute jamais. Si Quincy Miller sortait de prison demain, personne dans le Tennessee n'en entendrait parler.

Buck hoche la tête et mord à nouveau dans son hamburger. Carrie pioche une autre frite.

— Ce sont de gentils gosses, annonce-t-il. J'en ai deux de mon côté. De vrais emmerdeurs. Mais ceux de Carrie, ce sont de bons garçons. Comme vous le dites, monsieur Post, ils risquent plutôt d'être fiers de leur mère.

Elle esquisse un sourire. Je ne suis pas certain qu'elle soit convaincue. En revanche, Buck, mon nouvel allié, paraît confiant.

Je termine mes œufs puis je la fais parler de sa vie à Seabrook. Apparemment, elle prenait surtout de la cocaïne et de l'herbe. Lonnie en avait tout le temps. Leur histoire était en dents de scie. Elle fréquentait très peu les autres policiers de l'équipe, même si certains jouaient les dealers à leurs heures perdues. Et non, elle ne sait pas si Pfitzner était mêlé à ce trafic.

Quand nos assiettes sont débarrassées, je demande l'addition. Je les remercie d'être venus et dis à Carrie que j'admire son courage. Je lui promets de ne pas rédiger sa déclaration sous serment sans avoir eu son feu vert. On se salue sur le parking et je les regarde partir. Je retourne aussitôt dans le restaurant et vais récupérer ma casquette que j'ai volontairement oubliée sur la table. Quand personne ne me regarde, j'échange la salière et le poivrier avec le jeu que j'ai dans la poche.

Cinq kilomètres plus loin, je quitte l'I75 et me gare devant un centre commercial. Quelques secondes plus tard, Frankie arrive sur le parking et me rejoint dans ma voiture, tout sourire. Il agite un petit magnétophone.

— L'enregistrement est nickel !

C'est la part sombre du boulot. Nous avons affaire à des gens qui se sont parjurés, à des policiers qui ont fabriqué de fausses preuves, à des experts qui ont induit en erreur les jurés, à des procureurs qui ont suborné des témoins. Et nous, les gentils de l'histoire, nous devons nous salir les mains. C'est la seule façon de sauver nos clients.

Si Carrie Holland refuse de coopérer et de signer une déposition officielle, alors je me débrouillerai pour que cet enregistrement soit versé au dossier et entendu en audience. Je l'ai déjà fait.

15

Parfois, nos mains sont vraiment très sales. Frankie a engagé un détective à Birmingham pour filer Mark Carter, l'homme qui a violé et tué Emily Broone. Il vit à Bayliss, une petite bourgade à quinze kilomètres de Verona, où Duke Russell a été condamné. Carter vend des tracteurs dans une concession de la ville et, après son travail, il retrouve des amis dans un bar pour boire des bières et faire un billard.

Il est à une table, avec une canette de Budweiser Light, quand un gars trébuche et s'étale au milieu du groupe. Les bouteilles volent, la bière se renverse partout. Le type se relève, s'excuse platement. Les autres ne sont pas contents. On frôle la rixe. Le trouble-fête ramasse toutes les canettes désormais à moitié vides et va commander une tournée pour tout le groupe, en continuant à s'excuser. Il revient avec quatre nouvelles bières et lance une plaisanterie pour détendre l'atmosphère. Carter et ses amis finissent par lâcher un rire. La soirée a repris son cours quand le gars – notre détective – s'en va dans un coin de la salle et sort son téléphone. Dans la poche de son manteau, il a la canette que Carter était en train de boire.

Le lendemain, Frankie la porte dans un laboratoire de Durham pour effectuer une recherche d'empreintes génétiques, ainsi que le poil pubien que nous avons subtilisé dans les archives des scellés. Les deux analyses, pratiquées en urgence, nous coûtent six mille dollars, mais on en a pour notre argent. Nous avons désormais la preuve par l'ADN que c'est bien Carter l'auteur du viol et du meurtre.

Au procès de Duke, sept poils pubiens ont été versés au dossier comme pièces à conviction à la demande de l'État de l'Alabama. Ils auraient été retrouvés sur les lieux du crime – plus précisément sur le corps d'Emily. Duke a donné un échantillon des siens. Et avec une assurance magnifique, l'expert du ministère public a certifié qu'ils étaient similaires à ceux collectés sur la dépouille de la victime – preuve que Duke avait violé Emily avant de l'étrangler. Un autre expert a affirmé qu'il l'avait également mordue à plusieurs reprises.

On n'a pas retrouvé de semence, ni en elle ni sur elle. Imperturbable, le procureur, Chad Falwright, a déclaré que Duke « avait dû utiliser un préservatif ». Il n'y avait aucune preuve. Le préservatif en question n'a jamais été retrouvé. Mais cette version se tenait aux yeux des jurés. Pour obtenir une condamnation à mort, Falwright devait prouver qu'il y avait eu viol avant le meurtre. La victime était nue et avait sans doute été agressée sexuellement. Cependant les preuves étaient maigres. C'est pour cette raison que l'appartenance de ces poils pubiens était une question cruciale.

Les rares fois où il n'était pas saoul, l'avocat de Duke a demandé à la cour des fonds pour embaucher son propre expert. Mais le juge a refusé. Soit l'avocat ne connaissait pas l'existence des identifications ADN, soit il ne voulait pas se donner la peine de trouver un laboratoire. Ou alors il s'est dit que la cour refuserait de toute façon de financer ces analyses. Bref, l'ADN de ces sept poils pubiens n'a jamais été relevé.

En revanche, ils furent examinés à la loupe, *stricto sensu*. C'est ainsi que l'« expert capillaire » a envoyé Duke dans le couloir de la mort. Et il y a trois mois, à deux heures près, Duke était exécuté.

Aujourd'hui, nous détenons la vérité.

*

Verona est au milieu de l'État, une plaine quasi déserte, couverte de conifères. Pour ses cinq mille habitants, un bon travail, c'est conduire un camion chargé de billes de bois, un mauvais c'est se retrouver à remplir les sacs à la caisse d'un supermarché. Une personne sur cinq est sans emploi. C'est un endroit déprimant, enfin pas plus que les autres villes rurales où je suis passé ces temps-ci.

Les bureaux de Chad Falwright se trouvent dans les murs du palais de justice, au bout d'un couloir poussiéreux, à quelques mètres de la salle où Duke a été condamné neuf ans plus tôt. Je suis déjà venu ici et j'aurais préféré ne pas y remettre les pieds. Cette rencontre ne sera pas agréable, mais je suis habitué. La plupart des procureurs me détestent et l'inimitié est réciproque.

J'arrive à l'heure – 13 h 58 – et lance un grand sourire à la secrétaire de Falwright. Il est évident qu'elle ne m'aime pas non plus. Bien sûr, le grand homme est occupé, et elle m'invite à m'asseoir sous le portrait d'un juge à la mine sévère – mort depuis longtemps, du moins je l'espère pour les prévenus. Dix minutes s'écoulent tandis qu'elle tapote sur son clavier. Pas un bruit ne filtre du bureau à côté. Quinze minutes. Passé vingt minutes, je n'y tiens plus.

— J'avais rendez-vous à 14 heures ! J'ai fait une longue route pour venir jusqu'ici. Qu'est-ce qui se passe ?

Elle désigne du menton son téléphone antédiluvien.

— Il est en ligne avec un juge.

— Et il sait que je suis arrivé ? demandé-je en haussant la voix pour être sûr d'être entendu dans l'autre pièce.

— Bien sûr. Un peu de patience, s'il vous plaît.

Je me renfonce sur mon siège, attends dix minutes de plus, puis me dirige vers sa porte, toque pour le principe et entre. Falwright n'est pas au téléphone. Il contemple le paysage à la fenêtre.

— On avait dit 14 heures, Chad. À quoi vous jouez ?

— Désolé, Post, j'étais au téléphone avec un juge. Entrez donc.

— J'aimerais bicn, oui Je viens de faire cinq heures de route. Un minimum de courtoisie s'imposc.

— Mes plus plates excuses, lâche-t-il avec un sarcasme évident.

Il se laisse tomber dans son fauteuil de cuir. Il a à peu près mon âge et a passé ces quinze dernières années à poursuivre des criminels, en majorité des fabricants et de petits revendeurs de méthamphétamine. Pour l'instant, l'affaire Emily Broone est son haut fait d'armes. Il y a trois mois encore, alors que l'heure de la condamnation approchait, il faisait le beau devant les caméras et parlait d'un ton sentencieux de la lourde charge qui lui incombait.

— Oublions ça, dis-je en m'asseyant à mon tour.

— Qu'est-ce qui vous amène ? demande-t-il en jetant déjà un coup d'œil à sa montre.

— Nous avons fait procéder à des analyses ADN.

J'essaie de garder un certain détachement dans la voix. Mais je brûle de lui ficher mon poing dans la figure.

— Nous savons qui est le véritable tueur, poursuis-je. Et ce n'est pas Duke Russell.

Il reste flegmatique.

— Je vous écoute.

— Oui, écoutez-moi. Nous avons l'ADN du tueur et il correspond à celui d'un des poils pubiens du dossier de l'accusation. Bref, mauvaise nouvelle, Chad. Vous vous êtes trompé de bonhomme.

— Vous avez subtilisé des preuves sous scellés ?

— Allez, intéressez-vous à mes fautes et surtout pas aux vôtres ! Vous avez failli faire exécuter un innocent. Ce n'est pas moi le sujet. Je suis juste celui qui apporte la vérité.

— Comment êtes-vous parvenu à voler ce poil ?

— Facile. Vous m'avez laissé consulter le dossier, vous vous souvenez ? Il y a un an. Dans une pièce minuscule, au bout du couloir. Deux jours durant, dans ce cagibi surchauffé, j'ai épluché toutes les pièces. Et un poil, malencontreusement, est resté accroché sous mon ongle. Une année s'est écoulée et personne ne s'en est aperçu.

— Vous avez volé une pièce à conviction ! C'est inacceptable !

— Pas volé. Emprunté. Vous avez refusé de faire pratiquer un test ADN. Quelqu'un devait bien s'en charger. Attaquez-moi en justice. Aucune importance. Vous avez un problème bien plus urgent, et vous le savez.

Il pousse un long soupir. Je vois ses épaules s'affaisser. Il lui faut une minute pour reprendre ses esprits.

Finalement, il articule :

— Qui l'a tuée ?

— Le dernier type à l'avoir vue avant le meurtre ! Mark Carter. Il avait eu une histoire avec elle quand ils étaient au lycée. Les flics auraient dû s'intéresser à lui, mais ils ne l'ont pas fait. Allez savoir pourquoi.

— Vous êtes certain que c'est lui ?

— Comme je vous l'ai dit, j'ai eu un échantillon de son ADN.

— Et comment ?

— De la salive sur une bouteille de bière. Il aime la bière, et il laisse beaucoup de canettes derrière lui. Nous sommes allés en faire analyser une et je vous ai apporté les résultats du test.

— Vous avez volé aussi une bouteille de bière ?

— C'est ça, attaquez-moi pour ça aussi. Continuez vos bravades. Ouvrez donc les yeux, Chad ! C'est terminé. Jetez l'éponge. Toute l'accusation prend l'eau et vous allez être ridicule.

Il me lance un sourire niais et lâche le mantra typique d'un procureur :

— Je crois toujours en mon dossier.

— Alors, vous êtes un parfait idiot. Ce n'est d'ailleurs un scoop pour personne.

Je lâche une copie du rapport d'analyse sur son bureau et me dirige vers la porte.

— Attendez une minute, Post. Nous n'en avons pas fini. À supposer que vous disiez la vérité, ce serait quoi la suite ?

Je me rassois tranquillement, fais craquer mes doigts. Duke sortira plus vite si je convaincs Falwright de coopérer. S'il prend les armes contre nous, réflexe classique des procureurs, alors le processus de libération prendra des mois au lieu de quelques semaines.

— La suite ? Ce qui serait le mieux pour tout le monde, Chad. Et ce n'est pas une stratégie d'avocat. Pour une fois, c'est moi qui ai les cartes en main. Il vous reste six poils pubiens. Faites-les analyser, nous y verrons plus clair. Si aucun des sept poils n'appartient à Duke, il doit être libéré. Si tous désignent Carter, vous avez une autre affaire entre les mains. Acceptez de procéder à ces tests ADN, et les choses pourront ainsi avancer vite et sans faire de vague. Faites obstruction, et je dépose un recours à la cour de Floride, où je serai sans doute débouté, puis j'irai au niveau fédéral. Mais au final, je parviendrai à les faire analyser, ces poils ! Et vous le savez très bien.

L'évidence prend corps en lui. La colère le gagne. Il se lève d'un bond et se dirige vers la fenêtre, mutique, tourmenté. Il respire fort, comme un soufflet de forge, secoue la tête de droite à gauche, fait craquer sa nuque, se frotte le menton. Face à cette réalité implacable, sa réaction pourrait surprendre. Mais j'ai déjà tout vu, tout entendu.

— Vous savez ce que je me dis, Post ? Ils étaient peut-être tous les deux avec Emily ce soir-là, à la violer chacun à tour de rôle.

— Vous préférez être aveugle plutôt que de regarder la vérité en face !

Je me lève et me dirige à nouveau vers la porte.

— Mon dossier est solide, Post.

— Voilà le marché, Chad : je vous laisse quinze jours. Si, dans deux semaines, vous êtes toujours aussi buté, je demande au juge une injonction pour que soient pratiquées ces analyses, et j'irai voir Jim Bizko au *Birmingham News*. Comme vous le savez, il a suivi l'affaire et nous sommes amis. Quand je lui révélerai le résultat des tests ADN, vous serez en première page, et cette fois ce ne sera pas avec le titre que vous espérez. Bizko va vous faire passer pour un crétin fini. Ce que vous avez toujours été.

J'ouvre la porte et m'en vais. Falwright est encore à sa fenêtre, il me regarde bouche bée. C'est la dernière image que je garde de lui. J'aurais dû prendre une photo !

Je quitte Verona et me prépare à la longue route qui m'attend jusqu'au couloir de la mort. Duke ne connaît pas encore les résultats des analyses ADN. Je veux lui apprendre en personne la bonne nouvelle. Pour une fois, notre rencontre promet d'être joyeuse.

16

Aucune urgence pour moi d'aller à Seabrook. Tous les protagonistes au procès de Quincy sont soit morts, retraités, enfuis, soit disparus dans des circonstances mystérieuses. J'ignore quel danger m'attend là-bas, pourtant ma peur est bien là, comme un brouillard à couper au couteau.

J'envoie donc Frankie en éclaireur. Il passe deux jours et deux nuits à repérer discrètement les lieux, en se faufilant parmi les ombres comme il a le don de le faire. Fidèle à lui-même, son rapport est laconique : « RAS, patron. »

Il part ensuite à Deerfield Beach, à deux heures de là, près de Boca Raton. Il sillonne les rues, fait des recherches sur Internet, épluche les annonces de location, et trouve rapidement ce qu'il cherche. Il passe un appel téléphonique et se met sur son trente et un. Tyler Townsend accepte de le rencontrer dans un centre commercial rutilant que sa société a fini de construire. De grands panneaux annoncent toutes sortes de locaux à louer. Frankie prétend que lui et son associé cherchent un bon emplacement pour implanter leur magasin d'articles de sport. C'est une nouvelle enseigne et ils n'ont pas encore de site Web.

Townsend paraît amical bien que sur la réserve. Il a la cinquantaine à présent, il a quitté le barreau depuis longtemps. Il s'est fait une belle vie en Floride dans l'immobilier et il connaît son affaire. Il habite une jolie maison avec sa femme et ses trois ados. Il paie cinquante-huit mille dollars d'impôts fonciers. Il a une voiture étrangère haut de gamme, de beaux costumes, et aime l'argent.

Le stratagème de Frankie ne tient pas longtemps. Sitôt qu'ils entrent dans le local de quatre cents mètres carrés, où les enduits sont encore frais, Townsend met les pieds dans le plat.

— C'est quoi le nom de votre magasin ?

— Il n'y a pas de nom, et pas de magasin, répond Frankie. Ce n'était qu'un prétexte pour pouvoir vous rencontrer, mais l'affaire reste importante.

— Vous êtes de la police ?

— Au contraire ! Je suis un ex-détenu. J'ai passé quatorze ans dans une prison de Géorgie, pour un meurtre que je n'ai pas commis. Un jeune avocat s'est penché sur mon cas, a démontré que j'étais innocent et m'a fait sortir de cellule. Alors la Géorgie, dans sa grande bonté, m'a donné de l'argent pour réparer ses torts. Mon casier est de nouveau vierge. De temps en temps, je travaille pour cet avocat. C'est le moins que je puisse faire pour lui.

— Cela a un rapport avec Quincy Miller ?

— Absolument. L'avocat en question s'occupe de lui. Nous savons qu'il est innocent, comme vous.

Townsend pousse un long soupir et finit par sourire – un court instant. Puis il se dirige vers une grande baie vitrée. Frankie le suit. Ils observent les ouvriers qui achèvent de bitumer le parking.

— Et votre vrai nom, c'est quoi ?

— Frankie Tatum.

Il lui tend la carte de visite des Anges Gardiens. Townsend l'examine recto verso.

— Comment va Quincy ?

— Il est enfermé depuis vingt-deux ans. Moi, je n'en ai fait que quatorze. Je suis parvenu à ne pas devenir fou. Mais chaque jour était un cauchemar.

Townsend lui rend la carte, comme s'il se débarrassait d'une preuve compromettante.

— Je n'ai pas le temps pour ça. J'ignore ce que vous voulez au juste, mais je ne veux plus me mêler de cette histoire. Je suis désolé, c'est triste, sordide et tout le reste, mais j'ai tourné la page.

— Vous étiez un sacré avocat, Tyler. Alors que vous étiez tout nouveau dans le métier. Vous vous êtes bien battu pour Quincy.

Il sourit, hausse les épaules.

— Mais j'ai perdu. Maintenant, je vais vous demander de me laisser.

— Bien sûr. Vous êtes chez vous. Juste pour info, l'avocat pour qui je travaille s'appelle Cullen Post. Vérifiez donc. Il a sorti de prison huit personnes et il n'est pas du genre à se contenter d'un non. Il veut vous parler, Tyler, en privé. Confidentialité absolue, promis juré. Croyez-moi, il connaît son affaire et il ne va pas vous lâcher. Pour faire gagner du temps à tout le monde, à vous comme à nous, acceptez de le rencontrer. Un quart d'heure. Pas plus.

— Et il est à Savannah ?

— Non, il est ici, sur le trottoir d'en face, répond Frankie en me désignant du doigt.

À pied, nous nous rendons tous les trois dans un restaurant que la société de Townsend construit aussi. La salle n'est pas terminée et des ouvriers déballent les chaises. La route est bordée de commerces flambant neufs : vendeurs de voitures, fast-foods, supérettes, stations-service et deux banques concurrentes. L'urbanisation en plein essor ! Nous nous réfugions dans un angle de la salle, loin des employés.

— Je vous écoute, annonce Townsend. Finissons-en.

Visiblement, la conversation peut s'arrêter d'un coup. J'entre aussitôt dans le vif du sujet.

— À votre avis, est-il possible de prouver que Quincy est innocent ?

Il réfléchit un moment puis secoue la tête.

— Je ne veux plus me mêler de cette histoire. À l'époque, j'ai fait de mon mieux pour établir son innocence et j'ai échoué. C'était dans une autre vie. Maintenant, j'ai trois enfants, une charmante épouse, de l'argent et pas de stress. Pas question de revivre cet enfer. Désolé.

— Où est le danger, Tyler ?

— Vous le découvrirez bien assez tôt. Enfin, je ne vous le souhaite pas, évidemment. Vous ne savez pas où vous mettez les pieds. Ça pue là-bas.

— Tous mes dossiers puent de toute façon.

Il lâche un grognement.

— Pas comme celui-là !

— Nous avons à peu près le même âge, Tyler, et nous avons quitté le métier au même moment, et pour les mêmes désillusions. Ma seconde carrière n'a pas marché comme je le voulais et puis j'ai trouvé ma voie. J'ai longtemps cherché la lumière, un signe. Aujourd'hui, Quincy a besoin de vous.

Tyler Townsend prend une grande inspiration.

— Vous devez bousculer les gens, c'est nécessaire dans votre métier. Je comprends. Mais ce sera sans moi, monsieur Post. Je vous souhaite bonne chance. Laissez-moi tranquille et ne revenez plus m'importuner.

Il tourne les talons et s'en va.

*

Évidemment, Chad Falwright ne coopère pas ! Il refuse de faire analyser l'ADN des six autres poils pubiens et les a remis sous scellés avec les autres pièces du dossier. Et pour montrer qu'il a de la ressource, il va me poursuivre pour destruction de preuves. C'est un délit, quoique les peines varient grandement selon les États. Bien sûr, il se fait un plaisir de me rappeler qu'en Alabama, j'encours un an de prison.

Être enfermé pour un poil qui s'est fait la belle !

En outre, il prévoit de me faire radier du barreau de l'Alabama et de la Géorgie. Cela me fait bien rire. J'ai déjà connu mon lot de menaces, et proférées par des procureurs bien plus inventifs.

Mazy prépare la demande de remise en liberté de Duke Russell. Un gros dossier. La procédure exige que cette requête soit déposée d'abord à la cour de l'État, à Verona. La veille du dépôt, je file à Birmingham et rencontre Jim Bizko, le journaliste qui a suivi le procès. Ainsi que les appels. Il a toujours eu des doutes quant à l'équité du procès. Et il tirait à boulets rouges sur l'avocat de Duke. Quand le pauvre gars est mort de cirrhose, Jim n'a eu de cesse d'écrire qu'il fallait rouvrir l'enquête. Il est ravi d'apprendre que l'ADN disculpe totalement Duke. Mais je ne lui dis pas que Mark Carter est le vrai tueur. Chaque chose en son temps.

Le lendemain du dépôt de notre demande de révision, Bizko sort un grand article en première page du cahier local. Les paroles de Chad Falwright sont citées mot pour mot : « Je reste convaincu que nous avons arrêté la bonne personne et je travaille à ce que Duke Russell, un tueur de la pire espèce, soit dûment exécuté. Les tests ADN ne signifient rien dans ce genre d'affaires. »

*

Après deux autres conversations avec Otis Walker, les deux au téléphone, Frankie baisse les bras : June Walker ne veut plus entendre parler de Quincy Miller, son ex-mari. À l'évidence, leur divorce difficile a laissé des traces indélébiles et elle reste inflexible. Elle a coupé les ponts. Elle n'a rien à gagner, sinon raviver de mauvais souvenirs et affronter ses mensonges.

Otis demande à Frankie de laisser sa femme tranquille.

Il le lui promet. Pour le moment.

17

Il y a vingt-trois avocats à Seabrook aujourd'hui et nous avons compilé un petit dossier sur chacun d'eux. La moitié était en exercice quand Russo s'est fait assassiner. Le doyen du barreau a quatre-vingt-onze ans et se rend encore tous les jours au bureau en voiture. Deux nouveaux sont arrivés l'année dernière et ont ouvert un petit cabinet. Tous des Blancs, dont six femmes. Les plus prospères, ce sont deux frères qui ont passé vingt ans à s'occuper de faillites. La plupart des avocats vivotent, comme dans toutes les petites villes.

Glenn Colacurci a été membre du sénat de Floride. Son district couvrait le comté de Ruiz ainsi que deux autres. Il terminait son troisième mandat au moment du meurtre. Keith Russo était un parent éloigné. Il venait du même quartier italien de Tampa. Autrefois, Colacurci dirigeait le plus gros cabinet en ville et il avait embauché Keith Russo dès sa sortie de la faculté de droit. Russo avait débarqué à Seabrook avec une épouse, mais Colacurci n'avait pas de poste pour elle. Keith n'était pas resté longtemps. Un an plus tard, il ouvrait son propre cabinet dans un deux pièces au-dessus d'une boulangerie sur Main Street.

J'ai choisi Colacurci parce que notre dossier sur lui est un peu plus fourni et parce qu'il connaissait sans doute Keith Russo mieux que les autres. De tous les avocats en activité à Seabrook, il aura un meilleur souvenir des événements. Au téléphone, il me dit qu'il peut me consacrer une demi-heure.

Quand j'arrive à Seabrook, j'ai l'impression de connaître déjà la ville. Je sais où sont tous les points d'intérêt : l'immeuble de bureau où se trouvait le cabinet des Russo – le lieu du crime ; la ruelle derrière, où Carrie Holland prétendait avoir vu un Noir s'enfuir ; et le palais de justice, évidemment. Je me gare en face, sur Main Street, et regarde passer les gens. Combien d'entre eux pensent encore au meurtre ? Combien se souviennent de Keith Russo ? De Quincy Miller ? Savent-ils que la police n'a pas arrêté la bonne personne et qu'ils ont envoyé un innocent en prison ? Bien sûr que non.

Quand c'est l'heure, je rejoins le flot de piétons et marche jusqu'à ma destination, à cinquante mètres de là. En lettres noires qui s'écaillent, il est écrit sur la vitre : GLENN COLACURCI, AVOCAT. Une cloche fatiguée tinte quand je pousse la porte. Un chat tigré saute du sofa, soulevant un nuage de poussière. À ma droite, j'aperçois un bureau à rideau, avec une machine à écrire Underwood. Comme si une vieille secrétaire à chignon allait reprendre sa dactylographie sur les touches d'acier. Ça sent le cuir et le tabac froid, une odeur plutôt plaisante, quoique l'endroit ait besoin d'un bon ménage.

Contre toute attente, dans ce décor des années 1950, apparaît une jeune femme asiatique en minijupe. Elle m'adresse un grand sourire.

— Bonjour. Je peux vous aider ?

Je lui retourne un sourire.

— Je suis Cullen Post. J'ai rendez-vous avec M. Colacurci. Nous nous sommes parlé hier au téléphone.

Sans se départir de son sourire, elle fronce les sourcils. Les deux à la fois !

— Excusez-moi, je n'étais pas au courant, explique-t-elle en s'approchant d'un bureau à peine moins antique. Je m'appelle Bea.

— Il est ici ?

— Bien sûr. Je vais le prévenir. Il n'est pas si occupé que ça, vous savez.

Elle me lance un nouveau sourire et s'esquive de son pas gracieux. Quelques instants plus tard, elle réapparaît et me fait signe de la suivre. Je pénètre dans le grand bureau où Glenn Colacurci prodigue ses conseils depuis des décennies. Il se lève à mon arrivée, ravi d'avoir de la visite. Nous nous présentons rapidement. Il désigne un canapé de cuir et se tourne vers Bea.

— Apportez-nous du café, s'il vous plaît.

En se soutenant avec une canne, il claudique jusqu'à un fauteuil assez large pour accueillir deux personnes. Il a près de quatre-vingts ans, et il fait absolument son âge. Il est en surpoids, a une barbe blanche et une crinière hirsute qui n'a pas vu de peigne depuis des lustres. En même temps, il est plutôt fringant avec son nœud papillon rose et ses bretelles rouges.

— Vous êtes prêtre, curé ? Quelque chose comme ça ?

— Oui. Pasteur de l'Église épiscopale.

Je lui explique rapidement l'historique des Anges Gardiens. Pendant que je lui parle, il appuie son menton sur la crosse de sa canne et m'écoute attentivement. Il me scrute de ses yeux verts toujours perçants, même si avec les années ils se sont injectés de sang. Bea apporte le café. Je bois une gorgée. Il est tiède. Et insipide. Sans doute de l'instantané.

Une fois qu'elle est repartie et a fermé la porte, Colacurci demande :

— Pourquoi un prêtre s'intéresse-t-il à une vieille histoire comme celle de Quincy Miller ?

— Excellente question ! Il se trouve que je le crois innocent.

Cela semble l'amuser.

— Intéressant, marmonne-t-il. Je n'ai jamais eu de doute quant au bien-fondé de la condamnation de Miller. Il y avait un témoin oculaire, si je ne m'abuse.

— Non. Aucun témoin. Une jeune femme, nommée Carrie Holland, a déclaré avoir vu un homme noir s'enfuir de la scène du crime, en portant quelque chose qui pouvait ressembler à un fusil. Mais ce n'est pas vrai. C'était une junkie et les autorités ont fait pression sur elle : faux témoignage en échange de l'abandon des charges contre elle. Elle reconnaît aujourd'hui avoir menti. Et elle n'est pas la seule fabulatrice dans ce procès.

Il ramène ses longs cheveux en arrière. Ils semblent huileux. Pour ne pas dire sales.

— Intéressant, répète-t-il.

— Vous étiez proche de Keith Russo ?

Il lâche un grognement et esquisse un sourire.

— Qu'est-ce que vous voulez au juste ?

— Une impression générale, rien de plus. Vous avez assisté au procès ?

— Non. J'aurais bien voulu, mais ils ont déplacé les audiences dans le comté de Butler. Je siégeais au sénat à l'époque et j'étais plutôt occupé. On avait sept avocats ici, on était le plus gros cabinet de la région. Je n'avais pas de temps à perdre dans une salle d'audience pour regarder travailler mes confrères.

— Keith Russo était un membre de votre famille, n'est-ce pas ?

— Si on veut. Plutôt éloigné. Je connaissais ses parents à Tampa. Il m'a harcelé pour que je l'embauche. Et c'est ce que j'ai fait. En réalité, ça n'a jamais vraiment collé. Il voulait que j'engage sa femme aussi, mais je n'ai pas voulu. Il a traîné chez moi une année environ, puis il est parti tenter sa chance en solo. Je n'ai pas apprécié. Les Italiens sont très à cheval sur les questions d'honneur.

— C'était un bon avocat ?

— Quelle importance ?

— Simple curiosité. Quincy Miller affirme que Keith a bâclé son affaire de divorce et, à en croire le dossier, cela semble être le cas. Le procureur a prétendu que c'était là le mobile du crime, ce qui est carrément tiré par les cheveux. Un client mécontent qui explose la tête de son avocat – littéralement ?

— Cela ne m'est jamais arrivé ! lance-t-il dans un grand rire. (Je ris avec lui.) Mais j'ai eu mon lot de clients foldingues. J'en ai un qui s'est pointé avec un flingue. Du moins, c'est ce qu'il a dit à l'accueil. Lui aussi, pour une histoire de divorce ! Par sécurité, on était tous armés ici et cela aurait pu tourner au carnage, mais notre charmante secrétaire l'a calmé. J'ai toujours cru aux jolies secrétaires. C'est la meilleure défense !

Les vieux avocats adorent raconter leurs faits d'armes, quitte à sauter la pause déjeuner, et c'est un bon moyen de gagner sa confiance.

— Vous aviez un gros cabinet à l'époque…

— Le plus gros de l'État ! Sept ou huit avocats, parfois on est montés jusqu'à dix, une douzaine de secrétaires, des bureaux à tous les étages et des clients qui faisaient la queue. C'était la folie, mais à la fin je n'en pouvais plus. Je passais mon temps à fliquer mes employés. Vous avez déjà exercé ?

— J'exerce aujourd'hui, dans un domaine un peu particulier. Il y a des années, j'ai travaillé comme avocat pour l'aide juridictionnelle, mais j'ai fait un burn-out. J'ai ensuite trouvé Dieu et cela m'a mené naturellement au séminaire. Je suis devenu pasteur et, finalement, j'ai fait la connaissance d'un homme innocent en prison. Cela a changé ma vie.

— Vous l'avez fait sortir ?

— Oui. Et sept autres, aussi. Aujourd'hui, je m'occupe de six cas, dont celui de Quincy Miller.

— J'ai lu quelque part que dix pour cent des détenus sont innocents. Vous y croyez ?

— Dix pour cent, ça me semble un peu exagéré, mais ils sont des milliers, c'est sûr.

— C'est beaucoup quand même. J'ai du mal à y croire.

— Comme la plupart des Blancs. Mais allez sonder la communauté noire !

Durant ses dix-huit années au sénat, Colacurci a toujours voté du côté de la loi et l'ordre. Il était pour la peine de mort, pour le port d'arme, pour la répression dans les affaires de drogue, et il accordait tous les budgets à la police d'État et aux procureurs.

— Je n'ai jamais eu le courage de me lancer dans le droit pénal. Il n'y a pas grand-chose à gagner.

— Et pourtant Keith Russo semblait s'en sortir pas mal financièrement, n'est-ce pas ?

Il me regarde, les sourcils froncés, comme si j'étais allé trop loin.

— Keith est mort il y a vingt ans, articule-t-il finalement. Pourquoi toutes ces questions sur sa réussite à l'époque ?

— Parce que mon client ne l'a pas tué. Quelqu'un d'autre l'a fait, et pour une tout autre raison. Nous savons que Keith Russo et sa femme Diana défendaient les intérêts de trafiquants de drogue vers la fin des années 1980, et qu'ils avaient des clients dans le secteur de Tampa. Et ces gens font de bons suspects.

— Peut-être, mais je doute qu'ils soient très loquaces après toutes ces années.

— Et le shérif Pfitzner ? Vous le connaissiez bien ?

Il me lance à nouveau un regard maussade. D'une façon guère subtile, je viens de lier aussi Pfitzner aux narcotrafiquants. Colacurci a très bien compris où je veux en venir. Il prend une grande inspiration.

— Pfitzner et moi n'avons jamais été très proches. Chacun se mêlait de ses affaires. Nous avions le même électorat mais nous nous évitions. Comme je ne m'occupais pas d'affaires criminelles, nos chemins se sont rarement croisés.

— Où est-il aujourd'hui ?

— Mort, je suppose. Cela fait des années qu'il a quitté la ville.

En réalité, il n'est pas mort du tout. Il se la coule douce dans les Keys de Floride. Après trente-deux ans de service, il a raccroché les gants et a déménagé à Marathon. Son appartement de quatre pièces là-bas est estimé à plus d'un million et demi de dollars. Pas mal comme retraite pour un petit fonctionnaire.

— Vous pensez que Pfitzner est impliqué dans la mort de Keith, c'est ça ? demande-t-il.

— Bien sûr que non.

Sous-texte : « Bien sûr que oui ! » Mais Colacurci ne veut pas mordre à l'hameçon. Il plisse les yeux et lâche :

— Et selon ce témoin, Pfitzner l'aurait convaincue de mentir au procès ?

Quand Carrie Holland reconnaîtra son mensonge (si tant est qu'elle accepte), ce sera alors dans le domaine public. Pour l'heure, je ne veux pas en révéler trop à ce type.

— Tout ceci est strictement confidentiel. On est bien d'accord, monsieur Colacurci ?

— Cela va sans dire, s'empresse-t-il de répondre.

C'était un parfait inconnu il y a encore un quart d'heure. Et sitôt que je serai parti, il décrochera son téléphone.

— Elle n'a pas cité explicitement Pfitzner. Elle a juste parlé des flics et du procureur. Je n'ai aucune raison de soupçonner Pfitzner, je vous assure.

— C'est tant mieux. Ce meurtre a été jugé il y a vingt ans. Vous perdez votre temps, monsieur Post.

— Sans doute. Et Diana Russo ? Vous la connaissiez ?

Il lève les yeux au ciel, comme si c'était bien la dernière personne dont il voulait parler.

— Pas très bien. Je gardais mes distances avec elle. Depuis le début. Elle voulait travailler au cabinet, mais à l'époque nous n'embauchions pas de femmes. Elle a pris ça comme un affront personnel et ne me l'a jamais pardonné. Elle a monté Keith contre moi et on ne s'est pas vraiment entendus lui et moi. J'ai été soulagé quand il est parti, même s'il m'a bien pourri la vie par la suite.

— De quelle manière ?

Il regarde un instant le plafond, semblant se demander s'il doit ou non me raconter. Mais un vieil avocat adore parler. C'est dans ses gènes.

— Voilà l'histoire, commence-t-il en se redressant sur son siège. À l'époque, je me débrouillais pas mal dans le domaine des réparations des préjudices. Accidents de voiture, produits défectueux ou frelatés, médicaments trafiqués, arnaques en tout genre. Dès qu'il y avait une victime dans le comté, elle se pointait chez moi, ou parfois j'allais les chercher à l'hosto. Keith voulait sa part du gâteau, c'est le seul créneau du droit où on peut se faire un peu de fric. Les gros cabinets de Tampa s'en sortent. En revanche, les dommages et intérêts, c'est la poule aux œufs d'or, où que l'on se trouve. Quand Keith nous a quittés, il est parti avec un client – du vol manifeste ! – et cela a été le début des hostilités. Il était fauché et avait besoin d'argent, mais l'affaire appartenait au cabinet. J'ai menacé de le poursuivre en justice et on s'est bagarrés pendant deux ans. Finalement, il a accepté de me donner la moitié de ses honoraires. Enfin, le mal était fait. Et tout ça, c'est la faute de Diana.

Des cabinets disparaissent toutes les semaines, et c'est toujours lié à l'argent.

— Vous ne vous êtes jamais réconcilié avec Keith ?

— Si. Mais cela a pris des années. C'est une petite ville et, d'ordinaire, les avocats s'entendent bien. On a déjeuné ensemble une semaine avant qu'il se fasse tuer. Cela ne s'est pas trop mal passé ; on a même plaisanté un peu. Keith travaillait dur. C'était un bon gars, peut-être juste un peu trop ambitieux. Elle, je ne l'ai jamais portée dans mon cœur. Je la plains quand même. Pauvre fille, trouver son mari comme ça, avec le visage réduit en bouillie ! Il était plutôt beau garçon, en plus. Elle a été dévastée, n'a jamais pu remonter la pente. Elle a vendu l'immeuble et a finalement quitté la ville.

— Vous n'avez plus de contact avec elle ?

— Aucun.

Il regarde sa montre, comme s'il avait un planning très serré. Je reçois le message cinq sur cinq. Nous terminons la conversation. Après une demi-heure d'entretien, je le remercie et prends congé.

18

Bradley Pfitzner a régné sur le comté de Ruiz pendant trente-deux ans avant de prendre sa retraite. Durant sa carrière, il a évité les scandales et tenu son fief avec autorité. Tous les quatre ans, pour sa réélection, il n'avait jamais d'adversaires, ou des prétendants pas suffisamment sérieux pour l'inquiéter. L'un de ses anciens adjoints a pris sa suite. Il a été en poste les sept années suivantes avant que des ennuis de santé le contraignent à démissionner.

Le shérif actuel s'appelle Wink Castle, et son bureau se trouve dans un bâtiment moderne qui abrite les forces de l'ordre locales : shérif du comté, police municipale et prison. Une dizaine de voitures de patrouille sont garées devant l'immeuble d'acier, à la périphérie de la ville. Le hall grouille de policiers et d'employés. Il y a aussi des visiteurs, la mine triste et inquiète, venus prendre des nouvelles des détenus.

On me conduit au bureau de Castle. Il m'accueille avec un grand sourire et une solide poignée de main. Il a une quarantaine d'années, et l'abord facile des personnalités publiques des zones rurales. Puisqu'il n'habitait pas le comté au moment du meurtre de Russo, il y a peu de chances qu'il se traîne des casseroles datant de cette époque.

Après quelques minutes à parler de la pluie et du beau temps, il revient au sujet qui m'amène.

— Quincy Miller, donc. J'ai regardé son dossier hier soir pour me rafraîchir la mémoire. Vous êtes pasteur, c'est ça ?

— Pasteur et avocat, réponds-je. (Je lui explique succinctement qui sont les Anges Gardiens.) Je m'occupe d'erreurs judiciaires et mon travail est de disculper les innocents qui ont été envoyés en prison.

— Avec Miller, c'est pas gagné.

J'esquisse un sourire.

— Toutes mes affaires sont difficiles, shérif.

— J'imagine. Comment comptez-vous prouver que votre client n'a pas tué Keith Russo ?

— Comme d'habitude. Je reviens sur les lieux et me mets à fouiller. Je sais déjà que presque tous les témoins de l'accusation ont menti. Et les preuves sont carrément inexistantes.

— Zeke Huffey ?

— Lui, c'est un menteur professionnel. Je l'ai retrouvé dans une prison de l'Arkansas et lui ai demandé de reconnaître officiellement qu'il a fait un faux témoignage. J'attends sa réponse. Il a passé sa vie à ça. Mentir, puis se rétracter. C'est un classique pour ce genre de détenus. Carrie Holland, quant à elle, m'a déjà raconté la vérité : elle a menti sous la pression de Pfitzner et de Burkhead, le procureur. Ils lui ont promis de lever les charges pour usage de stupéfiants dont elle faisait l'objet. Après le procès, Pfitzner lui a donné mille dollars et l'a chassée de la ville. Elle n'est jamais revenue. June Walker, l'ex-femme de Quincy, habite Tallahassee. Pour l'instant elle refuse de coopérer.

Elle a témoigné contre lui et a menti parce qu'elle lui en voulait à la suite de leur divorce. Comme vous le voyez, shérif, il y a beaucoup de mensonges.

Tout cela est nouveau pour lui. Il assimile ces informations, reste silencieux un moment, puis secoue la tête.

— C'est quand même loin d'être gagné. Et on n'a pas retrouvé l'arme du crime.

— C'est vrai. Quincy n'a jamais eu de fusil. La pièce maîtresse, en fait, c'est une lampe de poche tachée de sang, qui a mystérieusement disparu avant le procès.

— Que s'est-il passé ?

C'est lui le shérif. Ce serait plutôt à moi de lui poser la question !

— Selon la version officielle, la version de Pfitzner, elle a été détruite dans l'incendie qui s'est déclenché dans la réserve des scellés.

— Et cela vous paraît louche ?

— Je doute de tout, shérif. L'expert du ministère public, un certain Norwood, n'a jamais eu cette lampe entre les mains. Son témoignage est une mascarade. (Je fouille dans ma mallette, en sors des papiers que je dépose sur son bureau.) C'est notre analyse des preuves. Vous trouverez un rapport du professeur Benderschmidt, un criminologue de renom, qui émet de sérieux doutes quant aux conclusions de Norwood. Vous avez vu les photos de la lampe ?

— Oui.

— Le professeur Benderschmidt pense que les éclaboussures, ou plutôt les taches, sur la lentille ne sont même pas du sang humain. Et ladite lampe n'a pas été trouvée sur les lieux du crime. Nous ignorons sa provenance et Quincy jure qu'il ne l'a jamais vue.

Castle ouvre le rapport, commence à le consulter, puis après un moment le lance sur la table.

— Je regarderai tout ça de plus près ce soir. Qu'est-ce que vous attendez de moi au juste ?

— Votre aide. Je veux demander une remise en liberté étayée par de nouveaux éléments : les rapports de nos experts et les rétractations des témoins reconnaissant qu'ils ont menti à l'audience. J'ai besoin de vous pour rouvrir l'enquête. Et ce serait pour nous un atout précieux si la cour savait que les autorités locales pensent également que la justice a condamné la mauvaise personne.

— Allons, Post. Ce dossier est clos depuis plus de vingt ans, et c'était bien avant que je n'arrive à Seabrook.

— Par définition, ce sont toujours de vieilles affaires, shérif, vieilles et enterrées. La plupart des protagonistes ont disparu de la circulation, c'est toujours comme ça – Pfitzner, Burkhead, sans compter le juge qui a carrément passé l'arme à gauche. Mais vous, vous pouvez examiner ce dossier avec un œil neuf et aider un innocent à sortir de prison.

Il secoue à nouveau la tête.

— Je ne pense pas. Je n'ai aucune envie de me mêler de ça. Je ne connaissais même pas l'existence de cette affaire avant votre appel d'hier.

— Raison de plus pour s'y intéresser. Vous n'avez rien à vous reprocher. Ce n'est pas votre faute si les choses se sont mal passées il y a vingt ans. Vous serez considéré comme le bon gars qui essaie de réparer les torts.

— Devez-vous trouver le vrai assassin pour faire sortir Miller ?

— Non. Prouver son innocence, c'est tout. Dans la moitié seulement des cas, nous avons réussi à épingler le véritable auteur.

Castle secoue toujours la tête. Il a cessé de sourire.

— Je ne le sens pas. Vous voulez que je mette un de mes hommes sur le coup, alors qu'on est déjà tous débordés ? Un meurtre vieux de vingt ans que tout le monde ici a oublié ? Un peu de sérieux !

— C'est moi qui ferai le gros du boulot, shérif. C'est mon travail.

— Et le mien, c'est quoi ?

— Coopérer. Ne pas me mettre de bâtons dans les roues.

Il se laisse aller au fond de son siège, croise les mains derrière sa nuque. Il contemple le plafond un moment.

— Dans vos affaires, demande-t-il finalement, que font d'habitude les autorités locales ?

— C'est la chape de plomb. Ils cherchent à tout étouffer. Cachent des preuves. Ils me tombent dessus. Contestent toutes mes requêtes auprès du tribunal. D'ordinaire, les risques sont trop grands, shérif, et les erreurs trop énormes pour que quiconque en accepte la responsabilité. Des hommes et des femmes innocents sont sous les verrous depuis des décennies alors que les vrais tueurs sont libres comme l'air, et souvent tuent à nouveau. Ce sont des injustices monumentales et je dois trouver un flic ou un proc qui a le cran d'admettre qu'il s'est trompé. Cette fois, c'est un peu différent parce que les responsables ont quitté le terrain. C'est l'occasion d'être le héros de l'histoire.

— Je n'ai aucune envie d'être un héros. Et je n'ai pas le temps. Croyez-moi, j'ai bien assez de tracas comme ça.

— Je n'en doute pas. Simplement, je vous le répète, vous pouvez coopérer, me faciliter la tâche. Je ne cherche que la vérité.

— Je ne sais pas. Je vais y réfléchir.

— Parfait. C'est tout ce que je vous demande. Pour le moment du moins.

Castle prend une longue inspiration, guère convaincu, plutôt réticent.

— Autre chose ? demande-t-il.

— Oui. Peut-être une autre pièce du puzzle. Cela concerne la mort de Kenny Taft. Cela s'est passé deux ans après le meurtre. Vous êtes au courant ?

— Bien sûr. C'est le dernier policier tué dans l'exercice de ses fonctions. Sa photo est là dans le couloir.

— J'aimerais voir le dossier sans avoir à supplier un juge en vertu de la loi d'accès à l'information et ce genre de choses.

— Vous pensez que c'est lié à l'affaire Miller ?

— Je ne sais pas, shérif, mais je retourne toutes les pierres. C'est ma manière de procéder. Et, parfois, je trouve des pépites.

— Je vais voir ce que je peux faire.

— Merci.

*

Le chef des pompiers est le lieutenant Jordan, un type bedonnant aux cheveux gris. Au premier abord, il est beaucoup moins loquace que le shérif Castle. La caserne se trouve à deux cents mètres de Main Street et, visiblement, la journée est plutôt tranquille. Deux sapeurs briquent les chromes d'un camion dans la cour. À l'intérieur du bâtiment, une vieille secrétaire tripote ses papiers. Jordan apparaît enfin et, après un bref échange de banalités, il me conduit dans une pièce encombrée de classeurs datant des années 1940. Il fouille un moment dans les compartiments et trouve les archives de l'année 1988. Il ouvre la boîte et sort une chemise écornée.

— C'était un petit feu, autant que je me souvienne, annonce-t-il en posant la pochette sur le bureau. Allez-y, consultez.

Et il sort de la pièce.

À l'époque des faits, le bureau du shérif se trouvait à quelques pâtés de maisons d'ici, dans un vieux bâtiment qui a été rasé depuis. Dans le comté de Ruiz, comme dans bien des endroits du pays, il était fréquent que les preuves et indices sous scellés soient conservés dans une simple pièce, voire un débarras. Combien de fois ai-je rampé dans les greniers poussiéreux des palais de justice ou dans leurs caves étouffantes à la recherche de vieux dossiers.

Par manque de place, Pfitzner utilisait un petit abri de jardin derrière le bâtiment pour y entreposer les pièces à conviction. Dans le dossier de Jordan, il y a une photo noir et blanc dudit abri avant le feu. On y voit clairement le cadenas protégeant la porte. Pas de fenêtre. La construction devait faire dix mètres de long sur quatre de large, et environ deux mètres cinquante de haut. Une autre photo, prise celle-ci après l'incendie, montre un tas de débris carbonisés.

L'alarme a été donnée à 3 h 10 du matin. À l'arrivée des pompiers la remise était la proie des flammes. Le feu a été éteint en une minute, mais il n'y avait déjà plus rien de récupérable. À la case, « cause de l'incendie », il est écrit « inconnue ».

Comme le dit Jordan, ce n'était pas un feu terrible. La lampe de poche, récupérée dans la voiture de Quincy, a apparemment été détruite dans l'incendie. Aucune trace. Heureusement, les rapports d'autopsie, les dépositions des témoins, les plans et les photos de la scène de crime étaient enfermés en sécurité dans le bureau de Pfitzner – comme par hasard. Il lui restait tous les éléments pour faire condamner Quincy Miller.

Pour le moment, la piste de l'incendie ne mène à rien.

19

J'appelle Carrie et Buck une fois par semaine pour prendre des nouvelles. Ils ont compris que je ne vais pas les lâcher et lentement ils baissent les armes. Je leur assure que Carrie ne court aucun risque, et peu à peu la confiance s'installe.

Nous nous retrouvons dans un coffee-shop près de Kingsport devant des omelettes. Carrie parcourt la déclaration sous serment que Mazy a préparée, puis Buck la lit à son tour, lentement. Je réponds aux sempiternelles questions quant à ce qui va se passer ensuite. Après une heure à l'amadouer, elle signe.

Sur le parking, je la serre contre moi pour lui montrer ma gratitude. Buck ne veut pas être de reste. Je le prends aussi dans les bras. Nous sommes désormais des amis pour la vie. Je les remercie pour leur courage. En larmes, elle me supplie de demander à Quincy de lui pardonner. Il l'a déjà fait, lui réponds-je.

*

Ma mère a hérité de la ferme familiale dans les environs de Dyersburg dans le Tennessee, ma ville natale. Maman a soixante-treize ans et cela fait deux ans qu'elle vit toute seule, depuis la mort de mon père. Je m'inquiète à cause de son âge, même si elle est en meilleure santé que moi, et pas esseulée du tout. Bien sûr, elle se fait du souci pour moi, à cause de ma vie de nomade et de mon désert sentimental. Elle a eu du mal à accepter que fonder une famille ne soit pas ma priorité. Je ne suis effectivement pas près de lui donner des petits-enfants. Ma sœur a trois gosses mais elle habite loin.

Ma mère ne mange pas de viande et c'est la terre qui la nourrit. Son potager est une véritable légende. Elle pourrait rassasier des centaines de personnes et c'est ce qu'elle fait. Elle livre des cageots de fruits et de légumes dans toutes les banques alimentaires de la région. Au dîner, nous avons des tomates farcies au riz et aux champignons, des haricots et une cassolette de courgettes. Malgré l'abondance, elle a un appétit d'oiseau et ne boit que de l'eau et du thé. Elle est en pleine forme et refuse de prendre des médicaments. Alors qu'elle repousse son assiette, elle me houspille pour que je mange ! Elle s'inquiète de me voir perdre du poids. Je ne veux rien entendre. Sur ce sujet, elle est à la même enseigne que les autres.

Après le repas, nous nous installons sous l'auvent pour boire du thé à la menthe. Rien n'a changé depuis ma convalescence des années plus tôt, et nous évoquons cette période sombre. Nous parlons aussi de Brooke, mon ex. Toutes les deux s'appréciaient beaucoup et sont restées en contact pendant des années. Maman était en colère contre elle au début parce qu'elle m'avait quitté au moment où j'étais au plus mal. Je suis toutefois parvenu à lui faire admettre que notre séparation était inéluctable, et ce, depuis le jour de notre mariage. Brooke a épousé un chef d'entreprise qui a bien réussi. Ils ont quatre enfants, de beaux ados, et maman serre encore les dents quand elle pense à ce qui aurait pu être. À la première occasion, je change de sujet.

Malgré mon mode de vie non conventionnel, maman est fière de ce que je fais, même si elle a du mal à comprendre les arcanes de notre système judiciaire. Pour elle, c'est déprimant qu'il puisse y avoir autant de crimes, de gens emprisonnés, de familles brisées. Il m'a fallu des années pour lui faire admettre qu'il y a réellement des milliers d'innocents en prison. C'est la première fois que nous évoquons Quincy Miller et cette histoire la passionne : un avocat assassiné, un shérif corrompu, un cartel de drogue, un innocent piégé. Elle n'arrive pas à y croire au début. Peu importe si je lui donne trop de détails. Nous sommes assis sur le perron au fin fond du Tennessee, loin de la Floride. À qui pourrait-elle raconter ça ? Ma mère est une tombe de toute façon.

Je lui parle de mes autres clients : Shasta Briley dans le couloir de la mort en Caroline du Nord, condamnée pour un incendie qui a tué ses trois filles ; Billy Rayburn au Tennessee, condamné pour maltraitance sur un nourrisson, après que des experts charlatans ont diagnostiqué un syndrome du bébé secoué, alors qu'en réalité il est tombé accidentellement avec le bébé de sa compagne dans les bras ; Duke Russell, toujours dans le couloir de la mort en Alabama ; Curtis Wallace, dans le Mississippi pour kidnapping, viol et meurtre d'une jeune femme qu'il n'a jamais vue de sa vie ; et pour finir Little Jimmy Flagler, un adolescent de dix-sept ans, retardé mental et condamné à la perpétuité par la Géorgie.

Ces six affaires occupent toute ma vie, à la fois professionnelle et personnelle. Je les porte en moi à chaque instant et parfois je n'en peux plus. Elles hantent toutes mes pensées. Je ne parle que d'elles. Je détourne la conversation pour revenir à ma mère et lui demande des nouvelles de son « tournoi » de poker. Une fois par semaine, elle joue avec un groupe d'amies, et même si les mises sont basses, la compétition est féroce. Elle mène pour l'instant avec onze dollars cinquante. Elles règlent les comptes à Noël en organisant une fête où elles s'encanaillent et boivent du champagne bon marché. Avec un autre groupe, elle joue au bridge deux fois par mois, mais elle préfère le poker. Elle est membre de deux clubs de lecture aussi – un avec les dames de l'église où elles se cantonnent aux sujets théologiques, et un autre avec des partenaires moins strictes qui apprécient la littérature populaire, parfois carrément bête. Elle enseigne au catéchisme, fait la lecture aux anciens dans une maison de retraite, et du bénévolat pour de nombreuses associations caritatives. Elle vient d'acheter une voiture électrique et tient à m'expliquer par le menu comment ça fonctionne.

Plusieurs fois par an, Frankie Tatum vient dîner chez elle. Ils sont devenus très proches et elle adore cuisiner pour lui. Il était ici la semaine dernière et elle me raconte leur soirée. Elle est très fière de moi, parce que sans mes efforts il serait encore en prison. Ce sujet ramène naturellement la conversation à mon travail.

À un moment, elle voulait que j'abandonne cette voie et revienne à une carrière plus lucrative, par exemple dans un vrai cabinet d'avocats, mais c'est de l'histoire ancienne. Avec sa retraite, elle a une vie confortable, n'a pas de crédits à rembourser. Elle envoie même chaque mois un petit chèque de soutien aux Anges Gardiens.

À 22 heures pétantes, elle va se coucher et dort huit heures d'un bon sommeil. Elle me quitte donc, en déposant un baiser sur le haut de ma tête. Je reste longtemps sur le perron, dans la fraîcheur de la nuit, en pensant à mes clients allongés sur leurs paillasses dans des cellules surpeuplées.

Tous innocents.

20

Il y a un mois, prévenus par une indiscrétion, les gardiens ont fouillé la cellule de Zeke Huffey et ont découvert un poignard artisanal. Trouver de la drogue dans une prison est monnaie courante et ne suscite guère d'émoi. Une arme, c'est une autre affaire, cela constitue une menace directe pour le personnel. Huffey a donc été envoyé au « trou », au sens littéral du terme – il s'agit de cellules en sous-sol utilisées comme quartier d'isolement. Son rêve de liberté conditionnelle vient de s'envoler. Sa peine va même être rallongée.

Un homme en costume m'accueille à l'entrée, l'un des nombreux adjoints du directeur de la prison, et, sous l'escorte d'un surveillant, nous passons le portail de sécurité pour rejoindre un bâtiment à l'écart. Malgré la mine renfrognée du cadre en civil, les grilles s'ouvrent devant nous. De toute évidence, mon contact a fait jouer ses relations. Je descends un escalier de ciment qui débouche dans une petite pièce rectangulaire. Ça sent le moisi. Bien sûr, les murs sont aveugles. Zeke Huffey m'y attend déjà, assis sur une chaise métallique boulonnée au sol. Cette fois, il n'y a pas de vitre de séparation. Pas de menottes. Et, passé le choc de me voir débarquer, il me tend une main molle.

Le gardien s'en va, en claquant la porte derrière lui.

— Qu'est-ce que vous faites ici ? me demande aussitôt Huffey.

— Je viens vous rendre visite, Zeke. Vous m'avez manqué.

Il lâche un grognement, ne voit pas quoi répondre. Les détenus placés en isolement sont d'ordinaire privés de visites. Je sors un paquet de cigarettes.

— Vous voulez fumer ?

— Bien sûr ! lâche-t-il, en bon accro au tabac.

Je lui tends une cigarette et je remarque ses mains qui tremblent. Je gratte une allumette. Il ferme les yeux et prend une longue bouffée, comme s'il voulait la griller tout entière à la première inhalation. Il souffle un nuage de fumée et tire aussitôt une deuxième taffe. Au bout de la troisième, il fait tomber sa cendre au sol et lâche un sourire.

— Comment avez-vous réussi à entrer, Post ? C'est carrément un no man's land ici.

— Je sais. Mais j'ai un bon ami à Little Rock.

Il fume sa cigarette jusqu'au filtre, l'écrase contre le mur.

— J'en veux bien une autre.

Je m'exécute et la lui allume. Son visage est pâle et émacié. Il est encore plus maigre que la dernière fois et il a un nouveau tatouage dans le cou. La nicotine l'apaise et ses tremblements cessent.

— Ils vont vous rajouter quelques mois, Zeke. C'est carrément stupide, cette histoire de couteau.

— Comme tout ce que je fais. Je suis abonné aux trucs débiles. Les gars intelligents ne finissent pas ici.

— Certes. Et Quincy Miller est intelligent, Zeke, et

il est enfermé depuis longtemps à cause de vous. Il est temps de lui rendre sa liberté, vous ne pensez pas ?

Nous avons échangé quelques lettres depuis ma dernière visite et les Anges Gardiens lui ont envoyé un autre petit chèque. Toutefois, à en juger par cet échange épistolaire, il n'est toujours pas prêt à reconnaître son mensonge. Il se croit en position de force dans notre relation et tient à en tirer le maximum de profit.

— Je ne sais pas, Post. C'est si vieux. Je ne me souviens plus des détails.

— Les détails, je les ai consignés dans une déclaration, Zeke. Et je voudrais que vous la signiez. Vous vous souvenez de votre vieil ami Shiner ? Un autre junkie incarcéré ici ?

Il esquisse un sourire.

— Bien sûr que je me souviens de Shiner. Quel couillon, celui-là !

— Lui aussi se souvient de vous. Nous l'avons retrouvé à côté d'Atlanta et il va bien. En tout cas mieux que vous. Il est sorti de la drogue et, pour l'instant, il n'est pas dans le collimateur des flics. Il nous a signé une déposition où il raconte que tous les deux vous vous vantiez de vos hauts faits comme informateurs dans les prisons. Il raconte que vous rigoliez bien en pensant à ce qui était arrivé à Quincy Miller. Et aussi au petit Preston à Dothan, lui aussi toujours derrière les barreaux. D'après Shiner vous étiez très fier de votre prestation dans un procès à Gulfport, concernant Kelly Morris, aujourd'hui en prison à cause de vous. On a vérifié tous ces cas, lu toutes les transcriptions des audiences. Shiner dit vrai, pour une fois.

Huffey me regarde fixement, tapote à nouveau sa cigarette pour faire tomber la cendre.

— Et alors ?

— Alors, il est temps de vous racheter, Zeke, et d'aider Quincy à sortir de là. Cela ne vous coûte pas grand-chose. Vous n'allez pas sortir. Je le répète, les gens en Floride vous ont complètement oublié. Comme vous dites, c'est si vieux. Ils s'en contrefichent que vous ayez menti au procès.

Il écrase sa cigarette numéro deux et en réclame une troisième. Il tire dessus avec énergie, épaississant encore le nuage gris qui flotte au-dessus de nous.

— Je sais pas trop, Post. J'ai ma réputation.

— Très drôle. À votre place, je ne m'inquiéterais pas trop pour ça. Je vous propose un marché, Zeke. Et il est valable seulement quinze minutes. Passé ce délai, je m'en vais et vous ne me reverrez plus jamais. Comme je vous l'ai dit, j'ai un ami à Little Rock. Il a le bras long, sinon je ne serais pas ici avec vous. Personne au trou n'a droit à des visites, pas vrai ? Voilà les termes du marché : l'Arkansas prévoit de rallonger votre peine de six mois, à cause du couteau. Ça s'ajoute aux vingt et un mois à faire encore dans cette prison. Mon ami peut effacer l'ardoise et la réduire à trois mois seulement. Un an et demi disparu comme par magie. Pour cela, il vous suffit de signer ce papier.

Huffey souffle un grand coup, tapote sa cigarette, me regarde avec des yeux ronds.

— C'est une blague ?

— Je n'ai pas le cœur à rire. Faites ce qu'il faut, ce que ferait un homme bien si vous en étiez un, pour que Quincy sorte de là.

— Un juge ne va pas lui rendre la liberté parce que je vais dire que j'ai raconté des conneries il y a vingt ans. Vous rêvez, Post.

— C'est mon problème. Chaque élément compte dans ce genre d'affaires. Vous vous souvenez de ce témoin, Carrie Holland ? Elle a menti aussi, mais elle a eu le courage de le reconnaître. J'ai ici sa déclaration sur l'honneur. Si vous voulez la voir. Voilà une femme qui a du cran. À votre tour d'être adulte et responsable. Dites la vérité pour une fois.

— Vous êtes vexant, Post. C'est dommage, je commençais à bien vous aimer.

— Aucune importance. Je ne suis pas spécialement aimable de toute façon. Ma mission est de démêler cette pelote de mensonges qui a entraîné la condamnation de mon client. Vous voulez qu'on fasse sauter ces dix-huit mois, oui ou non ?

— Qu'est-ce qui me dit que c'est vrai ? Comment je peux vous faire confiance ?

— La « confiance » est un concept qui vous est étranger. Je suis un homme honnête. Je ne mens pas. Enfin, les cartes sont entre vos mains. Vous tentez le coup ou pas ?

— Passez-moi une autre cigarette.

Je lui en allume une quatrième. Il est calme à présent. En pensée, il fait déjà les comptes.

— Cet accord entre nous… vous pouvez me le mettre par écrit ?

— Non, ça ne marche pas comme ça. Les prisons dans l'Arkansas sont toutes surpeuplées et l'État doit diminuer la pression. Dans les prisons des comtés, ils sont parfois six par cellule et les autorités ont besoin de place. Ils se fichent de ce qui peut vous arriver.

— C'est pas faux.

Je consulte ma montre.

— Ils m'ont accordé trente minutes. L'heure tourne. Alors ? Marché conclu ?

Il cogite, fume en silence.

— Combien de temps je vais rester encore au trou ?

— Vous sortirez demain. Promis.

Il acquiesce enfin. Je lui tends la déclaration. Me doutant qu'il n'est pas à l'aise avec la lecture, j'ai fait des phrases courtes, avec un vocabulaire limité – aucun mot savant. Sa cigarette plantée au coin de la bouche, et un filet de fumée lui chatouillant l'œil, Huffey lit lentement le document. La cendre tombe sur son tee-shirt qu'il époussette des doigts. Après avoir parcouru la dernière page, il écrase son mégot.

— Ça me va.

Je lui tends un stylo.

— Vous tiendrez parole, Post ?

— Absolument.

*

Il se trouve qu'en Arkansas, j'ai travaillé sur une autre affaire avec le plus grand avocat militant contre la peine de mort et qu'il est devenu un ami. Et le cousin de son épouse siège au sénat de l'État. Il est président de la Commission d'attribution des crédits et, par conséquent, il décide des budgets des administrations, y compris celui alloué aux prisons. Je n'aime pas demander des faveurs, parce que j'ai trop peu à donner en retour, mais dans mon métier je suis bien obligé de faire jouer mon réseau. Et de temps en temps un petit miracle se produit.

Alors que je laisse derrière moi les champs de coton, j'appelle Vicki pour lui annoncer la bonne nouvelle. Tout heureuse, elle file prévenir Mazy.

*

Lorsque son union cauchemardesque avec Quincy a pris fin, June s'est remariée. Sa seconde tentative, avec un dénommé James Rhoad, s'est révélée un peu moins chaotique que son premier mariage, mais n'a pas duré longtemps. Elle était encore fragile, émotionnellement instable, et toujours droguée. Frankie a retrouvé Rhoad à Pensacola. Il ne porte pas son ex-femme dans son cœur et, après quelques bières, il a raconté ce qu'on espérait entendre.

Ils habitaient ensemble avant de se marier et durant une courte période idyllique ils ont beaucoup bu, beaucoup fumé de crack. Jamais devant les gosses. À plusieurs reprises, June s'est moquée de Quincy, un homme qu'elle détesterait pour le restant de ses jours. Elle a avoué à Rhoad qu'elle avait menti pour être sûre qu'il irait en prison, et ces mensonges avaient été encouragés par le shérif Pfitzner et Forrest Burkhead, le procureur.

Rhoad n'a pas envie d'être mêlé à cette histoire, mais Frankie est du genre opiniâtre. Ne jamais lâcher, c'est notre profession de foi aux Anges Gardiens. Nouer une relation, apprendre à mieux connaître le témoin, instaurer la confiance, et inlassablement rappeler à l'intéressé qu'un innocent est en prison, victime d'un système judiciaire aveugle. Et qu'en l'occurrence, dans ce coin reculé du pays, c'était la justice des Blancs la fautive.

Frankie rassure Rhoad. Il n'a rien fait de mal et il n'aura pas d'ennuis. C'est June qui a menti et elle ne veut pas réparer les torts qu'elle a causés. Mais lui, James Rhoad, peut nous être d'une grande aide.

Dans un autre bar, après une autre tournée de bière, il accepte de signer une déposition.

21

Pendant ces trois derniers mois, nous avons œuvré dans l'ombre. Ceux qui ont tué Keith Russo savent peut-être déjà que nous fouinons ? En tout cas, ils ne se sont pas manifestés. Mais finie la discrétion maintenant que nous déposons officiellement une demande de remise en liberté pour Quincy Miller.

Le dossier de Mazy fait près de trois centimètres d'épaisseur, il est magnifiquement écrit et très bien documenté, comme d'habitude. Tout d'abord, elle démonte point par point le rapport de Paul Norwood, l'expert de l'accusation qui a examiné les taches de sang. Elle attaque ses antécédents et dit beaucoup de mal de lui. Avec des détails implacables, elle passe au crible les sept procès où ses déclarations ont envoyé des innocents en prison – tous disculpés plus tard par les traces ADN. Elle rappelle que ces sept hommes ont passé à eux tous quatre-vingt-dix-huit ans derrière les barreaux, mais qu'aucun n'est resté enfermé aussi longtemps que Quincy Miller.

Une fois Norwood discrédité, Mazy présente une véritable analyse scientifique et c'est l'entrée en scène du professeur Kyle Benderschmidt. Son parcours irréprochable contraste avec celui de l'expert du ministère public. En introduction de son rapport, il fait part de son incrédulité : la lampe de poche est la seule pièce compromettant Quincy Miller et elle n'a pas été retrouvée sur les lieux du crime ! Rien ne prouve qu'elle ait été présente au moment du meurtre. Rien ne prouve non plus que les taches sur la lentille proviennent de sang humain. À partir de photographies, il est impossible de déterminer si les petits points orange sont du sang, humain ou non. Impossible aussi de déterminer l'angle des tirs. Personne ne sait comment le tueur a pu tenir la lampe tout en faisant feu avec son fusil, si tant est qu'il l'ait eue avec lui. Il y a tant d'invraisemblances. L'analyse de Norwood est factuellement fausse, scientifiquement inepte, et parfaitement irresponsable d'un point de vue éthique et juridique. Norwood a avancé des hypothèses sans aucun fondement et quand il n'avait rien, il a inventé.

Le rapport de Benderschmidt est fascinant, convaincant, et constitue une véritable nouvelle pièce au dossier. Ce n'est pas tout.

Notre deuxième expert, le Dr Tobias Black, est un criminologue réputé de San Francisco. Il a travaillé en parallèle du professeur Benderschmidt, a étudié les photos, les pièces à conviction, lu toutes les transcriptions du procès. Son mépris pour Norwood et les charlatans de son acabit est évident. Et ses conclusions sont identiques à celles de Benderschmidt.

Mazy a la plume dévastatrice d'un prix Nobel de littérature et, quand les faits sont de son côté, rien ne peut l'arrêter. Je ne voudrais pas l'avoir face à moi si j'avais commis un délit.

Elle critique l'enquête du shérif Pfitzner. En se référant à la loi garantissant le libre accès à l'information,

Vicki est parvenue à récupérer le dossier de la police de Floride. Dans un mémo, un inspecteur se plaint de la mainmise de Pfitzner sur l'affaire. Le shérif du comté veut être le seul maître à bord. Il refuse de coopérer et rejette toute ingérence extérieure.

N'ayant aucune preuve directe pour incriminer Quincy, Pfitzner a dû en forger par lui-même. Sans en avertir la police d'État, il a obtenu un mandat de perquisition pour la voiture de Quincy Miller et, comme par hasard, il a trouvé la lampe de poche dans le coffre.

Puis le dossier s'attache aux témoins qui reconnaissent avoir menti au procès, et présente les dépositions sous serment de Carrie Holland Pruitt, Zeke Huffey, Tucker Shiner et James Rhoad. Mazy mesure ses propos, mais reste cinglante. Elle déteste en particulier ces menteurs professionnels dans les prisons et enrage que la justice américaine puisse avoir recours à de tels stratagèmes.

Ensuite, elle explore le sujet du mobile et démontre que la rancœur de Quincy Miller à l'encontre de Keith Russo était plus conceptuelle que réelle. Dans sa déclaration, l'ancienne standardiste du cabinet Russo se souvient d'une visite du client mécontent – une seule. Selon les propres termes de l'employée, Quincy Miller semblait « un peu énervé ». Il n'a toutefois proféré aucune menace et est parti sans esclandre lorsqu'elle lui a dit que Russo n'était pas dans son bureau. Non, elle ne se souvenait pas d'une seconde visite où Miller aurait menacé de se venger, comme l'a raconté Diana Russo devant les jurés. Personne au cabinet n'a appelé la police. Et c'est la vérité, il n'y a nulle trace de plainte après ce prétendu second passage de

Quincy. Et en ce qui concerne les menaces au téléphone, mystère. Diana Russo a interdit à la défense d'avoir accès aux relevés de la compagnie de télécom. Et aujourd'hui ils ont été détruits.

La dernière partie présente le témoignage de Quincy. À l'époque, il n'avait pas été autorisé à venir à la barre. Il peut aujourd'hui présenter sa version des faits. Il nie catégoriquement être impliqué dans cette affaire. Non, il n'a jamais eu de fusil, ce fusil de chasse calibre 12, et n'a jamais vu cette lampe de poche jusqu'à ce qu'on la montre en photo au procès. Non, il n'était pas à Seabrook la nuit du meurtre. Son alibi n'a pas changé : il était avec sa maîtresse, Valerie Cooper, qui maintient ce qu'elle a déclaré à l'époque. Bien sûr, sa déposition est jointe au dossier.

La demande de réexamen de l'affaire présente cinquante-deux pages d'un argumentaire clair, implacable, qui ne laisse guère de place au doute, du moins aux yeux des Anges Gardiens : l'État de Floride s'est trompé de personne. La démonstration est évidente pour n'importe quel juge impartial, qui n'aurait alors qu'un objectif : vouloir corriger cette injustice patente. Évidemment, cela ne se passe jamais ainsi.

Nous déposons notre requête et attendons. Trois jours sans nouvelles. Cette affaire n'intéresse pas la presse, et cela se comprend. Le dossier est clos depuis vingt-deux ans.

Puisque je ne suis pas inscrit au barreau de Floride, nous nous associons à Susan Ashley Gross, une vieille amie qui dirige le groupe de l'Innocence Project pour la Floride centrale. Son nom figure en premier sur notre demande de remise en liberté, au-dessus du mien et de celui de Mazy. Cette fois, c'est du domaine public. Nous sommes entrés sur le terrain.

J'envoie une copie de notre dossier à Tyler Townsend. J'espère une réponse de sa part.

*

En Alabama, Chad Falwright tient ses promesses : il déchaîne les foudres de la justice contre moi, et non contre le véritable coupable. Il dépose plainte pour manquement à l'éthique auprès du barreau d'Alabama – auquel je n'appartiens pas. Et une autre en Géorgie, là où je suis inscrit comme avocat. Falwright veut me faire radier pour avoir subtilisé une pièce d'un dossier. À savoir un poil pubien.

J'ai déjà connu ça. Cela peut être intimidant, mais je ne peux plus faire machine arrière. Duke Russell est toujours en prison à la place de Mark Carter, et cela m'empêche de dormir. J'appelle un ami avocat à Birmingham, et il ne demande qu'à monter au front pour m'aider. Quant à Mazy, elle va contrecarrer la plainte en Géorgie.

*

Je suis dans la salle de réunion à l'étage, à lire les myriades de lettres que m'envoient des détenus désespérés, quand Mazy m'appelle au rez-de-chaussée. Je descends et débarque dans son bureau. Vicki est là aussi et toutes les deux fixent des yeux l'écran de l'ordinateur. Le message est rédigé en caractères gras, dans une police fantaisiste, presque illisible. Mais le sens est limpide :

> *votre demande dans le comté de Poinsett est intéressante mais elle ne parle pas de Kenny Taft. peut-être n'a-t-il pas été tué par des trafiquants de drogue. peut-être qu'il en savait trop. (ce message s'effacera dans cinq minutes après avoir été ouvert. Il est intraçable. Inutile de perdre du temps.)*

Nous regardons bouche bée le message disparaître et l'écran redevenir blanc. Vicki et moi nous asseyons, tandis que Mazy pianote sur son clavier.

— Cela vient d'un site. Ça s'appelle « Confidences sur la terrasse de Patty ». Pour vingt dollars par mois, avec une carte de crédit, on peut avoir accès à une chat-room privée où les messages sont confidentiels, temporaires, et l'auteur ne peut en être identifié.

Je ne comprends pas grand-chose à ce qu'elle raconte. Elle tapote à nouveau quelques touches et déclare :

— Cela paraît légal, et plutôt sûr. Beaucoup de ces serveurs sont basés en Europe de l'Est, où la confidentialité des échanges est plus stricte.

— On peut répondre ? s'enquiert Vicki.

Je mets le holà.

— Pour quoi faire ?

— C'est possible, explique Mazy, si on paie vingt dollars.

— Ce n'est pas dans le budget, réplique Vicki.

— L'adresse de cette personne est cassius.clay.444. Il faut payer pour pouvoir lui envoyer un message.

— Plus tard, dis-je. Il ne veut pas papoter et il ne lâchera rien. Prenons le temps de réfléchir.

Les messages anonymes sont monnaie courante et c'est toujours une perte de temps.

*

Kenny Taft avait vingt-sept ans quand il a été tué dans un coin perdu du comté de Ruiz en 1990. Il était le seul Afro-Américain de la brigade de Pfitzner et il était en poste depuis trois ans. Avec Gilmer, son coéquipier, il avait été envoyé sur une zone qui devait être un point de ravitaillement des trafiquants de cocaïne. Personne n'était censé se trouver là. Taft et Gilmer ne s'attendaient pas à avoir de problèmes. C'était une simple mission de reconnaissance, officiellement à la demande de la DEA à Tampa. Il était d'ailleurs très peu probable que l'endroit soit réellement utilisé. Le travail des deux hommes était de jeter un coup d'œil et de faire un rapport.

Selon Gilmer, qui s'en était sorti uniquement avec des blessures, l'embuscade avait eu lieu alors qu'ils roulaient lentement sur un chemin de terre à 3 heures du matin. Les bois étaient épais et ils n'avaient vu personne. Les premiers tirs avaient fauché le flanc de la voiture banalisée que conduisait Gilmer, puis les vitres arrière avaient volé en éclats. Il avait pilé, s'était aplati sur les sièges et avait rampé jusqu'au fossé pour se mettre à l'abri. De l'autre côté, Kenny Taft avait tenté également de sortir, mais une balle l'avait touché aussitôt à la tête et il était mort sur le coup. Il n'avait pas eu le temps de prendre son arme. Quand la fusillade avait cessé, Gilmer s'était traîné jusqu'au véhicule pour appeler les secours par radio.

Les tireurs s'étaient évanouis dans la nature. Pour les enquêteurs de la DEA, c'était une attaque des trafiquants. Des mois plus tard, un indic sortant de nulle part avait expliqué que les assaillants ne savaient pas qu'ils avaient affaire à des policiers. Il y avait beaucoup de cocaïne cachée au bout de la route, et ils avaient voulu défendre leur marchandise.

Le même informateur aurait expliqué que les tireurs s'étaient enfuis en Amérique du Sud. Autrement dit, on ne les retrouverait jamais.

22

Je reçois un appel d'Otis Walker. Il n'est pas content. Apparemment, sa femme June est dans tous ses états parce que son précédent mari, le numéro Deux, a dit du mal d'elle au tribunal. Patiemment, je lui explique que nous ne sommes pas encore allés devant le juge, mais que nous sommes effectivement en possession de la déposition de James Rhoad où il déclare sur l'honneur que June s'est vantée d'avoir menti au procès pour faire condamner Quincy et qu'elle était ravie de ce qui lui était arrivé.

— Il l'a traitée de menteuse ? lâche Otis comme s'il tombait des nues. Devant un jury ?

— Non, non, monsieur Walker, devant personne. Juste par écrit.

— Pourquoi il a fait ça ?

— On le lui a demandé. Nous essayons de sortir Quincy Miller de prison, ce n'est pas lui qui a tué cet avocat.

— Alors vous prétendez que ma femme est une menteuse, c'est ça ?

— Nous disons simplement qu'elle a menti lors de ce procès.

— Bonnet blanc et blanc bonnet ! Comment osez-vous remuer cette vieille merde.

— Vingt ans, effectivement. C'est long. Quincy en sait quelque chose.

— J'ai bien envie d'appeler un avocat.

— Faites donc. Et donnez-lui mon numéro. Je serais heureux de lui parler. Mais vous allez dépenser de l'argent pour rien.

*

Mazy reçoit un nouveau message provenant du site « Confidences sur la terrasse de Patty » :

> *le salty pelican est un bar typique du front de mer à Nassau, aux Bahamas. rendez-vous là-bas mardi à midi. c'est important. (ce message s'autodétruira cinq minutes après avoir été ouvert. Ne cherchez pas à trouver son origine. C'est impossible.)*

Je sors une carte de crédit, vais sur le site de Patty, paie et m'inscris sous le pseudo : joe.frazier.555 et envoie un message : *Avec quoi je viens ? Une arme ou un garde du corps ?*

Dix minutes, j'ai une réponse :

Non, venez en paix. Le bar est toujours bondé, et il y a plein de gens partout.

Je demande :

Comment on est censés se reconnaître ?

On va s'en sortir. Veillez juste à ne pas être suivi.

Entendu. RDV là-bas.

*

La discussion qui s'ensuit aux Anges Gardiens frôle la dispute. Mazy n'en démord pas : c'est de la folie d'aller à ce rendez-vous. Vicki non plus n'aime pas ça. Quant à moi, je soutiens que c'est un risque qu'il nous faut courir. À l'évidence, cette personne, homme ou femme, en sait long sur l'affaire et elle veut aider. Et visiblement elle a peur, au point d'organiser une rencontre hors du pays, ce qui est la preuve, du moins pour moi, qu'elle a des choses importantes à nous apprendre.

Même si mes deux partenaires sont contre, je file à Atlanta. Vicki n'a pas son pareil pour trouver des prix imbattables, que ce soit pour les avions, les hôtels ou les loueurs de voitures de seconde zone. Elle a déniché une place sur un avion à hélice d'une compagnie des Bahamas qui fait deux arrêts avant de quitter les États-Unis. Il n'y a qu'une seule hôtesse à bord, qui ne semble disposée ni à sourire ni à se lever de son strapontin.

N'ayant pas de bagages, je passe rapidement la douane et prends un taxi dans la longue file au terminal des arrivées. C'est une vieille Cadillac des années 1970, avec du Bob Marley à la radio – spéciale dédicace pour les touristes ! Le chauffeur fume un joint pour ajouter à la couleur locale. Avec cette circulation chargée, les voitures roulent si lentement qu'on ne risque pas d'accident mortel. Finalement, nous sommes coincés dans un embouteillage monstre. N'y tenant plus, je paie la course. Le chauffeur m'indique le chemin avec de grands gestes et je sors du véhicule.

Le Salty Pelican est un bar traditionnel avec des poutres croulantes à souhait et un toit de chaume.

De vieux ventilateurs suspendus au plafond tentent de rafraîchir l'air. Des locaux jouent aux dominos à une table. La partie est animée. De toute évidence, de l'argent est en jeu. Un autre groupe s'entraîne aux fléchettes. Les Blancs sont plus nombreux que les natifs. C'est un endroit fréquenté par les touristes. Je commande une bière au bar et m'installe à une table en terrasse, à moins de trois mètres de l'eau. Je porte des lunettes de soleil et une casquette de baseball, et je tente, discrètement, de surveiller les alentours. Au fil des années, je suis devenu un bon enquêteur, mais je reste un piètre espion. Si quelqu'un m'a suivi, je suis incapable de le dire.

Midi passe. Je contemple l'océan.

Une voix se fait entendre derrière moi.

— Bonjour, Post.

Tyler Townsend tire une chaise à côté de moi. Il était en haut de ma liste des prétendants.

— Bonjour, réponds-je, en veillant à ne pas prononcer son nom.

Nous nous serrons la main. Il s'assoit, une bière à la main.

Il a aussi des lunettes de soleil et une casquette. On le croirait habillé pour une partie de tennis. Il est bronzé, bien fait de sa personne, avec juste quelques ombres grises dans les cheveux. Nous avons le même âge, mais il paraît tellement plus jeune.

— Vous venez souvent dans le coin ?

— Assez, oui. Nous avons deux centres commerciaux à Nassau. Ma femme pense que je suis ici pour le boulot.

— Et nous sommes là pour quoi au juste ?

— Marchons un peu, vous voulez bien ? lance-t-il en se levant.

En silence, nous longeons le port, puis nous entrons dans une marina où sont arrimés une centaine de bateaux.

— Suivez-moi.

Il m'indique un ponton et désigne une petite merveille, environ quinze mètres de long, conçue pour s'aventurer au large et pêcher ces espadons qui, empaillés, ornent les murs des restaurants. Il saute à bord et m'aide à grimper.

— C'est le vôtre ?

— À moitié avec mon beau-père. Allons faire un tour.

Il sort deux bières d'une glacière, s'installe sur le siège du pilote et démarre les moteurs. Je me pose sur la banquette matelassée et savoure l'air iodé tandis que nous sortons du port. Rapidement, des embruns délicieux fouettent mon visage.

*

Tyler Townsend a grandi à Palm Beach. Il est le fils d'un ténor du barreau. Il a passé huit ans à l'University of Florida pour terminer ses études de sciences politiques et de droit, avec comme projet d'aller travailler chez papa. Mais ce programme doré a volé en éclats quand son père a été tué par un conducteur ivre une semaine avant que Townsend ne passe l'examen du barreau. Il a donc reporté sa soutenance d'un an, le temps de remettre sa vie sur des rails, a réussi son diplôme et cherché du travail à Seabrook.

Sachant qu'un poste l'attendait dans le cabinet de papa, il n'avait guère montré d'assiduité dans ses études. Son curriculum d'étudiant était rachitique. Il lui avait fallu cinq années pour passer sa licence. Il avait terminé la fac de droit dans le dernier tiers de sa promotion et cela lui convenait très bien. Il avait la réputation d'être un fêtard et une grande gueule un brin arrogant parce que son père était une célébrité. Et d'un coup il s'était retrouvé à devoir chercher du travail et s'était aperçu que les offres d'emploi comme les entretiens d'embauche étaient rares. Un cabinet immobilier de Seabrook l'avait recruté, mais il n'avait tenu que huit mois.

Pour survivre, il avait partagé un espace de travail avec d'autres avocats. Pour payer les factures, il s'était inscrit à l'aide juridictionnelle pour défendre ceux qui ne pouvaient se payer un avocat. Le comté de Ruiz était trop petit pour avoir des avocats à demeure et les affaires étaient distribuées au cas par cas. Finalement, il avait regretté de s'être montré si insistant pour être commis d'office quand le meurtre de Keith Russo avait défrayé la chronique dans la presse locale. Tous les autres avocats avaient fait le mort et Townsend s'était retrouvé à défendre Quincy Miller, présumé coupable dès le jour de son arrestation.

Pour un jeune avocat de vingt-huit ans, avec une expérience limitée au tribunal, sa défense avait été magistrale. Il s'était battu comme un lion, contestant chaque élément du dossier, n'hésitant pas à rudoyer les témoins de l'accusation. Il croyait dur comme fer en l'innocence de son client.

La première fois que j'ai lu les transcriptions des débats, sa morgue m'a amusé. Mais à la troisième lecture, je me suis aperçu qu'il s'était mis le jury à dos. N'empêche, ce jeune avocat montrait de belles dispositions pour les audiences.

Malheureusement, il a vite changé de voie.

*

Nous longeons Paradise Island et allons nous amarrer devant un hôtel.

— J'aimerais racheter cet endroit, m'explique-t-il tandis que nous remontons la jetée. C'est à vendre. Je veux me diversifier, laisser tomber les centres commerciaux. Mais mon beau-père n'aime pas le changement.

Comme tous les promoteurs immobiliers de Floride !

J'acquiesce, faisant mine de m'intéresser. Les questions d'argent me donnent la migraine. Dès qu'on parle finance, marchés, fonds d'investissement, capital-risque, Bourse, actions, obligations et consorts… je décroche. Puisque je n'ai pas deux sous en poche, je me fiche de savoir comment les autres ont fait fortune.

Nous traversons le hall comme deux touristes débarquant de l'Ohio et prenons l'ascenseur jusqu'au deuxième étage où Townsend a une grande suite. Je le suis sur la terrasse qui offre une jolie vue sur la plage et l'océan. Il va chercher deux bières dans le réfrigérateur et on s'installe pour parler.

— Je vous admire, vous savez ? commence-t-il. Ce que vous faites, c'est impressionnant. Vraiment. J'ai lâché Quincy parce que je n'avais plus le choix, mais j'étais persuadé qu'il n'était pas l'assassin. Et c'est toujours le cas.

— Qui a tué Russo, selon vous ?

Il pousse un soupir et boit une longue goulée. Puis contemple la mer. Nous sommes sous un grand parasol, sur une terrasse de rêve, sans un signe d'activité humaine alentour sinon les rires qui montent de temps en temps de la plage en contrebas.

— Vous avez un micro sur vous ? me demande-t-il en me regardant avec insistance.

Non, pas aujourd'hui. Et c'est tant mieux.

— Allons, Tyler. Je ne suis pas flic.

— Ça ne répond pas à ma question.

— Non, je n'ai rien sur moi. Vous voulez me fouiller ?

Il hoche la tête.

— Oui.

D'accord. Pas de problème. Je me lève et commence à me déshabiller. Il m'observe, puis m'arrête une fois que je suis en boxer.

— C'est bon.

Je reboutonne mes vêtements et retourne à ma bière.

— Je suis désolé, Post. On n'est jamais trop prudent. Vous allez comprendre.

Je lève les mains.

— Je ne sais pas pourquoi vous m'avez fait venir ici, alors je vais me taire et vous laisser parler. Tout ce qu'on va se dire restera strictement confidentiel, cela va de soi. Les gens qui ont tué Keith Russo sont encore dans les parages, quelque part, et ils ne veulent pas qu'on découvre la vérité. Je suis avec vous, Tyler. À cent pour cent. Vous pouvez me faire confiance.

Il acquiesce.

— D'accord. Vous m'avez demandé qui a tué Russo et la réponse est : je n'en sais rien. J'ai mon idée, et elle se tient. Et quand je vous aurai tout raconté, vous serez convaincu.

Je bois une gorgée.

— Je vous écoute.

Il prend une grande inspiration pour tenter de se détendre. L'alcool est important aujourd'hui et je vide ma canette. Il va en chercher deux autres, revient s'asseoir et regarde à nouveau l'océan.

— Je connaissais plutôt bien Russo. Il avait dix ans de plus que moi et il bougeait pas mal. Il en avait déjà assez de cette petite ville, il aspirait à mieux. Je ne l'aimais pas beaucoup. En vérité, personne ne l'aimait. Avec sa femme, il se faisait de l'argent en défendant des trafiquants de drogue à Tampa. Il avait même un appartement là-bas. On disait à Seabrook qu'ils voulaient changer de catégorie, jouer dans la cour des grands. Lui et Diana ne se mêlaient pas à nous, comme si nous n'étions à leurs yeux que des culs-terreux. De temps en temps, ils étaient obligés d'aller au charbon quand les finances étaient au plus bas et ils acceptaient des divorces, des faillites, des rédactions de testaments ou d'autres actes légaux. Visiblement, ils y allaient à reculons. Et ce qu'a fait Russo avec Quincy, c'était vraiment du travail de sagouin. Je comprends que Quincy ait été furieux. Et il est devenu le pigeon parfait. Un client mécontent qui dégomme son avocat !

— Et leur plan a fonctionné.

— C'est vrai. Ça a provoqué un sacré choc en ville. Quand Quincy a été arrêté, tout le monde s'est senti soulagé. Tous les avocats se sont planqués, sauf moi, et on m'a téléphoné. Je ne pouvais pas refuser. Au début, je croyais Quincy coupable, mais il m'a rapidement convaincu du contraire. J'ai pris l'affaire et ça a ruiné mon cabinet.

— Au procès, vous avez été magnifique.

Il chasse ce compliment du revers de la main.

— Aucune importance. C'était dans une autre vie. (Il se penche et s'appuie sur ses coudes, comme si les choses sérieuses commençaient.) Ce qui m'est arrivé, Post, je ne l'ai raconté à personne, pas même à ma femme. Et vous devrez le garder pour vous. En même temps, vous n'aurez aucune envie d'en parler, ce serait trop dangereux. Voilà l'histoire : après le procès, j'étais physiquement et émotionnellement rincé. Le verdict m'avait dégoûté et notre système judiciaire me sortait par les yeux. Mais au bout de quelques semaines, j'ai repris du poil de la bête parce que je devais préparer l'appel. Je travaillais dessus jour et nuit, et commençais à croire que je pouvais convaincre la Cour suprême de Floride de casser le jugement, même si les chances étaient maigres.

Tyler boit une gorgée et regarde au loin.

— Les méchants me surveillaient. Je le savais. Et je suis devenu parano – les téléphones, l'appartement, le bureau, la voiture, ils écoutaient tout. J'avais reçu deux appels anonymes, et les deux fois une voix d'homme avait lâché : « Laisse tomber. » Juste ça : « Laisse tomber. » Je ne pouvais pas en parler à la police parce que je n'avais pas confiance. Pfitzner tenait les rênes et c'était l'ennemi. Il était même probablement l'auteur des coups de fil.

« Cinq ou six mois après le procès, alors que je travaillais sur l'appel, deux copains de fac, sachant que j'avais besoin de me changer les idées, ont organisé une virée au Belize pour aller pêcher le bonefish. Vous avez déjà pêché ce poisson ?

Je ne connais même pas ce nom.

— Jamais.

— C'est super. On les attrape à la mouche sur les hauts-fonds sableux. Il y en a plein ici aux Bahamas et dans toute l'Amérique centrale. Les plus beaux sont au Belize. Mes potes m'ont invité, j'avais vraiment besoin de faire une pause. La pêche au bonefish, c'est typiquement un truc entre hommes – pas d'épouses, pas de petites amies, et un max d'alcool. J'y suis donc allé. La deuxième nuit là-bas, nous nous sommes rendus à une fête pas très loin de nos bungalows. Il y avait des locaux, quelques femmes, et plein de gringos venus boire et pêcher. Au fil de la soirée, tout le monde était bien éméché. On s'enfilait des bières et des punchs à gogo, mais pas au point de s'écrouler. On n'était plus des étudiants, on tenait l'alcool. En attendant, quelqu'un a mis quelque chose dans mon verre et m'a emmené. Où ? je n'en sais rien. Et je ne le saurai jamais. Je me suis réveillé par terre, dans une pièce sans fenêtre. Un véritable sauna. J'avais la tête prête à exploser et j'étais à deux doigts de vomir. Il y avait une petite bouteille d'eau dans un coin, je l'ai descendue d'un trait. On m'avait déshabillé, me laissant juste en boxer. Je suis resté assis sur le sol brûlant pendant des heures et j'ai attendu. Puis la porte s'est ouverte et deux gars armés de pistolets sont entrés. Ils m'ont foutu des baffes, passé un bandeau sur les yeux, mis des menottes, et m'ont fait marcher sur un chemin. Ça a duré une bonne demi-heure. Comme je n'y voyais rien, je trébuchais. Je mourais de soif aussi. Tous les dix pas, l'une des brutes me poussait pour me faire avancer, en m'insultant en espagnol.

« Quand enfin on s'est arrêtés, ils ont attaché une corde à mes poignets, m'ont tiré les bras au-dessus de la tête et m'ont soulevé de terre. Ça faisait un mal de chien. D'ailleurs, j'ai été obligé de me faire opérer des épaules l'année suivante, mais sur le coup, c'était le cadet de mes soucis. Pendant qu'ils me hissaient, j'ai heurté toute une série de poutres et je me suis retrouvé à la fin en haut d'une sorte de tour. C'est là qu'ils m'ont enlevé mon bandeau. En contrebas, j'ai vu un marais ou un bayou, quelque chose dans ce genre-là, de la taille d'un terrain de foot. L'eau était saumâtre et brune et il y avait des crocodiles dedans. Des tas de crocodiles ! À côté de moi se tenaient trois gars armés jusqu'aux dents et deux gamins tout maigres. Ils n'avaient pas plus de dix-huit ans, avaient la peau très sombre et étaient totalement nus. Une sorte de tyrolienne partait du sommet de la tour, filait au-dessus du marais et était attachée à un arbre de l'autre côté. Sans ces gueules bardées de crocs blancs, on se serait cru dans un banal parcours accrobranche – sans ce détail ! Le sang battait contre mes tempes, mon cœur cognait dans ma poitrine. Ils ont pris un sac de toile, plein de carcasses de poulet, ils l'ont accroché au câble et l'ont fait descendre. À mesure que le sac avançait au-dessus de l'eau, le sang dégoulinait et ça excitait les crocos. Quand le sac est arrivé au centre du bassin, l'un des gardes a tiré sur une corde et les poulets sont tombés au milieu des crocodiles. Ils devaient être affamés parce que dans l'instant cela a été l'hystérie.

« Après la mise en bouche, il était temps de passer au plat de résistance. Ils ont attrapé le premier gamin latino et l'ont suspendu au câble. D'un coup de pied, ils l'ont balancé dans le vide. Il s'est mis à hurler quand il a vu approcher le marais. À l'aplomb du bassin, ses jambes n'étaient plus qu'à trois mètres de la surface. Le pauvre gamin pleurait et criait. C'était horrible, un cauchemar. Lentement, un garde a actionné une manivelle pour le faire descendre. Le gosse se débattait comme un diable. Il hurlait, implorait ses bourreaux, mais dès que ses pieds ont touché l'eau, les crocos ont déchiré les chairs, brisé les os. Le type a continué à tourner la manivelle et le garçon s'est enfoncé dans la fange. J'ai vu un être humain se faire dévorer vivant !

Tyler Townsend prend une nouvelle goulée et fixe l'océan des yeux.

— Il m'est impossible de décrire la terreur, l'horreur absolue que j'ai ressentie devant cette abomination, en sachant en plus que j'étais le suivant. Je me suis pissé dessus. J'étais sur le point de m'évanouir. J'aurais encore préféré sauter dans le vide mais les gardes nous tenaient. Peu de gens ont connu ce genre de peur. Faire face à un peloton d'exécution doit être terrible, néanmoins la mort survient d'un coup, dans une grande déflagration. Mais là… être dévoré vivant ?

« Quand ils ont suspendu le deuxième gamin, je me suis rendu à l'évidence : pour pénitence, j'allais passer le dernier et j'étais condamné à voir les deux autres être mangés.

« Et c'est alors que j'ai entendu des rires sur ma droite, provenant d'une petite construction. Des voix d'hommes, des spectateurs appréciant le spectacle. Ce public se réunissait-il souvent pour ce genre d'événements ? J'ai reculé mais un type m'a attrapé par les cheveux et m'a plaqué contre la rambarde. Ces gars étaient vraiment mauvais et costauds. Je n'étais pas de taille à leur résister – sans compter que cela aurait été vain. J'ai voulu détourner la tête et le gars m'a encore attrapé par les cheveux et m'a chuchoté à l'oreille : "Regarde ! Regarde !"

« Ils ont lancé le deuxième garçon sur la tyrolienne. Il criait encore plus fort que le premier et quand il s'est retrouvé au-dessus des crocos il a hurlé quelque chose comme "Maria ! Maria !" en se débattant. Lorsqu'ils l'ont descendu, j'ai fermé les yeux. Mais les bruits, les bruits d'os et de chair déchiquetés… je me suis évanoui. Ça n'a rien arrangé. Ils m'ont cogné, m'ont remis debout et m'ont attaché au câble. Puis ils m'ont balancé à mon tour dans le vide. J'entends encore leur rire. Une fois immobile au-dessus de l'eau, j'ai baissé la tête. J'avais beau me dire de ne pas regarder, c'était plus fort que moi. Un méli-mélo de sang, de fragments de corps, et les monstres en voulaient encore. Quand je me suis aperçu qu'on commençait à me descendre, j'ai pensé à ma mère, à ma sœur, elles ne sauraient jamais ce qui m'était arrivé. Et c'était mieux comme ça. Je n'ai pas crié, ni pleuré. Je n'ai rien dit, mais je me suis mis à ruer au bout de ma corde comme un possédé. Alors que la première gueule allait se refermer sur mon pied, un ordre a retenti en espagnol. Et ils m'ont remonté.

« Ils m'ont ensuite fait descendre de la tour et m'ont remis un bandeau. Comme j'étais trop faible pour marcher, ils sont allés chercher une voiturette de golf. Ils m'ont ramené dans la même cellule où je suis resté recroquevillé, prostré par terre. Pendant une heure au moins, j'ai pleuré, gémi, roulé en boule, avant que mes geôliers reviennent. L'un m'a plaqué au sol et m'a fait une clé de bras tandis qu'un autre me faisait une piqûre. Quand je me suis réveillé, j'étais de retour au Belize, à l'arrière d'un pick-up conduit par deux flics. On s'est garés devant la prison et je les ai suivis à l'intérieur. L'un des policiers m'a donné un café pendant que l'autre m'expliquait que mes amis s'inquiétaient beaucoup pour moi. On leur avait dit que j'avais été arrêté pour ivresse sur la voie publique. Le flic m'a laissé entendre que pour le bien de tous, il valait mieux s'en tenir à cette version.

« Une fois retrouvé mes esprits et de retour aux bungalows, j'ai tenté de retracer la chronologie des événements. J'ai expliqué à mes amis que j'avais été placé en cellule de dégrisement, pas de quoi fouetter un chat, juste une autre anecdote à raconter. Le kidnapping a duré environ quarante heures, et je suis certain que l'opération a nécessité un bateau, un hélicoptère et un avion, mais la mémoire me fait défaut. À cause de la drogue. Tout ce que je voulais, c'était partir du Belize et rentrer chez moi. Plus jamais je ne suis retourné dans un pays du tiers-monde. Et plus jamais je n'ai pêché le bonefish.

Townsend se tait, boit une nouvelle lampée de bière. Je suis sous le choc.

— C'est horrible.

— J'en fais encore des cauchemars. Je dois mentir à ma femme quand je me réveille la nuit en hurlant. C'est toujours là. Tout près de la surface.

Je secoue la tête en silence. Il poursuit :

— À mon retour à Seabrook, j'étais en charpie. Je n'arrivais plus à manger ni à dormir. Et impossible de rester dans mon bureau. Je m'enfermais dans ma chambre pour voler quelques heures de repos, avec toujours un pistolet chargé à côté de moi. J'étais épuisé par le manque de sommeil. Je dormais debout. Je revoyais tout le temps ces deux pauvres garçons. Encore et encore… leurs hurlements, leurs vagissements de terreur, l'éclat blanc des crocs, les os qui craquent, et les rires au loin.

Il vide sa canette et va en chercher une autre dans le réfrigérateur. Il se rassoit et reprend son récit :

— Je ne sais pas comment, mais au bout d'un moment je me suis persuadé que tout cela n'était qu'un cauchemar, provoqué par l'alcool et la drogue versée dans mon verre. Un mois s'était écoulé, et peu à peu j'ai commencé à remonter la pente. Et puis c'est arrivé par la poste.

Il tend le bras vers un dossier posé sur la table. Au moment de l'ouvrir, il me dit :

— Post, je n'ai montré ça à personne.

Il me tend une photo en couleur. On y voit Townsend, en boxer, suspendu au bout d'un câble, avec ses pieds juste au ras de la gueule avide et grande ouverte d'un crocodile. La terreur sur son visage est indescriptible. C'est un plan serré, et l'arrière-plan ne donne aucune indication – ni le lieu ni l'heure.

J'en reste bouche bée, puis je regarde Townsend. Il essuie une larme sur sa joue et articule d'une voix faible :

— Je dois passer un coup de fil. Je vous laisse un moment. C'est pour le travail. Prenez une autre bière. Je reviens dans un quart d'heure. J'ai encore des choses à vous raconter.

23

Je range la photo dans sa pochette pour ne plus la voir. Jamais. Du moins je l'espère. Je me lève, me dirige vers la rambarde et contemple l'océan. Les pensées se bousculent dans ma tête. Je n'arrive pas à avoir les idées claires. Au milieu de ce magma, la peur domine tout. Cette même peur qui a poussé Townsend à abandonner le droit, qui l'a bâillonné. Cette peur qui me coupe les jambes vingt ans après les faits.

Je sursaute en entendant sa voix derrière moi.

— Qu'est-ce que tout ça vous inspire, Post ?

Il a un café à la main, dans un gobelet de carton.

— Ils ne vous ont pas tué. Pourquoi ? Personne ne l'aurait su.

— C'est la grande question, et je me la pose depuis vingt ans. Ils avaient sans doute besoin de moi. Ils avaient eu leur condamnation. Quincy était bon pour passer le reste de ses jours en prison. Ils devaient s'inquiéter pour l'appel et, puisque c'est moi qui m'en chargeais, ils voulaient que je lève le pied. Ce que j'ai fait. J'ai tiré tous les leviers juridiques que j'avais en ma possession, mais j'y suis allé doucement. J'ai cédé, Post. J'ai rendu les armes. Vous avez lu mon appel. Je vous l'ai fait parvenir.

— Oui, entièrement. J'ai trouvé que c'était du bon boulot.

— Juridiquement, peut-être. En même temps, je n'y croyais pas. J'ai fait le strict minimum. On n'avait aucune chance. La Cour suprême de Floride ne risquait pas d'annuler le jugement, quoi que j'écrive. Pourtant Quincy l'ignorait. Il pensait que je me battais comme un diable pour lui. La triste vérité, c'est que j'avais baissé les bras.

— La cour a confirmé le verdict à l'unanimité.

— C'était couru d'avance. Bien sûr, j'ai interjeté appel auprès de la Cour suprême des États-Unis. Demande rejetée, comme toujours. Alors j'ai annoncé à Quincy que c'était fini.

— C'est pour cela que vous n'avez pas demandé une remise en liberté après coup ?

— Oui, et aussi parce que je n'avais aucune nouvelle preuve à présenter à l'époque. J'ai jeté l'éponge et suis sorti du ring. Inutile de dire qu'à ce jour, je n'ai toujours pas été payé. Deux ans plus tard, Quincy a déposé une demande de son côté, avec l'aide d'un détenu, mais cela n'a mené à rien.

Il retourne s'asseoir. Il retire le dossier de la table et le pose sur une chaise. Je le rejoins et nous restons silencieux un long moment.

— Vous imaginez la logistique, Post ! lâche-t-il finalement. Ils savaient que j'allais pêcher au Belize, dans quel lodge j'étais, quel bungalow. Ils avaient dû placer mes lignes téléphoniques sur écoute. Et c'était avant Internet. Avant le piratage des e-mails. Sans compter les ressources humaines nécessaires pour trafiquer ma boisson, me mettre dans un bateau ou un avion, et m'emmener dans leur petit parc d'attractions où ils s'amusent à nourrir les crocodiles avec leurs ennemis. La tyrolienne était très élaborée, et les sauriens étaient nombreux et vraiment très affamés.

— Un gang bien organisé.

— Oui, avec beaucoup d'argent et d'hommes, et de bons contacts dans la police locale, voire aux douanes, toute la panoplie des grands narcotrafiquants. Ils ont fait de moi leur bon petit soldat. J'ai terminé les recours juridiques, mais à l'intérieur j'étais démoli. Je suis allé voir un psy, lui ai dit que des gens m'avaient menacé, que ce n'était pas des paroles en l'air, et que j'avais cédé. Il m'a aidé à rassembler les morceaux et finalement j'ai fait mes valises et quitté la ville. Si vous voulez une autre preuve que Quincy n'a pas tué Russo, la voilà.

— J'étais déjà convaincu.

— C'est un secret. Il ne faudra le raconter à personne. Et c'est pour ça que je ne veux plus m'approcher de cette affaire, ni de quiconque voudrait défendre Quincy.

— Vous en savez donc plus que vous ne le laissez entendre.

Il reste pensif un moment et boit son café.

— Disons que je sais certaines choses.

— Que pouvez-vous me raconter sur Brad Pfitzner ? Vous le connaissiez bien à l'époque.

— Des rumeurs couraient sur lui. Ça n'a jamais été plus loin. Entre avocats pénalistes, les bruits de couloir allaient bon train. Il y avait un petit port sur le Golfe, appelé Poley's Inlet. C'était sur le territoire du comté de Ruiz, donc sous la juridiction de Pfitzner.

On prétendait qu'il laissait entrer de la drogue par là et qu'elle était ensuite stockée en divers endroits du comté avant d'être expédiée au nord, vers Atlanta. Encore une fois, ce n'était que des ragots. Pfitzner n'a jamais été arrêté, ni inquiété. Après mon départ, j'ai suivi tout ça de loin. Deux amis avocats à Seabrook me donnaient des nouvelles. Les fédéraux n'ont jamais coincé Pfitzner.

— Et Kenny Taft ?

— Taft a été tué peu de temps après mon départ. On insinuait que le meurtre ne s'était pas passé comme le prétendait Pfitzner. Comme pour Russo, c'est Pfitzner qui s'est chargé de l'enquête, et il pouvait écrire l'histoire qu'il voulait. Il a sorti le grand jeu pour la perte de l'un de ses hommes : funérailles officielles, procession dans toute la ville, haie d'honneur des flics du coin. Un magnifique hommage pour un soldat tombé au feu.

— Taft est une piste ?

Townsend se tait et regarde l'océan. Pour moi, c'est évident.

— Je ne sais pas, lâche-t-il contre toute attente. Peut-être.

Je ne veux pas insister. Nous sommes déjà allés plus loin que je ne l'espérais. Et nous nous reparlerons. Je change de sujet.

— Pourquoi éliminer Russo ?

Il hausse les épaules comme si la réponse allait de soi.

— Il a fait quelque chose qui a déplu au gang et ils se sont vengés. Le meilleur moyen c'est de jouer les balances. Peut-être la DEA lui a mis la pression et il a retourné sa veste ? Une fois Russo hors jeu et Quincy condamné, les affaires ont vite repris. Ils ne voulaient pas qu'un appel remette tout en cause et j'ai décidé d'aller pêcher…

— Pfitzner a pris sa retraite. Il coule des jours tranquilles dans les Keys. Il a un joli appartement évalué par le fisc à un million six cent mille dollars. Pas mal pour un shérif qui gagnait en fin de carrière soixante mille dollars par an.

— Et qui n'a pas fini le lycée. Il y a peu de chances qu'il ait fait fortune en Bourse. Et je parie que le reste de son butin est enfoui dans des paradis fiscaux. Faites bien attention où vous creusez. Vous pourriez trouver des choses déplaisantes.

— Cela fait partie du boulot.

— Enfin, ce n'est plus le mien. Tout ça, c'est de l'histoire ancienne pour moi. J'ai une belle vie, une femme ravissante et de gentils ados. En ce qui me concerne, j'ai tiré un trait. Je vous souhaite bonne chance, mais je ne veux plus jamais vous revoir.

— C'est compris. Merci pour cet entretien.

— La chambre est à vous. Vous pouvez la garder jusqu'à demain matin.

— Merci, je vais plutôt rentrer avec vous.

24

Selon la section 13A-10-129 du Code pénal de l'Alabama, « soustraire, détruire, receler ou altérer un objet de nature à faciliter la découverte d'un crime ou d'un délit, est une infraction de Classe A punie d'un an d'emprisonnement et de cinq mille dollars d'amende ». D'ordinaire, pour ce genre d'affaires, le plaignant, en l'occurrence le procureur, déposerait un simple recours m'accusant de ce délit et demanderait au shérif un mandat d'arrestation à mon encontre.

Mais Chad Falwright panique, parce que le grand coup de sa misérable carrière risque d'être une Bérézina mémorable. Il brigue sa réélection l'année prochaine (en même temps, peu de prétendants sont en lice pour son poste), et si on apprend qu'il a fait emprisonner Duke Russell à tort et l'a envoyé dans le couloir de la mort, il pourrait (peut-être) perdre quelques votes. Alors Falwright s'affole, riposte – et pas avec le dos de la cuillère ! Au lieu de chercher sereinement la vérité et de faire prévaloir la justice, il déchaîne ses foudres contre moi parce que je veux sauver un innocent.

Voulant montrer sa détermination d'airain, il réunit un grand jury à Verona afin que je sois officiellement poursuivi pour altération de preuves. Il appelle

Jim Bizko du *Birmingham News* et se vante de son exploit. Mais Bizko le méprise et lui demande pourquoi il refuse de faire pratiquer une recherche ADN sur les sept poils pubiens. Bizko ne rapporte donc pas les chefs d'accusation à mon encontre.

Mon allié en Alabama est Steve Rosenberg, un avocat anti-peine de mort originaire de New York qui est resté une bête curieuse dans le Sud. Il dirige un cabinet à Birmingham qui n'intervient que dans les procès où le prévenu risque la peine capitale.

Rosenberg appelle Falwright et une discussion animée s'engage. Ce n'est pas leur première prise de bec. Quand les esprits se calment, il est convenu que je dois me rendre dans le bureau du procureur, où il me notifiera les charges retenues contre moi, et nous irons aussitôt devant le juge pour négocier ma caution. Je risque de passer une ou deux nuits en cellule. Si mes clients ont enduré des décennies dans des pénitenciers sinistres, je peux bien survivre à un petit séjour dans une simple prison de comté.

C'est ma première inculpation et j'en tire une certaine fierté. Dans mon bureau, j'ai un livre consignant les avocats de renom qui ont été incarcérés pour avoir défendu leurs clients et je serai honoré de figurer parmi eux. Rosenberg a passé une semaine derrière les barreaux pour outrage à la cour au Mississippi. Il en rit encore. Et il dit qu'il s'est fait en cellule de nouveaux clients.

Nous nous retrouvons devant le palais de justice et nous nous tombons dans les bras. Steve frise la soixantaine et paraît plus ardent et sauvage au fil des années. Il arbore une crinière de cheveux gris. Il a un anneau à l'oreille et un petit tatouage sur la carotide. Dans sa jeunesse, il était une petite frappe à Brooklyn et il pratique la loi comme le combat de rue. Il adore terroriser les salles d'audience des bourgades du Sud et défier la police locale.

— Tout ça pour un poil de cul ! lâche-t-il dans un grand rire. Si c'était que ça, j'aurais pu te filer un des miens !

— Ils auraient été bien trop gris !

— C'est ridicule. Totalement ridicule.

Nous montons pour rejoindre les locaux de Chad Falwright. Le shérif nous accueille avec deux adjoints, dont l'un a un appareil photo. Dans un grand élan de générosité, les autorités locales ont accepté de procéder aux formalités ici, au palais de justice, pour m'éviter de passer par la case prison, du moins pour le moment. Je leur ai envoyé mes empreintes digitales il y a deux jours. Je pose pour qu'ils fassent la photo d'identité judiciaire, remercie le shérif, qui a l'air agacé de tout ce ramdam. Quand on nous fait entrer dans le bureau de Falwright, personne ne se serre la main. Rosenberg et moi détestons ce type, et l'inimitié est réciproque. Alors que nous échangeons les politesses d'usage, je remarque aussitôt la nervosité du procureur, pour ne pas dire son inquiétude.

Nous n'allons pas tarder à comprendre pourquoi. À 13 heures, nous pénétrons dans la grande salle d'audience et nous installons à nos places respectives, Rosenberg et moi à la table de la défense, et Falwright et ses deux assistants à celle de l'accusation. Le tribunal est le fief de son honneur Leon Raney, un fossile psychorigide qui a dirigé le procès de Duke et ne lui a pas laissé la moindre chance. Il n'y a pas de spectateurs. Tout le monde se fiche de cette affaire : un poil pubien subtilisé par un avocat originaire de Géorgie. Le rêve de Falwright s'écroule. Raté pour le coup de pub !

Mais, à la place du vieux et grincheux juge blanc dans sa robe anthracite, c'est une ravissante jeune femme noire dans une robe marron qui prend place dans le fauteuil, et qui nous accueille avec un grand sourire. La juge Marlowe nous apprend que l'honorable Leon Raney est absent parce qu'il a eu un petit infarctus la semaine dernière, et qu'elle officiera jusqu'à son retour. Elle vient de Birmingham et a été envoyée ici sur ordre de la Cour suprême de l'Alabama. Voilà pourquoi Falwright est nerveux ! L'avantage de jouer à domicile vient d'être anéanti. Un arbitre impartial est aux commandes.

La première affaire au programme du juge Marlowe est ma comparution et la fixation du montant de ma caution. Sur un signe de tête, elle ordonne au greffier de se tenir prêt à consigner les débats.

— J'ai lu la demande de l'accusation, commence-t-elle avec un sourire, et pour tout dire, monsieur le procureur, c'est beaucoup de bruit pour rien. Vous avez sans doute mieux à faire. Monsieur Rosenberg, votre client est-il encore en possession de ce poil pubien dont on a tracé l'origine ADN ?

Steve se lève.

— Bien sûr, madame la juge. Il est ici, à cette table, et nous aimerions le rendre à M. Falwright ou à celui qui a la charge du dossier. Mon client n'a ni volé ni détruit une pièce à conviction. Il a simplement emprunté l'un des poils pubiens à fin d'expertise. Il y était contraint, Votre Honneur, parce que le procureur Falwright refuse toute analyse ADN.

— Faites-moi voir ça.

Steve récupère le petit sachet de plastique et le lui remet. Elle l'observe sans l'ouvrir. Elle plisse les yeux, repère enfin l'objet du délit et repose le sachet. Elle fronce les sourcils puis secoue la tête.

— Vous êtes sérieux, monsieur Falwright ?

Falwright se lève d'un bond et commence à paniquer. Il est le procureur ici depuis vingt ans et, durant toute sa carrière, il a eu la protection d'un juge ayant les mêmes penchants conservateurs que lui et la même absence d'empathie pour les prévenus. Leon Raney a été son prédécesseur au ministère public. Et voilà qu'il est obligé de jouer à armes égales avec la défense. Les dés ne sont plus pipés. Une première pour lui.

— C'est une affaire très grave, Votre Honneur, bredouille-t-il avec une indignation surjouée. L'accusé, M. Post, reconnaît avoir subtilisé une preuve placée sous scellés, violant ainsi un sanctuaire, le saint des saints de notre justice !

Falwright adore les grands mots. C'est ainsi qu'il tente d'impressionner un jury. Pourtant, quand on lit les transcriptions des débats, il rate souvent son coup.

— Si j'ai bien lu le dossier, répond la juge, ce poil pubien a été manquant pendant plus d'un an et ni vous ni personne n'avez remarqué son absence. Vous ne vous en êtes aperçu que lorsque M. Post vous en a parlé.

— Nous ne pouvons surveiller toutes les archives, Votre Honneur, et…

Elle lève la main pour le faire taire.

— Monsieur Rosenberg, vous avez une requête ?

— Oui, madame la juge. Je demande l'abandon des poursuites à l'encontre de mon client.

— Demande acceptée.

Falwright en reste bouche bée et lâche un grognement avant de se laisser tomber sur sa chaise. Elle lui lance un regard qui, même moi, me glace le sang, alors que je suis dans ses petits papiers.

Elle feuillette d'autres documents.

— Ce point étant réglé, monsieur Rosenberg, j'ai devant moi votre demande de remise en liberté en faveur de M. Duke Russell, déposée il y a deux mois. Puisque j'occupe ce fauteuil, et ce, pour une durée encore indéterminée, je suis disposée à examiner votre demande. Êtes-vous prêt à la présenter à la cour ?

Steve et moi sommes à deux doigts d'éclater de rire.

— Absolument, Votre Honneur ! s'empresse de répondre Steve d'une voix de stentor.

La juge se tourne vers le procureur qui pâlit d'un coup et a du mal à se mettre debout.

— Monsieur Falwright ?

— Il n'en est pas question, madame la juge. Soyons sérieux. Le ministère public n'a même pas rédigé sa réponse. Comment pourrions-nous être prêts ?

— Vous le serez si je vous dis de l'être. Le ministère public a eu deux mois pour faire connaître sa réponse. Pourquoi est-ce si long ? Ces délais sont préjudiciables pour les justiciables. Rasseyez-vous, messieurs.

L'accusation, comme la défense, s'exécute. Tout le monde retient son souffle.

Elle s'éclaircit la gorge.

— Nous allons examiner la demande de la défense concernant l'analyse ADN des sept poils pubiens provenant de la scène de crime. La défense se propose d'assumer le coût des analyses en question. Les tests ADN sont monnaie courante aujourd'hui et permettent d'innocenter ou d'incriminer des suspects. Pourtant, je constate que le ministère public, par votre voix, monsieur Falwright, refuse d'autoriser la réalisation de ces tests. Pourquoi ? Que craignez-vous au juste ? Si les résultats disculpent Duke Russell, alors nous aurons affaire à une erreur judiciaire. S'ils identifient M. Russell, alors cela vous donnera un nouvel argument pour assurer que le procès a été équitable. J'ai lu l'affaire, monsieur Falwright, les mille quatre cents pages de transcriptions, plus les annexes. La condamnation de M. Russell s'appuie uniquement sur une étude des traces de morsures et une analyse capillaire, et ces deux disciplines se sont montrées, à maintes reprises, très peu fiables par le passé. J'ai, pour ma part, de grands doutes concernant cette condamnation, monsieur Falwright, et nous ordonnons l'analyse ADN de ces sept poils pubiens.

— Je vais faire appel de cette décision, lance Falwright sans prendre la peine de se lever.

— Vous vous adressez à la cour, monsieur le procureur ?

Falwright se met debout de mauvaise grâce et répète :

— Je vais faire appel.

— Je n'en doute pas. Pourquoi vous opposez-vous à cette analyse ADN avec tant d'ardeur, monsieur Falwright ?

Steve et moi échangeons un regard, avec une jubilation évidente. Dans notre métier, c'est si rare que nous ayons l'avantage. Et au grand jamais nous n'avons vu un juge coincer un procureur dans les cordes.

Falwright, toujours debout, se justifie comme il le peut.

— Ce n'est tout simplement pas nécessaire, Votre Honneur. Duke Russell a été condamné au cours d'un procès impartial par un jury impartial, précisément dans cette salle d'audience. C'est une pure perte de temps.

— Je ne suis pas du genre à faire perdre du temps à qui que ce soit, monsieur Falwright. En revanche, je considère que vous me faites perdre le mien. Vous jouez la montre, tentez de repousser l'inévitable. Et ce recours pour altération de preuves en est le signe manifeste. J'ai ordonné l'analyse ADN de ces pièces, et si vous interjetez appel, c'est vous qui allez nous faire perdre du temps, une fois de plus. Je ne saurais trop vous conseiller de coopérer.

Elle fusille à nouveau Falwright du regard. Voyant qu'il n'a plus rien à ajouter, elle conclut la séance.

— Je veux avoir ces sept poils pubiens sur mon bureau dans l'heure ! Et il serait très malvenu, monsieur Falwright, que vous ne les retrouviez plus.

— Madame la juge, je vous en prie, proteste Falwright.

Elle abat son marteau.

— La séance est levée !

*

Falwright, évidemment, ne coopère pas. Il attend le dernier moment, l'extrême limite, pour déposer son appel contre l'injonction de la juge, et le différend est porté à la Cour suprême de l'État où l'affaire peut moisir plus d'un an. Les juges, là-bas, ne sont soumis à aucun calendrier pour rendre leur décision. Tout le monde sait qu'ils font de la lenteur une vertu, en particulier quand il s'agit d'innocenter des condamnés. Des années plus tôt, ils ont validé le verdict à l'encontre de Duke et fixé une date pour son exécution. Ensuite, ils ont rejeté sa première demande de remise en liberté. La plupart des juges des cours d'appel, tant au niveau local que fédéral, détestent les affaires qui traînent des décennies. Une fois qu'ils ont décidé qu'un prévenu était coupable, ils changent rarement d'avis, même en présence de nouvelles preuves.

Donc nous attendons. Steve et moi cherchons le meilleur moyen d'obtenir au plus vite une audience avec la juge Marlowe. Notre plus grande crainte, c'est que le juge Raney se rétablisse et reprenne son fauteuil, même si ce n'est guère vraisemblable. Il a plus de quatre-vingts ans, l'âge canonique pour un juge fédéral, mais un peu vieux pour un magistrat local élu par ses concitoyens. Il n'empêche que l'évidence s'impose : sans test ADN, nous sommes coincés.

Je retourne à Holman pour rendre visite à Russell dans le couloir de la mort. Il s'est écoulé trois mois depuis ma dernière visite où je lui avais annoncé qu'on avait trouvé le véritable meurtrier. L'euphorie du moment est loin. Ces derniers temps, Russell fluctue entre la colère et la dépression. Nos dernières conversations au téléphone n'ont pas été agréables.

La prison est un cauchemar pour ceux qui la méritent. Pour les innocents, c'est un combat de chaque jour pour ne pas perdre l'esprit. Et pour ceux qui apprennent qu'il existe la preuve irréfutable de leur innocence et qui se voient toujours incarcérés, la situation est réellement insupportable. Il y a de quoi devenir fou.

25

Je roule cap à l'est, à travers l'Alabama ou le Mississippi, c'est difficile à dire parce que les forêts de conifères se ressemblent toutes. Ma destination est Savannah. Je ne suis pas rentré chez moi depuis trois semaines et j'ai besoin de faire une pause. Mon téléphone sonne. C'est le numéro de Glenn Colacurci, le vieil avocat à Seabrook.

Ce n'est pas lui que j'ai en ligne, mais Bea, sa jolie secrétaire, et elle veut savoir quand je serai de retour dans leur région. Son patron veut me parler, il préférerait toutefois que la rencontre se passe à l'extérieur de Seabrook.

Trois jours plus tard, je pousse les portes du Bull, un bar animé à Gainesville. Dans un box au fond de la salle, j'aperçois Bea. Elle me fait signe et se prépare déjà à filer. Elle est assise en face de Colacurci, qui cette fois a passé un coup de peigne dans ses cheveux. Il porte un costume bleu en seersucker, une chemise blanche amidonnée, un nœud papillon et une paire de bretelles.

Bea prend congé et je m'installe à sa place. La serveuse nous annonce que le chef vient de préparer une sangria et que nous devons absolument la goûter. Nous commandons deux verres.

— J'adore Gainesville, explique Colacurci. J'ai vécu sept années ici quand j'étais étudiant. Super ville. Super université. C'était quoi votre fac, Post ? Je ne me souviens plus.

Je ne crois pas le lui avoir dit.

— Tennessee. « Good ole Rocky Top. »

Il esquisse une grimace.

— Ce n'est pas ma chanson préférée.

— Et de mon côté, je ne suis pas un fan des Gators.

— Normal.

Nous parvenons à sauter les considérations climatiques, ce qui dans le Sud occupe toujours les cinq premières minutes de n'importe quelle conversation, avant qu'ils n'abordent le sempiternel sujet du football, topique qui prend un bon quart d'heure. Au risque d'être grossier, j'essaie de nous faire gagner du temps.

— Sautons le football, Glenn. Ce n'est pas pour parler de ça que je suis ici.

La serveuse nous apporte deux grands verres emplis d'un liquide rosâtre où tintent des glaçons.

Quand elle est repartie, il dit :

— Non. Bien sûr que non. La petite a trouvé votre demande de mise en liberté en ligne. Elle m'en a imprimé une copie. Moi et l'informatique, on n'est pas très copains. C'était une lecture intéressante. Une présentation pleine de bon sens, bien documentée, très convaincante.

— Merci. C'est notre boulot.

— Cela a ravivé des souvenirs chez moi, vieux de vingt ans. Après que Kenny Taft a été assassiné, le bruit a couru que les choses ne s'étaient pas passées comme le disait Pfitzner. On racontait que c'étaient ses propres gars qui les avaient attaqués. Peut-être que notre bon shérif trempait dans des trafics – comme vous le suspectez. Peut-être que Taft en savait trop. En attendant, cette affaire est dans une impasse depuis vingt ans. Aucun signe des tueurs, pas la moindre piste.

Je hoche poliment la tête pour l'inciter à poursuivre. Je plante ma paille dans ma sangria. Il m'imite.

— Le partenaire de Taft s'appelait Brace Gilmer. Il s'en est sorti avec seulement des blessures légères, mais une balle lui a quand même effleuré la carotide. Je connaissais bien sa mère, une ancienne cliente. Gilmer a quitté la ville peu après la mort de Taft et n'est jamais revenu. Il y a des années, je suis tombé par hasard sur sa mère et on a bavardé. Elle m'a confié à l'époque – cela doit bien faire quinze ans – que Brace pensait être aussi une cible cette nuit-là et qu'il avait juste eu de la chance. Lui et Taft avaient le même âge, vingt-sept ans, et ils s'entendaient bien. Taft était le seul Noir de la brigade et n'avait pas beaucoup d'amis. Il savait aussi quelque chose sur le meurtre de Russo, du moins selon Gilmer. Vous avez pu lui parler ?

— Non.

Nous n'arrivons pas à le retrouver. Vicki, d'ordinaire, est capable de localiser n'importe qui en vingt-quatre heures, seulement cette fois Brace Gilmer nous échappe.

— C'est bien ce que je pensais. Sa mère a déménagé il y a quelque temps. Je l'ai trouvée la semaine dernière dans une maison de retraite près de Winter Haven. Elle est plus âgée que moi et en mauvaise santé, mais on a bien discuté au téléphone. Vous voulez parler à Gilmer, oui ou non ?

— Pourquoi pas, réponds-je en cachant mon impatience.

Parce que Gilmer figure en haut de ma liste !

Glenn sort une carte de visite et la glisse vers moi. Au verso, figure le nom : *Bruce Gilmer.* Et une adresse à Sun Valley.

— Idaho ?

— Il était dans les Marines et il a rencontré une fille originaire de là-bas. D'après sa mère, il risque de ne pas être très loquace. Il a pris peur et s'est enfui il y a longtemps.

— Et il a changé de prénom.

— Apparemment.

— Pourquoi sa mère vous a-t-elle donné son adresse s'il ne veut pas parler ?

Il fait tourner son index au-dessus de sa tempe pour indiquer qu'elle n'a plus toute sa tête.

— J'ai dû tomber sur un bon jour.

Il lâche un rire et aspire une grande gorgée de sangria. Je l'imite. Son gros nez est rouge et ses yeux se mettent à briller comme ceux d'un alcoolique. Je commence à sentir l'effet du cocktail.

Il poursuit :

— Et il y a une ou deux semaines, j'ai bu un verre avec un autre avocat, un gars que vous ne connaissez pas. On était associés à l'époque, mais il est parti après la mort de sa femme – et après avoir touché l'héritage ! Je lui ai raconté votre théorie concernant Miller et lui ai donné une copie de votre demande de révision. Il assure qu'il a toujours eu des doutes, que

Pfitzner a arrêté la mauvaise personne parce que ça l'arrangeait bien. Russo en savait trop et il devait être éliminé. Pour tout vous dire, Post, je n'ai jamais eu ce genre de discussion à l'époque du meurtre.

Ces vieux ragots ne sont d'aucun intérêt. La ville s'étant précipitée pour condamner son suspect, il est naturel que certaines personnes se mettent à réfléchir après coup. La plupart des gens, toutefois, ont été simplement soulagés que l'affaire soit close et heureux de pouvoir passer à autre chose.

J'ai eu une bonne information et n'en obtiendrai sans doute pas plus. Pendant que Colacurci vide son verre, je vois ses paupières se fermer. À chaque pause déjeuner, il doit se saouler et dormir tout l'après-midi.

Nous nous saluons comme de vieux amis. Je propose de payer l'addition, mais il va commander une autre sangria. Au moment où je m'en vais, Bea apparaît de nulle part et, dans un grand sourire, me souhaite un bon retour.

*

Kenny Taft a laissé derrière lui une femme enceinte, Sybil, et un enfant de deux ans. Après sa mort, Sybil est retournée à Ocala, sa ville natale, et est devenue institutrice. Elle s'est remariée et a eu un autre enfant.

Discrètement, comme la nuit tombe, Frankie arrive et trouve sa maison en banlieue, une jolie bâtisse à deux niveaux. Vicki a fait ses recherches : Sybil est mariée à un proviseur de lycée. Leur maison est estimée à cent soixante-dix mille dollars et leurs impôts s'élevaient l'année dernière à dix-huit mille dollars. Il y a une hypothèque qui date de huit ans. Leurs deux voitures sont achetées à crédit. À l'évidence, avec son mari, ils mènent une vie tranquille dans un quartier agréable de la ville.

Et Sybil veut la préserver. Au téléphone, elle répond à Frankie qu'elle ne souhaite pas parler de son défunt mari. Le meurtre de Kenny date de vingt ans et il lui a fallu beaucoup de temps pour remonter la pente. Et que les assassins n'aient jamais été retrouvés n'a rien arrangé à l'affaire. Non, elle ne sait rien, rien de plus qu'à l'époque. Frankie insiste un peu, elle s'agace et coupe la communication. Nous décidons d'en rester là, pour l'instant.

*

Finalement, il aurait été plus simple de faire en voiture les trois jours de route pour aller de Savannah à Boise, dans l'Idaho, plutôt que de prendre l'avion. À cause d'un orage, je me retrouve coincé à Atlanta pendant treize heures, les vols sont annulés un à un. Je bivouaque à côté d'un débit de boissons et regarde les naufragés de l'aéroport entrer dans le bar et en ressortir, des heures plus tard, en titubant. Une fois de plus, je suis heureux d'être sourd aux sirènes de l'alcool. Finalement, je parviens à rejoindre Minneapolis où l'on m'apprend que mon vol pour Boise est complet. J'attends encore et encore. Au dernier moment, une place se libère et je peux embarquer. J'atterris à Boise à 2 h 30 du matin et, évidemment, la voiture que j'ai réservée n'est pas disponible car les bureaux sont fermés.

Hormis l'agacement, ce n'est pas un vrai problème. Je n'ai aucun rendez-vous à Sun Valley. Bruce Gilmer ne sait pas que je viens le voir.

Je laisse à Vicki le soin de me trouver un hôtel pas trop cher dans cette région touristique. À l'aube, je me traîne dans la chambre minuscule d'un piège à touristes à la sortie de Ketchum et dors pendant des heures.

Gilmer est directeur d'un golf dans un complexe hôtelier de Sun Valley. Nous ne savons pas grand-chose sur lui, mais puisque ne figure nulle part un divorce au nom de Brace ou Bruce Gilmer, nous en déduisons qu'il vit toujours avec la même femme. Vicki n'a pas retrouvé non plus à l'état civil de demande officielle de changement de prénom. Il a bel et bien coupé les ponts après son départ de Seabrook voilà vingt ans. Il a aujourd'hui quarante-sept ans. Il est d'un an mon cadet.

Durant le trajet de Ketchum à Sun Valley, j'admire les montagnes. Le paysage est magnifique, le temps radieux. À Savannah, il faisait 35 °C à l'ombre, et la touffeur était insupportable. Ici, il fait 20 et je ne sens aucune humidité dans l'air.

Haut de gamme, le golf est réservé aux membres, et cela va être compliqué d'entrer. Mon col est mon meilleur sésame. Je l'enfile et m'arrête aux portes. J'informe le vigile que j'ai rendez-vous avec Bruce Gilmer. Il consulte son registre tandis que la file de voitures s'allonge derrière moi. Des golfeurs, sans doute, impatients d'aller taquiner le tee. Il me donne finalement un passe visiteur et me fait signe d'avancer.

À la boutique du golf, je demande où je peux trouver le directeur. Son bureau est dans un bâtiment à l'écart, entouré de tracteurs, de tondeuses et de systèmes d'arrosage. Un jardinier me désigne un gars installé sous un auvent, en grande conversation téléphonique. Je m'approche derrière lui et attends. Quand il raccroche, je lui dis :

— Excusez-moi, vous êtes bien Bruce Gilmer ?

Il se retourne et remarque aussitôt mon col. Il pense que je suis pasteur, et non un avocat venant exhumer le passé.

— Oui, c'est moi. Et vous êtes ?

— Cullen Post, membre des Anges Gardiens, lancé-je en lui tendant ma carte.

Avec les années, je suis très synchro entre le geste et la parole.

Il étudie l'inscription et me tend lentement la main.

— Ravi de vous rencontrer.

— Moi de même.

— Qu'est-ce que je peux faire pour vous ? demande-t-il avec un grand sourire.

Après tout, il travaille dans le domaine des services. Le client est roi.

— Je suis prêtre de l'Église épiscopale et aussi avocat, je m'occupe des erreurs judiciaires. Mes clients ont été condamnés à tort et j'essaie de les faire sortir de prison avant qu'il ne soit trop tard. Des gens tels que Quincy Miller. Vous avez une minute à m'accorder ? Je voudrais vous parler.

Le sourire s'efface. Il jette un regard autour de lui.

— Parler de quoi ?

— De Kenny Taft.

Il lâche un grognement, entre rire et agacement, et ses épaules s'affaissent. Il bat des paupières.

— Vous plaisantez ?

— Je suis du côté des gentils, je vous assure. Le méchant, ce n'est pas moi. Je ne suis pas ici pour vous faire peur ou griller votre couverture. Kenny Taft savait quelque chose sur le meurtre de Keith Russo et cela l'a peut-être mené à sa perte – ou pas. Je cherche des pistes, rien de plus, monsieur Gilmer.

— Appelez-moi Bruce. (Il désigne une porte.) Allons dans mon bureau.

Coup de chance, il n'a pas de secrétaire. Gilmer passe le plus clair de son temps dehors. Et cette pièce est davantage l'atelier d'un technicien que la planque d'un gratte-papier. On se croirait dans la réserve d'une quincaillerie, avec ses murs couverts de vieux calendriers. Il me montre une chaise et s'installe derrière son poste de travail.

— Comment vous m'avez retrouvé ?

— Je passais dans le coin.

— Sérieusement.

— Vous ne vous cachiez pas réellement, Bruce. Et pourquoi avoir abandonné Brace ?

— Qu'est-ce que vous savez au juste ?

— Beaucoup de choses. Je sais que Quincy Miller n'a pas tué Keith Russo. Que le meurtre a été commandité par des trafiquants de drogue et que Pfitzner couvrait sans doute leurs activités. Je ne pense pas que l'on retrouvera celui qui a appuyé sur la détente, mais ce n'est pas absolument nécessaire. Mon travail c'est surtout de prouver que ce n'était pas Quincy.

— Bonne chance !

Il retire sa casquette et se passe la main dans les cheveux.

— C'est toujours compliqué. Enfin nous avons quand même plus de victoires que de défaites. Jusqu'à présent, j'ai sorti huit personnes de prison.

— Et vous vous occupez exclusivement de ce genre d'affaires ?

— Voilà. J'ai six clients en ce moment, en comptant Quincy. Vous le connaissiez ?

— Non. Il a grandi à Seabrook, comme Kenny. Moi je suis de Alachua. Je ne l'ai jamais rencontré.

— Vous n'avez pas participé à l'enquête après le meurtre ?

— Ça ne risquait pas. C'était la chasse gardée de Pfitzner. Interdiction de s'approcher.

— Et Russo ?

— Je savais qui c'était, je l'ai croisé de temps en temps au tribunal. C'est une petite ville. Vous êtes sûr que Miller est innocent ?

— À cent pour cent.

Gilmer réfléchit. Ses mouvements sont lents – ses gestes, comme ses regards. Il ne bat presque pas des paupières. Il ne paraît pas surpris que j'aie pu le retrouver. Il semble serein.

— J'ai une question à vous poser, Bruce. Vous vous cachez encore ?

Il esquisse un sourire.

— Pas vraiment. Ça fait longtemps. Ma femme et moi sommes partis en vitesse, quasiment en pleine nuit, et bien contents de laisser cette ville derrière nous. Pendant deux ans, j'ai passé mon temps à surveiller mes arrières.

— Pourquoi ce départ ? De quoi aviez-vous peur ?

— Je n'ai pas très envie d'en parler. Je ne vous connais pas et inversement. J'ai laissé mes casseroles à Seabrook et qu'elles y restent !

— Je comprends. Toutefois, je ne risque pas de répéter ce que vous pourriez me raconter. Vous n'étiez pas cité comme témoin au procès de Quincy. Je ne peux vous forcer à revenir à Seabrook. Vous n'avez rien à faire dans un tribunal.

— Alors pourquoi vous êtes venu ici ?

— Parce que je crois que Kenny Taft avait découvert quelque chose sur le meurtre de Russo et je veux savoir ce que c'est.

— Kenny ne peut plus rien dire.

— Certes. Mais il vous a peut-être parlé à vous ?

Il reste silencieux un long moment et se met à secouer la tête.

— Je ne me souviens de rien, déclare-t-il.

Évidemment, ce n'est pas vrai. Comme il est mal à l'aise, il change de sujet.

— Un gang aurait fait tuer Russo ? Un contrat de la mafia ?

— Quelque chose comme ça.

— Et les commanditaires seraient des narcotrafiquants ? Vous avez des preuves ?

Des preuves ? L'image de Tyler suspendu au-dessus de la gueule des crocodiles jaillit dans mon esprit.

— Je ne peux vous révéler tout ce que je sais, Bruce. Je suis avocat, tenu au secret.

— Je comprends. Et moi, j'ai du travail.

Il consulte sa montre. Il me joue la comédie de l'employé débordé. D'un coup, il veut que je m'en aille.

— Bien sûr. Je vais rester un ou deux jours. Profiter du coin. Faire une pause. On pourra peut-être se parler à nouveau ?

— De quoi ?

— J'aimerais avoir votre version des événements quand Kenny s'est fait tuer.

— En quoi cela peut aider votre client ?

— On ne sait jamais, Bruce. Mon travail, c'est de suivre toutes les pistes. Vous avez mon numéro. Je suis à votre disposition.

26

Je prends une télécabine pour monter au sommet de la Bald Mountain et descends tranquillement le versant sur mille cinq cents mètres de dénivelé. Je suis dans une forme pitoyable – et j'ai de bonnes excuses ! D'abord il y a mon mode de vie nomade. Je ne vois pas comment je pourrais faire de la gym tous les jours. Les hôtels miteux que me trouve Vicki ont rarement des salles de fitness. Ensuite, je passe bien trop de temps assis. Je ne marche pas et fais encore moins de jogging. À quarante-huit ans, j'ai déjà mal au dos, conséquence inévitable de trop d'heures passées au volant. Dans la colonne des « plus », je mange et bois à peine. Et n'ai jamais fumé. Mon dernier check-up date de deux ans et d'après le médecin tout allait bien. Il y a des années, il m'a expliqué que pour être en bonne santé, il fallait manger le moins possible. C'était ça le véritable secret de jouvence ! Faire du sport, c'est bien, mais cela n'inverse pas les dégâts causés par les excès de calories. Et depuis, j'essaie de suivre son conseil.

Alors pour fêter ma randonnée, je m'arrête dans une charmante auberge au pied de la montagne et commande un cheeseburger et deux bières, puis prends un bain de soleil sur la terrasse. Cet endroit peut être terrifiant en hiver, mais à la mi-juillet, c'est le paradis sur terre !

J'appelle Bruce Gilmer et tombe sur son répondeur. Je vais le harceler aujourd'hui, et demain aussi, puis je m'en irai. Je ne pourrai pas revenir. Nos conversations futures auront lieu ensuite au téléphone. Si jamais on se parle à nouveau.

Je trouve une bibliothèque à Ketchum et m'installe. J'ai des tas de documents à lire, dont l'évaluation des Anges Gardiens concernant un éventuel nouveau client en Caroline du Nord : Joey Barr. Il a passé sept ans en prison pour un viol qu'il affirme n'avoir pas commis. Et sa « victime » confirme cette version. Les deux déclarent sur l'honneur que leurs relations étaient librement et mutuellement consenties. Joey est noir, la fille est blanche, et le père de l'adolescente, un type pas commode, a surpris les deux jeunes de dix-sept ans en pleins ébats. Il a fait pression sur sa fille pour qu'elle accuse Joey et ce jusqu'à ce que le jeune homme soit condamné par un jury exclusivement composé de Blancs. La mère de la fille, qui a divorcé du père et le déteste, a pris fait et cause pour le garçon après la condamnation. Mère et fille ont alors passé ces cinq dernières années à tenter de convaincre les cours d'appel de l'innocence de Joey, mais personne ne veut rien entendre.

Telle est la nature de mes lectures chaque jour. Cela fait des années que je n'ai pas eu le temps de terminer un roman.

Les Anges Gardiens pensent que nous sommes sur le point de faire sortir Duke Russell et il est temps de trouver un autre client.

Je me suis installé dans une salle tranquille du rez-de-chaussée et j'ai étalé des papiers partout, comme si j'étais à mon bureau, quand mon téléphone vibre : Bruce a terminé sa journée et veut me parler.

*

Il conduit une voiturette sur une allée d'asphalte qui longe le domaine. Il y a du monde sur le golf, les joueurs venant profiter de cette belle journée. Il s'arrête sur une crête, avec une vue sur un grand fairway, et tire le frein à main.

— C'est magnifique, dis-je en admirant les montagnes au loin.

— Vous jouez ?

— Non. Je n'ai jamais essayé. Je suppose que vous devez être plutôt bon.

— À un moment, c'était le cas, mais c'est du passé. Je n'ai plus le temps. Faire un parcours prend quatre heures. Il faut les trouver. J'ai parlé à mon avocat ce matin. Il est sur le dixième trou.

— Qu'est-ce qu'il vous a dit ?

— Pas grand-chose. Voilà le marché, Post. Je ne vais rien dire qui pourrait m'impliquer dans cette affaire, d'autant plus que je ne sais pas grand-chose. Je ne signerai pas de déposition et ne répondrai à aucune assignation. Aucun tribunal de Floride n'a autorité de le faire de toute façon.

— Je ne demande rien de tout ça.

— Parfait. Vous vouliez que je vous parle de l'embuscade. Qu'est-ce que vous savez au juste ?

— Nous avons pu obtenir la copie des archives de la police de Floride. Merci à la loi sur le droit d'accès à l'information ! Nous connaissons donc les grandes lignes, ce que vous avez raconté aux enquêteurs.

— Très bien. Je ne leur ai pas tout dit, comme vous vous en doutez. J'ai été touché à l'épaule et suis resté à l'hosto deux jours avant de parler à qui que ce soit. J'ai eu le temps de cogiter. Pour être franc, je suis sûr que c'est Pfitzner qui a monté ce guet-apens et qui nous a envoyés à l'abattoir. Et la véritable cible, c'était Kenny. Mais ils ont aussi essayé de me tuer. Il se trouve que j'ai eu beaucoup de chance.

— Comment ça ?

Il lève la main, comme pour me dire « patience ».

— C'était une petite route qui traversait des bois, des bois très denses. Il était 3 heures du matin. On nous a tiré dessus des deux côtés et par l'arrière. Ils étaient donc plusieurs. Un vrai cauchemar. On roulait tranquilles, je me souviens qu'on riait à propos d'un truc quand, soudain, la lunette arrière a volé en éclats. Puis les vitres. Les balles fusaient de partout. L'enfer ! Par réflexe, j'ai arrêté la voiture, j'ai ouvert la portière et plongé dans le fossé. Les balles transperçaient l'habitacle, ricochaient dans tous les sens. J'ai entendu Kenny hoqueter quand il a été touché. À l'arrière du crâne. J'avais sorti mon arme de service, mais je n'y voyais rien. Et d'un coup tout s'est arrêté. Les hommes marchaient dans les bois. Mais ce n'était pas pour s'en aller. Ils approchaient ! J'ai regardé à travers les herbes. J'ai vu une silhouette et j'ai tiré. Je l'ai touché. J'étais bon tireur à cette époque. Il a poussé un cri puis il a dit quelque chose, et ce n'était pas de l'espagnol, j'en suis sûr ! Je connais bien l'accent cul-terreux, et ce gars-là était un Blanc du coin, pure souche ! Et ils avaient un problème. Un camarade blessé, voire mort. Le gars avait besoin d'aide, mais où pouvaient-ils aller ? C'était le cadet de mes soucis, évidemment ! En tout cas, ils ont battu en retraite et ont disparu dans les bois. J'ai attendu et attendu. Et j'ai vu du sang qui dégoulinait de mon bras gauche. Au bout de plusieurs minutes, je ne sais pas combien – cinq ? trente ? – j'ai fait le tour de la voiture en rampant et j'ai trouvé Kenny. Quelle bouillie ! La balle était entrée par l'arrière et était ressortie en lui arrachant la moitié du visage. Mort sur le coup. Il avait été touché aussi au torse, à plusieurs endroits. J'ai récupéré son pistolet et me suis éloigné à couvert dans le fossé, sur une dizaine de mètres. Je me suis fait un petit nid et je n'ai plus bougé. Longtemps, j'ai tendu l'oreille, et n'ai entendu que les bruits de la forêt. C'était une nuit sans lune, une nuit noire. D'après le registre du standard, j'ai appelé à 4 h 02 pour dire qu'on avait été attaqués. Kenny était mort. Pfitzner est arrivé le premier sur les lieux, ce qui m'a paru bizarre. Comme il avait été le premier pour Russo.

— Il devait déjà être dans les bois, à diriger l'attaque.

— Sans doute. Ils m'ont emmené à l'hôpital et m'ont soigné. Ce n'était qu'une éraflure. Mais j'ai demandé des médicaments pour dormir. J'ai dit aux médecins que je ne voulais parler à personne pendant un ou deux jours et ils m'ont protégé. Quand Pfitzner est arrivé, avec les gars de la police d'État, je n'ai pas précisé que j'avais touché l'un des assaillants, et que c'était un gars du coin, en tout cas pas un Hispanique.

— Pourquoi l'avoir fermée ?

— Pfitzner voulait nous voir tous les deux morts. Il cherchait à éliminer Kenny parce qu'il savait quelque chose, et puisque j'étais son partenaire, je devais y passer aussi. Il ne pouvait prendre le risque de laisser un témoin en vie. Vous mesurez le truc, Post ? Un shérif élu par les bonnes gens de la ville, à qui toute la communauté fait confiance, et qui envoie deux de ses hommes à la mort ! C'est du Bradley Pfitzner tout craché.

— Il est encore vivant, vous savez ?

— Je m'en fiche. Tout ça date de plus de vingt ans.

— Qu'est-ce que vous avez raconté à l'hôpital ?

— Tout, sauf la partie où j'ai tiré sur l'un de ses hommes. Je ne l'ai dit à personne. Et si vous le répétez, je nierai tout en bloc.

— Vous avez donc encore peur ?

— Non, Post. Je n'ai pas peur. Je veux pas d'ennuis ici, c'est tout.

— Et le gars que vous avez touché ?

— Rien. C'était avant Internet. Les recherches alors étaient plus difficiles. J'ai quand même creusé et j'ai fini par apprendre qu'il y avait eu, cette nuit-là, deux personnes admises à l'hosto de Tampa pour des blessures par balle. L'un blessé par un cambrioleur qui finalement a été attrapé. Et l'autre a été retrouvé mort dans une ruelle. Je ne pouvais rien prouver de toute façon, alors j'ai laissé tomber. C'est à ce moment précis que ma femme et moi avons mis les voiles.

— Comment Pfitzner s'est-il comporté avec vous après l'embuscade ?

— Pareil que d'habitude. Il a toujours été très pro, le flic modèle, un bon chef impartial qui croyait en la discipline. Il m'a donné un mois de congé payé après l'enterrement de Kenny. Et il s'est montré plein de sollicitude. C'est pour cette raison qu'il était aussi dangereux. Toute la ville l'admirait, personne ne pouvait imaginer qu'il était aussi corrompu.

— Et personne dans la brigade ne savait rien ?

— Certains avaient des doutes. Pfitzner s'était entouré de deux pitbulls, Chicot et Chiquito. Des frères, deux brutes qui faisaient le sale boulot pour lui. Arnie avait de grandes dents, et l'une devant était cassée. C'est pour ça qu'on l'appelait Chicot. Quant à Amos, il avait tout le temps une chique de tabac dans la bouche, d'où Chiquito. En dessous, ils avaient quelques gars, pour le trafic de drogue, mais c'était bien compartimenté, jamais ça n'empiétait sur notre boulot de flic. Encore une fois, Pfitzner, comme shérif, faisait du bon travail. À un moment, bien avant mon arrivée, il avait succombé au charme des narcodollars. Il protégeait le port, permettait à la marchandise de débarquer et indiquait des lieux où l'entreposer, ce genre de choses. Je suis sûr qu'il s'est fait plein de fric, comme je suis sûr que Chicot et Chiquito ont eu leur part du gâteau. Nous, on avait juste de bons salaires et quelques avantages en nature.

Il fait signe à deux jolies femmes qui passent à bord d'une voiturette. Il démarre et les suit. Nous contournons un fairway, puis obliquons vers un petit pont de bois pour rejoindre un bosquet à l'abri des regards. Une fois de nouveau à l'arrêt, je demande :

— Qu'est-ce que Kenny a découvert ?

— Je l'ignore. Il ne l'a jamais dit. Il a fait une allusion une fois mais on n'a jamais terminé la conversation. Vous êtes au courant du feu qui a détruit la réserve où l'on rangeait les scellés, y compris les pièces concernant le meurtre de Russo ?

— Oui, j'ai lu le rapport des pompiers.

— Quand Kenny était gamin, il voulait devenir espion. Ça peut paraître bizarre comme idée quand on est un gosse noir dans une petite ville de Floride, mais il adorait les livres d'espionnage et ce genre de choses. Comme la CIA ne l'a jamais appelé, il est devenu flic. Il était vraiment doué avec la technologie et les gadgets. Par exemple, un de ses amis pensait que sa femme le trompait. En quelques minutes, il lui a bricolé un système pour pirater sa ligne téléphonique. Le truc enregistrait les appels et le type descendait tous les soirs dans son garage écouter la bande. En un rien de temps, le mari a entendu sa Juliette roucouler avec son Roméo et caler leur prochain rendez-vous galant. Il les a alors surpris au lit et a tabassé le gars. La femme a eu droit à quelques baffes. Kenny était super fier de lui.

— Kenny aurait entendu quelque chose ?

— Oui. Un truc à propos de preuves qu'il fallait détruire. Quelques jours avant que Russo soit tué, il y avait eu un viol dans le comté, Blanc contre Blanche. La victime n'avait jamais vu le visage de son agresseur, mais elle était formelle : c'était un Blanc. Le suspect numéro un était le neveu de Chicot et Chiquito. Les échantillons prélevés concernant le viol étaient entreposés avec le reste dans la remise, parce qu'il n'y avait pas de place au poste. Quand ça a brûlé, ces pièces sont parties en fumée, avec des tas de preuves provenant d'autres enquêtes. Un soir, alors qu'on buvait un café Kenny et moi, il a commencé à dire que l'incendie n'était pas accidentel. Je voulais en savoir plus, mais on a été interrompus par un appel d'urgence et on a décollé. Je suis revenu plus tard sur le sujet et il m'a raconté qu'il avait surpris une conversation entre Chicot et Chiquito qui prévoyaient de faire brûler la réserve.

Gilmer s'interrompt. Un long silence s'ensuit. Je comprends alors qu'il a fini son histoire. Je l'aiguillonne un peu.

— Autre chose ?

— C'est tout ce que j'ai, Post. C'est la vérité. À présent, je pense que Kenny avait sans doute bidouillé les téléphones au poste. À tous les coups, il devait penser que Pfitzner et sa bande trempaient dans de sales trafics et il cherchait une preuve. La DEA fouinait, on craignait de voir débarquer les fédéraux. Est-ce qu'on allait être arrêtés aussi ? Pfitzner allait-il parler et nous faire porter le chapeau ? Je ne sais pas. C'est juste des suppositions. Mais je crois que Kenny écoutait les conversations téléphoniques et qu'il est tombé sur quelque chose.

— Ce serait énorme.

— Sans doute.

— Vous avez une idée de ce qu'il a pu entendre ?

— Non. Pas la moindre.

Il redémarre la voiturette et nous terminons notre visite du golf. À chaque virage, la vue est à couper le souffle, avec ces monts et ces vallées. Après avoir traversé une succession de ruisseaux, nous arrivons au départ du trou numéro treize. Il me présente son avocat qui me demande comment l'entretien s'est passé. « Très bien », répondons-nous Gilmer et moi à l'unisson, et le gars s'empresse de filer avec ses partenaires, visiblement plus intéressé par sa partie que par les vicissitudes de son client. Au club-house, je remercie Gilmer pour son accueil. Nous nous promettons de nous donner des nouvelles, nous savons pourtant l'un comme l'autre que cela n'arrivera pas.

Le voyage a été long et beau, mais guère productif. La routine, toutefois. Si Kenny Taft a découvert quelque chose, il a emporté son secret dans la tombe.

27

En Floride, les demandes d'annulation de condamnation doivent être déposées dans le comté où le détenu est incarcéré et non où il a été jugé. Aujourd'hui, Quincy est au Garvin Correctional Institute. Ce centre de détention se trouvant juste à côté de Peckham, une petite bourgade à plus d'une heure de toute civilisation, notre recours tombe *de facto* sous la juridiction d'une cour de circuit rurale dirigée par un juge qui n'aime guère disculper d'anciens détenus. Je ne peux le lui reprocher : du fait de sa proximité géographique avec Garvin, son tribunal croule sous les requêtes farfelues rédigées par des prisonniers se piquant de maîtriser le droit.

Le palais de justice du comté de Poinsett est une construction moderne sans âme, conçue par un architecte de troisième zone. La salle d'audience principale est une sorte de grotte de béton, dépourvue de fenêtre, avec un plafond bas qui accentue encore l'atmosphère étouffante du lieu. La moquette usée est marron, les boiseries et les meubles en chêne foncé. J'ai fréquenté des centaines de tribunaux dans des dizaines de comtés, et celui-ci est le plus déprimant. On se croirait dans la salle basse d'un donjon.

L'État de Floride est représenté par le procureur général, une figure hiératique que je ne rencontrerai jamais, parce qu'il y a une armée de sous-fifres entre lui et moi. C'est la pauvre Carmen Hidalgo qui se retrouve à gérer la demande de Quincy. Il y a cinq ans, elle est sortie de la faculté de droit de Stetson, et pas parmi les meilleurs de sa promotion. Notre dossier sur elle n'est pas épais. Elle n'est qu'un pion à nos yeux. D'ailleurs, sa réponse à notre requête est purement standard, un simple copier-coller, en changeant les noms.

Elle est certaine de gagner, en particulier avec ce juge. L'honorable Jerry Plank est en pilotage automatique depuis des années et attend la retraite. Dans un élan de générosité, il a libéré une journée dans son planning pour traiter notre demande, mais cela ne signifie pas pour autant huit heures de travail. Comme l'affaire date de vingt-trois ans, il n'y a pas grand monde. Même les deux huissiers semblent s'ennuyer ferme.

Toutefois, nous restons aux aguets. Frankie Tatum est assis, à l'écart, six rangs derrière nous, quant à Vicki Gourley, elle s'est installée derrière la table de l'accusation. Les deux portent de minuscules caméras commandées par leurs téléphones. Il n'y a pas de contrôle de sécurité à l'entrée. Encore une fois, personne dans cette petite ville n'a entendu parler de Quincy Miller. Si nous sommes surveillés par les « méchants », alors ce sera pour eux la première occasion de nous voir à l'œuvre. Les tribunaux sont des lieux publics. N'importe qui peut assister aux audiences.

Ma collègue est Susan Ashley Gross, la guerrière de l'Innocence Project pour la Floride centrale. Sept ans auparavant, Susan Ashley était avec moi quand on a fait libérer Larry Dale Kline, incarcéré à Miami. C'était la deuxième victoire des Anges Gardiens, et la première pour elle. Aujourd'hui, je demanderais bien Susan Ashley en mariage mais elle a quinze ans de moins que moi et est avec quelqu'un en ce moment.

La semaine dernière, j'ai déposé une requête pour que le détenu soit autorisé à assister aux débats. La présence de Quincy n'est absolument pas nécessaire mais je me suis dit que cela lui ferait plaisir de changer d'air et de voir le soleil. Évidemment, le juge Plank a refusé. Comme il a rejeté nos autres doléances. Selon toute probabilité, il s'opposera à l'annulation de la condamnation. Mazy, d'ailleurs, travaille déjà sur l'appel de sa décision.

Il est près de 10 heures quand le juge arrive enfin, par une porte dérobée derrière l'estrade, et grimpe sur son siège. Un huissier récite son annonce tandis que nous nous tenons debout, mal à l'aise. Je regarde autour de moi. En plus de Vicki et Frankie, il y a quatre autres spectateurs. Qui peut bien s'intéresser à cette audience ? Personne de la famille de Quincy n'est au courant. À l'exception d'un frère, Quincy n'a aucun contact avec les siens depuis des années. Keith Russo est mort il y a vingt-trois ans, et pour sa famille, l'auteur a été jugé et condamné.

Les quatre sont des Blancs. Trois hommes, une femme. Il y a un type d'environ cinquante ans, portant un costume chic, un quadragénaire avec une chemise en jean noire et aussi un septuagénaire, un de ces piliers de salle d'audience qui assistent à tous les débats pour passer le temps. La femme est assise au premier rang avec un carnet de notes à la main.

Nous avons déposé notre requête il y a des semaines et n'avons eu aucun retour de la presse. Je ne vois pas quel journal voudrait couvrir une affaire aussi ancienne au fin fond de la Floride.

Susan Ashley appelle à la barre le professeur Kyle Benderschmidt de la Virginia Commonwealth University. Son rapport et ses conclusions sont consignés dans le dossier que nous avons remis à la cour, mais nous avons décidé de nous offrir sa présence au tribunal. Ses antécédents sont nickels. Alors que Susan Ashley retrace son parcours, le juge Plank se tourne vers Carmen Hidalgo.

— Vous comptez contester la crédibilité professionnelle de cet homme ?

Elle se lève.

— Absolument pas, répond-elle.

— Parfait. Alors cette personne est acceptée comme expert des traces de sang. Veuillez poursuivre.

En s'appuyant sur les photos format A4 qui ont été utilisées pendant le procès, Susan Ashley interroge notre spécialiste au sujet des petites taches rouges maculant la lampe de poche.

Le juge l'interrompt.

— Qu'est-il arrivé à cette lampe ? À l'époque, elle n'a pas été présentée à la cour, si je ne m'abuse ?

Le témoin hausse les épaules. Cette question n'est pas de son ressort. C'est Susan Ashley qui répond :

— Votre Honneur, selon les transcriptions du procès, le shérif a déclaré qu'elle a été détruite dans un incendie un mois après le meurtre, avec d'autres pièces sous scellés que la police gardait dans une remise.

— Plus aucune trace de cet objet ?

— Pas à notre connaissance, Votre Honneur. L'expert du ministère public, M. Norwood, a examiné les photographies et a conclu que les taches sur la lentille étaient du sang et qu'il provenait de la victime. Mais à cette époque, la lampe en question avait déjà disparu depuis longtemps.

— Donc, si je vous comprends bien, cette lampe était l'élément reliant M. Miller à la scène de crime et, quand celle-ci a été trouvée dans le coffre de sa voiture, il est devenu le suspect numéro un. Ensuite, ce rapport s'est révélé un élément suffisant pour que le jury rende son verdict. À savoir, déclarer M. Miller coupable des faits qui lui étaient reprochés.

— C'est exactement cela, monsieur le juge.

— Poursuivez.

Benderschmidt continue à critiquer le rapport de Norwood. Selon lui, ce n'est pas un travail scientifique, parce que Norwood ne comprenait rien aux phénomènes physico-chimiques qui pouvaient être à l'origine de l'apparition de ces taches. À plusieurs reprises, notre expert prononce le mot « irresponsable » pour décrire les égarements de Norwood devant le jury. Il était irresponsable de suggérer qu'au moment de tirer l'assassin avait la lampe dans une main et dans l'autre un fusil de chasse calibre 12. Irresponsable de soutenir que les taches étaient du sang, au vu de simples photographies. Irresponsable ne serait-ce que de présenter cette lampe comme pièce à conviction alors qu'elle n'avait même pas été récupérée sur les lieux du crime.

Au bout d'une heure, le juge Plank est fatigué et a besoin d'une pause. Je ne sais s'il s'est endormi mais il a les yeux vitreux. Frankie va discrètement se placer au fond de la salle, en bout de rang. Après la suspension de séance et le départ du juge, les spectateurs s'en vont. À mesure qu'ils remontent l'allée centrale, Frankie les filme un à un.

Après une cigarette et un passage aux toilettes, et sans doute un petit somme, Son Honneur revient de mauvaise grâce écouter la fin de l'exposé de Benderschmidt. Notre expert aborde le sujet des taches sur la lentille, présentées comme étant du sang. Il doute qu'il s'agisse de rétroprojections. À l'aide d'un plan du bureau de Russo et de photos de la scène de crime, Benderschmidt assure qu'au vu de l'emplacement de la porte et de la position probable du tueur, de celle du cadavre et de l'énorme quantité de sang et de débris retrouvés sur les murs et la bibliothèque derrière la victime au moment du tir, il n'est guère vraisemblable que les deux coups de feu aient pu projeter des éclaboussures en direction du tireur. Pour étayer son analyse, Benderschmidt montre des photos provenant d'autres scènes de crime impliquant des fusils de calibre 12.

Les images sont sanglantes, horribles, et au bout de quelques minutes Plank en a assez.

— Madame Gross, veuillez poursuivre. Je ne suis pas sûr que tous ces clichés soient absolument nécessaires.

Il a sans doute raison. Pendant le contre-interrogatoire, Carmen Hidalgo joue le service minimum. Elle marque cependant quelques points quand elle fait reconnaître à Benderschmidt que les experts sont rarement d'accord entre eux.

Quand Benderschmidt quitte le box des témoins, le juge consulte sa montre comme si la matinée avait été longue et pénible.

— Faisons une pause pour le déjeuner. Retrouvons-nous à 14 heures, et j'espère que vous aurez réellement du nouveau à nous présenter.

Il abat son marteau et quitte la salle. Je sens que son opinion est déjà faite.

En Floride, comme dans presque tous les États, une remise en liberté après condamnation n'est envisagée que si la défense apporte de nouvelles preuves. Un second examen des pièces du dossier ne suffit pas. Même s'il est plus sensé et crédible que le précédent. Le jury de Quincy a entendu Norwood, un soi-disant spécialiste des taches de sang, et même si ses conclusions, comme ses antécédents, ont été violemment attaquées par le jeune Tyler Townsend, les jurés à l'unanimité ont choisi de le croire.

Avec Kyle Benderschmidt et Tobias Black, notre deuxième expert, nous présentons une meilleure analyse des pièces, mais aucun élément nouveau. La dernière remarque de Plank en dit long.

*

Quand l'homme au beau costume et celui à la chemise noire quittent la salle chacun son tour, ils sont suivis. Nous avons embauché deux détectives privés. Frankie leur a déjà expliqué la situation et dirige les opérations par téléphone. Vicki s'installe dans l'un des deux snacks à côté du palais de justice et attend.

De mon côté, je me rends dans l'autre et prends place au comptoir. Frankie sort du bâtiment et se dirige vers sa voiture garée à proximité. Beau Costume monte dans une Mercedes noire avec des plaques minéralogiques de Floride. Quant à Chemise Noire, il rejoint une BMW verte immatriculée aussi en Floride. Ils partent à deux minutes d'intervalle et se retrouvent devant un centre commercial à la sortie de la ville. Chemise Noire monte dans la Mercedes et ils repartent ensemble. Attitude qui fait passer tous nos voyants d'alerte au rouge. Ils ne sont pas très discrets.

Quand j'apprends la nouvelle, je fonce retrouver Vicki dans son snack. Elle est installée dans un box, devant une portion de frites. Elle est au téléphone avec Frankie. La Mercedes se dirige vers le sud sur la Highway 19 et la filature est facile. Notre détective nous communique les numéros de plaque et Vicki se met au travail. Nous commandons du thé glacé et des salades. Frankie arrive quelques minutes plus tard.

Nous avons vu l'ennemi !

La voiture appartient à un certain Nash Cooley, de Miami. Vicki envoie ces informations par e-mail à Mazy, restée à Savannah, et les deux femmes explorent Internet. En quelques minutes, nous savons que Cooley est associé dans un cabinet d'avocats, spécialisé dans le droit pénal. J'appelle deux amis à Miami. Susan Ashley, restée dans la salle d'audience avec un sandwich, se renseigne auprès de ses contacts. Mazy joint par téléphone un collègue à Miami. Vicki touche à peine à son assiette mais Frankie dévore son sandwich au thon et ses frites.

Cooley et Chemise Noire se garent devant un fast-food à Eustis, une bourgade de dix-huit mille habitants à vingt minutes de Peckham. Cela confirme nos doutes. Les deux hommes sont venus assister discrètement à l'audience. Ils ne voulaient pas qu'on les voie ensemble. Pendant qu'ils déjeunent, nos détectives échangent leurs places. Quand Cooley quitte Eustis et reprend la direction de la ville, il est suivi à distance par une autre voiture.

Cooley travaille dans un cabinet de douze avocats, comptant depuis longtemps des trafiquants de drogue comme clients. Évidemment, le cabinet est assez discret sur Internet. Ils ne font pas de publicité – c'est inutile. Cooley a cinquante-deux ans, il a fait son droit à Miami, casier vierge et aucune plainte contre lui au barreau. Sa photo aurait besoin d'être mise à jour, parce qu'elle date d'au moins dix ans, mais cela n'a rien d'exceptionnel. Après ces premières recherches, nous ne trouvons qu'un seul fait intéressant sur ce cabinet. En 1991, le membre fondateur a été retrouvé mort dans sa piscine, la gorge tranchée. Le meurtre n'a jamais été élucidé. Sans doute un client mécontent. Encore un.

Quatorze heures arrivent et passent. Toujours aucun signe du juge Plank. Peut-être devrions-nous demander aux huissiers s'il est 1) mort, ou 2) en train de piquer un roupillon. Nash Cooley revient et s'installe au fond de la salle. Chemise Noire arrive à son tour quelques minutes plus tard et s'assoit à l'opposé de Cooley. Des amateurs !

Nous envoyons à une société high-tech de Fort Lauderdale une photo de Chemise Noire et demandons qu'ils fassent une recherche dans leurs fichiers. Le logiciel de reconnaissance faciale peut explorer toutes sortes de banques de données, mais le programme trouve un résultat dès le premier essai. Il est dans le fichier judiciaire de la Floride. Onze minutes après notre envoi, nous avons nos informations : Chemise Noire s'appelle Mickey Mercado, quarante-trois ans, résidant à Coral Gables, un ex-détenu à la double nationalité américaine et mexicaine. À dix-neuf ans, Mercado a été incarcéré pendant six ans pour trafic de drogue. En 1994, il a été arrêté et poursuivi pour meurtre. Mais est ressorti libre à l'issue du procès.

Pendant que nous attendons le juge Plank, Vicki est encore au snack, avec du café, et s'active sur son ordinateur. Elle nous apprendra plus tard que Mercado est désormais consultant en sécurité. Un concept somme toute assez flou.

Ces informations sont édifiantes. Malgré notre flegme apparent, nous brûlons de les interpeller par leurs noms pour leur demander : « Qu'est-ce que vous fichez ici ? » Par expérience, nous savons que ce serait la dernière des choses à faire. Ne jamais dire à l'ennemi ce que l'on sait sur lui. Pour l'instant, Cooley et Mercado ignorent que nous avons leurs noms, adresses, numéros de Sécurité sociale, plaques minéralogiques de leurs voitures et lieu de leur travail. Et nous creusons encore. Bien sûr, ils ont sans doute un dossier tout aussi conséquent sur moi et la petite équipe des Anges Gardiens. En revanche, ils ne savent rien sur Frankie qui œuvre toujours dans l'ombre. Il est dans le couloir à l'extérieur de la salle d'audience et surveille les allées et venues. Il n'y a pas beaucoup de Noirs en ville et il a donc droit à quelques regards en coin.

Quand le juge apparaît à 14 h 17, il ordonne à Susan Ashley d'appeler son témoin suivant. Il n'y a jamais de coups de théâtre dans ces audiences : tout le monde sait que Zeke Huffey est de retour en Floride. La vraie surprise c'est qu'il ait accepté de témoigner, à condition qu'on lui paie le billet d'avion – et que j'écrive noir sur blanc qu'il y a prescription pour son parjure et qu'il ne risque aucune poursuite.

Aujourd'hui, Huffey savoure sa liberté retrouvée. Bien sûr, cela ne va pas durer. Il ne va pas rester longtemps dans le droit chemin mais l'espoir fait vivre. Il prête serment, jure de dire la vérité et rien que la vérité, comme il l'a fait des dizaines de fois avant de proférer ses mensonges en vrai pro. Il raconte qu'on lui a demandé de dire que Quincy Miller, son compagnon de cellule, s'était vanté d'avoir fait sauter la tête de son avocat au fusil de chasse. En retour de ce faux témoignage, les poursuites contre lui ont été grandement allégées et sa peine de prison s'est limitée au temps qu'il avait déjà passé en préventive. Cela n'empêche qu'il regrette d'avoir fait ça à Quincy et il veut aujourd'hui réparer ses torts.

Huffey ne s'en sort pas trop mal dans le box des témoins, mais le problème est évident : il a menti si souvent dans sa vie que personne ne peut être sûr qu'il dit cette fois la vérité – en particulier le juge Plank. Toutefois, sa présence ici est cruciale parce que les rétractations de témoins constituent de nouvelles pièces au dossier. Avec ce témoignage en direct, et la déposition sur l'honneur de Carrie Holland, nous avons assez de munitions pour prouver que Quincy n'a pas eu droit à un procès équitable. Si nous obtenons la tenue d'un nouveau procès, nous pourrons alors présenter des rapports d'expertise bien plus solides aux jurés. Ni Norwood ni aucun de ces charlatans ne vont s'approcher de la salle d'audience. Notre rêve est de pouvoir détailler nos nouveaux éléments devant un jury.

Pendant le contre-interrogatoire, Carmen Hidalgo s'amuse. Elle fait retracer à Huffey sa longue carrière d'informateur en prison. Elle a les transcriptions de cinq procès au cours des vingt-six dernières années où Zeke Huffey a menti pour faire réduire ses peines. Il reconnaît avoir menti à celui-ci mais pas à celui-là, s'embrouille, ne sait plus ce qu'il a raconté. C'est un moment pénible pour tout le monde, le juge Plank se lasse, mais Carmen Hidalgo continue d'assener ses coups. Finalement, cette procureure a un certain panache en salle d'audience.

À 15 h 30, Son Honneur bâille, bat des paupières. À l'évidence, on l'a perdu. Il est épuisé et lutte contre le sommeil. Je murmure à Susan Ashley de conclure rapidement et d'abréger son supplice.

28

Le lendemain de notre retour à Savannah, Vicki et moi nous nous retrouvons avec Mazy dans la salle de réunion pour faire le point. La Floride, comme l'Alabama, n'impose aux juges aucun délai limite pour rendre leur décision quand il s'agit de disculper un condamné. Le vieux Plank pourrait bien mourir avant de se prononcer. Bien sûr, il s'est déjà forgé son opinion, mais il va prendre son temps. Et on ne peut pas l'inciter à se presser. Une tentative en ce sens serait contre-productive.

Vraisemblablement, nous sommes surveillés et cela soulève entre nous une discussion animée. La sécurité de nos données et fichiers informatiques devrait être renforcée. Cela coûte trente mille dollars, de l'argent que nous n'avons pas. Les méchants de leur côté ont des fonds illimités et peuvent s'offrir toutes les nouvelles technologies de surveillance.

À mon avis, il y a peu de risques qu'ils rôdent à Savannah pour épier nos faits et gestes. Ce serait très fastidieux, et pour récolter peu d'informations utiles. Cependant, on n'est jamais trop prudent. Mieux vaut changer nos habitudes. Ils ont pu me suivre à Nassau quand j'ai rencontré Tyler Townsend. Pareil pour ma rencontre avec Bruce Gilmer à Sun Valley – quoique ce soit peu probable. Ces voyages datent d'avant notre demande de révision, et nos noms alors n'étaient pas rendus publics.

Sur Nash Cooley, nous en avons appris davantage. Nous avons les fichiers des administrations concernant ses voitures, ses biens et ses deux divorces. En deux mots, il gagne beaucoup d'argent et aime le dépenser. Sa maison à Coral Gables est estimée à deux millions deux cent mille dollars. Il possède au moins trois voitures, uniquement des modèles haut de gamme allemands. Son cabinet a ses locaux dans une tour ultramoderne du centre de Miami, avec des bureaux aux îles Caïman et à Mexico. Selon un ami de Susan Ashley, beaucoup d'avocats de narcotrafiquants en Floride du Sud cachent leurs revenus à l'étranger. Ils se font rarement attraper, mais de temps en temps les fédéraux les coincent pour évasion fiscale. Toujours selon cette même source, son cabinet, Varick & Valencia, navigue sur ces eaux troubles depuis longtemps et est expert en blanchiment d'argent. Deux associés seniors sont des ténors du barreau avec beaucoup de victoires à leur actif. En 1994, V&V avait défendu Mickey Mercado dans son affaire de meurtre. En amenant le jury à douter, ils avaient obtenu l'acquittement.

Pourquoi Nash Cooley a-t-il fait six heures de route pour assister à notre audience. Je ne comprends pas. S'il voulait voir à quoi je ressemblais, il y a ma photo sur notre site. Pareil pour Susan Ashley. Tous ces recours, requêtes, demandes diverses et jugements rendus sont du domaine public et sont consultables sur Internet. Pourquoi prendre le risque de se faire repérer ? Certes, ce risque est assez faible dans ce coin reculé de la Floride, mais il n'empêche que nous, nous avons remarqué sa présence. Une explication s'impose : son client lui a demandé de venir !

Mickey Mercado est un voyou qui a sans doute travaillé pour un cartel toute sa vie. Lequel ? Nous ne savons pas trop. Et lui et deux autres ont été poursuivis pour le meurtre d'un trafiquant au cours d'une transaction qui a mal tourné, mais les fédéraux n'ont pu l'envoyer derrière les barreaux.

Et maintenant, il me suivrait ?

Je répète aux filles que surveiller nos arrières ne fera pas sortir Quincy plus vite. Notre travail est de prouver son innocence, pas nécessairement d'identifier le coupable.

Je ne leur dis pourtant pas tout. Fidèle à mon habitude. Je garde pour moi le cauchemar qu'a vécu Tyler avec la mare aux crocodiles. Cette image d'horreur restera à jamais gravée en moi.

Le cas de Tyler Townsend pollue le reste de la journée. Le débat est sans fin. D'un côté, je me sens obligé de l'avertir que nous sommes désormais espionnés. D'un autre, le simple fait de le contacter pourrait le mettre en danger. Et c'est le même dilemme avec Bruce Gilmer. Toutefois, les risques sont moindres, car il n'en sait pas autant que Townsend.

En fin d'après-midi, nous décidons qu'il faut prendre le risque de prévenir Tyler. Je vais sur Internet, paie vingt dollars pour avoir accès aux services de « Confidences sur la terrasse de Patty » et envoie un message qui s'effacera dans les cinq minutes.

RDV Nassau – C'est important.

Cinq minutes passent sans réponse. Je renvoie le même message quatre fois durant les trois heures qui suivent, sans succès.

À la nuit tombée, je quitte le bureau et marche dans la touffeur du soir. Les jours sont longs et moites. La ville est bondée de touristes. Comme de coutume, Luther Hodges m'attend sur le perron, impatient de quitter la maison.

— Bonjour père.

— Bonjour mon fils, me répond-il.

Nous nous serrons dans les bras, échangeons quelques piques d'usage sur nos cheveux gris et nos bedaines, puis nous nous mettons en route. Au bout de quelques minutes, je remarque qu'il est tracassé.

— Le Texas va en exécuter un autre demain.

— C'est bien triste.

Luther est un militant contre la peine de mort avec ce message tout simple : puisque nous sommes tous d'accord pour dire que tuer c'est mal, pourquoi autorisons-nous l'État à le faire ? Quand une exécution apparaît à l'horizon, pour lui et ses amis c'est le branle-bas de combat : ils écrivent des lettres de protestation, passent des coups de fil, publient des billets en ligne, et de temps en temps organisent une manifestation devant la prison. Luther passe des heures à prier et souffre pour ces meurtriers qu'il n'a jamais vus.

Nous ne sommes pas d'humeur pour un repas de fruits de mer et optons pour une simple sandwicherie. Comme d'habitude, c'est lui qui invite. Dès que nous sommes installés, il me demande avec un grand sourire :

— Alors ? Quincy ? Comment ça avance ?

*

Depuis la création des Anges Gardiens, nous avons intenté dix-huit actions, dont huit ont débouché sur des disculpations. Un client a été exécuté. Six sont en cours. Trois ont été avortées quand nous nous sommes rendu compte que nos clients étaient réellement coupables. Quand nous commettons une erreur d'appréciation, nous arrêtons les frais et passons à autre chose.

Avec ces dix-huit affaires, nous avons appris que, tôt ou tard, la chance tourne de notre côté. Cette fois, le coup de pouce vient de Len Duckworth. Il vit à Sea Island. Il est venu en voiture – une heure de route pour Savannah –, est entré dans nos locaux et, ne voyant personne à la réception, il a passé la tête dans le bureau de Vicki. Toujours polie mais débordée, elle l'accueille. Au bout de quelques minutes, elle me passe un coup de fil.

— C'est peut-être important, m'annonce-t-elle.

Nous nous retrouvons dans la salle de réunion à l'étage avec du café. Vicki et Mazy ont sorti leurs calepins. Moi, je me contente d'écouter.

Len Duckworth est un septuagénaire, bronzé à souhait et soigné, le cliché du retraité de Floride, avec tout son temps pour jouer au golf et au tennis. Lui et sa femme ont déménagé à Sea Island quelques années plus tôt et tentent de tromper l'ennui. Il vient de l'Ohio, elle de Chicago, et les deux préfèrent la chaleur au froid. Il était agent du FBI en 1973 quand le congrès a créé la Drug Enforcement Agency, ce qui paraissait plus excitant que son travail de gratte-papier. Il a donc demandé sa mutation et a fait sa carrière à la DEA, dont vingt ans en tant que responsable de la Floride du Nord.

Pendant des mois, nous avons essayé, sans succès, d'avoir accès aux archives de la DEA. Comme le FBI et l'ATF, l'agence luttant contre la contrebande d'alcool, de tabac et d'armes, la DEA ne lâche pas facilement ses dossiers. Après un dernier baroud, appuyé d'un rappel à la loi sur le libre accès à l'information, Vicki a essuyé un nouveau refus – une magnifique lettre type.

Aujourd'hui, la roue tourne !

— Je suis au courant de la plupart des affaires de drogue datant des années 1980, annonce Duckworth. De certaines, je peux vous parler. Pas de toutes évidemment.

— Pourquoi êtes-vous venu nous voir ? m'enquiers-je. Nous harcelons la DEA depuis sept mois pour avoir accès à leurs archives, mais en vain.

— Pour ne rien lâcher, la DEA prétexte chaque fois que les enquêtes sont en cours. Peu importe qu'elles datent de Mathusalem ou soient au point mort, la politique de la DEA c'est de ne rien divulguer. Ils sont prêts à aller au procès afin de protéger leurs informations.

— Qu'est-ce que vous pouvez nous dire ?

— Je peux vous parler du meurtre de Keith Russo parce que le dossier est clos depuis plus de vingt ans et que l'enquête n'était pas du ressort de la DEA. Je connaissais Keith, plutôt bien même, parce que nous l'avons retourné. Il était l'un de nos informateurs, et c'est pour cette raison qu'il a été tué.

Vicki, Mazy et moi échangeons un regard. La seule personne sur terre qui pouvait nous révéler que Russo était un indic est assise devant nous, dans notre salle de réunion aux sièges dépareillés, en train de boire tranquillement un café !

Je tente ma chance.

— Qui l'a tué ?

— Je ne sais pas, mais pas Quincy Miller, c'est sûr. C'est un coup du cartel.

— Quel cartel ?

Il marque un silence, boit une gorgée.

— Vous voulez vraiment savoir ce qui m'amène ? Certes, j'ai appris que vous tentiez de faire sortir Miller de prison et j'apprécie votre démarche. Ils n'ont pas arrêté la bonne personne, et c'était volontaire. Je peux vous révéler beaucoup de choses, sans divulguer d'infos confidentielles bien sûr. Mais la véritable raison, c'est que ça me fait prendre l'air. Ma femme arpente les magasins en ce moment et nous devons nous retrouver pour déjeuner au restaurant.

— Nous sommes tout ouïe, nous avons tout notre temps.

— Très bien. Commençons par un peu d'histoire. Au milieu des années 1970, quand la DEA a été créée, la cocaïne avait le vent en poupe dans le pays et elle arrivait en masse par bateaux, avions, camions, que sais-je encore. La demande grimpait en flèche, les profits étaient faramineux, producteurs et distributeurs avaient du mal à fournir. Ils ont alors monté de grandes organisations en Amérique centrale et en Amérique du Sud, et caché leur fortune dans les Caraïbes. La Floride, avec ses mille kilomètres de plages et ses dizaines de ports, était le point d'entrée idéal. Miami est devenu la plaque tournante. La Floride du Sud était sous contrôle d'un cartel colombien, et il est toujours aux commandes. Je ne m'occupais pas de ce secteur à l'époque. Mon territoire, c'était Orlando nord, et dans les années 1980, le cartel mexicain de Saltillo avait la mainmise sur la majeure partie du trafic de cocaïne. Saltillo existe encore mais il a fusionné avec un cartel plus important. La plupart des chefs ont été massacrés durant leur guerre de pouvoir. Les combats pour les territoires ne cessent jamais, le nombre de victimes est impressionnant. Et la sauvagerie des tueries inimaginable. Je vous passe les détails.

— Merci, répond Vicki.

À nouveau me revient l'image de Tyler au-dessus des crocodiles affamés.

— Nous avons mené notre enquête sur le shérif Pfitzner, dis-je, et sur le comté de Ruiz.

Il sourit et secoue la tête, comme s'il se souvenait d'un vieil ami.

— Nous n'avons jamais pu le coincer. À notre connaissance, c'était le seul shérif en Floride du Nord qui fricotait avec un cartel. On l'avait dans le collimateur quand Keith a été abattu. Après, ça s'est compliqué. Nos indics sont devenus muets.

— Comment avez-vous fait passer Russo dans votre camp ?

— Keith était un gars intéressant. Très ambitieux. Il en avait assez de cette petite ville. Il voulait gagner de l'argent. Et il était sacrément bon dans son domaine. Il avait comme clients quelques narcotrafiquants dans le secteur de Tampa et il s'était taillé une belle réputation. Un informateur nous a appris qu'il touchait de très gros honoraires, il en déclarait un peu et cachait le reste dans les Caraïbes. On s'est intéressés à ses impôts pendant deux ans. Évidemment, il ne pouvait s'offrir ce train de vie avec ce qu'il gagnait à Seabrook. Nous sommes donc allés lui rendre visite et l'avons menacé de le poursuivre pour évasion fiscale. Se sachant coupable, il n'avait aucune envie de tout perdre. Il versait aussi dans le blanchiment d'argent, en particulier pour des gars de Saltillo. Il se servait de sociétés-écrans dans les îles qui achetaient ensuite des biens immobiliers en Floride, et il gérait tout le montage financier. Rien de très compliqué, mais il se débrouillait bien.

— Et sa femme ? Elle savait qu'il travaillait pour vous ?

Un autre sourire, une nouvelle gorgée de café… Duckworth est prêt à raconter sa guerre contre les trafiquants pendant des heures.

— C'est là que ça devient amusant. Keith aimait les dames. Bien sûr, il ne chassait pas à Seabrook, mais à Tampa, et il ne se privait pas. Il avait avec Diana un appartement là-bas, pour le travail, mais Keith l'utilisait à d'autres fins. Avant qu'il ne devienne notre informateur, nous avions placé des mouchards dans cet appartement, dans son cabinet sur Main Street, et même chez lui. On écoutait tout, y compris quand Keith appelait ses maîtresses. Et c'est là qu'on a eu une belle surprise. Il semblait que Diana jouait au même petit jeu. Le gars était l'un de leurs clients, il travaillait à Miami pour le cartel de Saltillo. Il s'appelait Ramon Vasquez. À deux reprises, quand Keith était à Tampa pour le travail, Ramon est allé, en catimini, rendre visite à Diana à Seabrook. Inutile de vous dire que leur mariage n'était pas au beau fixe. Donc, pour répondre à votre question, on n'a jamais su si Keith avait dit à sa femme qu'il jouait les balances pour nous. Bien sûr, on lui avait conseillé de tenir sa langue.

— Qu'est-il arrivé à Diana ? s'enquiert Vicki.

— Le cartel a découvert que Keith bossait pour nous. Je soupçonne que l'un de nos informateurs, un agent double, a vendu la mèche. C'est un secteur versatile où les loyautés peuvent varier du jour au lendemain. L'argent et la peur d'être brûlé vif provoquent bien des revirements. Ils ont donc éliminé Keith, et Diana a alors quitté la ville.

— Et Ramon Vasquez ? demande Mazy.

— Lui et Diana se sont installés un temps à Tampa, puis ils ont poussé plus au sud. On n'en avait pas la preuve à l'époque, mais tout laisse croire qu'il a pris ses distances avec ce trafic pour disparaître des radars. Aux dernières nouvelles, ils étaient encore ensemble quelque part dans les Caraïbes.

— Avec plein d'argent, dis-je.

— Oui, beaucoup.

— Elle était impliquée dans le meurtre ? avance Mazy.

— On n'a jamais rien pu prouver. Vous êtes au courant de l'assurance vie et du compte bancaire commun. Cela n'a rien d'exceptionnel.

— Pourquoi n'avez-vous pas attaqué Pfitzner et le cartel ? demandé-je.

— Après le meurtre, l'opération est tombée à l'eau. Nous étions à un mois ou deux de lancer nos mandats d'arrêt, dont un pour Pfitzner. Nous avons été patients, trop patients, mais nous avions contre nous le procureur fédéral. Ils étaient débordés. Ces gars sont des monolithes. Pas moyen de les faire se bouger. Vous les connaissez. Après le meurtre, nos indics se sont évanouis dans la nature et l'affaire a fait pschitt ! Le cartel a pris peur et mis la pédale douce. Pfitzner est parti à la retraite. J'ai été muté à Mobile, où j'ai fini ma carrière.

— Qui aurait pu s'occuper du contrat sur Russo ? questionne Mazy. Vous avez une idée ?

— Le cartel a l'embarras du choix ! Ils ont un tas de brutes à disposition, et ces types ne font pas dans la dentelle. Ils préfèrent décapiter le gars à coups de hache plutôt que de lui mettre une balle dans le crâne. Deux coups de fusil dans le visage à bout portant, c'est quasiment la manière douce pour eux. Leurs meurtres sont brutaux et sanglants, parce qu'ils veulent impressionner. Peu importe s'ils laissent des indices. On ne les retrouvera jamais, ils rentreront au Mexique ou au Panama se cacher quelque part dans la jungle.

— Pour Russo on n'a relevé aucune empreinte sur le lieu du crime, fait remarquer Mazy. Rien. Pas la moindre trace.

— Certes, mais c'était Pfitzner le responsable de l'enquête.

Je reviens à la charge.

— Je ne comprends toujours pas pourquoi vous n'avez pas pu coincer Pfitzner. Vous saviez qu'il protégeait le port, stockait la drogue, couvrait les trafiquants, et vous aviez vos indics, dont Russo. Pourquoi ne pas l'avoir arrêté ?

Duckworth pousse un long soupir et croise les mains derrière sa nuque. Il regarde le plafond, continue à sourire et répond :

— C'est sans doute le plus grand regret de ma carrière. On voulait vraiment serrer ce type. Un gars de la maison, un représentant de la loi, qui travaille avec les personnes les plus violentes et immorales de la terre. Et qui expédie de la cocaïne à Atlanta, Birmingham, Memphis, Nashville, dans tout le sud-est du pays ! Pourtant cela ne s'est pas fait. Nous avions infiltré le réseau, monté notre dossier. Nous avions des preuves. C'est à cause du procureur fédéral à Jacksonville. Il a fait la sourde oreille. Il a traîné, n'a pas présenté l'affaire au grand jury. Il voulait garder les rênes, mais c'était un incapable. Et puis Russo a été liquidé. Je pense toujours à cet abruti de proc. Il a fait sa campagne ensuite pour le Congrès et j'avais hâte de voter contre lui. Aux dernières nouvelles, il racole les éclopés dans les hôpitaux et s'affiche en 4 par 3 pour attirer le chaland avec sa tronche de faux cul.

— Et d'après vous ce cartel est toujours en activité ? s'enquiert Mazy.

— Oui, pour le gros de ses activités. Du moins c'était le cas au moment où j'ai pris ma retraite. Enfin, je suis hors jeu depuis cinq ans.

— Parlons un peu des commanditaires du meurtre. Où sont-ils ?

— Aucune idée. Certains sont sans doute morts, d'autres en prison, ou se sont retirés des affaires et se la coulent douce dans de grandes villas aux quatre coins du monde. Certains sont encore en activité.

— Ils nous surveillent ? demande Vicki.

Duckworth se redresse et boit une nouvelle gorgée. Il reste pensif, il comprend notre inquiétude.

— Ce n'est qu'une supposition, évidemment, lâche-t-il finalement. Ils sont certainement là, à un niveau ou à un autre. Ils ne veulent pas que Quincy soit disculpé, c'est sûr. (Il se tourne vers moi.) Reste une question : si votre client sort de prison, l'enquête va être rouverte ?

— Cela m'étonnerait. Dans la moitié des cas, nous ne parvenons pas à identifier le véritable auteur. Et c'est ce qui va se produire ici. Il n'y a pas de preuves. Le véritable tueur, comme vous l'avez dit, s'est fait la belle.

— Ou est mort, précise Duckworth. Dans les cartels, les soldats ne font pas de vieux os.

— À quoi bon nous surveiller dans ce cas ? insiste Vicki.

— Pourquoi s'en priveraient-ils ? Vous n'êtes pas très discrets. Et les requêtes dans les tribunaux sont publiques. C'est normal qu'ils veuillent se tenir au courant.

— Vous connaissez Nash Cooley ? Un avocat de Miami, qui défend des narcotrafiquants.

— Ce nom ne me dit rien. Il travaille pour un cabinet ?

— Varick & Valencia.

— Ah oui. Cela fait un bail qu'ils trempent là-dedans. Et ils sont sacrément bons. Pourquoi cette question ?

— Cooley était dans la salle d'audience la semaine dernière quand nous avons présenté notre requête.

— Vous avez donc déjà eu affaire à lui ?

— Non. C'était un parfait inconnu pour nous. On a mené notre enquête. Et il est venu avec un certain Mickey Mercado, l'un de ses clients.

En bon flic, Duckworth brûle de savoir comment nous avons identifié ces deux types, mais il s'abstient de poser des questions. Il se contente de sourire.

— Oui, je ferais attention si j'étais vous. Ils vous surveillent, c'est sûr.

29

Selon Steve Rosenberg, la juge Marlowe a plus d'influence que nous ne le supposions. Il la soupçonne d'avoir fait pression sur la cour d'appel de l'Alabama pour qu'elle passe la vitesse supérieure. Et elle s'est effectivement montrée d'une vélocité extraordinaire. Moins de deux mois après l'audience à Verona, la cour confirme à l'unanimité la demande de la juge Marlowe concernant le dépistage ADN des sept poils pubiens. Et elle ordonne que les frais soient supportés par le service du procureur Falwright. Deux inspecteurs de la police d'État confient les pièces au laboratoire de Durham qui a analysé pour nous la salive de Mark Carter. Je surveille mon téléphone pendant trois jours jusqu'à ce qu'il sonne. Un appel de Son Honneur Marlowe en personne.

Avec une diction parfaite, sans le moindre accent – la plus belle voix de femme qu'il m'ait été donné d'entendre –, elle m'annonce :

— Monsieur Post, il semble que vous aviez bel et bien raison. L'ADN innocente votre client. Les sept poils pubiens appartiennent tous à M. Carter.

Je suis dans le bureau de Vicki et l'émotion se lit sur mon visage. Vicki enlace Mazy.

— Nous sommes mardi, poursuit-elle. Vous pouvez être là pour une audience jeudi ?

— Bien sûr. Et je vous remercie infiniment, madame la juge.

— Ne me remerciez pas. C'est notre système judiciaire qui vous doit toute sa gratitude.

C'est pour ce genre de moment que nous nous battons. L'Alabama s'apprêtait à exécuter un innocent. Le compte à rebours s'est arrêté *in extremis*. Sans nos efforts, notre acharnement à chercher la vérité, Duke Russell serait sous terre à l'heure qu'il est.

Mais nous fêterons ça plus tard. Je pars aussitôt, cap à l'ouest, le téléphone vissé à l'oreille. Falwright ne veut pas me parler. Il a d'autres chats à fouetter en ce moment ! Comme il va encore essayer de tout faire capoter, et qu'il est d'une incompétence crasse, nous nous inquiétons pour l'arrestation de Mark Carter. À notre connaissance, Carter n'est pas au courant pour les tests ADN. Steve Rosenberg convainc le procureur général de l'Alabama d'appeler personnellement Chad Falwright. Il accepte aussi de demander à la police d'État de surveiller Carter.

*

Le mercredi, en fin de matinée, Duke Russell est allongé sur sa couchette, celle qu'il occupe depuis ces dix dernières années, en train de lire un livre de poche, quand un gardien s'arrête devant la grille de sa cellule.

— Hé, Duke ! C'est l'heure d'y aller.

— Où ça ?

— Chez toi. Un juge veut te voir à Verona. On part dans vingt minutes. Fais tes valises.

Il lance un sac de toile entre les barreaux et Duke commence à rassembler ses affaires : chaussettes, tee-shirts, boxers, deux paires de baskets, une trousse de toilette. Huit livres qu'il a lus au moins cinq fois chacun. Il les laisse pour le prochain occupant. Comme sa télévision en noir et blanc et son ventilateur. Quand il sort de sa cellule, menottes aux poings mais sans fers aux chevilles, ses camarades applaudissent et poussent des vivats. Près de la porte d'entrée, d'autres gardiens se sont rassemblés pour lui donner des tapes amicales et lui souhaiter bonne chance. Plusieurs l'accompagnent jusqu'au van blanc qui l'attend dehors. Au moment de partir, Duke se refuse à regarder le couloir de la mort qu'il laisse derrière lui. Arrivé devant le bâtiment de l'administration de Holman, on le transfère dans une voiture de patrouille de la police du comté qui démarre aussitôt. Une fois quitté le périmètre de la prison, le véhicule s'arrête. Le policier sur le siège passager descend et vient ouvrir la portière de Duke à l'arrière. Il lui retire ses menottes et lui demande s'il veut manger quelque chose. Duke le remercie mais décline l'offre. Toutes ces émotions lui ont coupé l'appétit.

Quatre heures plus tard, il arrive à la prison du comté où je l'attends en compagnie de Steve et d'un autre avocat d'Atlanta. Nous avons expliqué au shérif que Duke va être libéré parce qu'il est innocent. Il se montre coopératif et nous prête son bureau pour pouvoir nous entretenir avec notre client. J'explique à Duke ce que je sais – car il y a encore beaucoup d'inconnues. Demain, la juge Marlowe prévoit d'annuler la condamnation et d'ordonner sa remise en liberté. Ce crétin de Falwright menace de relancer les poursuites, cette fois contre Duke Russell et Mark Carter. Sa nouvelle théorie fumeuse, c'est qu'ensemble ils ont violé et tué Emily Broone.

Les deux hommes ne se connaissent pas. Même si cette hypothèse ne tient pas la route, Falwright va s'y accrocher. Quand ils sont coincés, les procureurs débordent d'imagination ! Bien sûr, le nom de Carter n'ayant jamais été cité au procès de Duke il y a dix ans, cette dernière tentative est vouée à l'échec. La juge Marlowe a déterré la hache de guerre et ne va pas se laisser déstabiliser par ces absurdités. Et en coulisses, le procureur général de l'Alabama fait pression sur Falwright pour qu'il rende les armes.

Toutefois, ce dernier a le pouvoir de relancer les poursuites et c'est un risque qu'il ne faut pas négliger. Il pourrait faire arrêter Duke peu de temps après sa libération. À mesure que j'énumère ces vicissitudes judiciaires, Duke est submergé par l'émotion et ne parvient plus à parler. Nous le laissons aux soins du shérif qui le conduit dans sa cellule la plus agréable pour passer sa dernière nuit de captivité.

Steve et moi allons à Birmingham boire un verre avec Jim Bizko du *Birmingham News*. Il ne tient plus en place et il a déjà parlé à tous ses collègues de cette histoire. Demain, il nous l'assure, cela va être la folie en salle d'audience.

Nous dînons tard et trouvons un motel pas cher, loin de Verona. Nous ne nous sentons pas en sécurité en ville. La famille de la victime est grande et a de nombreux sympathisants. Nous avons déjà reçu des menaces au téléphone. C'est là aussi un risque qu'il ne faut pas négliger.

*

Avant l'aube, Mark Carter est arrêté par la police de l'Alabama et placé en détention dans un comté voisin. Le shérif nous annonce la nouvelle dès notre arrivée dans la salle d'audience. Pendant que les spectateurs s'installent, je regarde par la fenêtre et remarque les cars de régie des télévisions décorés de couleurs vives. À 8 h 30, Chad Falwright fait son entrée avec sa bande et salue tout le monde. Je veux savoir s'il compte toujours relancer les poursuites contre mon client. Il a un sourire en coin et me répond non. On lui a demandé de se coucher, sans doute cette nuit, durant une conversation téléphonique avec le procureur général.

Duke arrive avec son escorte d'agents en uniforme, le visage rayonnant de joie. Il porte une veste bleue trop large, une chemise blanche et une cravate avec un nœud démesuré, gros comme un poing. Il est magnifique et il savoure déjà son moment de gloire. Sa mère est juste derrière nous, avec une dizaine de membres de sa famille. Sur l'autre aile, il y a Jim Bizko et d'autres journalistes. La juge Marlowe a autorisé les photographes, et la salle résonne de cliquetis.

Son Honneur prend place à 9 heures pétantes et souhaite la bienvenue à tout le monde.

— Avant de commencer, le shérif Pilley m'a demandé d'annoncer au public et à la presse qu'un habitant du comté, un dénommé Mark Carter, a été arrêté ce matin à son domicile de Bayliss pour le viol et le meurtre d'Emily Broone. Il a été placé en détention et sera présenté devant cette cour dans une heure. Monsieur Post, vous avez une requête à me soumettre ?

Je me lève, souris.

— Oui, madame la juge. Je demande que la condamnation à l'encontre de mon client Duke Russell soit annulée et qu'il puisse retrouver la liberté immédiatement.

— Sur quels éléments fondez-vous cette requête ?

— Suite aux tests ADN, Votre Honneur. Nous avons les résultats des analyses génétiques des sept poils pubiens trouvés sur le corps de la victime. Et ceux-ci disculpent entièrement mon client. Ces poils appartiennent à Mark Carter.

— Et je crois savoir que M. Carter a été la dernière personne à avoir été vue avec la victime, c'est bien ça ? demande-t-elle en se tournant vers Chad Falwright.

— C'est exact, Votre Honneur, répliqué-je en me retenant de sourire. Et M. Carter n'a jamais été considéré comme suspect ni par la police ni par le procureur.

— Monsieur Falwright, vous opposez-vous à cette requête de la défense ?

Il se lève aussitôt et répond, presque dans un murmure :

— Le ministère public ne s'y oppose pas.

Sur ce, elle fait le tri dans ses papiers, prend tout son temps. Et finalement déclare :

— Monsieur Russell, levez-vous je vous prie.

Duke se lève et regarde la juge avec des yeux brillants. Elle s'éclaircit la voix.

— Monsieur Russell, votre condamnation pour viol et meurtre avec circonstances aggravantes passibles de la peine de mort est déclarée nulle et non avenue. Pour toujours. Et ne saurait vous être réappliquée. Je n'ai pas participé à votre procès, c'est une évidence, mais c'est pour moi un privilège et un honneur de prononcer votre disculpation. Nous sommes devant une grave erreur judiciaire et vous avez payé cette erreur au prix fort. Vous avez été condamné injustement par l'État de l'Alabama et incarcéré à tort pendant une décennie. Ces années dont vous avez été spolié ne peuvent vous être rendues. Au nom de l'État de l'Alabama, je vous présente mes plus sincères regrets. J'ai bien conscience que cela n'efface en rien les souffrances que vous avez endurées. Toutefois, j'espère qu'un jour vous vous souviendrez de ces excuses officielles de la justice de l'Alabama et qu'elles vous apporteront un certain réconfort. Je vous souhaite une longue et belle vie, maintenant que cette abomination est derrière vous. Monsieur Russell, vous êtes libre !

Derrière moi, j'entends des hoquets, des pleurs, des cris de joie. Duke chancelle, pose les mains sur la table pour se soutenir. Je me lève et passe mon bras autour de ses épaules alors qu'il fond en larmes. D'un coup, je remarque comme il est maigre sous ces habits d'emprunt.

Falwright file vers une porte latérale et quitte la salle, trop pleutre pour venir présenter ses excuses. Il va sans doute passer le reste de sa vie à raconter que Duke s'en est sorti à cause d'un vice de procédure.

Dans le hall, nous avons affaire à un bataillon de caméras. Les questions fusent. Duke parle peu. Il veut juste rentrer chez lui et manger les travers de porc au barbecue qu'a préparés son oncle. Je n'ai pas grand-chose à dire non plus. Tous les avocats rêvent de connaître ce genre de dénouement, mais la sensation est aigre-douce. D'un côté, il y a la satisfaction, immense, d'avoir sauvé un innocent. De l'autre, il y a la colère, la rancœur contre un système qui est capable de commettre de telles erreurs – des erreurs qui, pour la plupart, auraient pu être évitées.

Pourquoi devrions-nous nous réjouir qu'un homme innocent puisse sortir de prison ?

Je me fraie un chemin à travers la foule jusqu'à une petite pièce où nous attend Jim Bizko. On a tant de choses à lui expliquer. Je lui ai promis l'exclusivité. Il commence par évoquer avec Duke son rendez-vous raté avec la mort sept mois plus tôt. Rapidement, nous nous esclaffons en relatant son dernier repas et ses efforts pour finir son steak et son dessert avant qu'on ne vienne lui reprendre le plateau. Cela fait du bien de rire, ça vient tout seul, comme les pleurs.

*

Au bout d'une demi-heure, je les laisse et retourne dans la salle d'audience où les spectateurs attendent la suite. La juge Marlowe reprend sa place. Tout le monde s'assoit. Sur un signe, un huissier ouvre une porte. Mark Carter apparaît, menottes aux poings, dans une combinaison orange de détenu. Il regarde autour de lui, découvre la foule, repère sa famille au premier rang, puis détourne les yeux. Il s'assoit à la table de la défense et baisse la tête, comme s'il s'intéressait à ses chaussures.

La juge Marlowe se tourne vers lui.

— Vous êtes bien Mark Carter ?

Il hoche la tête.

— Veuillez vous lever quand je m'adresse à vous et répondez d'une voix audible.

À contrecœur, il se met debout, comme s'il était encore maître de quoi que ce soit.

— Oui. C'est moi.

— Vous avez un avocat ?

— Non.

— Vous pouvez vous en payer un ?

— Ça dépend combien il réclame.

— Très bien. Je vais vous en commettre un d'office. Il viendra vous rendre visite en prison. Je fixe votre prochaine comparution dans huit jours. En attendant, vous restez en détention, sans possibilité d'être libéré sous caution. Vous pouvez vous rasseoir.

Il s'exécute. Je m'approche de la table, me penche vers lui et lui dis à voix basse :

— Salut, Carter. C'est moi qui vous ai téléphoné la nuit où Russell a failli être mis à mort. Vous vous souvenez de mon appel ?

Il me fixe du regard et, comme il est menotté, il ne peut me mettre son poing dans la figure. Mais il paraît prêt à me cracher dessus.

— Je vous ai traité de lâche et d'ordure parce que vous étiez prêt à laisser un homme être exécuté à votre place. Et je vous avais promis que je viendrais vous le dire en face. C'est chose faite.

— Vous êtes qui ? grogne-t-il.

Un huissier s'approche et je m'esquive.

*

Au cours d'une petite cérémonie, l'équipe des Anges Gardiens accroche le portrait en couleur de Duke Russell au mur, à côté de nos huit autres clients innocentés. C'est une jolie photo réalisée par un professionnel. Duke pose devant la maison de sa mère, il tient une canne à pêche. Il a un grand sourire. Le visage d'un homme heureux d'être libre et encore assez jeune pour envisager une seconde vie. Une vie que nous lui avons offerte.

Nous nous tapons sur l'épaule, nous congratulons quelques secondes, puis nous repartons travailler.

30

Quincy croit que je suis dans le secteur pour lui rendre une petite visite, comme si cela faisait partie de mon boulot de passer dire bonjour à mes clients. C'est notre quatrième rencontre et je lui raconte où on en est. Bien sûr, nous n'avons aucune réponse du juge Plank. Et non, Quincy, nous ne pouvons pas déposer une plainte officielle pour forcer le vieux fossile à se bouger ! Je lui décris la prestation de Zeke Huffey sur le banc des témoins, en particulier le moment où il a présenté ses excuses pour avoir menti. Quincy reste de marbre. Pendant deux heures, nous parlons de son dossier, même s'il n'y a rien de nouveau.

Je quitte la prison et me dirige vers le sud sur une route de campagne qui se transforme rapidement en quatre voies, puis en six voies, à mesure que je m'approche d'Orlando. Surveiller mon rétroviseur est devenu une habitude et je déteste ça. Mais c'est plus fort que moi. Je sais pourtant qu'il n'y a personne. S'ils m'espionnent, ils ne vont pas utiliser ce genre de méthodes antédiluviennes. Ils vont plutôt pirater les téléphones, les ordinateurs, et Dieu sait quoi encore. Sûrement pas perdre leur temps à filer mon petit SUV. Je quitte la voie expresse pour rejoindre une avenue embouteillée menant à un grand centre commercial dans les faubourgs de la ville. Je trouve une place et entre dans le bâtiment comme un client lambda. Je dois marcher au moins cinq cents mètres avant de rejoindre la gigantesque boutique Nike. À 14 h 15, je suis au rayon des maillots de course à pied pour hommes. Tyler Townsend m'attend de l'autre côté du présentoir. Il porte une casquette de golf et une paire de lunettes en fausse écaille de tortue.

Tout en jetant des regards autour de lui, il murmure :

— Ça a intérêt à être important !

Je fais mine de m'intéresser à un modèle.

— Nous avons vu l'ennemi. Et je me suis dit qu'il fallait que je vous prévienne.

— Je vous écoute, répond-il sans me regarder.

Je lui raconte l'audience devant le juge Plank, et la présence de Nash Cooley et Mickey Mercado, ainsi que leurs efforts maladroits pour qu'on ne les voie pas ensemble. Ces deux noms ne lui évoquent rien.

Un jeune vendeur s'approche, tout sourire, et me demande si j'ai besoin de renseignements. Je le remercie poliment.

Je donne à Townsend toutes les infos que j'ai sur Mercado et Cooley. Je lui résume ce que nous a raconté Len Duckworth sur la DEA et le cartel.

— Russo était une taupe. Vous vous en doutiez, n'est-ce pas ?

— Il n'a pas été tué sans raison. Soit sa femme lui a fait la peau pour toucher l'assurance vie, ce qui est un peu tiré par les cheveux, soit il a contrarié l'un de ses clients. J'ai toujours été certain que les narcotrafiquants étaient derrière cet assassinat. C'est comme ça qu'ils traitent les mouchards, comme ces deux pauvres gamins au Belize ou je ne sais où. Là où ils m'ont suspendu au-dessus de l'eau. Vous vous souvenez de la photo ?

— J'y pense tout le temps.

— Moi aussi. S'ils vous surveillent, on ne peut plus se voir. Je ne veux plus vous parler. (Il recule d'un pas et me regarde fixement.) Je ne veux plus entendre parler de vous. Plus jamais. Plus aucun contact. C'est compris ?

J'acquiesce.

— Promis.

Arrivé aux portes du magasin, Townsend marque un temps d'arrêt pour observer la galerie marchande de droite à gauche, comme s'il craignait de voir surgir deux tueurs avec des mitraillettes, puis il s'éloigne, le plus nonchalamment possible. Il presse le pas malgré lui et rapidement disparaît de ma vue. Son passé le terrifie toujours.

Question : Devons-nous avoir aussi peur du présent ?

Et dans les heures qui suivent, j'ai la réponse.

*

Nous sélectionnons nos affaires avec grand soin et, une fois que nous donnons notre accord, nous enquêtons et travaillons sans relâche. Notre mission est de découvrir la vérité et de disculper nos clients, ce que nous sommes parvenus à faire à neuf reprises durant ces douze dernières années. Toutefois, il ne m'est jamais venu à l'esprit que nos efforts pour sauver un client pouvaient le conduire à la mort.

*

Il s'agit d'un passage à tabac en règle, un véritable guet-apens dans les murs de la prison, et il va être difficile d'avoir des détails. Les témoins, si tant est qu'il en existe, ne sont pas fiables. Souvent, les gardiens ne voient rien. Quant à l'administration pénitentiaire, elle a toutes les raisons d'étouffer ce genre d'affaires et de donner une version des faits qui la dédouanera de toute responsabilité.

Peu après mon départ ce matin, Quincy a été attaqué par deux détenus dans une coursive entre un atelier et une salle de sport. Il a été poignardé à plusieurs reprises avec une dague artisanale, roué de coups au moyen de divers objets contondants, puis laissé pour mort. Un surveillant l'a repéré baignant dans une mare de sang et a averti les secours. Il a été transporté à l'hôpital le plus proche, puis finalement transféré au Mercy Hospital d'Orlando. Il a une fracture du crâne, un œdème cérébral, une mâchoire cassée, une épaule et une clavicule en charpie, des dents brisées, plus trois profondes blessures au couteau. Les médecins lui ont transfusé six poches de sang et l'ont placé sous respirateur. Quand la prison appelle finalement nos bureaux à Savannah, ils annoncent à Vicki que Quincy est dans un état critique et qu'il ne va sûrement pas survivre.

Je suis sur la rocade de Jacksonville quand elle m'apprend la nouvelle. Oubliant tout ce qui m'occupe l'esprit, je fais demi-tour. Quincy n'a pas de famille. Et là, il a besoin de son avocat.

*

J'ai passé la moitié de ma vie à fréquenter les prisons. Je sais la culture de la violence qui y règne, et je ne m'y suis toujours pas accoutumé – les hommes en cage inventent systématiquement de nouvelles façons de faire souffrir leurs congénères.

Mais jamais je n'ai imaginé que pour nous empêcher de disculper une personne, des gens décident d'éliminer, dans les murs mêmes de la prison, l'innocent en question. C'est un coup de génie.

Si Quincy meurt, nous fermons le dossier et passons à autre chose. Certes, ce n'est pas écrit noir sur blanc dans le règlement intérieur des Anges Gardiens, car nous n'avons jamais eu affaire à ce cas de figure. Les erreurs judiciaires sont si nombreuses dans ce pays que nous ne pouvons perdre du temps à innocenter quelqu'un à titre posthume. Et je suis certain qu'ils le savent, peu importe qui se cache derrière ce « ils ». Dans mes longs monologues derrière le volant, je suppose que ce « ils » fait référence aux membres du cartel de Saltillo ou consorts. Mais « ils » tout court suffit amplement.

Donc *ils* surveillent nos actions en justice. Peut-être nous suivent-ils physiquement de temps en temps, peut-être nous écoutent-ils ou piratent-ils nos ordinateurs ? Évidemment, ils sont au courant de notre dernier succès en Alabama. Ils ont compris que nous sommes tenaces, qu'on ne lâche jamais. Et aussi que Quincy n'a pas tué Keith Russo. Ils n'aiment pas nous voir remuer le passé. Pour l'heure, ils évitent la guerre ouverte. Pas de tentative ostensible d'intimidation. Cela révélerait leur présence et il leur faudrait commettre un autre crime. Ils préfèrent donc ne pas se faire remarquer. Un incendie, une bombe ou une balle serait trop voyant, laisserait trop d'indices.

Le moyen le plus simple de mettre un terme à l'enquête est d'éliminer Quincy – en lançant le contrat depuis l'intérieur de la prison où ils ont déjà des amis, des gars qui n'ont pas froid aux yeux et qui sont prêts à rendre service contre quelques billets ou quelques cadeaux. Les meurtres sont monnaie courante dans les établissements pénitentiaires.

Je consulte rarement les dossiers de mes clients concernant leur conduite en prison. Puisqu'ils sont innocents, ils ont tendance à bien se tenir, à éviter les gangs et les drogues, ils suivent toutes les formations qui leur sont proposées, travaillent, lisent, aident les autres détenus. Quincy a terminé le lycée en 1978 mais sa famille n'avait pas les moyens de lui payer l'université. En prison, il a validé l'équivalent de trois années d'études universitaires. Il n'a fait l'objet d'aucune sanction disciplinaire et aide les plus jeunes à échapper aux gangs. Je ne vois pas comment Quincy aurait pu se faire des ennemis. Il soulève de la fonte tous les jours, a appris le karaté, et d'une manière générale se défend très bien tout seul. Un seul gars, même costaud, ne pourrait avoir le dessus sur lui. Et il n'a pas dû se laisser faire. Je suis sûr qu'il a amoché ses assaillants avant de tomber.

Pendant que je suis coincé dans les embouteillages, j'appelle quatre fois la prison pour demander à parler au directeur. Il ne risque pas de me prendre en ligne, mais je veux qu'il sache que je serai bientôt là. Je passe des dizaines de coups de fil. Vicki harcèle l'hôpital pour obtenir des informations. Bien sûr, ils ne lui disent pas grand-chose et elle me transmet le peu qu'elle sait. J'appelle Frankie et lui demande de filer au sud. J'ai enfin Marvis en ligne, le frère de Quincy. Il est manœuvre sur un chantier à Miami et est coincé là-bas. Il est le seul de la famille à se soucier de Quincy et il lui rend visite régulièrement depuis vingt-trois ans. La nouvelle lui cause un choc. Il veut savoir qui a fait ça. Je n'ai pas la réponse.

Le col de pasteur fait toujours son petit effet dans les hôpitaux. Je l'enfile donc après m'être garé. L'unité de soins intensifs est au premier étage et, au culot, je passe le premier barrage d'une infirmière. Deux jeunes gars – un Blanc, un Noir – sont assis sur des chaises pliantes à côté d'une chambre pourvue d'une baie vitrée. Ils portent l'uniforme noir et marron des surveillants de Garvin. Je décide de me montrer sympathique et me présente comme l'avocat de Quincy.

Bien sûr, ils ne savent rien. Ils n'étaient pas sur place, n'ont vu la victime qu'une fois chargée dans l'ambulance, avec ordre d'escorter le véhicule et de surveiller le prisonnier.

Quincy ne va aller nulle part. Il est sanglé au lit qui trône au milieu de la pièce, entouré de tuyaux, de perfusions, de moniteurs et autres machines. Un ventilateur bourdonne, envoyant de l'oxygène dans la canule de trachéotomie pour le maintenir en vie. Son visage est couvert de gazes, des tubes lui sortent de tout le corps.

Le gardien blanc m'explique que son cœur s'est arrêté trois fois durant ces deux dernières heures. Les équipes se sont précipitées dans sa chambre. Le gardien noir hoche la tête et ajoute que Quincy n'en a plus pour longtemps, du moins à son avis.

Rapidement, on n'a plus rien à se dire. Les deux gars sont un peu perdus. Sont-ils censés dormir par terre dans le couloir ? Trouver un hôtel ? Rentrer à la prison ? L'administration est fermée et ils n'arrivent pas à joindre leur chef. Je leur fais remarquer que le détenu ne risque pas de s'en aller.

Un médecin apparaît et aperçoit mon col de pasteur. Nous nous mettons à l'écart pour parler à voix basse. Je lui explique rapidement que le patient n'a pas de famille, qu'il est en prison depuis vingt-trois ans parce qu'il a été condamné à la place d'un autre, que je suis son avocat et donc, en quelque sorte, son tuteur légal. Le médecin est débordé et il n'a que faire de ces précisions. Il m'indique que Quincy souffre de multiples blessures, mais que le plus grave, c'est le traumatisme cérébral. Avec du pentobarbital, il l'a mis en coma artificiel pour réduire la pression intracrânienne. S'il survit, il y aura beaucoup d'opérations chirurgicales à venir. Le maxillaire supérieur gauche, la clavicule, l'épaule gauches sont à reconstruire. Le nez, peut-être aussi. Un coup de couteau a perforé un poumon. Il risque de perdre l'œil droit. À l'heure actuelle, on ne peut prévoir les dégâts sur le cerveau. S'il s'en sort, les séquelles risquent d'être « non négligeables ».

J'ai l'impression que le médecin ne mentionne que quelques points sur la liste des dommages et qu'il ne se donne pas la peine de les énumérer tous puisqu'il est persuadé que Quincy va mourir.

Je lui demande à combien il évalue ses probabilités de survie. Il hausse les épaules.

— Une chance sur cent, répond-il.

On croirait entendre un joueur à Las Vegas.

*

À la nuit tombée, mes deux camarades en uniforme n'en peuvent plus. Ils sont fatigués de ne rien faire, fatigués d'être dans le passage, d'essuyer les regards agacés des infirmières et de garder un prisonnier cloué au lit. De plus, ils sont affamés et, à en juger par leur tour de taille généreux, ils ne sont pas du genre à sauter un repas. Je leur annonce que je vais passer la nuit ici, dans le salon des familles, et leur promets que s'il arrive quoi que ce soit à Quincy je les appellerai sur leurs portables. Je leur dis au revoir et leur répète que le détenu ne se sauvera pas.

Il n'y a pas de sièges dans les chambres de soins intensifs. Les visiteurs ne sont pas les bienvenus. Ils peuvent passer une minute, le temps de jeter un coup d'œil ou dire quelques mots au patient s'il est capable de parler, mais les infirmières tiennent à ce que l'endroit reste le plus calme possible, dans la pénombre, et elles ne plaisantent pas !

Je me fais un petit nid dans un coin de la salle des familles et tente de lire. Pour dîner : c'est menu

« distributeur », sérieusement dégarni. Je somnole, gère un tsunami d'e-mails, lis encore un peu. À minuit, je m'approche en catimini de la chambre de Quincy. Son ECG est inquiétant et une équipe médicale s'affaire autour de lui.

C'est la fin ? D'une certaine manière, je le souhaite. Je ne veux pas que Quincy meure, mais cela vaut mieux que d'être un légume pour le restant de ses jours. Je chasse ces pensées et murmure une prière pour lui et pour les soignants. Je regarde à travers la vitre ces héros de la médecine moderne qui s'emploient à sauver un homme que l'État de Floride voulait exécuter. Un homme innocent, sa vie spoliée par un système judiciaire pipé.

J'essaie de refouler mes émotions. Tout ça, c'est à cause des Anges Gardiens. Quincy serait-il dans cet état si nous avions refusé de nous occuper de son cas ? Bien sûr que non. L'évidence est là : son rêve de liberté et notre désir de l'aider ont signé son arrêt de mort.

J'enfouis mon visage dans les mains et me mets à pleurer.

31

Il y a deux canapés dans le salon des familles, et aucun n'est conçu pour dormir. Celui en face de moi est occupé par une mère dont le fils vient d'avoir un grave accident de moto. Je prie deux fois avec elle. Sur l'autre, je me bats avec un oreiller trop dur et somnole jusqu'à 3 heures du matin, quand une pensée m'étreint. Je me redresse dans la pièce faiblement éclairée. Quel idiot ! Pourquoi n'y ai-je pas songé plus tôt ?

Si l'attaque a été commanditée par quelqu'un d'extérieur à la prison, alors Quincy est toujours en danger – il n'a même jamais été aussi vulnérable ! N'importe qui peut entrer dans cet hôpital, se rendre à l'unité de soins intensifs, baratiner les infirmières et avoir accès à la chambre de Quincy.

Je tente de me calmer. C'est de la pure paranoïa. Aucun assassin n'est en chemin parce qu'*ils* pensent avoir réglé son compte à Quincy.

Impossible de me rendormir toutefois. Vers 5 h 30, un médecin et une infirmière entrent dans la pièce et s'approchent de la mère. Son fils est mort il y a vingt minutes. Puisque je suis le pasteur le plus proche, je suis invité à partager ce drame. Ils me laissent le soin de tenir la main de cette malheureuse femme et d'appeler ses proches.

Quincy s'accroche. Les visites commencent tôt et c'est un autre médecin qui est à la manœuvre. Il n'y a pas de changement et pas plus d'espoir. Je lui explique que mon client est peut-être en danger. Il a été attaqué par des gens qui voulaient le tuer – ce n'était pas une simple rixe entre détenus – et l'hôpital doit en avoir conscience. Je lui demande de prévenir les équipes soignantes comme la sécurité. Il paraît mesurer le problème mais ne fait aucune promesse.

À 7 heures, j'appelle Susan Ashley de l'Innocence Project et lui apprends la nouvelle pour Quincy. Pendant une demi-heure, nous discutons de la marche à suivre et décidons d'avertir le FBI. Elle sait qui appeler. Faut-il aller à la cour fédérale porter plainte contre l'administration pénitentiaire de Floride ? Nous voulons obtenir une injonction ordonnant au directeur de Garvin de mener une enquête sur cette agression et de donner accès à ses dossiers. J'appelle Mazy et nous avons une conversation similaire. Comme de coutume, elle se montre prudente, mais jamais timorée, quand il s'agit de déposer un recours au niveau fédéral. Une heure plus tard, avec Mazy et Susan Ashley, nous avons une réunion téléphonique. Finalement, nous décidons de ne pas bouger. Si Quincy meurt, la donne changera radicalement.

Je suis dans le couloir, encore au téléphone, quand un médecin s'approche. Je termine mon appel et lui demande ce qui se passe.

— L'EEG révèle une baisse constante de l'activité cérébrale, déclare-t-il d'un ton grave. Le rythme cardiaque ralentit. Moins de vingt pulsations par minute. On ne peut plus faire grand-chose et il va falloir prendre une décision.

— Vous parlez de le débrancher ?

— Ce n'est pas le terme médical, mais oui, c'est l'idée. Vous dites qu'il n'a pas de famille ?

— Il a un frère. Il essaie de se libérer pour venir ici. C'est avec lui qu'il faut voir ça.

— M. Miller est sous la garde de l'administration pénitentiaire, n'est-ce pas ?

— Oui, il est détenu dans une prison de l'État, depuis plus de vingt ans. Je vous en prie, ne me dites pas que c'est au directeur de la prison de décider de son sort.

— En l'absence de membre de la famille, si, c'est le cas.

— Non ! Si la prison a le droit de débrancher les détenus, alors tous les prisonniers sont en danger. Attendons son frère, s'il vous plaît. Il sera là vers midi.

— Entendu. Vous voulez procéder aux derniers sacrements ?

— Je suis pasteur de l'Église épiscopale, pas prêtre catholique. Nous n'avons pas ce genre de rites.

— Très bien. Dans ce cas, faites ce que vous êtes censé faire avec les mourants. C'est peut-être le moment.

— Je vous remercie, docteur.

Alors qu'il s'éloigne dans le couloir, les deux gardiens sortent de l'ascenseur. Je les accueille comme de vieux amis. Ils s'apprêtent à passer une nouvelle journée d'ennui, assis sur leurs chaises pliantes. Hier, je les trouvais parfaitement inutiles, aujourd'hui, je suis ravi de les revoir. Plus il y a de gens en uniforme dans les parages, mieux c'est.

Je propose de leur offrir un petit déjeuner à la cafétéria au sous-sol, certain que ces gars ne ratent jamais une occasion de manger un morceau. Devant une assiette de gaufres et de saucisses, ils parviennent à rire de leur situation. Le directeur les a appelés ce matin à la première heure pour leur remonter les bretelles, parce qu'ils ont quitté leur poste sans autorisation. Ils seront mis à l'épreuve pour un mois et écoperont d'un rapport.

Les deux gardes n'ont aucune information sur l'agression, et puisqu'ils passent leurs journées assis dans un couloir, cela ne risque guère de changer. Cependant, le lieu où s'est passé le guet-apens est bien connu à Garvin, c'est l'un des rares endroits de la prison où il n'y a pas de caméras de surveillance. Plusieurs attaques ont déjà eu lieu là. Le gardien noir, Mosby, a connu Quincy il y a plusieurs années, avant d'être affecté dans une autre unité. Le Blanc, Crabtree, n'a jamais entendu parler de lui, mais c'est vrai qu'il y a deux mille détenus dans ces murs.

Bien qu'ils en sachent très peu, ils apprécient de jouer un rôle, même insignifiant, dans cette histoire inattendue. Je leur explique que l'attaque a sûrement été pilotée de l'extérieur et que Quincy est désormais une cible facile. Il faut, à tout prix, veiller à sa sécurité.

Quand nous remontons aux soins intensifs, deux vigiles de l'hôpital patrouillent dans le couloir, en lançant des regards noirs, comme si c'était le président en personne qui était sous respirateur. Il y a désormais quatre gars armés en faction. Aucun d'eux ne pourrait piquer un sprint sans faire une crise cardiaque, mais leur présence demeure réconfortante. Je parle avec un médecin. Rien de nouveau. Je quitte l'hôpital avant que quelqu'un me demande s'ils peuvent débrancher Quincy.

Je trouve un petit motel, me douche, me brosse les dents, me change partiellement, puis fonce à Garvin. Susan Ashley a harcelé la secrétaire du directeur sans succès. Mon plan : débarquer dans son bureau et exiger des réponses. Mais ce joli projet se révèle mort-né puisque je suis bloqué dès le portail d'entrée. Je fais les cent pas devant les portes pendant une heure, en menaçant tout le monde, ce qui est parfaitement inutile. Les prisons sont, par définition, de véritables citadelles.

De retour à l'hôpital, je m'entretiens avec une infirmière qui m'a à la bonne depuis la veille. Elle m'annonce que les constantes vitales se sont un peu améliorées. À Miami, le patron de Marvis refuse de le laisser quitter le chantier. Et personne à la prison ne me prend au téléphone ni ne me rappelle.

Pour le déjeuner, je tire à pile ou face, et c'est Mosby qui gagne. Crabtree demande qu'on lui rapporte un sandwich au jambon et reste devant la chambre. Mosby et moi descendons à la cafétéria, où nous trouvons des restes de lasagnes et quelques légumes. Le réfectoire est plein. Nous nous installons aux dernières places libres. Le box est si petit que l'estomac de Mosby est comprimé contre le rebord de la table. Il n'a que trente ans et est déjà en surpoids. Je brûle de lui demander s'il compte encore grossir beaucoup comme ça ? Il s'imagine comment dans dix ans ? Vingt ? Au train où il va, il sera diabétique à quarante ans. Évidemment, je tiens ma langue.

Mon travail l'intrigue. Et il n'arrête pas de regarder mon col. Alors je lui raconte nos hauts faits, en embellissant un peu, tous ces hommes à qui nous avons rendu la liberté. Je lui parle de Quincy, lui démontre son innocence. Mosby semble me croire, mais au fond il s'en fiche. C'est juste un jeune du coin qui travaille pour douze dollars de l'heure parce qu'il n'a pas le choix. Il exècre ce boulot : se retrouver derrière les grillages et les barbelés, à surveiller de dangereux criminels qui ne pensent qu'à s'évader ou à lui faire la peau. Il déteste cette bureaucratie tatillonne, ces règles à n'en plus finir, ce directeur despotique, et cette violence, ce stress, cette pression qu'on leur met sur les épaules chaque jour, à chaque instant. Tout ça pour douze dollars de l'heure ! Et pour boucler les fins de mois, sa femme doit faire des ménages pendant que sa mère garde leurs trois gosses.

Vicki a trouvé trois affaires de corruption de gardiens à Garvin. Il y a deux ans, huit surveillants ont été mis à la porte pour trafic de drogue, vodka, magazines pornos et – Graal du marché noir – téléphones portables. Un détenu a été pris en possession de quatre téléphones qu'il revendait à ses compagnons. Son cousin les volait à l'extérieur et un gardien, contre rémunération, les faisait entrer dans la prison. L'un des employés licenciés avait déclaré : « Comment voulez-vous vivre avec douze dollars de l'heure, il faut bien mettre du beurre dans les épinards ! »

Au dessert – tarte au chocolat pour lui, café pour moi – je lui dis :

— J'ai visité des centaines de prisons. Alors je sais comment ça se passe. Un surveillant a forcément vu Quincy se faire tabasser.

Mosby hoche la tête.

— Oui, forcément.

— Pour faire un truc grave, un viol, une attaque au couteau, il faut avoir dans la poche le bon gardien qui regardera ailleurs.

Mosby sourit, en continuant d'acquiescer. J'enfonce le clou.

— L'année dernière, il y a eu deux meurtres à Garvin. Vous étiez de service à ces moments-là ?

— Non. Dans aucun des cas.

— Ils ont arrêté les types ?

— Pour le premier meurtre, oui. Pour le deuxième, le gars a eu la gorge tranchée dans son sommeil. L'affaire n'a pas été résolue. Et on ne trouvera sans doute jamais le coupable.

— Mosby, c'est important. Je dois savoir qui s'en est pris à Quincy. Il y a un garde impliqué, voire deux. Je parie qu'il y en a un qui a fait le guet.

— Sans doute. (Il mord dans sa tarte et détourne les yeux. Il avale sa bouchée puis reprend :) Tout est à vendre en prison. Vous le savez bien.

— Je veux des noms, Mosby. Les noms des types qui ont passé Quincy à tabac. Combien il vous faut ?

Il se penche vers moi, gêné par sa bedaine déjà comprimée.

— Je n'ai aucun nom, je vous le jure. Je vais devoir me renseigner, payer un gars, qui devra peut-être payer à son tour un autre gars. Vous voyez le topo. Il va me falloir quelques billets quand même.

— Bien sûr. Je vous rappelle que nous sommes une organisation à but non lucratif et qu'on est fauchés comme les blés.

— Cinq mille dollars ?

Je fronce les sourcils, comme s'il m'avait demandé un million, mais cinq mille, c'est le prix. Certains maillons de la chaîne sont des détenus qui manquent de produits de base : nourriture en extra, drogue, nouvelle télévision, préservatifs, papier-toilette plus doux. D'autres sont des surveillants qui ont besoin de mille dollars pour faire réparer leur voiture.

— Ça peut s'envisager. Seulement, le temps presse.

— Une fois que vous aurez les noms, Post, qu'est-ce que vous allez faire ? demande-t-il en enfournant sa dernière portion de tarte.

— Quelle importance ? Il doit s'agir de deux condamnés à perpète à qui on rajoutera dix ans. Ça changera rien pour eux.

— Sans doute, marmonne-t-il la bouche pleine.

— Alors ? Marché conclu ? Vous commencez à creuser et de mon côté je rassemble l'argent.

— Ça marche.

— Et motus, Mosby. Je n'ai aucune envie que Crabtree s'en mêle. Sans compter qu'il voudra aussi sa part du gâteau, pas vrai ?

— De toute façon, je ne lui fais pas très confiance.

Nous retournons à l'étage et donnons à Crabtree son sandwich. Il est assis avec un flic de la police d'Orlando, un grand bavard qui nous explique qu'il a pour ordre de surveiller le secteur pendant quelques jours. Avec tous ces gars en uniforme, je suis rassuré. Quincy est en sécurité.

32

Vingt-huit heures se sont écoulées depuis l'attaque et, après cinq ou six arrêts cardiaques, les tracés sur les moniteurs ont commencé à se stabiliser. Quincy n'en a sûrement pas conscience, mais il y a un peu plus d'activité dans son cerveau, et son cœur bat plus fort. Toutefois, cela ne réjouit en rien ses médecins.

J'en ai assez de cet hôpital, j'ai besoin de prendre l'air, pourtant impossible de m'éloigner. Je passe des heures sur le canapé, au téléphone, à traîner sur Internet, tout est bon pour tuer le temps. Nous décidons avec Mazy d'attendre encore une journée avant de prévenir le FBI. Notre plainte à la cour fédérale attendra aussi, même si nous ne sommes plus très sûrs qu'il faille se lancer dans cette voie. Évidemment, aucune nouvelle du directeur de la prison, ni de quiconque de l'administration pénitentiaire.

Mosby et Crabtree ont ordre de partir à 17 heures. Ils sont remplacés par un vieux aux cheveux gris. Un dénommé Holloway qui se montre beaucoup moins amical. Il est vexé d'être affecté à la surveillance d'un couloir d'hôpital et n'a pas le cœur à bavarder. Peu importe. Tout ce qui compte, c'est qu'il y ait un gars en faction devant la porte de la chambre. Et de toute façon, j'en ai marre de faire la causette.

Marvis Miller arrive en début de soirée et je l'accompagne voir son frère. Il a aussitôt les larmes aux yeux. Il se tient au bout du lit, loin des appareils et des tuyaux, comme s'il craignait de dérégler quelque chose. Il regarde fixement la masse de gaze qui recouvre le visage de Quincy. Une infirmière débarque, elle a des questions à poser à Marvis. Je retourne donc dans le salon des familles.

Je dîne avec Marvis, mon troisième repas de la journée à la cafétéria. Il a six ans de moins que Quincy et a toujours idolâtré son grand frère. Ils ont deux sœurs mais ils sont fâchés. La famille a explosé après la condamnation de Quincy. Les sœurs le pensaient coupable, le jury l'a confirmé, et elles ont coupé les ponts. Cela met Marvis en colère, parce qu'il a toujours su que son frère était innocent et qu'il avait plus que jamais besoin de leur soutien.

Après notre repas, nous prenons le temps de boire un café. Je lui explique mes craintes concernant la sécurité de Quincy et ma théorie : l'attaque a été commanditée de l'extérieur, par quelqu'un ayant un lien avec le meurtre de Keith Russo et qui redoute que nous enquêtions sur cette affaire. Je lui présente donc mes excuses pour ce qui est arrivé à Quincy – il balaie mes paroles d'un geste. Il nous est au contraire reconnaissant de nos efforts pour libérer son frère. Il me le répète. Il a toujours rêvé de voir Quincy sortir de prison, victorieux, lavé de tout soupçon. Marvis ressemble beaucoup à son aîné, un garçon agréable, sympathique, qui inspire confiance, un homme bien qui tente de survivre dans des conditions difficiles. Il a de la rancœur contre ce système inique qui lui a volé son frère, mais il a de l'espoir aussi, beaucoup, et est certain qu'un jour cette injustice sera réparée.

Finalement, nous remontons à contrecœur au premier étage. Ces canapés me font horreur et je file au motel, prends une douche et m'écroule dans les bras de Morphée.

*

Mosby rencontre Frankie Tatum. Le rendez-vous a lieu dans un bar des faubourgs de Deltona, loin du monde de Mosby. Il a fréquenté ce lieu dans sa jeunesse mais il est certain que personne ici ne va le reconnaître. Comme de coutume, Frankie a repéré les lieux. Il est près de minuit, un jeudi, et la salle est déserte et tranquille. Il leur faut quelques chopes pour se détendre.

Deux bières dans un endroit sympathique suffisent généralement à Frankie pour inspirer confiance à ses frères.

— Il me faut six mille, déclare Mosby.

Ils sont installés près du billard, dans le fond. Personne alentour. Les deux gars au bar ne peuvent les entendre.

— C'est possible, répond Frankie. Qu'est-ce qu'on a pour cette somme ?

— Un bout de papier avec trois noms. Les deux premiers, ce sont des condamnés pour meurtre qui purgent de lourdes peines. Et la liberté conditionnelle est encore loin. À supposer qu'ils y aient droit. C'est eux qui ont attaqué Quincy Miller. Le troisième nom, c'est celui d'un surveillant qui se trouvait à côté et qui n'a rien vu. Il faisait sans doute le guet. Il n'y a pas de caméra à cet endroit. Je ne sais pas pourquoi Miller s'y est aventuré. Tous les détenus savent que le coin est dangereux. Un gars s'y est fait violer il y a deux mois. Peut-être que Miller s'est cru intouchable et a baissé la garde ? Faudra le lui demander.

— Qu'est-ce que vous savez sur les deux agresseurs ?

— Deux Blancs, des durs qui appartiennent à un gang plutôt violent, les Aryan Deacons. Le premier, je l'ai vu tous les jours quand je travaillais dans son quartier. Il vient du comté de Dade. On n'a que des problèmes avec lui. Le deuxième nom, ça ne me dit rien. Ils sont deux mille à Garvin. Dieu merci, je ne les connais pas tous !

— Cela pourrait être un règlement de comptes entre gangs ?

— Ça m'étonnerait. Les gangs sont toujours en guerre, mais Miller restait en dehors de tout ça, à ce qu'on m'a dit.

Frankie boit une gorgée et sort une enveloppe de la poche de son manteau. Il la dépose sur la table.

— Il y a ici cinq mille dollars.

— J'ai dit six mille, répond Mosby sans toucher à l'argent.

Dans une autre poche, Frankie récupère un rouleau de billets et le tient sous la table. Il en sort dix billets de cent qu'il tend à Mosby.

— Voilà, ça fait six.

D'une main, Mosby lui donne le papier, tout en prenant de l'autre les billets et l'enveloppe. Frankie lit les trois noms.

— Il y a autre chose, ajoute Mosby. Miller ne s'est pas laissé faire. Il a donné quelques coups. Le premier gars s'en est sorti avec un nez cassé. Il était à l'infirmerie cet après-midi, il a dit qu'il s'est retrouvé dans une bagarre. Ça arrive tout le temps et personne n'y prête attention. Son visage ne va ressembler à rien pendant quelques jours, pas plus, alors à votre place je me dépêcherais. Histoire d'avoir une preuve.

— Merci. Autre chose ?

— Oui. Je ne vais pas revenir à l'hôpital. Ils changent d'équipe de gardiens. Ils sont toujours à court d'effectifs là-bas. Vous direz à M. Post que c'est bien ce qu'il fait.

— Je lui transmettrai le message. Moi aussi, je suis de cet avis.

*

Je donne à Mazy le premier nom, à Vicki le second, et de mon côté je fais des recherches sur les trois. Un quart d'heure après que Frankie a dit au revoir à Mosby, nos trois ordinateurs chauffent et explorent Internet.

Robert Earl Lane a été condamné pour l'assassinat de sa petite amie il y a dix-sept ans dans le comté de Dade. Avant cela, il avait écopé de trois ans pour agression sur un flic. Jon Drummik, quant à lui, a tué sa grand-mère pour lui voler soixante dollars, afin de s'acheter du crack. Il a plaidé coupable à Sarasota en 1998 et a ainsi évité la peine de mort. Les deux sont à Garvin depuis environ dix ans. Et comme les fichiers des détenus sont confidentiels, nous n'avons pas trouvé grand-chose d'autre. Mazy pourrait en savoir davantage, elle n'a pas son pareil pour s'immiscer dans les systèmes informatiques, mais nous préférons ne rien faire d'illégal. Et dans les prisons, les gangs tels que les Aryan Deacons ne gardent guère de traces écrites, c'est donc compliqué de vérifier qui est membre ou non.

Adam Stone, le surveillant, est un Blanc de trente-quatre ans, habitant une bourgade à une demi-heure de la prison. À 2 h 15 du matin, Frankie trouve sa maison et relève les plaques de sa voiture et de son pick-up. À 3 heures, l'équipe des Anges Gardiens au complet organise une visioconférence. Nous mettons en place un plan de bataille pour en savoir davantage sur Lane et Drummik, et aussi sur ces Aryan Deacons en Floride.

Selon toute vraisemblance, Lane et Drummik n'ont aucun lien avec le meurtre de Keith Russo. Il s'agit juste de deux prisonniers purgeant de longues peines prêts à faire le sale boulot contre quelques dollars. Que leur cible soit un Noir rendait juste ça plus grisant.

À 5 heures, je reviens à l'unité de soins intensifs et trouve le salon des familles désert. Devant le bureau des admissions, une infirmière m'arrête. Au moins quelqu'un est de veille ! Je demande où est Marvis Miller et d'un signe de tête elle m'indique la chambre de Quincy. Marvis dort sur un lit pliant, à côté de son frère. Il n'y a ni vigiles, ni flics, ni gardiens alentour. L'infirmière m'explique que la veille, vers minuit, Marvis a piqué une crise parce qu'il n'y avait personne pour protéger son frère et a exigé de dormir dans la chambre. Le médecin de garde a accepté et ils ont apporté un lit. Je la remercie.

— Comment va le patient ?

Elle hausse les épaules.

— Il s'accroche.

Une heure plus tard, Marvis sort de la chambre en se frottant les yeux. Il est content de me voir. Nous trouvons du vieux café et nous installons sur des chaises pliantes dans le couloir, tandis qu'infirmières et médecins vont et viennent, accomplissant les premières visites du matin. Ils nous font signe de les rejoindre à la porte de Quincy. Ils nous expliquent que ses constantes vitales s'améliorent lentement. Ils comptent le garder dans le coma quelques jours de plus.

Marvis risque de perdre son travail. Il doit repartir. Nous nous étreignons devant l'ascenseur et je lui promets de l'appeler s'il y a du changement. Il reviendra aussitôt. Mais il est quand même à cinq heures de route d'ici.

Deux policiers en armes font leur entrée. Je bavarde un peu avec eux. Ils comptent rester dans les parages pendant une heure en attendant l'arrivée de la nouvelle équipe de gardiens.

À 7 h 30, je reçois un e-mail de la prison. Le directeur a quelques minutes à m'accorder.

*

J'arrive à Garvin à 9 h 15, avec quarante-cinq minutes d'avance. Je tente d'expliquer au planton que j'ai rendez-vous avec le directeur, mais il me traite comme si j'étais un vulgaire avocat venant rendre visite à un client. Rien n'est facile dans une prison. Les règles sont inflexibles, ou modifiées à volonté. Tout est bon pour faire perdre du temps au visiteur. Enfin, un gardien arrive, dans une voiturette de golf, et m'accompagne jusqu'au bâtiment de l'administration.

Le directeur est un grand Noir qui se donne des airs importants. Vingt ans plus tôt, il a joué dans l'équipe de football des Florida State Seminoles et a été sélectionné dans la National Football League, où il a tenu dix matchs avant de se broyer un genou. Son bureau est son *Hall of Fame*. Partout il y a des photos de lui où il pose en tenue, ainsi qu'une collection de ballons dédicacés et de lampes confectionnées avec des casques. Apparemment, il jouait chez les Packers. La star est installée derrière un gros bureau, croulant sous les dossiers et des montagnes de papiers – preuve qu'il est un homme de pouvoir. À sa gauche, il y a l'avocat de la prison, un bureaucrate pâlichon, carnet de notes à la main, qui me regarde d'un air mauvais comme s'il venait de me traîner en justice pour une raison mystérieuse, voire imaginaire.

— Je peux vous donner quinze minutes, annonce le directeur avec un grand sourire.

Il s'appelle Odell Herman. Sous cadre, je compte trois maillots, avec son nom écrit dessus. Ce gars se prend vraiment pour un champion.

— Je vous remercie de m'accorder ainsi de votre temps précieux, réponds-je en parfait hypocrite. J'aimerais savoir ce qui est arrivé à mon client, Quincy Miller.

— L'enquête est en cours et je ne peux rien vous dire encore. N'est-ce pas, monsieur Burch ?

Burch, en bon avocat, acquiesce, d'un air solennel.

— Vous savez qui l'a attaqué ?

— Nous avons des pistes, mais encore une fois je ne peux rien dire.

— Très bien. Auquel cas, sans divulguer de noms, connaissez-vous l'identité des agresseurs ?

Herman se tourne vers Burch qui secoue la tête.

— Non, nous n'avons pas cette information.

La réunion est donc terminée. Ils se couvrent ostensiblement et ne vont rien me donner.

— Très bien. Savez-vous si un surveillant est impliqué dans l'attaque, à quelque degré que ce soit ?

— Aucun surveillant ! Évidemment ! s'agace le grand Herman.

Comment puis-je poser une question pareille ?

— Donc, pour l'heure, trois jours après l'agression, vous ne savez pas qui sont les auteurs et vous soutenez que personne parmi le personnel n'est impliqué dans cette affaire. C'est bien cela, monsieur le directeur ?

— C'est précisément ce que je viens de dire.

— Parfait. (Je me lève et me dirige vers la porte.) Pour votre gouverne, ils sont deux à avoir attaqué mon client. Deux détenus. Le premier est Robert Earl Lane. Vérifiez ! Il a encore les yeux au beurre noir parce qu'il a le nez cassé, séquelle de sa rencontre avec Quincy Miller. Lane était à l'infirmerie juste après l'agression. Nous allons vous réclamer les registres médicaux, alors ne les perdez pas.

Herman ouvre la bouche mais aucun son n'en sort. Burch, l'avocat, fronce les sourcils, totalement perdu.

Je m'arrête sur le seuil et porte l'estocade :
— Ce n'est que le début. Vous découvrirez le reste quand je vous ridiculiserai devant la cour fédérale.
Et je claque la porte.

33

L'antenne du FBI à Orlando occupe un immeuble moderne de trois étages dans les faubourgs de la ville, à Maitland plus précisément. Avec Susan Ashley, nous sommes en avance pour notre rendez-vous de 15 heures. Elle a passé les deux derniers jours à les harceler pour décrocher cet entretien. Elle leur a aussi envoyé un dossier résumant notre requête demandant la remise en liberté de Quincy. Nous ne savons pas qui va nous recevoir, mais nous avons bon espoir d'intéresser notre interlocuteur.

L'agent en question s'appelle Agnes Nolton, une jolie quadragénaire qui occupe un bureau d'angle, signe qu'elle a une certaine autorité dans la maison. Pour nous y rendre, nous avons traversé un open space où des dizaines d'agents travaillaient dans leurs petits box. Nous sommes rejoints par l'agent spécial Lujewski, un jeune gars au look étudiant. Une fois le café servi et les présentations faites, ils me demandent d'exposer notre cas.

J'explique rapidement où nous en sommes. D'après nos recherches, Quincy a été piégé par un cartel de drogue, avec l'aide de l'ancien shérif du comté de Ruiz. Maintenant que nous demandons l'annulation de la condamnation, les véritables auteurs et commanditaires du meurtre de Keith Russo commencent à s'inquiéter. Je cite des noms : Nash Cooley, l'avocat des narcotrafiquants à Miami, et Mickey Mercado, l'un de ses hommes de main. Je pense que ces deux hommes, et d'autres encore non identifiés, ont décidé d'éliminer notre client pour nous empêcher de fouiller plus loin.

— Et cela pourrait marcher ? demande l'agent Nolton.

— Oui. C'est même une très bonne tactique. Notre mission est de rendre la liberté à des innocents. Nous n'avons ni le temps ni les moyens de défendre les morts.

Elle acquiesce. Je poursuis mon exposé : je décris Quincy et insiste sur le fait qu'il se tient à l'écart des gangs. Il n'y a aucune raison que les Deacons s'attaquent à lui.

— Et ce serait un contrat sur la tête de quelqu'un ?

— Oui. Exécuté par des tueurs à gages. Un crime qui relève du niveau fédéral.

J'ai l'impression qu'Agnes Nolton est intéressée par notre affaire. De son côté, Lujewski ne laisse rien paraître mais ne perd pas une miette de la conversation. Il ouvre un ordinateur portable et commence à pianoter sur le clavier.

Je continue :

— Nous avons les noms des deux assaillants, deux détenus condamnés pour meurtre. Vous connaissez les Aryan Deacons ?

Agnes Nolton esquisse un sourire. Elle apprécie de plus en plus notre histoire : un gang, un cartel de drogue, un shérif corrompu, un avocat assassiné dans son bureau, une erreur judiciaire, et maintenant un contrat sur la tête d'un innocent pour nous empêcher de le disculper ! Des affaires comme ça, on n'en trouve pas tous les jours.

— Bien sûr, on les connaît même très bien. Mais notre travail est d'arrêter les gens, nous y consacrons beaucoup de temps et d'efforts. Ce qui se passe ensuite dans les prisons ne nous concerne plus. Vous voulez nous donner les noms de ces deux détenus ?

— Vous en ferez quoi ?

Elle réfléchit un moment, boit une gorgée de café et lance un coup d'œil à Lujewski. Il arrête de s'activer derrière son ordinateur et déclare :

— Les Aryan Deacons sont une branche de l'Aryan Brotherhood, le plus grand gang suprémaciste blanc dans les prisons américaines. Les Deacons ont environ dix mille membres, mais ce n'est qu'une estimation. On retrouve chez eux les trafics classiques : drogue, nourriture, sexe, téléphones portables. Les anciens – les rares qui sortent de prison – restent membres à vie et poursuivent leurs activités criminelles. Ce ne sont pas des tendres.

— Encore une fois, reprend l'agent Nolton, nous sommes débordés par ce qui se passe ici.

— Il y a aussi un gardien impliqué. Un Blanc qui a fermé les yeux pendant le passage à tabac. C'est peut-être le maillon faible. C'est lui qui a le plus à perdre.

— J'aime bien votre façon de penser, Post.

— Nous sommes du même côté, enfin presque. Vous résolvez des crimes pour mettre des gens en prison, moi pour les faire sortir.

*

Pour Adam Stone, c'est une journée de travail comme une autre. Il pointe à 7 h 59, et traîne un quart d'heure aux vestiaires pour avaler un café et un beignet avec deux collègues. Il n'est pas très pressé de rejoindre l'Unité E pour endurer huit heures de stress avec des criminels prêts à lui faire la peau à la première occasion. Il apprécie quelques détenus et aime bien leurs plaisanteries, mais les autres, il les méprise, voire les exècre. En particulier les Noirs. Stone vient d'un coin de campagne où les Afro-Américains sont rares, et plus rarement encore les bienvenus. Son père, un raciste pur jus, honnissait toutes les minorités, des parasites qui lui avaient volé son pain et toutes les bonnes places dans sa carrière. Sa mère prétendait avoir été agressée sexuellement par un Noir au lycée, mais aucune plainte n'avait été déposée. Depuis sa plus tendre enfance, Adam a appris à les éviter et à ne leur parler que de façon déplaisante.

À Garvin, il lui faut ronger son frein. Soixante-quinze pour cent des détenus, comme des surveillants, sont noirs ou basanés. Stone travaille ici depuis sept ans et son racisme est allé crescendo. Il les côtoie dans les pires conditions : des hommes en cage, qui ont connu toutes les discriminations, toutes les humiliations, et qui se retrouvent d'un coup en force. Et ils font payer au prix fort les injustices dont ils ont été victimes de l'autre côté des murs. Pour leur protection, les Blancs ont besoin de leur propre gang. Secrètement, Stone admire les Aryans. Bien qu'ils soient en minorité, toujours menacés, ils parviennent à survivre en se jurant fidélité et en scellant un pacte de sang. Leur recours à la violence est souvent d'une brutalité inouïe. Trois ans plus tôt, ils avaient attaqué deux gardiens noirs avec des couteaux artisanaux, les avaient traînés dans une remise pour les regarder se vider de leur sang jusqu'à leur dernier souffle.

Pendant ses heures, Stone fait ses rondes, escorte des prisonniers à l'infirmerie, passe du temps devant les moniteurs du système de vidéosurveillance – une corvée à laquelle personne n'échappe –, prend ses trente minutes de pause déjeuner (qu'il parvient à doubler), et quitte la prison à 16 h 30. Une journée tranquille, payée douze dollars de l'heure.

Il ne peut se douter que ce jour-là des agents fédéraux ont passé sa vie au crible.

Deux d'entre eux le suivent alors qu'il s'éloigne de la prison. Il conduit le bijou qui fait sa joie et sa fierté : un Dodge Ram dernier modèle avec des roues surdimensionnées, des jantes noires, le tout brillant comme un sou neuf. Le pick-up lui coûte six cent cinquante dollars par mois. Un emprunt sur des années. Sa femme a une Toyota, un dernier modèle aussi, pour trois cents dollars par mois. Leur maison est achetée à crédit et est estimée à cent trente-cinq mille dollars. Leur compte en banque présente un solde de neuf mille dollars. Au total, Adam Stone et madame, qui travaille à mi-temps dans un cabinet d'assurances, ont un train de vie bien supérieur à ce que peuvent leur permettre leurs maigres émoluments.

Stone s'arrête pour prendre de l'essence et va payer. Quand il revient à sa voiture, deux hommes en jean et baskets l'attendent. Ils se présentent, annoncent qu'ils sont du FBI, montrent rapidement leur plaque et expliquent qu'ils veulent lui parler. Curieusement, alors qu'il est un solide gars de la campagne, et que d'ordinaire il se sent invincible en uniforme, Stone a d'un coup les genoux qui flanchent. La sueur perle déjà sur son front.

Il les suit en voiture pendant dix minutes, jusqu'au parking d'une école abandonnée. Une fois qu'il les a rejoints sous un chêne jouxtant l'ancienne cour de récréation, il s'adosse à la table de pique-nique et tente de prendre un air décontracté.

— Qu'est-ce que je peux faire pour vous ?

L'agent Frost répond :

— On a juste quelques questions à vous poser.

— Allez-y, répond-il avec un sourire niais.

Il s'essuie le front du revers de sa manche.

L'agent Thagard enchaîne :

— Nous savons que vous êtes surveillant à Garvin. Depuis combien de temps, déjà ? Sept ans ?

— Oui. Quelque chose comme ça.

— Vous connaissez Quincy Miller ? Un détenu ?

Stone fronce les sourcils et contemple les branches de l'arbre au-dessus de lui, comme plongé dans d'intenses réflexions. À la fin, il secoue la tête.

— Non, je ne crois pas. C'est une grande prison.

Frost reprend le flambeau.

— Robert Earl Lane ? Jon Drummik ? Ça vous dit quelque chose ?

À nouveau ce sourire benêt de premier de la classe.

— Bien sûr. Ils sont tous les deux à l'Unité E. C'est là où je travaille en ce moment.

Thagard poursuit :

— Quincy Miller, qui est noir, a été tabassé il y a trois jours, dans le passage entre la salle de gymnastique et l'atelier, juste à côté de l'Unité E. Il a reçu au moins trois coups de couteau et a été laissé pour mort. Vous étiez de service à ce moment-là. Vous êtes au courant de quelque chose ?

— Non. Je n'en ai pas entendu parler.

— C'est bizarre, non ? rétorque Frost en faisant un pas vers lui. Comment pouvez-vous ne pas être au courant ?

— Il y a souvent des bagarres à Garvin, répond Stone sur la défensive.

— Donc, vous n'avez pas vu Lane et Drummik attaquer Miller ? insiste Thagard.

— Non.

— Pourtant, notre informateur soutient le contraire. Il affirme que vous étiez là, et que si vous n'avez rien vu, c'est parce que vous ne vouliez justement rien voir. Il pense même que vous faisiez le guet pour eux. Et que vous êtes aussi le coursier préféré des Deacons.

Stone lâche une brève expiration, comme s'il avait reçu un uppercut au ventre. Il s'essuie à nouveau le front, tente encore son sourire niais.

— Non. Non. Je n'ai rien vu.

— C'est bon, Adam, on arrête les conneries, lâche Thagard. Nous avons eu des mandats et on a épluché tous tes comptes. Tu as neuf mille dollars d'économies à la banque. C'est beaucoup pour un gars avec un salaire de misère et une femme qui bosse à mi-temps pour dix dollars de l'heure, sans compter que tu as deux gosses et que tu n'as jamais hérité de rien. Et tu sors deux mille dollars par mois pour tes bagnoles et ta baraque ? Sans parler des courses, des factures et tout le tralala. Tu vis très au-dessus de tes moyens, Adam. Nous savons, grâce à notre informateur, que tu arrondis les fins de mois en faisant entrer de la drogue pour les Deacons. Nous pouvons le prouver devant le juge dès demain.

Pure esbroufe. Mais Stone n'en sait rien.

Frost prend le relais, plus en douceur.

— Tu vas être inculpé, Adam, tu es bon pour passer devant la cour fédérale. Le procureur à Orlando planche déjà sur ton cas, et le grand jury se réunit demain. Sauf qu'on se fout totalement des surveillants. Vous êtes des pions, de petits colporteurs pour quelques billets. Le directeur ferme les yeux parce qu'il préfère que ses détenus soient défoncés. Ils causent moins de problèmes quand ils ne peuvent pas mettre un pied devant l'autre. Tu sais comment ça marche, Adam. On se fiche de vos petits trafics. Nous visons un plus gros poisson. L'attaque sur Quincy Miller était un contrat, une commande de quelqu'un à l'extérieur. Autrement dit, il s'agit d'une tentative de meurtre en bande organisée, ce qui relève de l'autorité fédérale.

Les yeux de Stone s'embuent. Il les essuie sur son poignet.

— Je n'ai rien fait. Vous ne pouvez pas me poursuivre.

— Première nouvelle, réplique Frost.

Thagard renchérit :

— Le procureur va te réduire en bouillie, Adam. Tu n'as aucune chance. Dès que les chefs d'accusation seront prononcés, il va s'assurer que la prison te licencie aussitôt. Adieu salaire, adieu pots-de-vin. Tu peux dire au revoir à ton gros pick-up avec ses jantes de racaille, à ta maison et à tout le reste. Ça va être très douloureux, crois-moi.

— C'est que des conneries !

Il tente de jouer les durs, mais sa voix chevrote. Les fédéraux ont presque pitié de lui.

— Vous ne pouvez pas faire ça, se lamente-t-il. Vous n'avez pas le droit.

— On fait ça tout le temps, réplique Frost. Et si tu es inculpé, tu en as pour deux ans au bas mot, avant que ton procès ait lieu. C'est la fourchette basse. Ça peut être plus long si le proc veut faire traîner. Mais il se fiche de toi et de tes petites magouilles. Son objectif, ce sont les Deacons, et il veut les faire payer pour l'attaque sur Quincy Miller. Si tu marches avec nous, on marche avec toi.

— Vous voulez que je joue les balances ?

— Non. Juste que tu sois un informateur. Grosse différence. Collecter du renseignement, le transmettre. Si tu trouves qui a commandité l'attaque, on laisse tomber les charges contre toi.

— Ils vont me tuer, lâche Stone en éclatant en sanglots.

Frost et Thagard regardent autour d'eux. Les voitures passent sur la route mais personne ne leur accorde un regard.

Au bout de quelques minutes, Adam Stone sèche ses larmes.

— Ils ne vont pas te tuer, reprend Thagard, ils n'en sauront rien. On a l'habitude de travailler avec des informateurs. On sait gérer.

— Si ça sent le roussi, ajoute Frost, on te sort du terrain illico et on te trouve un travail tranquille dans une administration chez nous. Pour deux fois ton salaire et un tas d'avantages sociaux.

Stone les regarde avec des yeux rouges et bouffis.

— Il faut que ça reste secret. Nous ne devrons rien dire à personne. Pas même à ma femme.

Avec ce « nous », le marché est scellé.

— Ça tombe sous le sens, Adam. Tu crois qu'on va griller nos sources ? La confidentialité, c'est l'ADN de la maison.

Pendant un moment, plus personne ne dit rien. Stone regarde les graviers, en s'essuyant de temps à autre le front et les joues. Les deux agents compatissent presque.

— Je peux avoir un peu de temps ? Que je réfléchisse à tout ça…

— Non, réplique Frost. C'est trop pressé. Tout bouge très vite. Si Quincy Miller meurt, alors tu es bon pour une complicité d'assassinat à la cour fédérale.

— Et en ce moment, c'est quoi les charges ?

— Tentative de meurtre. Association de malfaiteurs. Passible de trente ans d'emprisonnement. Et le proc veillera à obtenir une peine maximale, incompressible.

Stone secoue la tête, à nouveau au bord des larmes. Sa voix tremble.

— Et si je marche avec vous ?

— Aucune inculpation. Tu es libre comme l'air. Le choix est vite fait.

Frost clôt la négociation.

— Il y a des moments comme ça dans la vie, des moments charnières où tout peut basculer. Prends la bonne décision et ta vie suit son cours. Prends la mauvaise et tu vas te retrouver enfermé avec les tarés dont tu avais la garde.

Adam s'écarte de la table et se plie en deux, pris de haut-le-cœur.

— Excusez-moi, articule-t-il.

Il s'éloigne, toujours traversé de spasmes. Frost et Thagard détournent la tête et contemplent la route. Adam s'agenouille derrière un buisson et se met à vomir. Et ça dure. Quand il a enfin terminé, il revient d'un pas chancelant et s'assoit à la table de pique-nique. Sa chemise est trempée de sueur et sa cravate bon marché est constellée de reliques de son déjeuner.

— D'accord, dit-il d'une voix éraillée. C'est quoi le programme ? Je commence par quoi ?

Frost répond aussitôt :

— Lane et Drummik ont un téléphone ?

— Drummik en a un, c'est sûr. C'est moi qui lui ai apporté.

— Comment tu l'as eu ?

Adam hésite. C'est le grand saut. Après, il n'y aura plus de marche arrière possible.

— Par un gars, commence-t-il. Un dénommé Mayhall. Je ne connais pas son prénom, je ne sais même pas si c'est son vrai nom ou pas, et je ne sais pas où il habite ni d'où il vient. Je le vois seulement une ou deux fois par mois. Il apporte des trucs pour ses gars à Garvin. Des téléphones, de la dope – les cachets habituels et de la meth, rien de cher. Je prends la marchandise et la livre aux bonnes personnes. Il me file mille dollars par mois pour ça, plus une petite com en drogue que je peux écouler de mon côté. Je ne suis pas le seul surveillant à faire ça. On ne peut pas s'en sortir avec notre salaire.

— Je comprends. Les Aryan Deacons… ils sont combien à Garvin ?

— Vingt-cinq, trente. Les Brotherhood sont plus nombreux.

— Combien de gardiens travaillent pour les Deacons ?

— À ma connaissance, il n'y a que moi. Des collègues s'occupent d'autres groupes. Je ne pense pas que Mayhall ait envie d'impliquer un autre gardien. Il est satisfait de mes services.

— Il a déjà été emprisonné ?

— Sans doute. Il faut être en prison pour rejoindre les Deacons.

— Tu pourrais récupérer le téléphone de Drummik ?

Stone hausse les épaules et sourit, comme s'il était un petit génie.

— Bien sûr. Les portables sont très recherchés en prison, ils se font voler. Je récupérerai celui de Drummik pendant la promenade et je me débrouillerai pour que ça ressemble à un larcin entre détenus.

— Quand ? demande Thagard.

— Demain.

— Très bien. Fais ça. Nous regarderons ses appels et nous t'en passerons un nouveau pour lui.

Frost ajoute :

— Mayhall ne risque pas d'avoir des soupçons si Drummik a un nouveau téléphone ?

Stone réfléchit un moment. Il n'a pas les idées claires.

— Je ne crois pas, répond-il finalement. Ces gars achètent, vendent, volent, font du troc et plein de trafics.

Thagard se penche vers Stone et lui tend la main.

— C'est bon, Adam. Marché conclu ?

À contrecœur, Stone lui serre la main.

— Tes téléphones sont sur écoute aussi, précise Frost. Nous surveillons tout. Alors pas de bêtises.

Ils laissent Stone à la table de pique-nique, le regard perdu. Sa vie vient de basculer.

34

Maintenant que le FBI est de la partie, Quincy a été déplacé dans une chambre au bout du couloir, plus facile à sécuriser. Deux caméras de surveillance ont été installées. L'équipe médicale est en alerte et les vigiles de l'hôpital se font plus présents. Quelques heures chaque jour, la prison envoie un gardien patrouiller dans le couloir et des agents de la police d'Orlando font acte de présence et viennent conter fleurette aux infirmières.

L'état de santé de Quincy s'améliore et, peu à peu, nous commençons à croire qu'il va s'en sortir. Je suis la personne référente pour les médecins et l'équipe à l'hôpital comme pour ceux qui s'intéresseraient à mon client. Le sachant en sécurité, je décide de m'en aller. Je n'en peux plus de cet endroit. Quiconque s'est retrouvé à attendre dans un hôpital sait de quoi je parle. Savannah est à cinq heures de route et jamais mon petit chez-moi ne m'a autant manqué.

Alors que j'arrive aux abords de Saint Augustine, Susan Ashley m'appelle pour m'annoncer que le vieux juge Plank a refusé notre demande de remise en liberté. Ce n'est pas une surprise. Le plus étonnant, c'est qu'il soit encore assez alerte pour la rédiger. Nous ne pensions pas avoir de réponse avant un an et, contre toute attente, cela ne lui a pris que deux mois. C'est plutôt une bonne nouvelle, ça va nous permettre de déposer plus vite notre appel à la Cour suprême de l'État de Floride. Je ne veux pas m'arrêter pour lire sa décision, Susan Ashley précise qu'elle est très lapidaire. Dans un texte de deux pages, Plank nous reproche de n'avoir pas déposé de nouvelles preuves. Et la rétractation de Zeke Huffey et de Carrie Holland, qu'en fait-il ? Peu importe ! Nous nous attendions de toute façon à perdre au niveau de la cour de circuit. Je peste pendant quelques minutes puis retrouve mon calme. Parfois, souvent même, je n'aime pas les juges, en particulier ceux qui sont aveugles, vieux et blancs, parce que presque tous ont commencé leur carrière comme procureur et pas un seul n'a d'empathie pour les détenus. Pour eux, quiconque est poursuivi en justice est coupable et mérite son sort. Notre système est infaillible et la justice est toujours rendue.

Une fois calmé, j'appelle Mazy qui prend connaissance du document. Nous discutons de l'appel. Elle va se mettre au travail toutes affaires cessantes. Quand j'arrive au bureau en fin d'après-midi, elle a déjà préparé un premier jet. Nous le peaufinons en buvant un café avec Vicki puis je leur narre les derniers événements à Orlando.

*

Stone échange avec adresse le téléphone de Jon Drummik. Prétextant une fouille-surprise, il met à sac sa cellule et récupère l'ancien portable, puis le lendemain il lui en apporte un nouveau. Le FBI va pouvoir éplucher ses anciens appels et écouter tous ses nouveaux. Ils sont sûrs que leurs cibles vont tomber dans le piège. Pour l'instant, ils n'ont aucune information sur Mayhall, du moins d'après ce qu'ils me disent, mais ils prévoient de le surveiller de près la prochaine fois qu'il aura rendez-vous avec Stone.

Pendant trois jours avant d'attaquer Quincy, Drummik a appelé un numéro de portable à Delray Beach, au nord de Boca Raton. Le lendemain de l'agression, il n'a passé qu'un coup de fil, à ce même numéro. Malheureusement, tout s'arrête d'un coup. Plus rien. À l'évidence, il s'agissait d'un téléphone à carte prépayée, le genre d'appareil que l'on jette après les trente jours d'abonnement, sans doute acheté en liquide dans un magasin. Son propriétaire est très prudent.

Stone n'a pas le numéro de téléphone de Mayhall. Il ne l'a jamais eu. Il n'y a aucune piste à suivre tant que Mayhall n'appelle pas – ce qu'il fait finalement. Le FBI récupère le numéro entrant sur le répertoire de Stone, ce qui mène à un nouveau portable, lui aussi localisé à Delray Beach. Les pièces du puzzle se mettent en place. En surveillant où borne le téléphone, les fédéraux suivent les déplacements de Mayhall. Il est sur l'Interstate 95 et roule en direction du nord. La voiture qu'il conduit appartient à un certain Skip DiLuca, originaire aussi de Delray Beach. Un Blanc, cinquante et un ans, quatre fois condamné, dont une fois pour homicide. Il a été libéré sur parole voilà trois ans et a aujourd'hui une boutique de motos d'occasion.

DiLuca, alias Mayhall, retrouve Adam Stone après le travail dans un bar à Orange, situé à trois quarts d'heure de route de Garvin. Ils se rencontrent toujours à cet endroit. Pour éviter les soupçons, Stone s'est habillé en civil. Les agents du FBI ont placé des micros sur sa poitrine. Il arrive en premier, choisit une table et fait un test son. Tous les mouchards fonctionnent. Une équipe du FBI écoute, en planque dans un van garé dans une rue derrière le bar.

Après les politesses d'usage, ils entrent dans le vif du sujet :

DiLuca : Miller est encore en vie. Que s'est-il passé ?

Stone : Il y a eu des imprévus. D'abord Miller sait se battre et il s'est défendu. Lane a eu le nez cassé. Ils ont mis plusieurs minutes pour avoir le dessus. Ça a été bien trop long. Une fois Miller à terre, ils n'ont pas eu le temps de le finir parce qu'un gardien les a repérés. Ils n'ont pas pu le planter assez.

DiLuca : Où tu étais, toi ?

Stone : J'étais exactement où j'étais censé être. Je connais mon boulot. L'embuscade a fonctionné sans problème. C'est juste qu'ils n'ont pas pu le finir à temps.

DiLuca : En tout cas, il n'est pas mort et c'est un gros problème. On a été payés pour un travail qu'on n'a pas terminé. Et les commanditaires ne sont pas contents.

Stone : Ce n'est pas ma faute. J'ai fait ma part du taf. Vous ne pouvez pas lui régler son compte à l'hosto ?

DiLuca : Peut-être. On a repéré les lieux. Il y a plein d'uniformes. Son état s'améliore chaque jour, alors pour nous, ça pue de plus en plus. On était censé l'éliminer, c'est aussi simple que ça. Dis à Drummik et Lane qu'ils ont bien merdé. Ils n'ont pas tenu leur promesse.

Stone : C'est chaud pour toi ?

DiLuca : T'inquiète, je vais gérer.

*

Leur conversation est courte et, sitôt vidées leurs bières, ils s'en vont. DiLuca tend à Stone un sac de papier kraft contenant mille dollars, deux nouveaux téléphones portables et une livraison de drogue. Puis il s'en va sans lui dire au revoir. Adam Stone attend qu'il ait disparu et annonce dans le micro que DiLuca est parti. Il fait le tour du pâté de maisons et retrouve l'équipe du FBI dans le van.

Techniquement, et juridiquement, les fédéraux ont de quoi arrêter DiLuca, Stone, Drummik et Lane, pour tentative d'assassinat en bande organisée. Mais les deux derniers sont déjà sous les verrous. Adam Stone est un indicateur trop précieux. Quant à DiLuca, il peut les mener aux gros poissons.

Vingt minutes plus tard, sur la route, DiLuca aperçoit des gyrophares dans son rétroviseur. Il vérifie son compteur, même s'il sait qu'il n'a pas dépassé la vitesse autorisée. Il est en liberté conditionnelle et la savoure à chaque instant. Aussi, il suit scrupuleusement les lois, au moins quant à la sécurité routière. Un policier de la brigade du comté prend son permis de conduire et relève son numéro d'immatriculation. Il passe une demi-heure à consulter le fichier. DiLuca s'impatiente.

Quand le flic revient, il demande, d'un air mauvais :

— Vous avez bu de l'alcool ?

— Juste une bière, répond DiLuca, et c'est la vérité.

— C'est ce que vous dites tous !

Un autre véhicule de patrouille arrive, avec ses gyrophares allumés, et se gare devant la voiture de DiLuca.

Deux policiers en sortent et lui lancent un regard mauvais comme s'il était un tueur d'enfants. Les trois flics se rassemblent et discutent, tandis que DiLuca fulmine. Finalement, ils lui demandent de sortir.

— Qu'est-ce que j'ai fait ? s'agace-t-il en refermant sa portière.

Grosse erreur. Deux flics le saisissent et le plaquent sur le capot de la voiture tandis que le troisième lui passe déjà les menottes.

— On se calme ! lance le premier flic.

— Mais c'est vous qui…

— La ferme !

Ils lui vident les poches, récupèrent son téléphone et son portefeuille et le traînent *manu militari* vers la voiture de patrouille pour le jeter sur la banquette arrière. Pendant que le véhicule l'emmène, l'autre équipe de flics appelle le FBI. Arrivé au poste de police, DiLuca est placé en détention. On le photographie sous toutes les coutures, on lui prend ses empreintes, puis on le fait attendre quatre heures dans une pièce.

Pendant ce temps, un juge fédéral de service à Orlando a lâché deux mandats de perquisition : un pour l'appartement de DiLuca, l'autre pour sa voiture. Les fédéraux pénètrent dans son appartement à Delray Beach et commencent leur travail. C'est un F1, à peine meublé, et aucune trace de présence féminine. Le plan de travail dans la cuisine croule sous la vaisselle. Du linge sale encombre tout le couloir. Il n'y a rien dans le réfrigérateur, hormis de la bière, des bouteilles d'eau et de la charcuterie sous cellophane. Dans le salon, la table basse est jonchée de magazines pornos. Sur le bureau, il y a un ordinateur portable. Il est aussitôt emporté dans une fourgonnette où un technicien fait une copie du disque dur. On découvre aussi des téléphones à cartes prépayées. Les appareils sont ouverts par les agents, leurs contenus sauvegardés, puis remis en place. Des systèmes d'écoute sont installés dans tout l'appartement. Après deux heures de fouille, l'équipe a terminé. D'ordinaire, elle se serait donné la peine de ranger, mais au vu du bazar c'est inutile. DiLuca ne remarquera pas que quelqu'un est passé chez lui cet après-midi.

Une seconde équipe s'occupe de sa voiture. Elle ne trouvera rien, sinon un autre téléphone jetable. À l'évidence, DiLuca n'a pas de numéro permanent. En fouillant le téléphone à carte prépayée, les techniciens trouvent leur bonheur : dans le registre « Contacts », DiLuca n'a que dix numéros en mémoire, et l'un d'eux est celui de Mickey Mercado. Dans le fichier « Appels récents » il y a vingt-deux appels entrants ou sortants liés à Mercado, durant les deux dernières semaines.

Un traceur GPS est installé sous le pare-chocs arrière de sa voiture pour pouvoir suivre ses déplacements. À 22 heures, le shérif du comté apparaît dans la salle d'attente et présente ses excuses à DiLuca. Il explique qu'il y a eu un braquage de banque aux environs de Naples dans la journée et que les fugitifs avaient la même voiture que DiLuca. Mais maintenant tous les doutes sont levés. Il est libre et peut s'en aller.

DiLuca ne montre ni gratitude ni compréhension et part sans demander son reste. Lui aussi se méfie. Par sécurité, il ne retourne pas à Delray Beach. Et préfère ne pas utiliser ses téléphones. Il ne passe aucun appel. Il roule pendant deux heures en direction de Sarasota et passe la nuit dans un petit motel.

Le lendemain matin, le même juge fédéral émet des mandats autorisant la perquisition du domicile de Mercado et la surveillance électronique de ses téléphones. Ainsi qu'une injonction à son opérateur pour qu'il leur fournisse le relevé détaillé des appels. Cependant, avant que les écoutes soient opérationnelles, DiLuca appelle Mercado d'une cabine téléphonique. On le suit alors par GPS de Sarasota à Coral Gables, où une équipe du FBI poursuit la filature. Il se gare finalement devant un restaurant afghan sur Dolphin Avenue et pénètre dans l'établissement. Un quart d'heure plus tard, une jeune femme entre à son tour et commande à manger. Elle identifie DiLuca, à table avec Mickey Mercado.

*

« On a repéré les lieux. » Ce commentaire de DiLuca pendant sa conversation avec Adam Stone a fait passer tous les voyants d'alerte au rouge. Quincy est à nouveau déplacé, et il n'est plus jamais laissé sans surveillance.

*

L'agent Agnes Nolton me tient informé, même si elle ne me dit pas tout, évidemment. Je lui conseille de ne pas me joindre par téléphone, mais d'opter plutôt pour une messagerie cryptée. Elle a de bonnes raisons de croire 1) que Quincy est en sécurité, 2) qu'ils vont bientôt coincer Mercado. Son souci toutefois reste sa double nationalité. S'il se doute de quelque chose, il rentrera dans son pays et disparaîtra à jamais. Pour l'agent Nolton, Mercado reste notre plus belle prise possible. Au-dessus de lui, les conspirateurs, les vrais criminels, ne sont sans doute pas aux États-Unis, et par conséquent quasiment intouchables pour notre justice.

Maintenant que le FBI est sur le coup, et que notre client est toujours vivant, nous pouvons tenter à nouveau de lui rendre la liberté.

35

C'est l'appel de la sangria ! Glenn Colacurci a soif et veut me parler. Rendez-vous à nouveau au Bull à Gainesville. Après deux jours à tenter de recharger les batteries à Savannah, je reprends la route, direction le sud et l'aventure. Les médecins ont sorti Quincy du coma. Il est plutôt alerte et ses constantes s'améliorent de jour en jour. Ils veulent lui faire quitter les soins intensifs, le placer dans une chambre particulière et programmer la chirurgie réparatrice. Tout le monde m'assurant que la sécurité est optimale, je ne suis pas très pressé de revenir camper à l'hôpital.

J'entre dans le bar un peu après 16 heures. Le grand verre de Colacurci est déjà à moitié vide. Son gros nez est presque aussi rouge que sa boisson. Je commande la même chose et cherche du regard sa jolie petite secrétaire. Je pense bien trop à elle. Mais Bea n'est pas là.

Colacurci a appris ce qui est arrivé à Quincy et veut des détails. Sachant que les avocats dans les petites villes sont de vraies commères, j'en dis le moins possible. Comme il le sait, quand un détenu se fait tabasser, les informations sont rares et lacunaires. D'un ton de conspirateur, il m'annonce que le journal du comté de Ruiz suit désormais de près le cas Miller et rapporte nos efforts pour le disculper. Je l'écoute d'un air captivé, sans lui dire que Vicki épluche quasiment toute la presse de Floride, les quotidiens comme les hebdomadaires. Elle compile un dossier exhaustif de tout ce qui s'écrit sur notre affaire. Nous passons notre temps sur Internet. Colacurci s'y aventure une fois par semaine.

Cette rencontre n'est pas seulement l'occasion pour lui de boire un verre. Après une demi-heure, je m'aperçois que la sangria est le carburant de la conversation. Il fait claquer sa langue, s'essuie la bouche sur sa manche, et finalement entre dans le vif du sujet.

— Je dois vous avouer, Post, que je pense beaucoup à votre dossier, tout le temps, même. Jour et nuit. Tout ça s'est passé quand j'étais aux affaires, à l'époque glorieuse où je siégeais au sénat de Floride et avais le plus gros cabinet du comté – bref, quand j'étais quelqu'un et que je croyais être au courant de tout. Je savais que Pfitzner travaillait des deux côtés de la rue, si vous voyez ce que je veux dire, mais chacun restait sur sa voie. Il faisait campagne, partait à la pêche aux voix de son côté, et moi du mien. Quand Keith s'est fait descendre et que votre gars a été condamné, j'ai été satisfait. J'étais le premier à vouloir la peine de mort. Toute la ville a été soulagée de tenir le coupable. Seulement aujourd'hui, avec le recul…

Il fait signe au serveur, vide son verre et demande une autre tournée de sangria. De mon côté, il me reste encore dix bons centimètres à finir. Cette discussion risque de s'éterniser tout l'après-midi.

Il prend une grande inspiration et poursuit.

— Avec le recul, donc, je m'aperçois que ça ne colle pas. J'ai des liens de cousinage avec la moitié du comté et j'ai défendu les intérêts de l'autre moitié. Lors de ma dernière réélection, j'ai obtenu quatre-vingts pour cent des voix et je pestais de n'avoir pas eu cent pour cent. J'avais dans la poche un vieux flic – je ne vous donnerai pas son nom – c'était ma taupe, il me donnait des infos, ce genre de choses. Je le payais en liquide et il avait sa part quand l'argent tombait au procès. Bien sûr, j'avais aussi, dans l'équipe, des chauffeurs d'ambulances, des conducteurs de dépanneuses pour les AVP. Bref, le flic en question est toujours dans le coin, il habite sur la côte, et je lui ai parlé. Il a pris sa retraite depuis des lustres, il n'est pas en grande forme, il a plus de quatre-vingts ans. Même s'il bossait pour Pfitzner, il est parvenu à ne pas basculer du côté obscur de la rue. Il s'occupait des trucs sans conséquence : la circulation, la sécurité pendant les matchs de foot, les kermesses. Rien de très excitant. Il n'était pas flic dans l'âme – il appréciait juste l'uniforme et la paie à la fin du mois. Il pense que vous avez raison, Pfitzner magouillait avec les trafiquants de drogue, et tout le monde au poste le savait. Pfitzner avait deux gars, deux frères…

— Chicot et Chiquito.

Il s'interrompt et sourit, découvrant ses dents jaunes.

— Vous êtes vraiment bon, Post.

— On essaie de bien faire notre boulot.

— Bref, Chicot et Chiquito faisaient tourner la boutique pour Pfitzner et tenaient les troupes. Le premier cercle gérait l'argent et pensait aussi gérer les ragots, mais c'est une petite ville et tout se sait.

Le serveur revient avec les sangrias. Il avise mon premier verre à peine entamé, et fait la moue, l'air de dire : « Allez mon gars, ici on boit. » Je lui retourne un sourire contrit et tire sur ma paille. Glenn m'imite et, après avoir dégluti, il reprend :

— Mon flic dit que Kenny Taft n'a pas été tué par une bande de trafiquants, pas du tout. Plusieurs de ses collègues, à l'époque, pensaient que Pfitzner était derrière cette attaque, qu'il avait monté cette embuscade pour faire taire Taft car il en savait trop. L'opération s'est bien passée à l'exception d'un petit pépin : l'un des assaillants a reçu une balle. Sur un coup de chance, Kenny Taft ou Brace Gilmer a touché un gars. À ce qu'il paraît, le type a passé l'arme à gauche pendant qu'ils l'emmenaient à l'hôpital alors ils l'ont abandonné derrière un bouge à Tampa. Encore un autre meurtre dans les bas-fonds qui restera non élucidé ! Heureusement pour Pfitzner, le gars n'était pas flic, et pas originaire de Seabrook, alors ce cadavre n'a pas ému grand monde. Vous étiez au courant de ça, Post ?

Je secoue la tête. Je ne veux pas lui répéter ce que m'a confié Bruce Gilmer dans l'Idaho.

Il tire de nouveau sur sa paille et cela lui donne un regain d'énergie.

— Alors une question s'impose : pourquoi Pfitzner voulait-il se débarrasser de Kenny Taft ?

— Mystère, réponds-je pour l'encourager à poursuivre.

— Apparemment Taft avait appris qu'ils comptaient mettre le feu à la réserve des scellés et il avait récupéré plusieurs boîtes avant que les autres ne passent à l'acte. Sur le coup, personne ne le savait. Mais une fois qu'il a eu ces pièces en sa possession, il n'a pas su qu'en faire. Et il a commencé à paniquer. Il a dû parler un peu trop et c'est remonté aux oreilles de Pfitzner, qui a alors monté l'attaque.

— Plusieurs boîtes, vous dites ?

J'ai la bouche sèche, mon cœur s'emballe. Je bois un trait de sangria pour me calmer.

— C'est ce qu'on raconte, Post. Je ne sais pas ce qui a été détruit dans l'incendie, ni ce qu'a récupéré Taft. Ce sont juste des rumeurs. Dans votre affaire, il manque une lampe de poche, autant que je me souvienne. J'ai lu votre demande de remise en liberté, et aussi que vous avez été débouté la semaine dernière. Et cette lampe de poche a été officiellement détruite dans l'incendie. C'est bien ça, Post ?

— Absolument.

— Mais ce n'est peut-être pas le cas ? Elle est peut-être intacte ?

— Ce serait intéressant, répliqué-je en tentant de rester le plus flegmatique possible. On sait ce que Taft a pu faire de ces boîtes ?

— Non. Mais il paraît que pendant les funérailles de Taft, une cérémonie en grande pompe digne d'un général cinq étoiles, deux gars de Pfitzner sont allés fouiller chez lui, ils ont tout passé au crible pour retrouver ces boîtes. En vain.

— Et vous, vous savez où elles peuvent être, n'est-ce pas ?

— Pas encore, mais j'y travaille. J'active toutes mes sources, les anciennes comme les nouvelles. Je suis sur le coup. Je voulais que vous le sachiez.

— Et vous n'êtes pas inquiet ?

— Inquiet ?

— À l'idée de découvrir quelque chose qui a été caché depuis si longtemps ? Quincy Miller n'a pas tué Keith Russo. Le meurtre a été commandité par des narcotrafiquants avec la bénédiction et la protection de Pfitzner. Ce gang est toujours actif, et il y a dix jours ils ont tenté d'assassiner Quincy en prison. À l'évidence, ces gens-là n'apprécient pas qu'on remue le passé, que ce soit vous ou moi.

Il part d'un grand rire.

— Je suis trop vieux pour m'inquiéter, Post ! Au contraire, ça m'amuse beaucoup.

— Alors pourquoi sommes-nous ici ? À nous cacher dans un bar de Gainesville ?

— Parce que Seabrook, c'est morne plaine côté bars, ce qui n'est pas plus mal pour quelqu'un comme moi. Et j'ai passé ma jeunesse ici. J'adore cet endroit. Et vous Post, vous êtes inquiet ?

— Disons que, vu mon métier, j'ai appris à me méfier.

36

Le dossier sur Mickey Mercado grossit à vue d'œil. Avec l'accord du juge, ses déclarations de revenus sont examinées à la loupe. Consultant en sécurité, il est l'unique employé de sa société. Le siège social se trouve dans le même bâtiment que Varick & Valencia, le cabinet de Nash Cooley. L'année dernière, Mercado a déclaré un peu plus de deux cent mille dollars de revenus avant les déductions pour un crédit et deux jolies voitures. Il est divorcé, vit seul, sans personne à charge. Et ne soutient aucune œuvre de charité.

Le FBI n'a pas le temps de s'intéresser aux gardiens de prison corrompus, et encore moins aux luttes intestines entre gangs de détenus. Mais l'agent spécial Agnes Nolton ne peut résister à cette histoire : un cartel mexicain qui embauche les Aryan Deacons pour assassiner un innocent parce que ses avocats tentent de le faire libérer. Elle décide de tenter le tout pour le tout et de mettre la pression sur Skip DiLuca. C'est une stratégie agressive : grosse mise, gros gains.

Avec la coopération du procureur fédéral, elle se présente devant un grand jury et expose son affaire. Jon Drummik, Robert Earl Lane, Adam Stone et Skip DiLuca sont alors officiellement poursuivis pour tentative d'assassinat en bande organisée sur la personne de Quincy Miller. Le FBI a désormais les mains libres pour agir. Ils attendent le bon moment.

J'attends aussi. Je passe de longues heures dans la nouvelle chambre de Quincy pour l'aider à recouvrer la santé. Nos conversations sont limitées, il se fatigue vite. Il ne se souvient pas de l'attaque. Sa mémoire à court terme est en vrac.

*

Adam Stone arrive « sur zone ». Mayhall est en chemin, avec de la marchandise et de l'argent. À la suite de son arrestation par la police routière, il a décidé de changer le lieu de rendez-vous. Il a choisi un tex-mex au nord de Sanford, une petite ville de cinquante mille habitants. Stone, en civil, s'installe à une table avec vue sur le parking et commande quelques tacos. Le FBI lui a dit que Mayhall – Skip DiLuca de son vrai nom – conduit désormais une Lexus grise. Stone mange sans appétit, en attendant d'apercevoir la voiture. Elle apparaît un quart d'heure plus tard et se gare à côté de son gros pick-up. DiLuca en sort et marche d'un pas rapide vers le restaurant, mais il n'arrivera jamais à destination. Deux agents en costume sombre surgissent de nulle part et lui bloquent le passage. Ils sortent leurs badges et désignent un SUV noir garé à côté des poubelles. DiLuca sait qu'il serait idiot de résister ou de dire quoi que ce soit. Il baisse la tête, ses épaules s'affaissent, et il se laisse emmener. Encore une fois, il a fichu sa vie en l'air. Adieu la liberté ! Encore une fois, les menottes se referment sur ses chairs.

Stone est la seule personne dans le restaurant à remarquer le petit drame qui se joue sur le parking. Et cela ne lui fait pas plaisir. Son monde à lui aussi vient de basculer. Le FBI lui a promis d'abandonner les charges contre lui s'il se montre coopératif. On lui a promis un meilleur emploi. Mais qui va s'occuper de son cas ? Le plan, autant qu'il le sache, est d'arrêter DiLuca avant qu'il n'ait le temps de prévenir quiconque. Ainsi les Deacons n'auront pas vent de son arrestation, et aucun moyen de savoir qu'Adam Stone, leur mule et coursier favori, est devenu un informateur. Seulement Stone sait qu'en prison les fidélités sont fluctuantes et que rien ne reste secret très longtemps. Il craint pour sa vie et veut un autre travail. Vite !

Il avale un taco et regarde le SUV s'éloigner. Aussitôt, une remorqueuse arrive et emporte la Lexus. Quand tout est redevenu normal sur le parking, Stone termine son assiette et retourne à son pick-up, en se disant qu'il va bientôt être lui aussi arrêté. Ou pire, attaqué à coups de couteau et abandonné baignant dans son sang.

*

Le trajet dure près d'une heure. Skip DiLuca, menotté sur la banquette arrière, ne pipe mot. L'agent assis à côté de lui n'est pas loquace non plus. Comme les deux autres à l'avant. Les fenêtres teintées sont si noires qu'on distingue à peine l'extérieur et, bien sûr, de la rue, les occupants sont totalement invisibles.

Le SUV se faufile dans la circulation et rejoint le QG du FBI à Maitland. On le fait entrer par l'arrière du bâtiment et monter deux volées de marches jusqu'à une pièce aveugle où d'autres agents l'attendent. Une fois assis derrière la table, on lui retire les menottes. Six hommes sont dans la pièce, belle démonstration de force. Mais à quoi bon ? se demande DiLuca. Il ne va aller nulle part !

Une femme entre et tout le monde se fige. Elle s'assoit en face du prisonnier, les autres restent debout, quasiment au garde-à-vous.

— Monsieur DiLuca, je suis Agnes Nolton, agent spécial du FBI. Vous êtes en état d'arrestation pour tentative d'assassinat en bande organisée, violences volontaires, association de malfaiteurs, et une pléthore d'autres délits de moindre importance. Nous venons de fouiller votre véhicule et avons trouvé trois cents gélules de méthamphétamine, une infraction que nous allons ajouter à la liste. Voici le détail des charges retenues contre vous. Prenez-en connaissance.

Elle lui présente l'acte d'accusation que DiLuca lit dans le menu. Il prend tout son temps. Il ne semble pas impressionné outre mesure et a un petit air narquois, comme s'il avait sous les yeux son bulletin de notes. Une fois sa lecture terminée, il repose doucement le document et esquisse un sourire. Elle lui tend alors une autre feuille où sont rédigés ses droits en tant que citoyen. Il les lit également puis signe au bas de la page. Il est déjà passé par là.

— Nous allons vous placer en détention, mais d'abord, j'aimerais avoir une conversation avec vous. Vous voulez un avocat ?

— J'en veux deux. Peut-être même trois !

— Ce ne sera pas de trop effectivement. On peut s'arrêter là si vous voulez, et vous trouver un avocat pour demain. Dans ce cas, nous ne pourrons avoir cette conversation, et ce serait fort regrettable pour vous.

— Je vous écoute, répond-il tranquillement.

— Vous avez un casier bien chargé et vous êtes bon pour écoper une fois encore de trente ans. Vous avez cinquante et un ans, cela veut dire que vous mourrez en prison.

— Merci de me le rappeler.

— Pour tout vous dire, votre cas ne nous intéresse pas tant que ça et les trafics des gangs en prison sont le cadet de nos soucis. Mais un contrat pour tuer quelqu'un, c'est une autre affaire. Quelqu'un vous a payé. Si vous nous dites qui, combien, et tous les détails, nous allégeons la sentence. Et vous pourrez profiter encore de plusieurs années en liberté – si toutefois vous parvenez à rester dans le droit chemin, ce dont je doute fortement.

— Trop aimable.

— Nous vous proposons un bon accord, monsieur DiLuca. (Elle jette un coup d'œil à sa montre.) Et cette proposition est valable encore quarante-trois minutes. Évidemment, vous ne pouvez quitter cette pièce, ni appeler quelqu'un pour demander conseil.

— Je passe mon tour. Je ne suis pas une balance.

— Bien sûr que non. Ce n'est pas ce que je sous-entends. Mais ne nous racontons pas d'histoires.

Vous n'êtes pas non plus un saint. Regardez-vous en face, Skip. Droit dans les yeux. Vous n'êtes qu'un escroc, un criminel avec un casier long comme le bras, un membre d'un gang violent et raciste, et vous avez accumulé les erreurs dans votre vie. Aujourd'hui vous avez été pris à soudoyer un surveillant pour livrer de la drogue à vos copains des Deacons. Ce qui est une autre monumentale bêtise, Skip. Quand allez-vous vous décider à faire quelque chose d'intelligent ? Vous tenez vraiment à passer trente années enfermé avec ces brutes ? Et cette fois, ce sera dans un établissement fédéral, Skip. Pas dans une petite prison de comté. Pour vous ce sera un pénitencier, et nous y veillerons.

— Allons…

— Absolument, un pénitencier fédéral, Skip, le pire du pire. Et pour les trente prochaines années. À côté, Garvin c'est une colonie de vacances !

DiLuca prend une longue inspiration et lève les yeux au plafond. La prison ne lui fait pas peur. Pas même la plus dure qui soit. Il a passé la majeure partie de sa vie derrière les barreaux et il a survécu, parfois bien vécu. Ses frères étaient là-bas, tous ayant juré fidélité aux Aryans violents mais protecteurs. Pas besoin de travailler, pas de factures à payer. Trois repas par jour. Drogue à volonté, surtout quand on fait partie d'un gang. Et sexe à gogo, si on est de ce côté-là.

Seulement voilà, il vient de rencontrer une dame qu'il adore, sa première histoire d'amour depuis des années. Elle est un peu plus âgée que lui, n'est pas riche mais pas sans le sou non plus. Ils parlent de vivre ensemble, d'escapades et de voyages. DiLuca ne peut pas partir très loin bien sûr, parce qu'il est en liberté conditionnelle. Un passeport reste un Graal inaccessible. Elle a entrouvert une porte vers une nouvelle vie, et il n'a aucune envie de rater ça.

En bon escroc, il sait comment jouer la partie. Cette fille doit avoir une marge de manœuvre pour négocier.

— Combien de temps vous dites ? demande-t-il.

— Trente ans.

— Et avec un accord ?

— Entre trois et cinq ans.

— C'est trop. Je ne survivrai pas. Alors c'est non.

— Si trois ou cinq ans vous semblent insurmontables, comment espériez-vous en supporter trente ?

— J'y suis déjà passé. Je sais de quoi je parle.

— Je n'en doute pas.

Agnes Nolton se lève et le regarde avec intensité.

— Je reviens dans trente minutes, Skip. Pour l'instant, vous me faites perdre mon temps.

— Je peux avoir un café ?

Elle écarte les bras.

— Vous voyez quelqu'un avec une tasse ? Il y a une cafetière ici ?

Ses collègues font mine de regarder autour d'eux. Non. Pas de cafetière. Ils secouent la tête. Elle sort avec une petite escorte. Le dernier referme la porte derrière lui. Trois agents sont restés dans la pièce. Le plus costaud garde la sortie, assis sur une chaise, son téléphone à la main, et commence à faire le ménage dans sa messagerie. Les deux autres s'assoient à la table avec DiLuca et pianotent aussitôt sur leurs écrans, s'adonnant à quelque affaire urgente. Le silence s'installe. Et DiLuca fait mine de somnoler.

Un quart d'heure plus tard, la porte s'ouvre et Agnes Nolton entre à nouveau en scène. Elle se plante devant DiLuca et le regarde fixement.

— Nous venons d'arrêter Mickey Mercado à Coral Gables. Nous allons lui proposer un marché pour lui éviter la prison à perpétuité. S'il accepte notre offre, c'est mort pour vous et notre marché ne tient plus. Alors, réfléchissez vite, si tant est que vous ayez les neurones pour ça.

Elle tourne les talons et s'en va. DiLuca s'efforce de rester impassible mais à l'intérieur ses intestins se vrillent, il a la nausée. Non seulement ils connaissent l'existence de Mercado, mais ils l'ont serré ! C'est un cauchemar ! DiLuca lève la tête. Les deux agents l'observent. Son souffle se fait court. Il manque d'air ! La sueur perle à son front. Les flics notent tout, envoient des messages.

Le temps s'étire. DiLuca essaie de déglutir pour faire passer la nausée.

Dix minutes plus tard, Agnes Nolton est de retour. Cette fois, elle s'assoit, signe qu'elle compte lui mettre la pression.

— N'importe quel escroc à votre place accepterait, commence-t-elle d'une voix badine. Vous êtes définitivement stupide, Skip.

— Toujours aussi aimable. Parlons plutôt du programme de protection des témoins.

Elle ne sourit pas, mais à l'évidence elle apprécie ce premier pas dans la bonne direction.

— Je peux vous en dire deux mots, simplement je ne pense pas que ça s'applique à votre cas.

— Vous pouvez l'adapter. Vous faites ça tout le temps.

— C'est vrai. Très bien, partons du principe qu'on accepte de vous mettre au vert, qu'est-ce que vous nous donnez en échange ? Ici et maintenant. Je vous rappelle que nous avons Mercado. C'était votre contact ? Il y a quelqu'un au-dessus de lui ? Combien de noms il a lâchés ? Combien d'argent ? Qui a fait le coup ?

DiLuca hoche la tête et jette un regard circulaire dans la pièce. Il déteste faire le mouchard. Et il a passé sa vie à punir sévèrement les informateurs. Mais parfois un homme doit prendre des décisions déplaisantes pour se protéger.

— Je vais vous dire ce que je sais. Tout ce que je sais. Sauf que je veux un accord signé, « Ici et maintenant », comme vous dites. Vous ne me faites pas confiance, d'accord, mais c'est réciproque.

— C'est de bonne guerre. Nous avons un formulaire pour ça, dont on se sert depuis des années. Et il a été approuvé par de nombreux avocats. Remplissons les blancs et voyons la suite.

*

Ils emmènent DiLuca dans une autre pièce et l'installent devant un gros ordinateur de bureau. Il tape lui-même sa déposition.

Il y a six semaines, j'ai été contacté par un homme qui se fait appeler Mickey Mercado. Il disait venir de Miami. Il est venu frapper à ma porte, ce qui est bizarre car peu de personnes savent où j'habite. En fait, il était bien renseigné sur moi. Nous sommes allés dans un café au bout de la rue pour notre premier entretien. Il savait que j'étais un Deacon et un ancien détenu de Garvin. Il connaissait tout mon casier judiciaire. C'était un peu inquiétant alors j'ai commencé à lui poser des tas de questions. Il m'a annoncé qu'il était consultant en sécurité. Allez savoir ce que ça veut dire ! Il m'a expliqué qu'il avait plusieurs clients, surtout dans les Caraïbes, il est resté assez vague. Je lui ai demandé comment je pouvais savoir s'il n'était pas un flic ou un agent du FBI qui tentait de me piéger. Il avait peut-être un micro sur lui. Cette remarque l'a fait rire et il m'a assuré qu'il n'avait pas de mouchard. Finalement, on s'est échangé nos numéros et il m'a invité à venir lui rendre visite à son bureau pour que je puisse me rendre compte par moi-même de ce qu'il faisait. Il m'a juré qu'il était réglo. Quelques jours plus tard, je suis allé à Miami et je suis monté au 34e étage d'une tour pour le retrouver dans son bureau. Il avait une jolie vue sur la mer. Une secrétaire et une petite équipe. Mais il n'y avait pas de nom sur la porte. On a bu une tasse de café et on a parlé à peu près une heure. Il m'a demandé si j'avais encore des contacts dans la prison. J'ai dit oui. Il voulait savoir si ce serait compliqué d'éliminer un autre prisonnier à Garvin. Est-ce qu'il parlait d'un contrat ? Il m'a dit oui, on pouvait appeler ça comme ça. À ce qu'il m'a expliqué, un de ses clients avait un problème avec un détenu et voulait l'empêcher de nuire. Il ne m'a pas donné de nom et je n'ai pas dit oui pour le contrat. Je suis rentré chez moi. Entre-temps, sur Internet, j'avais cherché des infos sur Mercado, mais n'avais pas trouvé grand-chose. En revanche, j'étais convaincu que ce n'était pas un flic. Notre troisième rendez-vous a eu lieu dans un bar à Boca. C'est là que nous avons conclu l'accord. Il m'a demandé combien cela coûterait. Je lui ai dit 50 000 $, ce qui est carrément cher pour éliminer un gars en prison. Mais apparemment le prix ne l'a pas rebuté. Il m'a annoncé que la cible était Quincy Miller, un détenu condamné à perpète. Je n'ai pas demandé ce qu'on reprochait à Miller, et Mercado ne m'a donné aucune précision. Pour lui, c'était juste une commande. J'ai appelé Jon Drummik, le chef des Deacons à Garvin, et il a organisé l'affaire. Il allait se faire aider par Robert Earl Lane, le gars le plus dangereux de la prison, Blancs et Noirs confondus. Ils toucheraient chacun 5 000 $, et encore 5 000 une fois que le travail serait fait. Je comptais empocher le reste sans rien leur dire. Comme on ne peut pas avoir de liquide en prison, je me suis arrangé pour verser le fric au fils de Drummik et au frère de Lane. À notre quatrième rencontre, Mercado m'a remis 25 000 $ en liquide. J'étais quasiment sûr de ne jamais voir l'autre moitié, quoi qu'il arrive à Quincy Miller. Mais je m'en fichais. 25 000 $, c'est une belle somme pour un meurtre en prison. J'ai ensuite rencontré Adam Stone notre mule et organisé avec lui l'embuscade. Il a passé le message à Drummik et Lane. L'attaque s'est bien passée mais ils n'ont pu finir le boulot. D'après Stone, un autre gardien s'est pointé ou quelque chose comme ça. Mercado était furax et a refusé de payer le reste de l'argent. J'ai gardé les 15 000 $ pour moi.

Mercado ne m'a jamais dit le nom de son client. Il était mon seul contact. Pour tout dire, je n'ai pas cherché à savoir. Dans ce genre de boulot, moins on en sait mieux c'est. Et puis, si j'avais posé la question, je suis sûr que Mercado ne m'aurait pas répondu.

D'après un ami à moi à Miami, Mercado est une sorte d'intermédiaire qui arrange les coups pour des trafiquants. Je l'ai rencontré deux fois encore après l'attaque, mais ça n'a pas débouché sur grand-chose. Il voulait savoir s'il était encore possible d'atteindre Miller à l'hôpital. Je suis allé jeter un coup d'œil et je n'ai pas aimé ce que j'ai vu. Mercado m'a quand même demandé de surveiller l'état de santé de Miller et de trouver le moyen de finir le travail.

Skip DiLuca

*

Sachant qu'il y a toujours un contrat sur la tête de Quincy, le FBI doit faire un choix. Ils aimeraient surveiller Mercado dans l'espoir d'attraper du gros poisson, quitte à se servir de DiLuca comme appât. Bien sûr, tant que Mercado est libre et veut la mort de Quincy, le danger est réel. Le plus sûr est d'arrêter Mercado et de lui mettre la pression, mais les fédéraux savent qu'il ne se montrera guère coopératif.

DiLuca est enfermé dans une cellule, sous surveillance, et sans aucun moyen de communication. Il reste un criminel endurci en qui on ne peut avoir confiance. À la moindre occasion, il pourrait alerter Mercado. Et s'arranger pour que Lane et Drummik sachent qu'Adam Stone a retourné sa veste.

Agnes Nolton décide finalement d'arrêter Mercado et d'éloigner Adam Stone de Garvin. Ils organisent aussitôt un plan pour le faire déménager avec sa famille dans une autre ville, où l'attend un nouveau travail dans une prison fédérale. De son côté, DiLuca va être envoyé temporairement dans un centre de détention sous un autre nom, et là-bas des chirurgiens vont lui donner un nouveau visage.

*

Encore une fois, la patience paie. Avec un passeport du Honduras au nom de Alberto Gomez, Mercado prend un avion de Miami à San Juan à Porto Rico, et de là une navette d'Air Caribbean pour la Martinique. La police locale le prend en filature dans Fort-de-France où il saute dans un taxi pour rejoindre l'Oriole Bay Resort & Spa, un havre de paix et de volupté, niché à flanc de colline. Deux heures plus tard, un jet fédéral atterrit sur le même aéroport et une brigade d'agents du FBI s'engouffre dans des véhicules. Mais l'Oriole Bay est complet. Ils ont vingt-cinq suites haut de gamme et elles sont toutes occupées. Les fédéraux doivent se rabattre sur l'hôtel le plus proche, à cinq kilomètres de là.

*

Mercado paresse à l'hôtel. Il déjeune seul devant la piscine, boit un cocktail au bar tout en observant les alentours. Les autres clients sont de riches Européens, chacun parlant dans sa langue. Aucun danger en vue. Plus tard dans l'après-midi, il emprunte un petit chemin qui grimpe sur une cinquantaine de mètres pour rejoindre un grand bungalow où un serveur lui apporte un verre en terrasse. La mer des Caraïbes scintille devant lui. Il allume un cigare cubain et admire la vue.

Le maître de maison est Ramon Vasquez. Il apparaît enfin. Sa compagne s'appelle Diana, une relation de longue date, quoique Mercado ne l'ait jamais ni vue ni rencontrée. Encore une fois, Diana ne se montre pas. Elle observe la scène derrière la fenêtre d'une chambre.

Vasquez tire une chaise et s'assoit. Ils ne se serrent pas la main.

— Qu'est-ce qui s'est passé ?

Mercado hausse les épaules d'un air fataliste.

— Je ne sais pas trop. Le travail n'a pas été mené jusqu'au bout.

Ils parlent à voix basse, en espagnol.

— À l'évidence ! Comment tu comptes finir le boulot ?

— C'est vraiment ce que tu veux ?

— Absolument. Les gars ne sont pas contents et ils tiennent à ce que le problème soit réglé. On te pensait à la hauteur pour gérer ça. Tu as dit que ce serait simple. Apparemment, ce n'est pas le cas. N'empêche que tu dois terminer le contrat.

— Très bien. Je vais mettre en place une nouvelle opération, mais cette fois, ça va être compliqué.

L'employé apporte à Vasquez un verre d'eau. Il refuse le cigare que lui offre Mercado. Ils parlent encore une demi-heure avant que Mercado soit congédié. Il retourne à l'hôtel bronzer au bord de la piscine, il aborde une jeune femme, puis dîne seul dans la jolie salle à manger.

Le lendemain, avec un passeport bolivien, Mercado retourne à San Juan.

37

Dans le comté de Ruiz, seules deux municipalités ont une administration autonome : Seabrook, onze mille habitants, et Dillon, à peine deux mille trois cents âmes, presque un village. Dillon est au nord, loin dans les terres, un coin isolé, presque oublié de la civilisation. Il n'y a pas beaucoup de travail à Dillon et pas plus de commerces. La plupart des jeunes sont partis, soit pour fuir l'ennui, soit pour survivre tout simplement. Réussir à Dillon n'est même plus envisagé. Ceux qui restent, jeunes comme vieux, vivotent avec un salaire de misère ou grâce aux subsides de l'État.

Le reste du comté est blanc à quatre-vingts pour cent, mais le ratio à Dillon est cinquante/cinquante. L'an passé, soixante et un élèves sont sortis de son petit lycée. Parmi eux, trente étaient noirs. Kenny Taft était de la promotion 1981. Il avait un frère et une sœur. La famille vivait à quelques kilomètres du bourg dans une ancienne ferme que le père de Kenny avait achetée dans une vente aux enchères.

Vicki a tenté de retracer l'histoire des Taft, et ils ont eu leur lot de malheurs. Grâce à d'anciennes nécrologies, nous savons que le père de Kenny est mort à cinquante-huit ans, de cause inconnue. Ensuite, il y a eu Kenny, assassiné à l'âge de vingt-sept ans. Un an plus tard, son frère aîné a péri dans un accident de voiture. Deux ans après, c'est sa sœur, Ramona, qui meurt à l'âge de trente-six ans, à la suite d'une longue maladie. La mère, Vida Taft, après la mort de son mari puis de ses trois enfants, a été internée en 1996, mais les registres de la cour ne sont pas clairs. Les dossiers médicaux sont confidentiels en Floride, comme dans la plupart des États. À un moment, l'hôpital psychiatrique l'a laissée sortir puisqu'elle est « morte paisiblement chez elle », à en croire encore le bulletin nécrologique du journal de Seabrook. Aucun testament n'a été enregistré. On peut donc raisonnablement penser qu'ils n'en ont jamais rédigé. La vieille ferme familiale avec ses deux hectares est désormais la propriété d'une douzaine de petits-enfants, dont la plupart ont fui la région. L'année dernière, le comté de Ruiz estimait la propriété à trente-trois mille dollars, et on ne sait pas trop qui paie les deux cent quatre-vingt-dix dollars d'impôts fonciers chaque année.

Frankie trouve la maison. Elle se dresse, solitaire, au bout d'une allée de gravillons. L'endroit est abandonné depuis longtemps. La végétation a poussé entre les planches croulantes du perron. Des volets sont par terre, d'autres pendent de guingois à leurs charnières rouillées. Un gros cadenas à chaque porte interdit l'accès côté cour comme côté jardin. Aucune fenêtre n'est brisée, toutefois. Le toit en tôle semble en bon état.

Frankie fait le tour de la bâtisse, un seul. Cela lui suffit. Marchant avec précaution dans les hautes herbes, il revient à son pick-up. Depuis deux jours, il traîne dans Dillon et il pense avoir trouvé son sésame.

Riley Taft, la journée, est le gardien du collège de Dillon, mais sa véritable vocation c'est de s'occuper de ses ouailles, parce qu'il est pasteur de l'église baptiste de Red Banks, à quelques kilomètres dans les terres. La plupart des Taft sont enterrés ici, certains ont des pierres tombales, d'autres pas. Sa congrégation compte moins de cent membres et ne peut s'offrir les services d'un pasteur à plein temps. Voilà pourquoi, durant la semaine, il travaille au collège. Après quelques coups de fil, il accepte de rencontrer Frankie à l'église en fin d'après-midi.

Riley est jeune, la trentaine, costaud, sympathique, et a un grand sourire. Il conduit Frankie dans le cimetière et lui montre le coin des Taft. Son père, le fils aîné, est enterré entre son frère Kenny et leur mère. Riley lui raconte les drames de la famille : son grand-père mort à cinquante-huit ans d'un mystérieux empoisonnement, l'oncle Kenny tué dans une fusillade, son père décédé dans un accident de voiture, sa tante emportée par une leucémie à trente-six ans. Quant à Vida Taft, elle est morte il y a douze ans à l'âge de soixante-dix-sept ans.

— Pauvre vieille, marmonne Riley les yeux brillants. Elle a enterré ses trois enfants et en a perdu la tête.

— Vous parlez de votre grand-mère ?

— Oui. Pourquoi notre famille vous intéresse ?

Frankie a déjà raconté la mission des Anges Gardiens, nos victoires, nos échecs, et le fait que nous défendons Quincy Miller.

— Nous pensons que pour le meurtre de Kenny, les choses ne se sont pas passées comme le dit le shérif.

Aucune réaction chez Riley. Il désigne l'église derrière eux.

— Allons boire quelque chose.

Ils passent devant d'autres tombes, d'autres Taft, et quittent le cimetière. Ils pénètrent dans le minuscule foyer à l'arrière de l'église. Riley ouvre un réfrigérateur et en sort deux petites bouteilles de limonade.

— Merci, répond Frankie en s'installant sur une chaise pliante.

— Alors, c'est quoi cette nouvelle théorie ?

— Vous n'êtes pas au courant ?

— Non. Pas du tout. Quand Kenny s'est fait tuer, cela a été la fin du monde. J'avais quinze ou seize ans, j'étais en première année au lycée. L'oncle Kenny était quasiment un grand frère pour moi, c'était mon modèle. Je lui vouais une véritable adoration. Il était la fierté de la famille. Un génie, destiné à de grandes choses, tout le monde en était persuadé. Il était fier d'être flic mais il aspirait à mieux encore. Mon Dieu, comme je l'aimais. On l'aimait tous. Il avait une charmante femme, Sybil, vraiment très gentille. Et un bébé. Tout allait bien, et puis il est mort. Quand j'ai appris la nouvelle, je me suis écroulé et j'ai pleuré comme un petit enfant. Je voulais mourir aussi. Aller en terre avec lui. C'était si horrible. Si douloureux. (Ses yeux s'embuent et il prend une longue goulée.) Mais nous avons toujours cru qu'il était tombé sur des trafiquants de drogue et qu'il s'était fait descendre. Et maintenant, vingt ans plus tard, vous venez avec une version différente ? C'est bien ça ?

— Exact. Nous pensons que Kenny a été attaqué par des hommes du shérif Pfitzner qui lui-même était en cheville avec des narcotrafiquants. Kenny en savait trop et Pfitzner s'est inquiété.

Il faut une ou deux secondes à Riley pour assimiler l'information. Mais il tient le choc, veut en savoir davantage.

— Quel rapport avec Quincy Miller ?

— Pfitzner est aussi derrière l'assassinat de Keith Russo, l'avocat. Russo s'est fait beaucoup d'argent en défendant des trafiquants de drogue, et il a été retourné par la DEA et est devenu un indic. Pfitzner l'a su. Il a alors organisé le meurtre et s'est débrouillé, avec brio, pour faire porter le chapeau à Quincy. Kenny a dû découvrir quelque chose et cela lui a coûté la vie.

Riley sourit et secoue la tête.

— C'est de la folie.

— Vous n'avez jamais rien entendu en ce sens ? Pas la moindre rumeur ?

— Jamais. Monsieur Tatum, il faut se rendre compte de la situation. Seabrook, sur le papier, est à trente kilomètres d'ici mais, en réalité, c'est le bout du monde pour nous. Dillon est dans sa petite bulle. Une bulle sinistre pour tout dire. Les gens ici vivotent, s'en sortent à peine. Nous avons nos propres combats à mener, et pas le temps de nous occuper de ce qui se passe à Seabrook ou ailleurs.

— Je comprends, répond Frankie en buvant une lampée.

— Alors, comme ça, vous avez fait quatorze ans de prison pour un meurtre que vous n'avez pas commis ?

— Oui, quatorze ans, trois mois et onze jours. C'est le révérend Post qui m'a tiré de là. C'est terrible, Riley, d'être enfermé et oublié de tous, alors qu'on est innocent. C'est pour ça qu'on se démène pour Quincy Miller et pour nos autres clients. Comme vous le savez, beaucoup de nos frères sont enfermés alors qu'ils ne sont pas coupables.

— C'est vrai.

Ils boivent en silence.

— Nous devons explorer toutes les pistes, insiste Frankie. Peut-être, je dis bien *peut-être*, Kenny a subtilisé certaines preuves que Pfitzner gardait sous scellés dans la remise derrière le poste de police. C'est ce que son ancien partenaire, dernièrement, nous a laissé entendre. Kenny aurait appris que le shérif prévoyait d'incendier la remise en question pour détruire tout ce qui s'y trouvait. Il aurait alors récupéré quelques pièces avant que les sbires de Pfitzner n'y mettent le feu. Pourquoi le shérif aurait-il monté cette attaque, sinon ? Pourquoi vouloir la mort de Kenny ? Kenny savait quelque chose, évidemment ! Il avait en sa possession des pièces compromettantes ! Je ne vois pas d'autre explication. Voilà le mobile de Pfitzner.

Riley apprécie cette version.

— Reste la grande question : Où sont ces preuves ? Qu'est-ce que Kenny en a fait ? Et c'est la raison de votre présence ici, n'est-ce pas ?

— Exact. Je doute que Kenny les ait emportées chez lui, parce que ça aurait mis sa famille en danger. Sans compter que la maison n'était pas à lui, il la louait.

— Et sa femme n'y était pas heureuse. Ils habitaient sur Secretary Road, dans le quartier est. Sybil voulait déménager.

— Au fait, on a retrouvé Sybil. Elle vit à Ocala maintenant. Elle ne veut pas nous parler. Elle a tiré un trait.

— Une femme charmante, elle avait toujours un mot gentil pour moi. Je ne l'ai pas vue depuis des années. Et je ne la reverrai sans doute jamais. Bref, monsieur Tatum, vous…

— Appelez-moi Frankie.

— D'accord. Donc, Frankie, vous pensez que Kenny aurait pu rapporter ces trucs ici, dans sa maison natale ?

— Les cachettes sont plutôt limitées. Si Kenny voulait mettre quelque chose à l'abri, quelque chose de précieux, il lui fallait un endroit sûr et en même temps accessible. Cela se tient, non ? Il y a un grenier dans la vieille maison ? Une cave ?

— Non, pas de cave. Mais un grenier, sûrement. Je ne l'ai jamais vu, je n'y suis jamais monté. (Il avale une nouvelle gorgée.) C'est quand même chercher une aiguille dans une meule de foin.

Frankie lâche un rire.

— C'est un peu notre spécialité. Nous passons beaucoup de temps à fouiller. Et parfois on trouve une pépite.

Riley vide sa limonade, se lève et se met à marcher de long en large, visiblement mal à l'aise. Il finit par s'immobiliser et regarde Frankie.

— Il y a un problème. Vous ne pouvez pas entrer dans cette maison. C'est trop dangereux.

— Je sais, elle est à l'abandon depuis des années.

— Abandonnée par les vivants, oui. Sauf qu'elle est toujours habitée. Par des esprits, des fantômes. L'endroit est hanté. Je l'ai vu de mes propres yeux. Je suis pauvre, je n'ai quasiment rien à la banque, mais je n'irai pas dans cette maison en pleine journée armé d'un fusil, même pour mille dollars en liquide. Et personne de ma famille non plus. Pas question !

Riley a les yeux écarquillés de terreur et sa main tremble quand il agite son doigt. C'est troublant. Il se dirige ensuite vers le réfrigérateur et va chercher deux autres limonades. Il en donne une à Frankie et se rassoit. Il prend de grandes inspirations, ferme les yeux, comme s'il cherchait la force de raconter son histoire. Enfin, il se lance.

— Vida, ma grand-mère, a été élevée par sa grand-mère dans un village pour Noirs à vingt kilomètres d'ici. Il a été rasé depuis. Vida est née en 1925. Sa grand-mère dans les années 1870, à une époque où des tas de gens avaient des proches qui avaient connu l'esclavage. Sa grand-mère pratiquait la sorcellerie et le vaudou, ce qui était plutôt courant à l'époque. Sa religion était un mélange de christianisme et de croyances anciennes. Elle était accoucheuse et faisait office d'infirmière. Elle pouvait préparer des onguents et des décoctions pour guérir à peu près tout. Vida a été profondément influencée par cette femme et, durant toute sa vie, elle aussi s'est considérée comme une guérisseuse, et elle se gardait bien d'utiliser le mot « sorcière ». Vous m'écoutez toujours, Frankie ?

— Absolument, répond-il avec entrain. C'est fascinant.

En même temps, il sait qu'il perd son temps désormais.

— Je vais vous faire la version courte, continue Riley, mais il y aurait tout un livre à écrire sur Vida.

C'était une femme effrayante. Elle aimait ses enfants et ses petits-enfants, et menait la famille d'une main de fer, mais elle avait aussi un côté sombre, mystérieux. En voici un aperçu : sa fille, Ramona, ma tante donc, est morte à trente-six ans, vous avez vu sa tombe tout à l'heure. Quand elle était jeune, Ramona – elle avait environ quatorze ans – a été violée par un gars. Un Blanc, un sale type. Tout le monde le connaissait. Ma famille était sens dessus dessous, comme vous pouvez l'imaginer, mais elle ne voulait pas aller trouver le shérif. Vida se méfiait de la justice des Blancs. Elle préférait s'occuper de ça elle-même. L'oncle Kenny l'a surprise dans le jardin, à minuit sous la pleine lune, en train d'accomplir un rite vaudou. Elle tapait sur un petit tambour, avec des amulettes autour du cou et des peaux de serpent enroulées à ses chevilles, et elle psalmodiait dans une langue inconnue. Plus tard, elle a raconté à Kenny qu'elle avait jeté un sort au gars qui avait violé Ramona. La nouvelle s'est répandue et tout le monde à Dillon, du moins chez les Noirs, était au courant de la malédiction. Quelques mois plus tard, le type a été brûlé vif dans un accident de voiture. À partir de ce moment-là, les gens ont évité Vida. Elle faisait peur à tout le monde.

Frankie reste silencieux.

— Au fil des ans, elle est devenue de plus en plus folle. Et on n'a plus eu le choix. Nous avons pris un avocat à Seabrook pour qu'il la fasse interner. Elle était furieuse contre nous et nous a menacés. Et aussi le juge et l'avocat. On était terrifiés. À l'hôpital, ils ne savaient que faire d'elle et finalement ils l'ont laissée sortir. Elle nous a alors dit de ne pas nous approcher, ni d'elle ni de la maison. Et c'est ce qu'on a fait.

— Elle est morte en 1998, d'après la rubrique nécrologique, articule Frankie.

— C'est bien l'année. Mais aucun d'entre nous ne connaît le jour exact. Wendell, mon cousin, s'est fait du souci et s'est rendu là-bas. Il l'a trouvée au milieu de son lit, les draps remontés jusqu'au menton. Elle était morte depuis plusieurs jours. Elle avait laissé une lettre demandant qu'on l'enterre à côté de ses enfants, sans funérailles ni cérémonie. Pour clore le dernier acte avant de quitter ce monde, elle disait qu'elle avait jeté un sort à la maison. C'est triste à dire, mais on était soulagés de la savoir morte. On l'a enterrée rapidement, par un jour d'orage, avec juste la famille. Et au moment de la descendre dans la fosse, la foudre est tombée sur le cimetière. On a tous fait un bond de frayeur. Jamais je n'ai eu aussi peur de ma vie et jamais je n'ai été aussi content de voir un cercueil mis en terre.

Riley boit une longue goulée et s'essuie la bouche du revers de la main.

— Voilà, c'était Vida ma grand-mère. Nous, on l'appelait Mamie, mais les autres la surnommaient « la sorcière ».

D'une voix aussi assurée que possible, Frankie annonce :

— Il faut que l'on fouille ce grenier.

— Vous êtes fou.

— Qui a la clé de la maison ?

— Moi. Mais je n'y suis pas entré depuis des années. L'électricité a été coupée, et pourtant la nuit on voit des lumières. Des lumières qui bougent. Pas question d'aller là-bas !

— Allons prendre l'air, ça nous fera du bien.

Les deux hommes sortent dans la touffeur du soir et se dirigent vers leurs voitures.

— C'est bizarre quand même, déclare Riley. Kenny est mort depuis vingt ans et personne ne s'est jamais intéressé à lui. Et aujourd'hui, vous, comme deux autres gars, me posez des tas de questions.

— Deux autres gars ?

— Oui. Deux Blancs sont passés la semaine dernière, pour me demander des infos sur Kenny. Où est-ce qu'il a grandi ? Où il vivait ? Où est-ce qu'il est enterré ? Je ne les ai pas beaucoup appréciés alors j'ai fait l'idiot et ne leur ai rien lâché.

— D'où est-ce qu'ils venaient ?

— Je ne leur ai pas demandé. De toute façon, j'ai l'impression qu'ils ne me l'auraient pas dit.

38

La première intervention chirurgicale de Quincy dure six heures et s'attache à reconstruire la clavicule et l'épaule. L'opération se passe bien et les médecins sont satisfaits. Je reste des heures aux côtés de Quincy pendant sa convalescence. Son corps meurtri retrouve des forces et un peu de mémoire lui revient, même si l'attaque reste un trou noir. Je ne lui dis pas ce que nous avons appris sur Drummik, Lane, Adam Stone et Skip DiLuca. Quincy est sous sédatif et n'est pas prêt à entendre le reste de l'histoire.

Il y a une sentinelle jour et nuit devant sa porte, parfois deux. Des vigiles de l'hôpital, des surveillants de Garvin, des agents de la police d'Orlando ou des membres du FBI montent la garde tour à tour et j'aime bien bavarder avec eux. Ça rompt la monotonie. Le prix de tout cela me sidère. Cinquante mille dollars par an pour le garder en prison, et ce pendant vingt-trois ans. Une goutte d'eau dans un seau, comparé à ce que les contribuables paient aujourd'hui pour le garder en vie et réparer ses blessures. Sans compter le prix de cette surveillance 24/24. Des millions, tout ça parce qu'un innocent a été jeté en prison. Quel gâchis !

Je dors sur le lit pliant dans la chambre de Quincy quand un matin, à l'aube, mon téléphone sonne. C'est l'agent Nolton. Elle me demande si je suis en ville. Elle a quelque chose à me montrer. Je me rends à son bureau en voiture et la suis dans une salle de réunion où un technicien nous attend.

Il baisse les lumières et tout le monde se tourne vers un grand écran. Un visage apparaît – un Hispanique, la soixantaine, plutôt séduisant, avec un regard perçant et une barbe poivre et sel.

— Je vous présente Ramon Vasquez, annonce Agnes Nolton, un ancien du cartel de Saltillo, plus ou moins retiré des affaires.

— Ce nom ne m'est pas inconnu, dis-je.

— Attendez…

Elle appuie sur une télécommande et une autre image apparaît, un hôtel à flanc de colline, dominant une mer turquoise magnifique.

— C'est là où il passe le plus clair de son temps. C'est à la Martinique, dans les Antilles françaises. L'endroit s'appelle l'Oriole Bay Resort & Spa, propriété de l'une de ces innombrables sociétés sans visage domiciliées au Panama. (Elle scinde l'écran et le visage de Mickey Mercado apparaît.) Il y a trois jours, notre ami, avec un passeport du Honduras, est parti retrouver Vasquez là-bas. On s'y est rendus mais on n'a pas pu entrer. Finalement, c'est un mal pour un bien. Le lendemain, Mercado, cette fois avec un passeport bolivien, est rentré à Miami.

J'en tressaille.

— Vasquez était l'amant de Diana Russo…

— C'est toujours le cas. Ils sont ensemble depuis que son cher mari est mort prématurément. (Elle actionne à nouveau la télécommande. Mercado disparaît et la moitié de l'écran devient noire.) On n'a pas de photo de Diana. Comme vous l'imaginez, le renseignement dans les Caraïbes est plutôt délicat et compliqué. Je vous passe les détails. Bref, d'après ce que nous avons pu comprendre, la majeure partie du temps ils profitent d'une retraite dorée dans ce lodge. Apparemment, c'est elle qui gère l'établissement en restant très discrète. Ils voyagent beaucoup aussi. Aux quatre coins du monde. La DEA ne sait pas si ce sont des déplacements professionnels pour gérer un trafic de drogue ou juste parce qu'ils en ont assez des Antilles. On pense que Vasquez n'est plus en première ligne, mais qu'il a peut-être encore un rôle de consultant. Le meurtre de Russo a sans doute été organisé par ses soins, et maintenant ses anciens compagnons lui demandent de terminer le travail. Ou alors il est toujours en activité. Que ce soit l'un ou l'autre, il demeure extrêmement prudent.

Je me laisse tomber sur une chaise, abasourdi.

— Alors Diana était bel et bien impliquée.

— On n'en a pas la preuve formelle, mais oui, d'un coup, elle paraît beaucoup moins innocente. Elle a renoncé à la nationalité américaine il y a quinze ans pour devenir citoyenne du Panama. Cela a dû lui coûter cinquante mille dollars. Elle s'appelle désormais Diana Sanchez, mais je parie qu'elle a aussi d'autres identités. Et Dieu sait combien de passeports. On n'a aucune trace qu'ils se soient passé la bague au doigt tous les deux. Apparemment, ils n'ont pas d'enfants. Ça vous suffit ?

— Pourquoi ? Il y en a encore ?

— Oh oui !

*

Le FBI surveillait Mercado et se préparait à l'arrêter quand il a commis une erreur monumentale. Il a pris le mauvais téléphone et a appelé un numéro qui ne pouvait être tracé. En revanche, la ligne était sur écoute et la conversation a été enregistrée. Mercado a proposé à son interlocuteur de le retrouver le lendemain pour déjeuner au Snook's Bayside, un restaurant de fruits de mer à Key Largo. Avec une célérité remarquable, l'agent Nolton a obtenu le feu vert du juge (c'est dans ces cas-là qu'on est heureux d'être dans le même camp que les fédéraux) et ses hommes sont arrivés les premiers sur place. Ils ont photographié Mercado sur le parking, l'ont filmé pendant qu'il mangeait du crabe avec son contact, et ont encore photographié les deux hommes quand chacun est remonté dans sa voiture. Le SUV Volvo dernier modèle appartenait à Bradley Pfitzner.

Sur les images, il semble en bonne forme, avec un bouc poivre et sel et des cheveux gris. La retraite au soleil lui est bénéfique. À près de quatre-vingts ans, il paraît beaucoup plus jeune.

— Bravo, Post. Nous avons finalement le lien.

Sous le choc, j'ai du mal à parler.

— Bien sûr, poursuit-elle, nous ne pouvons arrêter Pfitzner parce qu'il a déjeuné avec Mercado, mais on aura les mandats et bientôt on saura tout de lui, y compris quand il va pisser.

— Faites attention. C'est un rusé.

— Certes. Pourtant, même les plus intelligents commettent des erreurs. Cette rencontre avec Mercado était du pain bénit.

— Et entre Pfitzner et DiLuca ? Des contacts ?

— Non. Aucun. Je vous fiche mon billet que Pfitzner ne connaît même pas son existence. Mercado nage dans les eaux obscures, là où sévissent les Aryan Deacons, et a organisé l'attaque dans son coin. Pfitzner a sans doute fourni l'argent. Nous n'en aurons jamais la preuve, sauf si Mercado se met à table. Ce qui est peu probable, vu le pedigree du bonhomme.

Les pensées se bousculent en moi.

— Quelle réaction en chaîne ! En trois jours, Mercado vous a conduits à Vasquez et Diana, et maintenant à Bradley Pfitzner !

Agnes Nolton acquiesce, fière des résultats, mais elle a trop de bouteille pour fanfaronner.

— Certaines pièces s'emboîtent, pourtant c'est loin d'être terminé. Il faut que je file, Post. Je vous tiens au courant.

Et la voilà déjà partie à un autre rendez-vous. Le technicien me laisse seul dans la pièce. Pendant un long moment, je reste assis sous l'éclairage tamisé et regarde fixement le mur, en tentant de reprendre mes esprits. Agnes Nolton a raison. Nous savons d'un coup beaucoup de choses sur le meurtre de Keith Russo, mais nous n'avons aucune preuve. Et en quoi tout cela peut-il faire avancer la cause de Quincy ?

Je quitte finalement la salle de réunion puis le bâtiment et retourne à l'hôpital où je trouve Marvis au chevet de son frère. Il a négocié avec son patron quelques jours de congé et va pouvoir rester là un moment. C'est une bonne nouvelle. Je me dépêche de retourner à mon motel pour récupérer mes affaires. Je suis dans les bouchons à la sortie de la ville quand d'un coup l'idée me vient. C'est un tel choc que je suis à deux doigts de me garer pour m'en remettre ! Mais je reste au volant, tandis qu'un plan magnifique prend forme dans mon esprit. Puis j'appelle ma nouvelle meilleure amie : l'agent spécial Agnes Nolton.

— Qu'est-ce qui se passe ? demande-t-elle d'une voix brusque après m'avoir fait attendre dix minutes.

— Si l'on veut coincer Pfitzner, la seule façon est de le faire entrer dans la danse.

— Lui tendre un piège ?

— Exactement. Et je crois savoir comment.

— Je vous écoute.

— Vous avez déjà fait disparaître DiLuca ?

— Pas encore.

— Alors, on a un dernier travail pour lui.

*

À l'hippodrome Hialeah Park, DiLuca s'installe dans la tribune, à l'écart des autres spectateurs. Il a le programme des courses à la main, comme s'il comptait parier sur les chevaux. Il est équipé d'un micro dernier cri, capable d'entendre une mouche voler à dix mètres. Mercado apparaît vingt minutes plus tard et s'assoit à côté de lui. Ils achètent deux bières et regardent la course suivante.

— J'ai un plan, annonce finalement DiLuca. Ils ont déplacé Miller dans une autre chambre, entre deux opérations. Son état continue de s'améliorer mais il n'est pas près de quitter l'hosto. Les gardes se relaient et il y a toujours quelqu'un devant sa porte. La prison envoie des surveillants de temps en temps. Et c'est là que nous intervenons. Nous empruntons un uniforme à Stone. L'un de mes hommes l'enfile et se rend là-bas la nuit. Pile à son arrivée, il y a une alerte à la bombe à l'hôpital – on fera peut-être même sauter quelque chose au sous-sol, sans blesser personne. Évidemment, cela va être l'affolement général à l'hosto. Alerte « attaque terroriste », « tireur fou » et tout le tralala. Dans la mêlée, notre gars pourra s'approcher de Miller. On se servira d'un EpiPen, on trouve ces stylos injecteurs contre les chocs anaphylactiques dans toutes les pharmacies, et on remplacera l'adrénaline par un truc comme de la ricine ou du cyanure. Une piqûre dans la cuisse, et en cinq minutes Miller aura passé l'arme à gauche. Même s'il est réveillé, il n'aura pas le temps, de réagir, c'est peu probable. La plupart du temps, il est assommé par les médocs. On fera ça tard dans la nuit, quand il y aura le plus de chances de le trouver endormi. Ensuite, notre homme filera en douce en profitant de la confusion générale.

Mercado boit une gorgée de bière et fronce les sourcils.

— Je ne sais pas. Ça semble très risqué.

— Ça l'est. Mais je suis prêt à tenter le coup. Contre rétribution.

— Je croyais qu'il y avait des caméras partout ?

— Il y en a au-dessus de la porte, pas dans la chambre. Notre gars pourra y entrer parce qu'il aura l'uniforme des gardes. Une fois à l'intérieur, cela ne lui prendra que quelques secondes, et puis il se mêlera au chaos dans les couloirs. Peu importe si on le voit sur les caméras de surveillance. Personne ne connaîtra son identité. Dans l'heure qui suit, il sera dans un avion.

— Il y a tout un tas de médecins qui s'occupent de Miller. Ce sont des bons.

— C'est vrai, mais le temps qu'ils identifient le poison, il sera mort. Je suis bien placé pour le savoir. J'ai déjà empoisonné trois types quand j'étais en prison et j'ai fait ça avec un truc maison.

— Je ne sais pas trop. Je vais y réfléchir.

— Ce n'est pas risqué pour toi, Mickey. Sauf pour l'argent. Si mon gars merde et qu'il est arrêté, il ne parlera pas. Je te le promets. Et si Miller en réchappe, tu gardes l'autre moitié. Bien sûr, il ne s'agit plus d'un meurtre en prison. Cette fois ce ne sera pas donné.

— Combien ?

— Cent mille. La moitié maintenant, le reste après ses funérailles. Plus les autres vingt-cinq mille que vous me devez de la première opération.

— Tu y vas fort.

— Il me faut quatre hommes, moi et trois autres gars, plus le fabricant de la bombe. C'est une opération plus complexe que de planter un type en prison.

— C'est quand même beaucoup d'argent.

— Tu le veux mort ou pas ?

— Il était censé l'être sauf que tes gars ont foiré.

— Mort ou vivant, à toi de décider.

— C'est trop d'argent.

— Pour tes copains, c'est une peccadille.

— Je vais y réfléchir.

De l'autre côté de la piste, près des paddocks, une équipe du FBI dans une camionnette de livraison filme la scène, tandis que le micro enregistre toute la conversation.

*

Pfitzner fait de grandes promenades avec sa seconde épouse, part à la pêche au gros avec un ami sur un beau *Grady-White* de dix mètres, et joue au golf le lundi et le mercredi. Vêtements, maison, voitures, restaurants chics, clubs sélects… tout montre qu'il a de l'argent. Le FBI l'observe mais ne pénètre pas chez lui pour mettre des mouchards – trop de caméras de surveillance. Pfitzner a un iPhone pour le quotidien, et un téléphone à cartes prépayées pour discuter de sujets plus sensibles. Pendant onze jours, il ne bouge pas de son quartier, hormis pour aller sur les greens ou à la marina.

Le douzième jour, il quitte Marathon et met cap au nord par la Highway 1. Dès qu'il sort de la ville et dépasse Key Colony Beach, l'alerte est donnée. Et quand Mercado quitte à son tour Coral Gables pour filer au sud, c'est le branle-bas de combat au FBI. Mercado arrive à Key Largo le premier et se gare devant le Snook's Bayside. Deux agents en short et chemise hawaïenne prennent une table près de l'eau, à dix mètres de celle qu'occupe Mercado. Dix minutes plus tard, Pfitzner arrive avec sa Volvo et entre dans le restaurant en laissant son sac de sport dans l'habitacle, l'une de ses nombreuses erreurs.

Pendant que Pfitzner et Mercado mangent leur salade, le sac est sorti de la Volvo. À l'intérieur, les fédéraux trouvent cinq paquets de billets de cent dollars attachés par des élastiques. Ce ne sont pas des coupures neuves qui sortent de la banque. Il y a, au total, cinquante mille dollars. Deux liasses sont retirées et remplacées par des billets dont les numéros ont été relevés. Le sac est remis derrière les sièges avant de la Volvo. Deux autres agents arrivent en renfort. Ils sont désormais une équipe de dix.

À la fin du repas, Pfitzner paie le déjeuner avec une carte American Express. Les deux hommes sortent sur le parking ensoleillé. Ils marquent un arrêt devant la Volvo. Pfitzner déverrouille les portières, attrape le sac de sport et, sans l'ouvrir, le tend à Mercado, qui le prend avec nonchalance. Il est clair que ce n'est pas leur premier échange de ce type. Mercado n'a pas le temps de s'éloigner qu'une voix retentit :

— FBI ! Mains en l'air !

Bradley Pfitzner, sous le choc, s'évanouit et heurte dans sa chute la voiture voisine. Il s'écroule tandis que les fédéraux fondent sur Mercado, saisissent le sac et lui passent les menottes. Quand Pfitzner se relève, il est sonné et a une entaille au-dessus de l'oreille gauche. Un agent nettoie rapidement sa plaie avec un mouchoir en papier et les deux suspects sont embarqués.

39

Le lendemain, Agnes Nolton m'appelle pour m'annoncer que DiLuca est dans un avion en partance pour Mars avec une nouvelle identité, et peut-être une nouvelle vie. Sa petite amie devrait le rejoindre plus tard. Quant à Pfitzner et à Mercado, c'est au point mort pour le moment. Rien d'étonnant, le cabinet de Nash Cooley représente les deux hommes, et les avocats, avec brio, enrayent le système. Les deux accusés tentent d'obtenir une liberté sous caution, mais le juge fédéral ne veut pas en entendre parler.

L'agent Nolton a une voix plus détendue que de coutume, et à la fin de la conversation elle me demande :

— Vous attendez quoi pour m'inviter à dîner ?

Du tac au tac (le moindre silence aurait été un signe de faiblesse), je réponds :

— Vous êtes libre ce soir ?

Je suis hors jeu depuis si longtemps que je n'ai même pas pensé à regarder si elle avait une alliance. Elle doit avoir dans les quarante ans. Quarante-deux peut-être. Et il me semble qu'il y a des photos d'enfants sur son bureau.

— Parfait. On se retrouve où ?

— C'est votre ville, votre terrain.

À Orlando, le seul endroit où j'ai mangé, c'est la cafétéria au sous-sol de l'hôpital. C'est sinistre mais bon marché. J'essaie de me souvenir combien il me reste sur mon compte en banque. Ai-je les moyens de lui offrir un bon restaurant ?

— À quel hôtel êtes-vous descendu ? s'enquiert-elle.

— À l'hôpital. Peu importe. J'ai une voiture.

Je suis dans un motel miteux dans un coin improbable de la ville, et je ne risque pas de le lui dire. Quant à ma voiture… Mon SUV Ford a des pneus lisses et un million de kilomètres au compteur. Je suis certain qu'Agnes sait tout ça. On ne cache rien au FBI ! Elle va préférer me retrouver directement au restaurant pour s'épargner un trajet dans ma poubelle. Et je lui en suis reconnaissant.

— Il y a le Christner's sur Lee Road. Retrouvons-nous là-bas. Et on partage l'addition.

À cette précision, je l'apprécie davantage encore. Pour un peu, je tomberais amoureux !

— Si vous insistez.

Avec son diplôme de droit et ses dix-huit ans d'ancienneté au FBI, son salaire annuel avoisine les cent vingt mille dollars, soit plus que ce que nous gagnons à nous trois Vicki, Mazy et moi. Nous parvenons à sortir deux mille dollars par mois chacun pour survivre – plus une petite prime à Noël quand nous ne sommes pas dans le rouge.

Évidemment, Agnes sait que je suis quasiment un indigent.

J'enfile mon unique chemise propre et mon pantalon usé. De son côté, elle arrive directement du bureau, toujours aussi pimpante. Au bar, nous buvons un verre de vin en attendant que notre table se libère.

Une fois installés, nous commandons une autre tournée.

— Ne parlons pas travail, annonce-t-elle. Racontez-moi plutôt votre divorce.

Ses manières directes me font sourire.

— Comment êtes-vous au courant ?

— Simple supposition. Vous m'expliquez le vôtre, puis j'enchaîne sur le mien. Et comme ça on évitera d'évoquer les affaires en cours.

Je lui précise que cela remonte à loin et je me lance : la fac de droit, la rencontre avec Brooke, le mariage, mon travail d'avocat à l'aide juridictionnelle, la dépression qui m'a conduit au séminaire puis la découverte de ma vocation : aider les innocents.

La serveuse approche. Nous commandons des salades et des pâtes.

Agnes, de son côté, a connu deux divorces. Un sans grande gravité, après un premier mariage catastrophique, et un beaucoup plus pénible qui date de moins de deux ans. Son ex-mari est cadre dans une grande entreprise et il change souvent d'affectation. Agnes voulait mener sa carrière et en a eu assez de déménager. La séparation a été douloureuse parce qu'ils s'aimaient. Leurs enfants en souffrent encore.

Agnes est intriguée par mon travail, et je suis content de lui parler des clients que nous avons pu disculper ainsi que de nos dossiers en cours. Nous mangeons, buvons, bavardons, en savourant cette délicieuse soirée. Je suis heureux de me retrouver à table avec une femme aussi brillante et attirante, et de dîner ailleurs qu'à la cafétéria de l'hôpital. Et de son côté, elle semble ravie de se changer les idées.

Au dessert – tiramisu et café – la conversation dévie vers les affaires pressantes. La témérité de Bradley Pfitzner est surprenante. Depuis de nombreuses années, il mène une vie douillette loin des lieux de ses exactions. Jamais il n'a été mis en accusation. Certes, il a été suspecté, surveillé, mais avec de la ruse, et de la chance, il n'a pas été pris. Il est parti avec son argent, a réussi à le blanchir. Et il a les mains propres ! Il a réussi à faire condamner Quincy et s'est arrangé pour que Kenny Taft ne parle jamais. Alors pourquoi prendre autant de risques aujourd'hui ? Pour tuer dans l'œuf nos efforts pour innocenter Quincy ?

Pour Agnes, il doit agir à la demande du cartel de Saltillo. Possible, mais pourquoi le cartel et Pfitzner en l'occurrence s'inquiètent-ils à ce point que nous sortions Quincy de prison ? Nous sommes loin de pouvoir identifier l'homme de main qui a tué Russo il y a vingt-trois ans. Même si, par miracle, nous connaissions son nom, il faudrait un autre miracle pour prouver son appartenance au cartel. Disculper Quincy ne signifie pas élucider le meurtre.

Vu son âge, Pfitzner a peut-être pris peur quand il s'est aperçu que des gens sérieux fouillaient un passé qu'il croyait bien enterré. Il sait que nous sommes tenaces, et parfois victorieux. Faire sortir Quincy de prison raviverait trop de questions sans réponse. Le mettre dans un cercueil, c'était taire à jamais les interrogations.

Il y a aussi la possibilité que Pfitzner se croie intouchable. Pendant des années, il a été l'incarnation de l'autorité. Il a agi au-dessus des lois, à côté, avec ou sans elles, et il a pu faire ce qu'il voulait tant qu'il contentait ses électeurs. Il a pris sa retraite les poches pleines et s'est considéré comme un génie. S'il fallait organiser un autre meurtre, aussi simple qu'un contrat dans une prison, c'était évidemment dans ses cordes. Et il s'en sortirait encore une fois haut la main.

Agnes me raconte les bourdes qu'ont pu commettre des criminels pourtant très futés. Il y a de quoi écrire un livre !

Nous faisons des suppositions, échafaudons des théories et parlons de notre passé. Nous prenons un grand plaisir à cette longue conversation. Les autres clients s'en vont, nous les remarquons à peine. Quand la serveuse nous lance un regard appuyé, nous nous apercevons qu'il ne reste plus que nous dans la salle. Nous partageons l'addition, et nous quittons en nous serrant la main, en promettant de remettre ça bientôt.

40

Maintenant que le FBI a pris dans ses filets Adam Stone et Skip DiLuca, Quincy Miller peut espérer un beau procès au civil. Avec la complicité de Stone – un employé assermenté de l'État de Floride – l'attaque contre Quincy n'est plus une simple rixe dans une prison et nous pouvons engager de véritables poursuites judiciaires. La Floride devient *de facto* responsable et n'a aucun moyen de botter en touche. J'ai parlé de cette perspective avec Susan Ashley Gross, notre collègue, et pour gérer le procès à venir elle nous recommande Bill Cannon, un avocat de Fort Lauderdale.

Les avocats spécialistes des procès en dommages et intérêts sont légion en Floride. Les lois de l'État sont d'ordinaire en faveur des plaignants. Les jurés ont de l'instruction et sont traditionnellement généreux. Les juges, du moins ceux en zones urbaines, soutiennent le plus souvent les victimes. Dans ces conditions, le barreau de Floride est un secteur florissant et dynamique. Il suffit de regarder les panneaux publicitaires le long des routes – ça donnerait presque envie de se retrouver estropié ! En allumant la télévision le matin, on est assailli par des bonimenteurs en col blanc qui s'inquiètent de notre souffrance.

Bien sûr, Bill Cannon ne fait pas de publicité parce qu'il n'en a pas besoin. Sa réputation n'est plus à faire et il est connu dans tout le pays. Il a passé les vingt-cinq dernières années dans les salles de tribunal et a obtenu des jurys, au total, plus d'un milliard de dollars en dommages et intérêts. Les chasseurs d'ambulances qui écument les rues lui apportent leurs affaires. Il les passe au crible et choisit les plus juteuses.

Si je l'embauche, c'est pour d'autres raisons. D'abord, il croit en notre cause et fait des dons généreux à Susan Ashley et à son groupe de l'Innocence Project. Ensuite, il verse aussi dans le bénévolat et exige que ses employés et ses associés offrent, comme lui, dix pour cent de leur temps pour aider les justiciables les plus démunis. Même s'il sillonne toute la planète en jet privé, il vient d'un milieu pauvre et se souvient de sa douleur quand sa famille a été brutalement expulsée et s'est retrouvée à la rue.

Trois jours après l'arrestation de Mercado et Pfitzner, Cannon, au nom de Quincy, assigne en justice l'administration pénitentiaire de Floride, Mickey Mercado et Bradley Pfitzner, et demande cinquante millions en réparation du préjudice. Dans la plainte figurent également Robert Earl Lane et Jon Drummik, les assaillants, ainsi qu'Adam Stone et Skip DiLuca, mais eux seront relaxés. Dès qu'il a déposé son recours, Cannon convainc un juge de bloquer les comptes en banque et autres avoirs de Mercado et Pfitzner avant que l'argent ne s'évapore dans les Caraïbes.

Armés de leurs mandats de perquisition, les fédéraux font une descente dans le bel appartement de Mercado à Coral Gables. Ils trouvent juste quelques pistolets, des téléphones, une caisse avec seulement cinq mille dollars en liquide, un ordinateur portable mais aucune donnée intéressante sur son disque dur. À l'évidence, Mercado était sur le qui-vive et veillait à ne pas laisser d'indices. Cependant, des relevés bancaires attestent l'existence de trois comptes où sont conservés quatre cent mille dollars. La perquisition de ses bureaux en ville se révèle tout aussi infructueuse. Selon Agnes, Mercado cache sans doute ses avoirs dans les îles.

Pfitzner s'est montré moins prudent. La perquisition à son domicile a été retardée parce que sa femme a piqué une crise et a tenté de bloquer l'accès aux agents. Il a fallu lui passer les menottes et la menacer de l'incarcérer pour qu'elle se calme. Ses relevés bancaires mènent à trois comptes à Miami, totalisant un crédit de trois millions de dollars. Plus un million sur un fonds d'investissement. Pas mal pour un petit shérif de campagne.

Agnes pense qu'il y a de l'argent ailleurs. Cannon aussi. Si Pfitzner a osé garder quatre millions dans ces banques américaines, cela en dit long sur ce qu'il a caché à l'étranger. Et Cannon sait comment trouver le reste. Pendant que le FBI commence à mettre la pression sur les banques des Caraïbes, Cannon embauche un cabinet juridique spécialisé dans la lutte contre l'évasion fiscale. Ils connaissent tous les circuits de blanchiment d'argent.

Même s'il est confiant, il préfère ne pas faire de pronostics. En revanche, il assure que son nouveau client va récupérer une coquette somme, moins les quarante pour cent de sa commission, bien entendu.

J'espère, secrètement, qu'il restera quelque chose pour les Anges Gardiens afin de pouvoir payer nos factures, ce qui se produit rarement.

Quincy, pour l'heure, ne pense pas à l'argent. Sa priorité, c'est de marcher à nouveau. Les médecins ont opéré son épaule, les deux clavicules, une mâchoire, et un grand plâtre lui enserre la moitié du torse, ainsi qu'un avant-bras. Ils lui ont implanté trois nouvelles dents et redressé le nez. La douleur ne le quitte pas, il se fait pourtant une fierté de ne pas se plaindre. Des tubes drainent un poumon et tout un côté de la boîte crânienne. Il est tellement gavé de médicaments qu'il est difficile de savoir si son cerveau fonctionne normalement, mais il veut sortir du lit et bouger. Il peste à chaque fin de séance de kinésithérapie. Pas question de s'arrêter ! Il veut marcher encore, faire des flexions, des exercices, avoir des massages, des frictions, et plein d'autres défis à relever. Il n'en peut plus de cet hôpital, seulement il n'a nulle part où aller. La prison n'a aucun équipement pour lui, et l'infirmerie là-bas est indigne. Quand il est pleinement réveillé, il m'enguirlande parce que je ne vais pas assez vite pour le faire libérer et qu'il ne veut pas retourner à Garvin.

41

La nouvelle s'est propagée chez les Taft, et certains ne veulent pas que nous allions fureter dans la maison hantée. Pour tous, Vida y a jeté un sort avant sa mort et l'endroit est désormais peuplé d'esprits malfaisants. Ouvrir les portes pourrait libérer ces démons qui s'en prendraient alors aux descendants. La vieille femme a trépassé dans la colère, parce qu'elle honnissait ceux qui l'avaient fait interner. Elle était folle à lier à la fin de sa vie mais cela ne l'avait pas empêchée de jeter la malédiction sur toute la famille. Au dire de Frankie, des chamanes en Afrique affirment que l'incantation meurt avec son auteur, mais d'autres soutiennent le contraire : une fois lancé, le sort demeure à jamais. Personne chez les Taft ne veut prendre le risque de voir quel camp a raison.

Frankie et moi roulons vers Dillon dans son pick-up rutilant. Il conduit, et moi j'envoie des SMS. Sur la console centrale, il y a un Glock 9 mm, propriété de Frankie, et dûment déclaré. Si nous pouvons entrer dans la maison, il a bien l'intention de le prendre avec lui.

— Rassure-moi, tu ne crois pas à toutes ces histoires de sorcières ? m'enquiers-je.

— Je ne sais pas. Attendons de voir la maison. On ne sera peut-être pas si pressés d'y entrer.

— Donc tu as peur des fantômes et des lutins, c'est ça ?

— C'est ça, moquez-vous, patron ! (Il pose la main sur l'arme.) Vous regretterez peut-être de ne pas en avoir un aussi.

— Parce qu'on peut tuer un esprit avec un pistolet ? Première nouvelle !

— Allez savoir.

— Très bien. Tu entres avec le flingue, et moi je te suis.

— On verra. De toute façon, ce n'est pas gagné.

Nous dépassons Dillon, une petite ville sinistre, et nous nous enfonçons dans la campagne. Au bout d'une allée de gravillons, nous découvrons un vieux pick-up garé devant une maison en ruine.

— On y est ! annonce Frankie en s'arrêtant. Le gars à droite, c'est Riley, mon pote. L'autre, je ne le connais pas. Mais ce doit être son cousin Wendell. Et à mon avis, il va nous poser des problèmes.

Wendell a une quarantaine d'années, c'est un ouvrier avec des bottes crottées et un jean. Pendant les présentations, il ne décroche pas un sourire, pas plus lorsqu'on se serre la main. Riley non plus. Il est évident que ces deux-là se sont parlé. Cela s'annonce compliqué. Après une minute d'amabilités d'usage, Riley se tourne vers moi.

— Alors ? C'est quoi le plan ? Qu'est-ce que vous voulez ?

— Nous aimerions entrer dans la maison et jeter un coup d'œil. Vous savez pourquoi on est ici, n'est-ce pas ?

— Écoutez-moi, monsieur Post, commence Wendell en faisant l'effort d'être courtois. Je connais cette maison comme ma poche. J'ai vécu ici quand j'étais gosse. C'est moi qui ai trouvé le cadavre de Vida. Et après sa mort, j'ai essayé de vivre ici avec ma femme et mes enfants. Mais je n'ai pas tenu. L'endroit est hanté. Vida a dit qu'elle avait ensorcelé la maison et, croyez-moi, c'est le cas ! Vous voulez récupérer des boîtes et moi je vous assure que vous n'allez rien trouver. Certes, il doit y avoir un petit grenier mais je n'y ai jamais mis les pieds. On avait bien trop peur pour y monter.

— Alors laissez-nous jeter un coup d'œil, tenté-je de ma voix la plus rassurante possible. Vous restez tranquillement ici pendant que Frankie et moi on va visiter.

Riley et Wendell échangent un regard.

— Ce n'est pas aussi simple, reprend Riley. En fait, personne ne veut qu'on rouvre ces portes.

— Comment ça, personne ?

— Personne de la famille, précise Wendell. On a des cousins encore dans le coin, d'autres sont partis, et pas un ne veut qu'on trouble la paix de cet endroit. Vous n'avez pas connu Vida, mais elle est toujours là j'en suis certain et il ne faut pas la mettre en colère.

Il y a une vibration dans sa voix.

— Je comprends et je respecte votre décision.

Mes paroles sonnent faux, je le crains.

Une brise se lève, alors qu'une seconde plus tôt il n'y avait pas un souffle de vent. Le saule qui domine la maison bruisse. Et comme par hasard, quelque chose grince de l'autre côté du toit. Aussitôt, j'ai la chair de poule. Nous regardons tous les quatre la maison, en prenant de lentes et profondes inspirations.

Il faut continuer à parler…

— Écoutez, les gars, c'est juste par acquit de conscience. Personne ne sait si Kenny a réellement récupéré quelque chose avant l'incendie. Si c'est le cas, on ignore ce qu'il a fait de ces indices. Ils sont peut-être dans ce grenier, peut-être pas. Il est d'ailleurs fort probable que tout soit perdu depuis des années. Mais nous nous devons d'explorer toutes les pistes. On jette un simple coup d'œil. Pas plus. Et après on s'en va. Promis. On ne touche à rien.

— Et s'il y a quelque chose ? insiste Wendell.

— Nous appellerons le shérif et il prendra la main. Ce qu'il y a dans ce grenier pourra peut-être nous être utile. En tout cas, cela n'a aucune valeur pour votre famille, c'est sûr.

Pas un de ces pauvres gens n'imagine que des bijoux soient cachés dans le grenier. Évidemment.

Wendell recule d'un pas et se met à marcher en rond, comme perdu dans d'intenses réflexions. Il s'appuie au capot de sa voiture, crache par terre, croise les bras.

— Je ne le sens pas, articule-t-il.

— Pour l'instant, poursuit Riley, Wendell a plus de soutiens que moi. S'il dit non, alors c'est non.

J'écarte les bras et insiste :

— Une heure. Juste une heure et vous ne nous verrez plus jamais.

Wendell secoue la tête. Riley le regarde puis se tourne vers Frankie.

— Désolé, c'est non.

Je lance aux deux cousins un regard de dégoût. Ça sent le marchandage à plein nez.

— Très bien. La maison est estimée par le comté à trente-trois mille dollars. Ça fait en gros cent dollars par jour sur un an. Nous, les Anges Gardiens, proposons de vous louer l'endroit une journée, pour deux cents dollars. À partir de demain 9 heures du matin jusqu'à 17 heures. Avec une option pour un jour de plus au même tarif. Qu'est-ce que vous en dites ?

Les Taft réfléchissent en se grattant le menton.

— C'est trop peu, répond finalement Wendell.

— Pourquoi pas cinq cents dollars la journée ? avance Riley. Ça pourrait nous convenir.

— Allons, Riley ! Nous sommes une organisation à but non lucratif. On n'a pas d'argent plein les poches. Disons trois cents.

— Quatre cents. C'est à prendre ou à laisser.

— Très bien. Marché conclu. Selon la législation de la Floride, ce genre d'accord doit être rédigé noir sur blanc. Je vais me procurer un contrat et on se retrouve ici demain matin à 9 heures. D'accord ?

Riley semble content. Wendell hoche à peine la tête. C'est oui.

*

Nous quittons Dillon le plus vite possible et échangeons quelques plaisanteries pendant le voyage. Frankie me dépose à côté de ma Ford dans le centre de Seabrook et poursuit sa route vers l'est. Il est descendu dans un motel entre Gainesville et ici, mais comme toujours il n'a pas donné de détails.

Je pousse la porte du cabinet de Glenn Colacurci peu après 17 heures. Je l'entends rire au téléphone quelque part dans un bureau. Bea, sa charmante secrétaire, arrive enfin et me lance son sourire ravageur. Je la suis à l'arrière du bâtiment et trouve Glenn derrière son bureau entouré de piles de documents. Il y en a partout, sur sa table de travail et tout autour. Il bondit de son siège, me tend la main chaleureusement et m'accueille comme si j'étais son fils prodigue. Quasiment dans le même mouvement, il consulte sa montre. Il semble avoir perdu la notion du temps.

— Bon sang ! Il est 17 heures ! Le bar Colacurci est ouvert ! Qu'est-ce que vous prenez ?

— Juste une bière, dis-je, préférant rester raisonnable.

— Une bière et un double, lance-t-il à Bea qui s'esquive aussitôt. (Il désigne le canapé.) Venez vous asseoir.

Il s'avance avec sa canne et se laisse tomber dans son vieux fauteuil poussiéreux. Je m'installe sur le divan défoncé après avoir écarté un plaid. À l'évidence, c'est là qu'il doit faire sa sieste après ses déjeuners trop arrosés. Les deux mains posées sur le pommeau, le menton calé sur les phalanges, il esquisse un sourire complice.

— Pfitzner en cellule ! Je n'en reviens pas.

— Moi non plus. C'est incroyable.

— Racontez-moi ça.

Sachant que tout ce que je vais dire sera répété dès demain matin au coffee-shop, je lui donne la version courte : le FBI, à la suite d'un beau travail d'enquête, a coincé un surveillant de prison et son contact au sein d'un gang de prisonniers. Cela a mené à une personne liée aux narcotrafiquants, puis à Pfitzner, qui est tombé dans un piège, avec une naïveté digne d'un voleur à la tire. Et maintenant, il encourt trente ans de prison.

Bea apporte nos boissons. Nous trinquons.

Le liquide dans son verre est très brun, et il n'y a pas beaucoup de glace. Il fait claquer sa langue, comme s'il était assoiffé.

— Alors ? Qu'est-ce qui vous amène en ville ?

— J'aimerais voir le shérif Castle, demain si possible. Nous avons déjà parlé de rouvrir l'enquête. Maintenant cela s'impose puisque nous savons que Pfitzner a tenté de faire assassiner Quincy. (Cette explication devrait suffire à justifier ma présence.) En plus, vous avez piqué ma curiosité l'autre fois. Quand on s'est vus à Gainesville. Vous avez découvert d'autres choses ?

— Pas vraiment, j'ai été pris par d'autres affaires. (D'un geste vague, il désigne le champ de bataille sur son bureau, comme s'il y travaillait dix-huit heures par jour.) Et du côté de Kenny Taft, du nouveau ?

— Un peu. À ce sujet, j'ai besoin de vos services.

— Recherche de paternité, conduite en état d'ivresse, divorce, meurtre ? Vous avez sonné à la bonne porte !

Il part d'un grand rire. Je l'imite. Il doit prononcer cette phrase d'accroche depuis cinquante ans.

Je redeviens sérieux, lui narre notre rencontre avec les Taft et lui annonce notre désir de fouiller la maison. Je lui tends un billet de cent dollars. Une fois qu'il a pris l'argent, le pacte est scellé. Le voilà officiellement mon avocat ! Nous nous serrons la main. Tout ce que nous nous dirons est désormais confidentiel, du moins ça devrait l'être. J'ai besoin d'un bail de location qui impressionnera les Taft, ainsi qu'un chèque provenant du cabinet de Glenn. Évidemment les Taft préféreraient du liquide, mais moi, je veux avoir un contrat en bonne et due forme. Si on trouve quelque chose dans la maison, les questions de propriété et d'utilisation de ces pièces risquent d'être compliquées, alors ce document officiel sera crucial. Tout en finissant nos verres, Glenn et moi, en bons professionnels, nous attelons à sa rédaction. Il est sagace et remarque deux ou trois failles possibles auxquelles je n'avais pas pensé. Quand son verre est vide, il appelle Bea pour une autre tournée. À son retour, il lui demande de sortir son calepin et de prendre des notes en sténo – comme au bon vieux temps ! Nous lui dictons les fondamentaux du contrat de bail et elle part mettre ça en forme dans son bureau.

— Je vous ai vu regarder ses jambes.

— *Mea culpa*. Cela vous dérange ?

— Pas du tout. Elle est adorable. Sa mère, Mae Lee, s'occupe de la maison chez moi, et pour dîner, tous les mardis, elle fait des nems. Et ce sont les meilleurs du monde. C'est votre jour de chance.

Je souris et acquiesce. Je n'ai rien prévu pour la soirée.

— En plus, mon vieux compère Archie sera là. Je vous ai déjà parlé de lui, non ? Au Bull, je crois bien, quand on a pris une sangria. C'est un ancien collègue. Il a eu un cabinet ici pendant des décennies. Sa femme est morte, lui a laissé un paquet d'oseille, alors il a fermé boutique. Grosse erreur. Il s'ennuie ferme depuis dix ans, il vit seul et n'a pas grand-chose à faire. La retraite, quelle angoisse, Post ! Et je crois qu'il a un faible pour Mae Lee. Bref, Archie adore ses nems, et il a plein d'histoires à raconter. Il a aussi une superbe cave. Il apporte toujours deux ou trois bonnes bouteilles. Vous êtes amateur de vins ?

— Pas vraiment.

Glenn n'imagine pas la maigreur de mon compte en banque.

Son verre est vide. Il fait tinter son glaçon, prêt à remettre ça. Bea revient avec deux copies d'un premier jet. Nous procédons à quelques changements et elle repart taper la version finale.

*

La maison de Glenn se trouve dans une rue ombragée, à côté de Main Street. Je fais plusieurs fois le tour du quartier en voiture pour ne pas arriver en avance, puis me gare dans son allée, derrière une vieille Mercedes qui doit appartenir à Archie. Je les entends rire côté jardin. Ils sont déjà installés sous l'auvent, affalés dans des rocking-chairs d'osier pendant que deux ventilateurs antédiluviens bourdonnent au-dessus d'eux. Archie reste assis pendant les présentations. Il a le même âge que Glenn et ne paraît pas non plus en bonne forme. Lui aussi a des cheveux longs et hirsutes. Ce devait être tendance à l'époque, donner une image cool et rebelle. Les deux ont le même costume fatigué en seersucker, et pas de cravate. Les mêmes tennis décaties. Au moins Archie n'a pas besoin d'une canne pour marcher. Il a le nez définitivement couperosé par sa passion pour le vin. Glenn reste au bourbon, mais Archie et moi optons pour le sancerre qu'il a apporté. Mae Lee est aussi jolie que sa fille et remplit nos verres.

Très vite, Archie n'y tient plus.

— Alors comme ça, Post, c'est grâce à vous que Pfitzner est à l'ombre ?

Je déclare n'avoir aucun mérite dans cette entreprise et raconte l'histoire du point de vue d'un simple observateur ayant juste quelques informations par le FBI. Apparemment, Archie a souvent eu maille à partir avec Pfitzner et n'a aucune empathie pour l'homme. Il n'en revient pas qu'après toutes ces années d'impunité l'escroc soit enfin derrière les barreaux.

Archie raconte la mésaventure d'un de ses jeunes clients qui était tombé en panne de voiture à Seabrook. Une triste histoire. Les policiers ont trouvé une arme sous le siège avant, et pour une raison mystérieuse, ils ont conclu que le garçon était un tueur de flics. Pfitzner s'en est mêlé et a soutenu ses hommes. Archie avait ordonné à Pfitzner de laisser son client tranquille en son absence, mais il n'en a fait qu'à sa tête et l'a interrogé. Un interrogatoire musclé, et les flics ont arraché des aveux au gamin qui a été condamné à cinq ans de prison. Tout ça à cause d'une panne de voiture ! Je sens toute la rancœur d'Archie quand il relate cet épisode, tout son venin contre Pfitzner.

Les anecdotes se succèdent. Les deux guerriers aiment évoquer leurs hauts faits. Ils restent toutefois curieux et me posent des questions sur mon travail chez les Anges Gardiens. Alors je leur rapporte moi aussi quelques péripéties, tout en veillant à être bref. Personne ne fait allusion à la famille Taft ni à la véritable raison de ma présence ici. Mon avocat, que je viens de payer à prix d'or, sait apparemment garder un secret. Archie ouvre une autre bouteille de sancerre. Mae Lee dresse une jolie table sous une tonnelle de glycines. Un autre ventilateur pulse l'air chaud du soir. Archie juge qu'un chablis serait plus approprié et ouvre une troisième bouteille. Glenn, bien que ses papilles doivent être anesthésiées par le bourbon, passe au vin.

Les nems sont effectivement délicieux. Il y en a tout un assortiment. L'appétit aiguisé par l'alcool, je me goinfre. Cela fait si longtemps que je n'ai pas aussi bien mangé ! Archie ne cesse de remplir mon verre et je tente de le freiner.

— Allez, Post ! Buvez donc ! s'écrie Glenn. Vous pouvez dormir ici. Ce ne sont pas les lits qui manquent. Archie reste toujours. On ne va pas lâcher un ivrogne comme lui sur les routes !

— Je serais un danger public, confirme-t-il.

Pour le dessert, Mae Lee apporte une assiette de brioches vapeur avec une farce à base de jaunes d'œufs sucrés. Archie a prévu un sauternes pour la fin du repas et nous explique dans le détail les vertus de ce mariage. Lui et Glenn passent au café (parce qu'il n'y a plus de vin), et Mae Lee présente un coffre à cigares. Ils y farfouillent comme des enfants dans une boîte de bonbons. Je ne sais plus quand j'ai fumé un cigare pour la dernière fois, en revanche, je me souviens très bien de ma nausée après quelques bouffées. Toutefois, je ne vais pas me défiler pour autant. Je demande à Glenn de m'en choisir un pas trop fort et il me tend un « Cohiba quelque chose », certifié *made in Cuba*. D'un pas traînant, nous retournons à nos rocking-chairs et enfumons le jardin.

Archie est l'un des rares avocats à s'être bien entendus avec Diana Russo, et il nous parle d'elle. Il ne l'a jamais soupçonnée d'être impliquée dans la mort de son mari. Je l'écoute avec attention. Archie, comme tout le monde à Seabrook, pensait que Quincy était le tueur et avait été soulagé de le voir condamné. Le temps s'étire, la conversation s'émaille de silences. Ils n'en reviennent pas de s'être à ce point trompés sur cette affaire. Et que Pfitzner puisse être en prison. Apparemment pour longtemps.

C'est certes satisfaisant, mais Quincy est toujours coupable aux yeux de la loi et le chemin est encore long.

La dernière fois que je consulte ma montre, il est près de minuit. Et je ne veux pas rendre les armes le premier. Ces deux-là sont mes aînés d'un quart de siècle et en matière d'alcool ce sont des maîtres. Plein de bravoure, je suis Archie quand il passe au cognac. Par chance, Glenn commence à piquer du nez. Moi aussi. Et je finis par m'endormir.

42

Bien sûr, le temps vire à l'orage. Il n'a pas plu en Floride du Nord depuis deux semaines, on parlait même de sécheresse, mais ce matin les cieux sont noirs et tumultueux alors que nous roulons vers Dillon. Frankie est au volant et moi je serre les dents et ai du mal à déglutir.

— Vous êtes sûr que ça va, patron ?

C'est la troisième fois qu'il me demande cela.

— Tu ne veux pas me lâcher ? J'ai déjà tout avoué. Oui, j'ai passé une nuit difficile et bien trop arrosée, avec un cigare bien traître pour couronner le tout ! J'ai comaté sous l'auvent jusqu'à ce qu'un gros matou, à 3 heures du matin, me saute sur la poitrine et me fasse la frayeur de ma vie. Je ne pouvais pas savoir que j'étais dans son fauteuil ! Ni l'un ni l'autre n'avons pu nous rendormir, donc non, je n'ai pas les yeux en face des trous. Je vois trouble, j'ai des poils de chat partout. Et j'ai l'impression de revenir d'outre-tombe. C'est bon, tu es content ?

— Des nausées ?

— Pas encore. Mais je te le dirai. Et toi ? Excité à l'idée de fouiller une maison hantée, ensorcelée par une sorcière vaudoue ?

— Je brûle d'impatience !

Il touche son Glock, amusé de me voir dans un tel état.

Riley et Wendell attendent devant la maison. Le vent mugit. Il va bientôt pleuvoir. Je leur remets à chacun une copie du contrat de location et leur explique les grandes lignes. Ils sont plus intéressés par l'argent. Je leur donne donc le chèque du cabinet Colacurci.

— Pourquoi pas du liquide ? demande Wendell en se renfrognant.

Je prends un air sévère d'expert juridique et réponds :

— Les baux de location ne peuvent être réglés en espèces. C'est interdit.

Je ne suis pas sûr que ce soit vrai en Floride, mais je prends un ton d'autorité.

Dans la benne du pick-up, Frankie récupère un escabeau de deux mètres cinquante et un pied-de-biche rutilant acheté la veille. De mon côté, j'ai deux lampes de poche et un répulsif à insectes. Nous traversons les hautes herbes pour rejoindre le perron et contemplons la maison.

— Il y a deux pièces par niveau, explique Wendell. En bas, un salon et une chambre. L'escalier est sur la droite, dans le salon. À l'étage, deux chambres. Au-dessus, il y a peut-être un grenier. Encore une fois, je n'y suis jamais monté. Et n'en avais aucune envie. Je ne tiens absolument pas à savoir. À l'arrière de la maison, il y a une extension ajoutée plus tard. Une cuisine et une salle de bains. Il n'y a rien au-dessus. Voilà. À vous de jouer, les gars.

Je ne veux rien laisser paraître, pas la moindre hésitation, tandis que je m'asperge les bras et les jambes de répulsif. L'endroit doit grouiller de tiques, d'araignées et autres bestioles qui piquent dont je ne connais même pas le nom. Je tends la bombe à Frankie pour qu'il se vaporise aussi. Il pose l'escabeau à côté de la porte. Nous ignorons si nous allons en avoir besoin.

Avec une réticence sans doute surjouée mais authentique, Riley s'avance et introduit une clé dans le gros cadenas. La tige s'escamote et le cadenas tombe. Il recule d'un pas. Sur le perron, les deux Taft paraissent prêts à prendre leurs jambes à leur cou. Un éclair qui zèbre le ciel pas très loin nous fait sursauter. Étant le plus courageux des quatre, je pousse la porte du pied et l'entrouvre. Nous retenons notre souffle. Tout va bien. Aucune créature ne nous saute dessus. Je me tourne vers Riley et Wendell.

— On en a pour une minute.

Soudain la porte claque violemment. Frankie lâche un cri, et je sursaute de frayeur. Les Taft reculent encore, les yeux écarquillés, bouche ouverte. Je lance un rire de fausset, l'air de dire « ah ! ah ! la bonne blague ! », puis je m'avance à nouveau et rouvre le battant.

Nous attendons sur le seuil. Rien. Personne. Aucun être invisible ne fait claquer à nouveau la porte. J'allume ma lampe. Frankie m'imite. Il la tient dans sa main gauche, car dans la droite il a le pied-de-biche. Quant à son Glock, il est dans la poche arrière de son pantalon. Je vois bien qu'il est terrifié. C'est curieux pour un homme qui a tenu le coup quatorze années en prison. Du bout du pied, je pousse le battant et nous entrons dans la maison. Vida est morte il y a treize ans, l'endroit est censé être une *terra interdicta*, pourtant quelqu'un est venu prendre la plupart des meubles. L'odeur n'est pas insupportable, ça sent juste l'humidité et le renfermé. Les planchers sont couverts de moisissures et je ne peux m'empêcher de penser à toutes les bactéries que je dois inhaler à chaque respiration. Avec nos faisceaux, nous inspectons la chambre sur notre gauche : un matelas par terre, crasseux et couvert de poussière. Je suppose que c'est dans cette pièce qu'elle est morte. Des abat-jour cassés, de vieux vêtements, des livres et des journaux jonchent le sol. Nous pénétrons dans le salon : une télévision des années 1960, l'écran fracassé. Du papier peint qui se décolle. Encore de la poussière, des détritus, et des toiles d'araignée partout.

Au moment où nous dirigeons nos lampes vers le sommet de l'escalier, prêts à monter, une pluie diluvienne s'abat sur le toit. L'impact des gouttes sur le métal est assourdissant. Le vent se lève et fait vibrer les murs.

Je monte trois marches, Frankie me suit, et soudain la porte d'entrée claque. Nous sommes enfermés, seuls avec les esprits que Vida a dispersés ici ! Je marque un petit temps d'arrêt, le plus court possible, et reprends mon ascension. Je suis le chef de cette expédition, je ne peux montrer ma peur, même si j'ai le ventre noué et que mon cœur bat la chamade.

Cela me fera une bonne histoire à raconter à Vicki et Mazy… Encore une chose qu'on n'apprend pas à la faculté de droit !

Nous arrivons enfin sur le palier. La chaleur est étouffante, un véritable sauna ! Je suis sûr que s'il y faisait moins sombre, on verrait flotter des volutes de vapeur. La pluie et le vent martèlent le toit, les fenêtres. Cela fait un raffut de tous les diables. Nous entrons dans la chambre sur la droite, une petite pièce d'à peine dix mètres carrés, avec un matelas, une chaise cassée et un tapis en lambeaux. Nous éclairons le plafond à la recherche d'une trappe ou d'un quelconque accès – nous ne voyons rien. Juste des lattes de pin, autrefois peintes en blanc. Partout, la peinture s'écaille. Dans un coin, quelque chose bouge et renverse un bocal. Ça brille sous mon faisceau de lumière.

— Un serpent ! Attention !

Un gros serpent ! Très long et très noir, sans doute pas venimeux, enfin sur le coup c'est du pareil au même. Il ne s'est pas recroquevillé, au contraire il rampe à qui mieux mieux – heureusement pas dans notre direction ! L'animal a juste été surpris par notre présence.

Je ne suis pas copain avec les serpents, mais ils ne me terrorisent pas non plus. En revanche, Frankie sort tout de suite son pistolet. Je crie pour me faire entendre par-dessus le vacarme sur le toit :

— Ne tire pas !

Nous suivons la progression du serpent avec nos lampes. Nos chemises commencent à nous coller dans le dos, nos souffles se font courts. Lentement, la bête se faufile sous le tapis et disparaît.

La pluie ralentit. Nous retrouvons notre calme. Je demande à Frankie :

— Et les araignées ? Tu en as peur aussi ?

— C'est rien de le dire !

— Alors ouvre l'œil parce qu'il y en a partout.

Comme nous sortons de la pièce avec précaution, en surveillant le sol au cas où d'autres créatures rampantes seraient sur notre chemin, la foudre tombe dans les parages, dans un grand fracas. Si je ne meurs pas à cause d'un esprit ou d'un animal venimeux, ce sera d'une crise cardiaque ! Des gouttes de sueur ruissellent sur mon front. J'ai le dos trempé. Dans l'autre chambre, il y a un petit lit, recouvert par une vieille couverture de l'armée. Pas d'autres meubles ni objets de décoration. Les lés de papier peint se décollent des murs. Je jette un coup d'œil par la fenêtre. Par-delà le rideau de pluie, je parviens à distinguer Riley et Wendell dans le pick-up, fixant des yeux la maison, derrière les essuie-glaces qui vont et viennent sur le pare-brise. Je suis sûr qu'ils ont verrouillé les portières pour se protéger des esprits malfaisants !

Nous repoussons les détritus du pied, histoire de chasser d'éventuels serpents, puis reportons notre attention sur le plafond. Encore une fois aucune trappe. Peut-être Kenny Taft a-t-il caché ses boîtes là-haut puis scellé l'accès pour que personne n'y monte – personne à part lui. Comment puis-je deviner ce qu'il a fait ?

Frankie remarque une petite porte pourvue d'un bouton en céramique. Sans doute un placard. Il me la montre. À l'évidence, il n'a aucune intention de l'ouvrir lui-même. J'attrape la poignée, la tourne et tire. Ça résiste. La porte s'ouvre d'un coup et je me retrouve nez à nez avec un squelette ! Un squelette humain ! Frankie manque de défaillir et met un genou à terre. Moi, je recule, et cette fois vomis.

Un grain s'abat à nouveau sur la maison. Pendant un long moment, nous écoutons la fureur de l'orage. Je me sens un peu mieux après avoir évacué les excès de la veille : nems, bière, vin, cognac, et sans doute plein d'autres choses. Frankie reprend ses esprits et braque la lampe sur le placard. Le squelette est suspendu à une sorte de corde à linge. Il touche à peine le sol. Dessous, il y a un amas noir et gras. Des restes d'organes et de sang après l'œuvre du temps. Il ne s'agit pas à proprement parler d'une pendaison. Le cordon passe autour du torse et sous les bras, et non autour du cou. La tête est inclinée sur l'épaule gauche, les orbites vides regardent le sol, comme pour ignorer délibérément les intrus.

Le comté de Ruiz va être ravi ! Encore une affaire non résolue ! Quel meilleur endroit pour cacher sa victime que dans une maison hantée où même les propriétaires n'osent s'aventurer. Ou alors, il s'agit d'un suicide… De toute façon, nous allons nous empresser de refiler cette patate chaude au shérif Castle et à ses hommes. Qu'ils se débrouillent !

Je referme la porte et m'assure que le pêne est bien enclenché dans la serrure.

Nous avons deux options : retourner dans la première chambre au serpent ou rester dans celle avec un cadavre dans le placard. Nous choisissons la deuxième. Frankie, pouvant atteindre le plafond avec l'extrémité du pied-de-biche, entreprend de le mettre en pièces. Il n'est nulle part indiqué, dans notre contrat de location, que nous pouvons endommager la maison… mais qui va venir vérifier ? Deux de ses propriétaires sont cloîtrés dans un pick-up, trop terrifiés pour passer le seuil de la porte. Nous avons un travail à accomplir et je suis pressé d'en finir. Tandis que Frankie arrache les lattes une à une, je descends avec précaution l'escalier et rouvre la porte d'entrée. Je fais un petit signe de tête à

Riley et Wendell sous la pluie battante, attrape l'escabeau et remonte à l'étage.

Au moment où Frankie détache la quatrième latte, un bocal de fruits tombe et éclate à nos pieds. C'est de bon augure.

— Génial ! Il y a des trucs stockés là-haut !

Motivé par mes paroles, Frankie continue à retirer les planches une à une avec une ardeur renouvelée. Bientôt, c'est le tiers du plafond de la pièce qui est éventré. Je pousse les gravats dans un coin. Nous n'allons pas revenir, et je me fiche de l'état où on va laisser cette maison.

Je place l'escabeau sous l'ouverture et grimpe prudemment. Une fois dans le trou jusqu'à la taille, je scrute les combles avec ma lampe de poche. Pas de fenêtres ni de vasistas. L'endroit est plongé dans l'obscurité totale, l'air y est rance et moite. On ne peut s'y tenir debout. À l'aplomb du faîte, il y a au mieux un mètre vingt de hauteur. Pour un vieux grenier, l'espace est curieusement vide. À l'évidence, les occupants n'utilisaient guère ce lieu. Preuve aussi que Kenny a scellé l'accès définitivement il y a plus de vingt ans.

Frankie et moi l'explorons à quatre pattes. La pluie tambourine sur le toit métallique, juste au-dessus de nos têtes. Nous devons crier pour nous faire entendre dans ce tintamarre. Il part d'un côté, moi de l'autre. Très lentement. Nous nous frayons un chemin entre les toiles d'araignée et, redoutant les serpents, scrutons chaque centimètre carré. Je dépasse un tas de lattes inutilisées, sans doute du matériel laissé par les menuisiers cent ans plus tôt. Je repère aussi une pile de vieux journaux. Au sommet, le plus récent date de mars 1965.

Frankie m'appelle. Je trottine aussitôt vers lui, comme un gros rat. Mon jean est déjà tout crasseux aux genoux.

Il a tiré une couverture en lambeaux, et dessous j'aperçois trois boîtes d'archives identiques. Il dirige le faisceau de sa lampe sur l'une des étiquettes. Je me penche pour lire. L'encre est passée, mais les caractères manuscrits restent lisibles : *Shérif du comté de Ruiz – scellés QM 14.* Les trois boîtes sont fermées avec du ruban adhésif devenu brun avec le temps.

Avec mon téléphone, je prends une dizaine de photos avant de déplacer les boîtes. Pour les protéger de l'humidité, Kenny, intelligemment, les a posées sur des planches. Le grenier, toutefois, paraît remarquablement étanche et, malgré le déluge, je ne distingue aucun écoulement entre les joints de métal.

Les boîtes sont plutôt légères. Avec soin, nous les tirons vers l'ouverture. Je descends le premier et Frankie me les passe une à une. Quand elles sont rassemblées sur le sol de la chambre, je prends d'autres photographies. Entourés d'un cadavre et de serpents, nous ne traînons pas pour sortir. Dehors, le perron est trempé et menace de s'écrouler sous les bourrasques. Nous préférons laisser les boîtes à l'intérieur, juste derrière la porte, en attendant que l'orage passe.

43

Le comté de Ruiz est regroupé avec deux autres pour former le vingt-deuxième district judiciaire. Aujourd'hui, le procureur de cette circonscription est Patrick McCutcheon, un magistrat de Seabrook qui a ses bureaux au palais de justice. Dix-huit ans plus tôt, à sa sortie de la faculté de droit, il a travaillé pour le grand cabinet Colacurci. Quand il a décidé de se lancer dans la politique, les deux hommes se sont séparés en bons termes.

— Je peux lui parler, annonce Glenn. C'est quelqu'un de sensé. Il m'écoutera.

Et c'est le cas. Pendant que Glenn Colacurci retient l'attention de McCutcheon, je suis au téléphone pour tenter de mettre la main sur le shérif Wink Castle, qui visiblement est un homme très occupé. Toutefois, il est tout ouïe quand je lui annonce que mon expédition de ce matin a été fructueuse et que j'ai récupéré trois boîtes de pièces à conviction que Bradley Pfitzner pensait avoir fait disparaître dans un incendie.

Glenn, frais comme un gardon malgré les excès de la veille, est enthousiaste et veut diriger les débats. À 14 heures, nous nous retrouvons dans son bureau – moi, Frankie Tatum, Patrick McCutcheon, le shérif Castle, et Bea qui prend des notes dans un coin.

Mes contacts avec McCutcheon ont été épistolaires et toujours cordiaux. Voilà près d'un an, j'ai commencé à demander régulièrement la révision du procès de Quincy, et avec la même régularité, toujours poliment, il a refusé – ce qui n'a rien de surprenant. J'ai demandé aussi à Castle de rouvrir l'enquête, mais il n'en voyait pas l'intérêt. Comme je les ai tenus au courant de toutes les avancées du dossier et leur ai envoyé par e-mail chaque nouvel élément, ils sont au fait. Du moins, ils doivent l'être. Je pars du principe qu'ils ont bien reçu mes documents et qu'ils en ont pris connaissance, malgré leur emploi du temps de ministres. Et maintenant que Pfitzner a été arrêté, ils sont intéressés.

Plus qu'intéressés même. Fascinés. Trois boîtes de pièces sous scellés perdues et retrouvées !

Il y a un petit moment de flottement, le temps de décider comment les cartes vont être distribuées. Évidemment, Glenn veut prendre les rênes – l'affaire est trop belle – mais gentiment je l'en écarte. Sans dire comment ni pourquoi nous avons remonté la piste Kenny Taft, je leur explique mes contacts avec la famille, la location de la maison, le paiement en bonne et due forme, et notre aventure du matin dans la vieille maison. Bea a imprimé en format A4 les photos que j'ai prises sur place, en particulier celles réalisées dans le grenier. Je leur montre les clichés.

— Vous avez ouvert les boîtes ? demande le shérif.

— Absolument pas.

— Où sont-elles ?

— Pour l'instant, je préfère ne pas le dire. D'abord, il faut que nous passions un accord. Pas d'accord, pas de boîtes !

— Ces pièces appartiennent aux services de police, réplique Castle.

— C'est vite dit. Peut-être, ou peut-être pas. Il y a deux heures encore, vous et vos agents ne connaissiez même pas l'existence de ces boîtes ! Il n'y a aucune enquête en cours parce que vous n'avez pas voulu vous impliquer dans cette histoire. La mémoire vous revient ?

McCutcheon tient à faire sa sortie.

— Je suis d'accord avec le shérif. Si ces pièces ont été volées dans les locaux de la police, peu importe comment et quand ! Elles leur reviennent de plein droit !

Glenn aussi veut son moment de gloire et il attaque son ancien collaborateur.

— La police, justement, a tenté de détruire ces preuves, il y a vingt ans ! Grâce à M. Post, on les a retrouvées. Arrêtons ce petit jeu, Patrick. Il nous faut aller de l'avant. Je représente M. Post et son organisation. Mets-toi à sa place. Il est bien normal qu'il veuille protéger ses biens. Il y a peut-être dans ces boîtes des preuves qui innocentent son client. Au vu de la façon dont Seabrook gère ses archives, je comprends son inquiétude. Alors tout le monde se calme et respire un grand coup.

Un silence s'ensuit. Puis je reprends :

— Je propose que nous convenions d'un *modus operandi* avant que nous ouvrions ces boîtes. Tout sera filmé évidemment. Si la lampe de poche est là, messieurs, alors je veux pouvoir la conserver afin de la faire analyser par nos experts, le professeur Benderschmidt et le professeur Black. Si je ne m'abuse, vous avez eu des copies de leurs rapports. Une fois qu'ils auront terminé leur examen, je vous rendrai cette pièce afin que vous puissiez la confier à vos laboratoires.

— Vous sous-entendez que vos experts sont meilleurs que les nôtres ? s'agace Castle.

— Exactement ! Si vous avez bonne mémoire, l'État de Floride a fait monter dans le box Paul Norwood, un charlatan notoire ! Son travail a été totalement discrédité ces dix dernières années, mais il a déblatéré ses inepties à la barre sur la culpabilité de Quincy Miller. Aujourd'hui, fort heureusement, il a raccroché les gants. Désolé, messieurs, je n'ai effectivement aucune confiance en vos services pour cette affaire.

— Je suis certain que les spécialistes de notre police scientifique peuvent s'occuper de ça très bien, réplique McCutcheon. Et Norwood n'a jamais été officiellement employé par l'État de Floride.

Glenn se sent obligé de contre-attaquer.

— Ouvre les yeux, Patrick ! C'est mon client qui a les cartes en main. Si tu t'entêtes, tu ne verras jamais ces pièces. Point barre. Il les garde pour lui et on passe au plan B.

— Le plan B ?

— On n'a pas peaufiné les détails, mais, *grosso modo*, le plan B, c'est : M. Post quitte la ville avec ces boîtes et fait analyser leur contenu par ses experts. Et vous serez totalement hors jeu. C'est ça que vous voulez ?

Je regarde tour à tour Castle et McCutcheon. La moutarde me monte au nez.

— Je ne suis pas ici pour négocier. Et je n'aime pas votre ton péremptoire. Les boîtes sont en ma possession, à l'abri, et je vous les restituerai quand bon me semblera.

Je me lève et me dirige vers la porte. Bien sûr, avant que je ne tourne la poignée, McCutcheon intervient.

— Attendez !

*

Les boîtes ont été dépoussiérées mais gardent leur patine. Elles sont posées côte à côte sur la grande table de réunion du cabinet Colacurci. Une caméra vidéo sur un trépied est braquée dessus. Nous nous regroupons autour du trésor.

— QM, c'est pour Quincy Miller, je suppose, dis-je en touchant la première boîte. (Je me tourne vers le shérif Castle.) À vous l'honneur, lui dis-je en lui tendant un canif.

Je lui remets aussi une paire de gants chirurgicaux qu'il se donne la peine d'enfiler. Bea allume la caméra tandis que Frankie commence à filmer avec son téléphone.

Avec la lame du couteau, Castle tranche l'adhésif sur le dessus et les côtés. Quand il soulève les rabats, nous nous penchons pour voir ce qu'il y a à l'intérieur. Le premier objet est un sac en plastique transparent contenant apparemment une chemise blanche tachée de sang. Sans l'ouvrir, Castle la montre aux caméras et lit l'étiquette :

« Scène de crime. Russo, 16 février 1988. »

Il la pose sur la table. La chemise semble déchiquetée par endroits. Le sang a viré au noir, après vingt-trois ans.

Dessous, il y a un autre sac en plastique contenant un pantalon. Avec aussi des taches de sang. Castle examine l'étiquette. Même information.

Ensuite, c'est un carton format A4 enveloppé soigneusement dans un sac-poubelle. Une fois la protection ôtée, il le pose sur la table et l'ouvre. Un à un, il retire les éléments qui y sont rangés : des feuilles de papier tachées, un bloc-notes, un paquet de Post-it, quatre stylos bon marché et deux crayons tout neufs. À en croire l'étiquette, ce sont des objets récupérés sur le bureau de Russo. Tout est souillé de sang.

Puis nous découvrons quatre manuels de droit, maculés de taches sombres. L'étiquette indique que les ouvrages proviennent de la bibliothèque derrière le fauteuil de Russo.

Et enfin il y a une petite boîte. Elle est glissée dans un sac congélation à glissière, lui-même inséré dans un autre sac congélation. Lentement, Castle retire les enveloppes et s'arrête pour nous laisser le temps de regarder cette dernière pièce, comme si tout le monde savait ce qu'on allait y trouver. Elle n'est pas scellée par du scotch, mais est pourvue d'un système de fermeture. Toujours précautionneusement, il tire les languettes et ouvre le couvercle. À l'intérieur, encore un sac congélation à glissière. Il le dépose sur la table. Dedans, bien visible sous le plastique, une lampe de poche noire, longue d'une vingtaine de centimètres, avec une lentille frontale de cinq centimètres de diamètre.

— Mieux vaut ne pas l'ouvrir, dis-je, le cœur battant.

Castle acquiesce.

Glenn Colacurci, le maître des lieux, annonce :

— Messieurs, allons nous asseoir et faisons le point.

Nous nous installons en bout de table. Frankie prend place à l'autre extrémité et pose son téléphone.

— Je continue à filmer, précise Bea.

— Parfait, réponds-je.

Je tiens à ce que tous nos échanges soient enregistrés.

Pendant plusieurs minutes, nous restons silencieux, chacun perdu dans ses pensées. Je contemple la lampe de poche, puis détourne les yeux. Je n'en reviens pas de voir cet objet devant moi. J'ai encore du mal à mesurer tout ce que cette découverte va impliquer.

C'est finalement McCutcheon qui parle le premier.

— J'ai une question, Post.

— Allez-y.

— Vous vous occupez de cette affaire 24/24 depuis près d'un an. Pas nous. Alors, pourquoi, selon vous, Pfitzner voulait détruire ces pièces ?

— Je ne vois qu'une seule explication. Et en la matière, les conclusions du professeur Benderschmidt m'ont été d'une grande aide. Comme il le dit, Pfitzner connaît le droit. Il est rusé, et retors. C'est lui qui a placé la lampe dans le coffre de Quincy. Et il l'a fait photographier sous toutes les coutures. Vous avez vu les clichés en question. Le shérif était certain de pouvoir trouver un fantoche comme Paul Norwood qui, sur le seul et unique examen de ces photos, oserait affirmer devant un jury que cette lampe avait été utilisée par le tueur – à savoir Quincy. En revanche, si un expert de la défense, plus solide que Norwood, avait cette lampe entre les mains, il risquait de révéler la supercherie, c'est pourquoi Pfitzner a fait disparaître cette pièce. Et il savait qu'un Noir dans une ville blanche ferait un suspect parfait, facilement condamnable.

À nouveau, le silence s'installe. Encore une fois, McCutcheon le rompt.

— Quel est votre plan, Post ?

— Je ne m'attendais pas à avoir tous ces échantillons de sang. C'est carrément un don du ciel ! Je vais d'abord apporter la lampe à Benderschmidt. Il ne peut pas l'examiner ici. Son labo est à Richmond, à l'université.

— Et si le sang sur la lampe se révèle être le même que celui sur les vêtements ? Miller reste incriminé, n'est-ce pas ?

— Possible, mais cela n'arrivera pas. La lampe a été placée par Pfitzner dans le coffre de sa voiture. C'est donc qu'elle ne se trouvait pas sur les lieux du crime. J'en suis certain.

Glenn veut participer à la discussion. Il se tourne vers le procureur.

— Au vu de la situation, deux options s'offrent à nous, Patrick. La première, disculper Miller. La seconde, trouver le véritable assassin. La première option est urgente, la seconde, très hypothétique. Certes, Pfitzner est en prison, mais prouver qu'il a un lien avec le meurtre s'annonce long et compliqué. Vous êtes d'accord, mon cher Post ?

— Absolument. Et ce second volet n'est pas ma priorité. Pfitzner nous a déjà fait un beau cadeau ; il va rester à l'ombre pendant un bon moment ! Ce que je veux, c'est voir Quincy Miller libre, le plus vite possible. Et pour cela, j'ai besoin de vous. J'ai déjà vécu ça, et je sais que lorsque le procureur coopère, tout est beaucoup plus rapide.

— Allez, Patrick ! grommelle Glenn. C'est clair comme de l'eau de roche. Le comté a volé à ce pauvre gars vingt-trois années de sa vie. Il est temps de réparer les torts.

Le shérif Castle esquisse un sourire.

— Je suis d'accord. Nous allons rouvrir l'enquête dès que vous aurez les résultats.

Pour un peu, je le prendrais dans mes bras !

— Entendu, lâche finalement McCutcheon. Mais je veux que tout soit photographié, filmé, et les pièces sauvegardées. J'en aurai peut-être besoin pour un autre procès.

— Cela va de soi.

— Et pour les deux autres boîtes ? s'enquiert Castle. Que fait-on ?

Glenn plante sa canne dans le sol et se lève.

— Allons voir ça ! Il y a peut-être des preuves contre moi, sait-on jamais !

Nous rions nerveusement et nous levons à notre tour. Frankie intervient.

— Patron, n'oubliez pas de leur parler du cadavre dans le placard.

Cela m'était sorti de l'esprit. Je me tourne vers Castle.

— Cela ne va pas vous faire plaisir, shérif, mais oui, nous en avons réellement trouvé un dans un placard – à l'étage, dans une chambre. Je ne sais pas trop si on peut parler de cadavre vu qu'il ne reste qu'un squelette. Juste des os. Il doit être là depuis des années.

Castle fronce les sourcils.

— Il ne manquait plus que cela !

— On n'y a pas touché. On n'a pas remarqué d'impacts de balles dans la boîte crânienne. C'est peut-être juste un suicide.

— Ça m'arrangerait.

— On n'a retrouvé aucun vêtement non plus. Bien sûr, nous n'avons rien dit aux Taft. Bref, à vous de jouer, shérif.

— Trop aimable.

44

Glenn nous invite Frankie et moi à un nouveau dîner chinois chez lui, mais nous bottons en touche. Je quitte Seabrook en fin d'après-midi, avec Frankie dans ma roue – mon escorte protégeant mon précieux butin : une petite boîte avec la lampe, que personne n'a touchée depuis plus de vingt ans, et un sac en plastique contenant une chemise ensanglantée. Nous roulons d'une traite pendant trois heures et atteignons Savannah à la nuit tombée. J'emporte les pièces dans mon appartement pour pouvoir dormir à côté cette nuit. Vicki a fait rôtir un poulet. Frankie et moi sommes affamés !

Pendant le dîner, nous parlons de mon nouveau voyage à Richmond. Par la route ou par les airs ? Je ne veux pas prendre l'avion parce que je me méfie des contrôles de sécurité à l'aéroport. Un agent trop zélé pourrait ne pas apprécier notre chemise tachée de sang. Et je n'ai aucune envie de voir quelqu'un tripoter la lampe.

Nous partons donc à 5 heures du matin, dans le pick-up de Frankie, bien plus spacieux et fiable que mon vieux Ford. Il est au volant et moi j'essaie de dormir pendant la première portion du trajet. Il commence à piquer du nez juste après être entré en Caroline du Sud. Je prends le relais. Nous captons une station de R&B aux environs de Florence et chantons ensemble du Marvin Gaye. Pour le petit déjeuner nous commandons dans un drive-in des scones et du café. Quand je pense où nous étions hier à la même heure, j'en ai le sourire aux lèvres : dans le grenier, terrifiés, persuadés qu'on allait être attaqués par des esprits. Toujours aussi délicat, Frankie me rappelle que j'ai vomi quand le squelette a quasiment jailli du placard. Il en rit si fort qu'il manque de s'étrangler. Pour faire bonne mesure, je lui rétorque que lui a failli tomber dans les pommes. Il reconnaît avoir mis un genou à terre, mais c'était, prétend-il, pour sortir son Glock de la poche arrière de son pantalon.

Il est près de 16 heures quand nous arrivons au département de médecine légale de la Virginia Commonwealth University. Kyle Benderschmidt nous attend. Il nous conduit dans une grande pièce et nous présente son équipe – deux confrères et deux techniciens. Nous enfilons tous des gants chirurgicaux. Deux caméras sont installées, une juste au-dessus de la paillasse et l'autre sur un côté. Elles tournent déjà. Frankie et moi nous tenons à l'écart, mais n'en perdons pas une miette parce que les images de la caméra zénithale sont retransmises sur un écran mural.

Benderschmidt s'adresse à la caméra en bout de table et donne les noms de tous les gens présents dans la pièce, ainsi que le lieu exact, la date et le but de cet examen. Il explique ce qu'il fait tandis qu'il sort la boîte des sacs congélation, l'ouvre doucement, et soulève le dernier sac contenant la lampe de poche. Il actionne la glissière et dépose la lampe sur les carreaux de faïence blancs. Avec une règle, il la mesure.

Vingt-huit centimètres de long. Il indique pour la caméra que le boîtier est en métal noir, sans doute de l'aluminium, et que sa surface est texturée, non pas lisse. Il sera donc difficile d'y trouver des empreintes digitales. Pendant un moment, il redevient un professeur et explique que des empreintes peuvent demeurer intactes pendant des décennies sur des surfaces lisses, à condition que personne n'y touche. En revanche, elles disparaissent très rapidement si la surface en question est exposée aux intempéries. Il entreprend de dévisser le capuchon contenant les piles. Des fragments de rouille tombent du sillon. Avec précaution, il secoue la lampe et deux LR20 en sortent. Il n'y touche pas et précise qu'elles portent souvent des empreintes. Les cambrioleurs avisés et autres criminels pensent bien sûr à essuyer leur lampe torche, mais oublient d'en faire de même avec les piles à l'intérieur.

Je n'y avais jamais songé. Frankie et moi échangeons un regard. Une petite révélation.

Benderschmidt passe le relais à Max, son collègue spécialiste des empreintes digitales. Max poursuit les explications pour la caméra et examine les deux piles. Comme elles sont globalement noires, il va utiliser une poudre blanche, semblable à du talc. En tapotant les flancs des LR20 avec un petit pinceau, il applique la poudre et annonce qu'elle va adhérer aux zones grasses laissées par les dermatoglyphes, s'il en subsiste. Au début, il n'y a rien. Il fait rouler les piles sur quelques centimètres pour explorer une autre portion.

— Bingo ! déclare-t-il. Un pouce !

J'ai les jambes en coton. Une chaise, vite ! Pourtant, impossible de m'asseoir. Tout le monde me regarde.

— Que fait-on ? me demande Benderschmidt. Bien sûr, on peut relever cette empreinte pour l'analyser. Mais est-ce une bonne idée ?

J'essaie de rassembler mes idées. Depuis des mois, j'étais persuadé que nous ne découvririons jamais l'identité du tueur. Et voilà que nous trouvons une empreinte…

— Non, réponds-je. N'y touchons pas. Cela risque d'être une pièce importante en salle d'audience et je préfère que ce soient les gars de la police scientifique qui la relèvent.

— Sage décision.

Max acquiesce aussi. Ces gars sont des pros et ne sont pas du genre à compromettre une preuve.

J'ai une idée.

— On peut faire une photo et la leur envoyer dès maintenant ?

— Sans problème, répond Benderschmidt en faisant un signe à l'un des deux techniciens. Vous êtes impatient d'identifier son propriétaire.

— Oui, si c'est possible.

Le technicien approche une table roulante où est installée une potence équipée d'un appareil photo haute résolution au nom imprononçable et pendant une demi-heure il s'affaire à prendre des clichés de l'empreinte. J'appelle le shérif Castle à Seabrook pour avoir les coordonnées de son contact au laboratoire de la police scientifique. Il me demande si on a fait des découvertes. Je réponds non, rien encore.

Une fois le dispositif de prises de vues macroscopiques remisé, Benderschmidt place les piles à l'abri dans des boîtiers en plastique et s'intéresse à la lentille.

J'ai regardé les photos de cette lampe mille fois et je sais qu'il y a huit taches sur le verre, officiellement provenant du sang de Keith Russo, dont trois grosses, mesurant près de trois millimètres de diamètre. Notre expert compte retirer la plus grande des trois pour pratiquer ses analyses. Toutefois, le sang séché datant de vingt-trois ans, l'opération s'annonce délicate. Avec la minutie de deux neurochirurgiens, Kyle Benderschmidt et Max retirent la bague et déposent la lentille dans une grande boîte de Petri. Benderschmidt continue à décrire pour la caméra ses faits et gestes. Avec une petite seringue, il lâche une goutte d'eau distillée sur la tache de sang choisie. Frankie et moi suivons l'intervention sur l'écran mural.

L'eau fait son effet et une goutte de liquide rose roule sur la lentille et tombe dans la boîte de Petri. Les deux hommes hochent la tête, satisfaits du prélèvement. Ils retirent leurs gants tandis qu'un technicien emporte l'échantillon.

Benderschmidt se tourne vers moi.

— Nous allons récupérer un peu de sang sur la chemise pour comparer. Puis nous procéderons aux analyses. Ça va prendre du temps. Il va falloir attendre demain matin.

Que suis-je censé répondre à ça ? J'aurais préféré avoir les résultats tout de suite, et si possible favorables à notre cause, mais je le remercie, lui et son équipe. Nous quittons le campus et errons dans le centre-ville de Richmond à la recherche d'un café. Devant du thé glacé et des sandwichs, nous tentons d'oublier les analyses en cours, mais c'est impossible. Si l'échantillon provenant de la lampe et celui de la chemise sont identiques, alors la manifestation de la vérité sera plus compliquée et il y aura encore beaucoup de questions sans réponse.

S'ils proviennent de deux sources différentes, Quincy est quasiment assuré de sortir libre – si toutefois il s'en sort. Ce qui n'est pas encore gagné.

Et cette empreinte de pouce ? Elle ne désignera pas automatiquement celui qui a appuyé sur la détente, même s'il est établi que la lampe se trouvait sur les lieux du crime. En revanche, si les échantillons de sang ne correspondent pas, c'est que ladite lampe n'était pas sur place, mais a bel et bien été glissée par Pfitzner dans le coffre de la voiture de Quincy. Du moins, c'est notre interprétation.

Pendant le long trajet de Savannah à Richmond, Frankie et moi avons discuté des Taft. Devions-nous ou non les prévenir de la présence de ce squelette dans la maison ? Le shérif n'avait pas montré grand intérêt pour la chose. Mais les Taft avaient peut-être perdu un membre de leur famille, connu une disparition inexpliquée, et cette découverte pourrait lever le voile d'un mystère douloureux ? En même temps, ils étaient tellement terrifiés par cette bâtisse qu'ils ne risquaient guère d'enquêter sur l'origine de ce nouveau cadavre.

Finalement, maintenant que nous sommes attablés dans ce coffee-shop, nous décidons que l'histoire est trop savoureuse pour la garder pour nous. Frankie cherche le numéro de téléphone de Riley et l'appelle. Il sort juste du travail et est surpris de nous savoir partis si loin avec les boîtes. Frankie explique que le gros des pièces est toujours sous la garde du shérif, mais que nous avons emporté les éléments dont nous avions besoin. Puis Frankie demande si, dans leur famille, des personnes auraient disparu mystérieusement, ces dix dernières années.

Riley est aussitôt suspicieux. Pourquoi cette question ?

Avec une lueur malicieuse dans les yeux, Frankie lui raconte ce que nous avons trouvé dans la maison hier matin – plus précisément, dans le placard de la chambre côté est. Un squelette. Intact et complet, suspendu par une corde à linge nouée sous les bras. Un meurtre peut-être, mais pas par pendaison, quoiqu'on ne puisse rien affirmer en l'état actuel des choses.

En entendant le cri étranglé de Riley, Frankie se retient d'éclater de rire. Riley, sous le choc, ne veut pas y croire : on le fait marcher, c'est sûr ! Mais Frankie ne lâche rien. Il s'amuse même beaucoup à tourmenter le pauvre homme : s'il veut en avoir la preuve, il n'a qu'à aller vérifier par lui-même. Juste un coup d'œil, et il sera fixé. Et avec Wendell, ils feraient bien de sortir ce squelette de la maison pour lui donner une sépulture digne de ce nom.

Riley pousse un gémissement à cette simple idée et se met à jurer en boucle. Quand il se calme enfin, Frankie lui exprime ses regrets. Il est désolé de leur apporter de mauvaises nouvelles, mais il était de son devoir de les prévenir. Le shérif va sans doute les contacter bientôt et il voudra inspecter les lieux.

Frankie écoute la réaction de Riley, sourit et répète :

— Non, non, ce serait une mauvaise idée.

Riley s'emporte. Frankie doit écarter le téléphone de son oreille tellement son interlocuteur est hystérique.

— Ne faites pas ça, insiste Frankie. Ne faites pas ça.

Mais quand il raccroche, il est certain que les Taft vont mettre le feu à la maison.

45

Le lendemain, nous devons patienter jusqu'à 11 heures, le temps que le professeur Benderschmidt termine ses cours et regagne son bureau. Frankie et moi l'attendons, tout vibrants de caféine. Il entre avec un grand sourire.

— Dans le mille !

Il se laisse tomber dans son fauteuil derrière son bureau, rajuste son nœud papillon. Il est ravi de nous annoncer la nouvelle.

— Il n'y a pas de correspondances. Ce n'est même pas du sang humain. Du sang, il y en a plein sur la chemise de Russo. Du groupe O, comme la moitié de la population. C'est tout ce que nous savons. Comme je vous l'ai dit, nous ne sommes pas équipés pour pratiquer des analyses d'ADN – mais dans votre cas c'est inutile. Le sang sur la lampe de poche est d'origine animale, sans doute un lapin ou un petit mammifère de ce genre. Dans mon rapport, je donne les détails techniques avec toutes les procédures scientifiques, mais là, je n'ai pas le temps. Je suis très en retard parce que j'ai passé la nuit sur votre affaire. J'ai un avion à prendre dans deux heures. Vous n'êtes guère surpris par ces résultats, j'imagine.

— Non. Mais soulagé, oui. Enfin, nous savons la vérité.

— Il va sortir de prison, alors ?

— Ce n'est jamais aussi simple. Vous savez comment ça marche. Il peut se passer des mois avant que la cour accepte de le libérer. Mais nous allons gagner. Et je vous en remercie.

— C'est vous qui avez fait le gros du boulot, Post. Moi, je ne suis que le laborantin.

— Et l'empreinte du pouce ?

— La bonne nouvelle, c'est que ce n'est pas celle de Quincy Miller. La mauvaise : ce n'est pas non plus celle de Pfitzner. Pour l'instant, elle est d'origine inconnue, mais la police de Floride cherche encore. Selon toute vraisemblance, la personne qui a installé ces piles n'est pas fichée. Cela peut donc être n'importe qui. L'épouse de Pfitzner, sa femme de ménage, l'un de ses adjoints. Bref, un inconnu qu'on n'identifiera jamais.

— Cela n'a pas une si grande importance, intervient Frankie. On a la preuve que la lampe n'était pas sur les lieux du crime, et donc que le véritable tueur ne s'en est pas servi.

— Exact, répond Benderschmidt. À mon avis, Pfitzner a tué un lapin, a récupéré du sang et en a aspergé la lampe. Sans doute avec une grosse seringue, pour projeter l'hémoglobine sur la lentille à un ou deux mètres de distance – pour que l'illusion soit parfaite. Et il a laissé sécher. Il connaissait Paul Norwood, ce soi-disant expert, et s'est assuré que le procureur fasse appel à ses services. Norwood était prêt à dire n'importe quoi contre de l'argent, il a pondu un gros rapport et a convaincu le jury, composé de gens… de gens simples, disons. Un jury à majorité blanche.

— Oui. Onze contre un.

— Un meurtre qui défraie la chronique, la justice qui doit être faite et un suspect parfait – avec un mobile qui plus est ! Un beau piège. Et vingt-trois ans plus tard, vous faites éclater la vérité, Post. Vous méritez une médaille.

— Merci, professeur. Mais nous ne collectionnons pas les médailles. Juste les disculpations.

— Cela a été un vrai plaisir. Un dossier passionnant. Faites appel à moi quand vous voudrez.

*

En quittant Richmond, j'appelle mon infirmière préférée pour qu'elle tienne le téléphone contre l'oreille de Quincy. Je lui donne la version courte et lui annonce que nous avons désormais la preuve qu'il est innocent. Mieux vaut ne pas compter, toutefois, sur une libération rapide. Les mois à venir vont être une longue joute juridique. Il est néanmoins ravi et reconnaissant.

Il a été attaqué il y a treize semaines et chaque jour il fait des progrès. Il assimile de mieux en mieux ce qu'on lui dit, les mots lui viennent plus rapidement, et son vocabulaire s'étend. N'empêche que sa convalescence doit être lente. C'est ce qu'il a du mal à comprendre. Sitôt rétabli, il sera renvoyé en prison. Je n'ai cessé de le répéter à l'équipe médicale : il faut garder Quincy à hôpital le plus longtemps possible. Mais le patient en a assez des opérations, des tubes et des aiguilles. Il veut se lever et s'en aller.

Pendant que Frankie roule vers le sud, je suis en communication avec Mazy, Susan Ashley et Bill Cannon. Il y a tant à régler que Mazy organise une réunion téléphonique et toute l'équipe se creuse les méninges pendant une heure. Elle a une idée lumineuse, un tour de passe-passe auquel elle songe depuis un certain temps : selon la législation en Floride, les demandes de libération doivent être déposées dans le comté où le détenu est incarcéré. De ce fait, le vieux juge Plank du comté rural de Poinsett est submergé de requêtes, plus ou moins fantasques, parce que la prison de Garvin se trouve à deux pas de son tribunal. Il n'a donc aucune empathie et il n'est pas près de reconnaître l'existence d'un nouvel élément au dossier.

Aujourd'hui, toutefois, Quincy n'est pas à Garvin. Il est hospitalisé à Orlando, le cœur vibrant du comté d'Orange, une grande ville accueillant un million et demi d'habitants et quarante-trois juges de circuit. Si nous déposons notre demande de révision dans ce comté, l'État de Floride va crier à la manœuvre, mais nous n'avons rien à perdre. Si nous l'emportons, nous présenterons notre nouvelle preuve devant un juge tout frais, un magistrat issu d'une zone urbaine où il existe une certaine diversité ethnique. Si nous sommes déboutés, nous serons renvoyés vers Plank et nous tenterons à nouveau notre chance. Mais d'abord, il faut retirer notre appel quand il a rejeté notre première requête. L'appel en question moisit depuis trois mois dans les méandres de la Cour suprême de Tallahassee.

Mazy et moi passons les deux jours suivants à peaufiner notre nouvelle demande de révision et à lancer la procédure pour annuler l'appel. Bonne nouvelle : les gars de la police scientifique arrivent aux mêmes conclusions que notre professeur Benderschmidt.

Aucune nouvelle des Taft et de leur cadavre dans le placard.

Si nous avions du champagne au bureau, on aurait pu sabrer une bouteille après l'appel de mon infirmière préférée pour me donner les dernières nouvelles concernant Quincy : 1) l'une de ses blessures à la suite des coups de couteau s'est infectée, et 2) sa mâchoire ne s'est pas correctement ressoudée et on doit l'opérer à nouveau.

Avant de raccrocher, je lui répète mon mantra : « Je vous en prie, gardez-le le plus longtemps possible. »

*

Nous déposons immédiatement notre requête à la cour de circuit du comté d'Orange, le fief de Susan Ashley. Cette juridiction, cultivant le goût du secret, ne révèle jamais à quel juge elle attribue les affaires, et par conséquent nous ne savons pas à quelle sauce nous allons être mangés. L'État de Floride prend deux semaines pour contrer notre demande, une réponse lapidaire et sans substance. Pure posture.

Susan Ashley demande une audience en urgence et nous apprenons que notre juge est Son Honneur Ansh Kumar, un Américain de seconde génération âgé de trente-neuf ans, dont les parents sont originaires d'Inde.

Nous espérions la diversité, nous sommes servis ! Il accepte de nous entendre – un bon signe – et je fonce à Orlando. Je fais le voyage avec Frankie dans son pick-up. Partir seul dans mon SUV Ford est jugé trop dangereux, en particulier quand je zigzague sur la route parce que je m'énerve au téléphone. Alors Frankie conduit, et moi, je m'efforce de garder mon calme avec mes interlocuteurs.

Ce n'est pas la seule raison pour laquelle Frankie est devenu indispensable ces derniers temps. Comme on pouvait s'y attendre, il s'est lié d'amitié avec Quincy et il lui tient compagnie à l'hôpital. Ils regardent ensemble des matchs à la télé, mangent des hamburgers et terrorisent le personnel. Les infirmières, sachant que les deux hommes ont passé de longues années en prison alors qu'ils étaient innocents, acceptent leurs plaisanteries et leur humour grivois. Au dire de Frankie, certaines infirmières, en ce domaine, ont autant de bagou qu'eux.

À nouveau, l'État de Floride envoie Carmen Hidalgo au combat. Il y a des centaines de magistrats dans le service du procureur général de Floride et, une fois encore, elle a tiré la mauvaise carte. Les ténors du parquet fuient comme la peste les affaires d'erreurs judiciaires.

Nous nous retrouvons dans une salle au deuxième étage de la grande tour moderne qui abrite tous les services judiciaires du comté d'Orange. L'audience devrait être brève. Le juge Kumar nous accueille avec un grand sourire et nous demande de commencer sans tarder.

Carmen Hidalgo ouvre les hostilités. Avec adresse, elle rappelle que la législation est claire : les requêtes en révision de procès doivent être déposées dans le comté où le demandeur est incarcéré. Susan Ashley contre-attaque : notre client est peut-être officiellement un détenu de Garvin, mais il ne s'y trouve pas. Depuis quinze semaines, il est ici, à Orlando, et sa sortie de l'hôpital n'est toujours pas à l'ordre du jour. Ce point a été étudié par les deux camps, et à l'évidence, le juge Kumar a non seulement lu notre requête mais également tout notre dossier concernant la remise en liberté de Quincy Miller.

Après nous avoir écoutés patiemment, il se tourne vers la procureure.

— Madame Hidalgo, il semble que le plaignant ait trouvé une faille dans le système. Notre code de procédure pénale n'envisage pas que le demandeur, temporairement, puisse ne plus se trouver dans la prison où la peine doit être purgée, et en la matière, il ne précise pas où le détenu est censé déposer son recours. C'est imparable.

— Mais, Votre Honneur…

Le juge Kumar lève lentement les mains et esquisse un sourire.

— Asseyez-vous, madame Hidalgo. La cour vous remercie. Je vais garder cette affaire pour plusieurs raisons. La première, et la plus importante de toutes, c'est que je ne suis pas du tout convaincu que cette demande de réexamen doive être présentée dans le comté de Poinsett. Deuxièmement, les faits m'intriguent au plus haut point, particulièrement à la lumière des derniers développements de l'affaire. J'ai tout examiné – la première demande de réexamen et la seconde, les réponses du ministère public, les actes d'accusation à l'encontre de l'ancien shérif du comté de Ruiz et d'autres personnes, les inculpations des commanditaires et organisateurs d'un meurtre par contrat devant être perpétré dans l'enceinte de la prison. Oui, j'ai tout examiné. Et la troisième raison qui m'incite à juger ce cas, c'est qu'il est possible que Quincy Miller ait passé vingt-trois ans en détention pour un crime qu'il n'a pas commis. Je puis vous assurer que je n'ai pas pris ma décision et que j'attends que me soient présentées des preuves tangibles. Madame Gross, quand serez-vous prête à plaider ?

Sans se lever, Susan Ashley répond du tac au tac :

— Dès demain matin.

— Madame Hidalgo ?

— Votre Honneur, je vous en prie ! Nous n'avons même pas rédigé notre réponse pour cette nouvelle requête.

— Allons, je crois bien que si. Vous avez déjà répondu à la première demande. Tout est dans vos ordinateurs. Changez la date, actualisez les détails et déposez ça sans délai, madame Hidalgo. L'audience aura lieu dans trois semaines à compter d'aujourd'hui, dans cette même salle.

Le lendemain, Carmen Hidalgo fonce à la Cour suprême de Floride pour faire appel de la décision du juge Kumar. Une semaine plus tard, la Cour suprême rend son verdict. Juste deux phrases – en notre faveur. Nous allons pouvoir monter sur scène, et cette fois nous avons un juge dans notre public !

46

Bill Cannon nous fait une offre qui nous prend de court. C'est un grand honneur. Il veut aller au front, défendre notre demande de révision devant la cour. Pour lui, ce sera un excellent entraînement pour le recours en dommages et intérêts qui sera jugé au civil dans plusieurs mois. Il est impatient de monter sur le ring et d'entendre les témoins en direct. Susan Ashley est toute jeune, juste trente-trois ans, et n'a qu'une expérience limitée des procès, même si je la trouve très brillante et que je lui donnerais un A++ haut la main. Cannon est, de réputation, un champion à la barre, une star. Elle est ravie de laisser sa place et de jouer les seconds couteaux. Comme je suis un témoin potentiel, je renonce à mon statut d'avocat, sans regret. Je serai quand même aux premières loges.

Pressentant la victoire, Vicki et Mazy ont pris quelques jours de congé et sont descendues à Orlando. Frankie est assis au premier rang avec elles. Tous les Anges Gardiens sont là, au grand complet. Et ce n'est pas tout. Le révérend Luther Hodges a fait aussi le voyage depuis Savannah pour nous voir en action. Il a suivi l'affaire depuis le premier jour et il a passé tant d'heures à prier pour Quincy. Glenn Colacurci débarque avec un costume rose en seersucker, accompagné de la jolie Bea. Je ne pense pas qu'il ait pris le temps de prier. À côté de lui, il y a Patrick McCutcheon qui, selon Glenn, a décidé de ne pas attaquer de nouveau Quincy en justice si notre demande d'annulation du procès est acceptée.

Susan Ashley a joué les attachées de presse et l'affaire intéresse désormais les médias : un ancien shérif véreux, qui tente de faire assassiner un innocent après l'avoir fait incarcérer pendant plus de vingt ans… ils ne vont pas rater ça ! Et maintenant le détenu est en passe d'être libéré et le shérif ripou est sous les verrous ! Des journalistes ont pris d'assaut la salle d'audience, avec une bonne vingtaine de spectateurs. Tous les tribunaux, les grands comme les petits, ont leurs habitués, en ville comme à la campagne. Tous ont leur contingent de curieux désœuvrés.

Le juge Kumar s'installe dans son fauteuil sans tambour ni trompette et souhaite la bienvenue à tout le monde. Il observe l'assistance et remarque l'absence du prisonnier. Deux jours plus tôt, il a autorisé Quincy à assister à cette audience. Pour l'instant, Son Honneur a accédé à toutes nos requêtes.

— Faites entrer M. Miller, ordonne-t-il à un huissier.

Une porte à côté du box du jury s'ouvre et un adjoint entre. Derrière lui, sans menottes et s'appuyant sur une canne, apparaît Quincy. Il a une chemise blanche et un pantalon crème que je lui ai achetés hier. Il voulait mettre une cravate pour la première fois en vingt-trois ans, mais je lui ai dit que ce n'était pas nécessaire. Il n'y a pas de jurés à charmer et je suis certain que le juge sous sa robe n'a pas de cravate non plus. Quincy a beaucoup maigri, il n'a pas retrouvé toutes ses facultés motrices, mais, quand même, il paraît en forme ! Il regarde la salle, l'air perdu, impressionné – comment le lui reprocher –, puis il me voit et sourit. Il claudique derrière le policier qui le conduit à sa place, entre Susan Ashley et Bill Cannon. Je suis juste derrière lui, quasiment contre la barrière de séparation avec le public. Je lui tape sur l'épaule et lui dis qu'il a fière allure. Il se tourne vers moi, les yeux embués de larmes. Cet avant-goût de liberté le submerge déjà.

Nous bataillons avec l'administration pénitentiaire pour décider du lieu de séjour de Quincy. Les médecins ont terminé leur travail et sont prêts à le laisser sortir de l'hôpital, ce qui signifie officiellement un retour à Garvin. Mais Susan Ashley a demandé son transfert dans un centre de détention basse sécurité près de Fort Myers, équipé d'une infirmerie digne de ce nom. L'équipe médicale d'Orlando a rédigé de nombreux rapports pour démontrer que Quincy était encore en convalescence et avait besoin de soins. Avec vigueur, nous soutenons que la prison de Garvin, déjà dangereuse pour tout détenu en général, l'est plus encore pour le cas particulier de Quincy. Bill Cannon ne cesse de houspiller les bureaucrates de l'administration à Tallahassee. Comme il s'apprête à leur réclamer cinquante millions de dommages et intérêts, ils ne se montrent guère coopératifs. Odell Herman, le directeur de Garvin, annonce que Quincy aura droit à une sécurité renforcée, comme s'il faisait là un grand geste. En réalité, cela signifie le placer à l'isolement.

Ce qu'il faut à mon client, c'est une autre infection, mais comme la précédente a failli le tuer, je garde ce vœu pieux pour moi. Il est à l'hôpital depuis dix-neuf semaines et, à plusieurs reprises, il a dit à Frankie qu'il n'en pouvait plus et préférait encore retourner en prison.

Seulement nous, nous préférons la liberté, et cela va arriver. Quoique la date reste encore floue.

Cannon se lève et s'approche du pupitre pour s'adresser au juge. Il a cinquante-quatre ans, des cheveux gris vigoureux, un costume noir, et l'assurance d'un ténor du barreau capable d'obtenir ce qu'il veut d'une cour ou d'un jury. Et il a la voix grave et chaude qui va avec ; je suis sûr qu'il la travaille depuis des décennies. Son élocution est parfaite. En introduction, il déclare que nous sommes sur le point de faire triompher la vérité, le fondement de notre beau et grand système judiciaire. Et la vérité, aujourd'hui, va révéler qui a tué et qui n'a pas tué Keith Russo – une vérité trop longtemps cachée dans une petite ville corrompue de la Floride du Nord, délibérément enterrée par des hommes mauvais. Mais enfin, après des décennies de mensonges, après avoir envoyé un innocent en prison pendant vingt-trois ans, cette vérité s'offre à nous.

Cannon n'a pas besoin de notes. Il n'y a aucun trou dans son discours, ni de « euh », ni de « hum », ou de phrases interrompues. L'homme semble improviser dans une prose fluide ! Et il maîtrise un des arcanes de l'art oratoire que peu d'avocats, même les meilleurs, connaissent et pratiquent : la concision ! Ne jamais se répéter. Il expose notre affaire en quelques phrases et explique au juge Kumar ce que nous allons prouver. En moins de dix minutes, il a donné le ton et il ne laisse pas de place au doute : il a une mission, et il la mènera à son terme.

Carmen Hidalgo réplique en rappelant à la cour qu'un jury populaire s'est déjà exprimé. Quincy Miller a eu un procès équitable voilà des années et les jurés, à l'unanimité, l'ont reconnu coupable. Il s'en est fallu d'une voix pour qu'il soit condamné à mort. Pourquoi exhumer de vieilles affaires ? Notre système judiciaire est débordé et n'a pas vocation à rejuger indéfiniment les mêmes cas. Si nous permettons à tous les condamnés de sortir de leur chapeau de nouvelles preuves et d'inventer de nouveaux faits, dans ce cas à quoi bon les juger une première fois ?

Elle est encore plus brève que nous !

Cannon décide de commencer par du sensationnel et appelle à la barre Wink Castle, le shérif du comté de Ruiz. Castle a apporté un petit carton. Cannon attend que le shérif ait prêté serment et lui demande ce qu'il y a à l'intérieur. Il s'agit de la lampe de poche, enveloppée dans un sac en plastique. Un huissier la sort du carton et la dépose sur la table à côté du greffier. Castle explique alors comment cet objet est arrivé en sa possession. Cannon montre un enregistrement vidéo où l'on nous voit tous, dans le cabinet de Glenn, procéder à l'ouverture des boîtes d'archives. Toute la salle est captivée, en particulier Son Honneur. Castle donne les informations qu'il a sur l'affaire, y compris celles concernant le mystérieux incendie. Avec fierté, il annonce à la cour que, sous sa direction, la police du comté de Ruiz a fait peau neuve.

Comprendre : au revoir la corruption et les trafics de drogue. Nous sommes irréprochables !

Durant le contre-interrogatoire, Carmen Hidalgo marque quelques points en contraignant Castle à reconnaître que les boîtes ont disparu pendant des années et que, par conséquent, elles n'étaient plus sous la garde des autorités. Ce détail, certes, pourrait avoir une importance cruciale si la lampe devait être présentée à un futur procès pénal, mais pour l'heure, il est sans effet. Quand la procureure a terminé, le juge Kumar s'immisce dans les débats et demande à Wink Castle :

— Cette lampe a-t-elle été examinée par les services de la police scientifique de l'État ?

Castle acquiesce.

— Et vous avez une copie de leur rapport ?

— Non, Votre Honneur. Pas encore.

— Vous connaissez le nom du technicien qui s'est chargé d'examiner cette pièce ?

— Oui, monsieur le juge.

— Parfait. Appelez-le et dites-lui que j'attends son rapport pour demain matin.

— Ce sera fait.

Je suis le second à passer. On me fait prêter serment. C'est la quatrième fois de ma vie que je suis appelé à la barre. Et être dans ce box, c'est toujours une épreuve : tous ces regards braqués sur le témoin, le cœur qui bat à cent à l'heure. Il y a de l'hésitation, parce que chaque mot compte, une parole malheureuse peut avoir de graves conséquences. Il faut être crédible. Convaincant. Clair. D'un coup, tous les conseils que je donne d'ordinaire à mes témoins paraissent vains et futiles. Heureusement, j'ai un grand avocat pour m'épauler et nous avons bien répété. Je n'aimerais pas me retrouver dans ce fauteuil pour raconter des mensonges face à Cannon, qui est un vrai tueur.

Je narre la découverte de la lampe de poche, mais passe sous silence de grands pans de l'histoire. Rien sur Tyler Townsend à Nassau, ou Bruce Gilmer de l'Idaho, rien sur les e-mails qui s'effacent au bout de dix minutes, rien sur la malédiction vaudoue ou le squelette dans le placard. Juste qu'un vieil avocat m'a rapporté une rumeur, où l'on prétendait que Kenny Taft en savait trop et qu'il avait été éliminé à cause de ça. Alors, j'ai rendu visite à la famille Taft et ai commencé à fouiner. J'ai eu de la chance. Sur un grand écran, Cannon montre des photos de la maison abandonnée et les clichés que j'ai pris dans le grenier. Puis une vidéo où l'on voit Frankie emportant les boîtes d'archives hors de la maison. Je raconte notre voyage jusqu'à Richmond avec les pièces et la séance de travail avec le professeur Benderschmidt.

Quand c'est son tour de m'interroger, Carmen Hidalgo me pose une série de questions destinées à instiller le doute sur l'authenticité des scellés puisqu'il y a eu une faille dans la sécurité : non, je ne sais pas combien de temps ces boîtes sont restées dans le grenier ; non, je ne sais pas qui les a mises là, ni si c'est bien Kenny Taft qui les a récupérées avant l'incendie, et pas plus s'il a ouvert ces boîtes et touché ces pièces à conviction. Je donne des réponses polies, avec une précision toute professionnelle. Elle ne fait que son travail et voudrait être ailleurs. Ça se voit comme le nez au milieu de la figure.

Elle veut savoir qui m'a rapporté cette rumeur concernant la mort de Kenny Taft, et je lui explique que je ne peux le lui révéler. Je me dois de protéger mes sources. Certes, j'en sais bien plus que je ne le dis, mais la confidentialité est la pierre angulaire de mon métier. Elle demande au juge d'intervenir pour m'ordonner de répondre à ses questions. Cannon fait objection et rappelle le caractère sacré du secret pour tout avocat digne de ce nom. Kumar rejette la requête de la procureure et je peux retourner sur ma chaise derrière Quincy.

Le professeur Kyle Benderschmidt est dans la salle, pressé de s'en aller. Bill Cannon l'appelle à la barre et commence à énumérer la longue liste de ses diplômes et références. Au bout de quelques minutes, le juge se tourne vers Carmen Hidalgo.

— Vous comptez mettre en doute les qualifications du témoin ?

— Non, Votre Honneur. Le ministère public les accepte.

— Je vous remercie.

Le juge Kumar ne presse personne et semble heureux d'être aux commandes. Il n'a que trois ans d'expérience mais paraît détendu et confiant.

Cannon ne s'attarde pas sur la faiblesse factuelle du rapport que Norwood a soumis au jury (celle-ci est parfaitement détaillée par Mazy dans le dossier que nous avons remis à la cour), il préfère s'intéresser à la pièce à conviction originale. Maintenant que nous sommes en possession de cette lampe, le temps des conjectures et supputations est terminé. Sur l'écran, Benderschmidt présente des clichés récents pris par ses soins et les compare à ceux montrés au procès vingt-trois ans plus tôt. Avec le temps, la couleur des taches est passée, bien que la lampe ait été conservée à l'abri de la lumière. Il désigne les trois plus grosses éclaboussures et indique celle dont il s'est servi pour effectuer son analyse. Il projette d'autres photos avec un taux d'agrandissement plus fort, entre dans les détails techniques. Rapidement, notre expert se fait professoral et se lance dans un exposé de criminalistique. Peut-être est-ce à cause de mes gènes réfractaires aux sciences et aux chiffres, mais je m'ennuie et considère ces digressions comme fastidieuses et sans intérêt. En revanche, Son Honneur semble fasciné.

Benderschmidt commence par les fondamentaux : les cellules sanguines humaines sont différentes de celles des animaux. Deux images apparaissent à l'écran, prises au microscope, et il s'ensuit un cours d'hématocytologie comparée : à gauche, un agrandissement des cellules sanguines trouvées dans le prélèvement sur la lampe. À droite, celles provenant d'un petit mammifère, à savoir un lapin, et les deux images sont très semblables. Les humains sont des mammifères et leur sang est caractéristique de cette classe puisque les érythrocytes sont anucléées. Les reptiles et les oiseaux ont des globules rouges avec noyau, pas nous. Le professeur Benderschmidt tapote sur son clavier et affiche de nouvelles images. Nous voilà plongés dans le monde de l'infiniment petit. Le noyau est une structure circulaire et le centre de commande de la cellule. Il gère sa croissance, sa réplication. Il est entouré d'une membrane. Et bla-bla-bla…

Dans notre dossier figure le rapport complet de Benderschmidt, avec ses planches et ses explications impénétrables concernant les hématocytes et leurs spécificités cytoplasmiques. J'avoue qu'il m'est tombé des mains, mais j'ai bien l'impression que le juge Kumar l'a lu en entier.

En conclusion : les cellules sanguines des animaux diffèrent grandement d'une espèce à l'autre. Et Benderschmidt est quasiment certain que le sang sur la lentille de la lampe provient d'un petit animal. En tout cas, il est formel : ce n'est pas du sang humain.

Nous ne nous sommes pas donné la peine de demander une analyse ADN des deux échantillons. C'était inutile. Nous savons que, sur la chemise blanche, c'est bien le sang de Keith Russo. Et que, sur la lampe, ce n'est pas le sien.

Cannon et Benderschmidt forment un duo parfait et accomplissent une chorégraphie millimétrée. Et pourtant, hier encore ils ne se connaissaient pas. À la place du ministère public, à qui Cannon va réclamer une fortune en réparation du préjudice, je commencerais sérieusement à songer à un accord à l'amiable.

Il est près de 13 heures quand Benderschmidt a terminé de répondre aux questions de Carmen Hidalgo, un contre-interrogatoire de pure posture. À en juger par la minceur de Kumar, Son Honneur doit souvent sauter le déjeuner, mais nous autres sommes affamés. La séance est levée pour une heure et demie. Frankie et moi reconduisons notre expert à l'aéroport, en faisant un crochet par un fast-food. Benderschmidt veut qu'on le prévienne dès que le jugement sera rendu. Il aime son travail et plus encore cette affaire. Il espère de tout son cœur que Quincy sera disculpé. Une science indigne a condamné mon client et Benderschmidt veut laver cette infamie.

*

Durant les sept derniers mois, Zeke Huffey a tant aimé être libre qu'il est parvenu à ne pas se faire arrêter. Il est en liberté conditionnelle dans l'Arkansas et ne peut quitter l'État sans l'accord de son agent de probation. Il prétend ne plus toucher à la drogue et compte bien rester dans le droit chemin. Une organisation caritative lui a prêté mille dollars pour l'aider à tenir les premiers jours, et il travaille quelques heures par semaine dans une laverie pour voitures, un fast-food et une société d'entretien de parcs et jardins. Il survit et a remboursé la moitié de son prêt. Les Anges Gardiens lui ont acheté un billet d'avion et il se présente à la barre, en pleine forme et bronzé.

Sa prestation précédente, devant le vieux juge Plank, a été parfaite. Il a reconnu avoir menti, tout en expliquant avoir été manipulé par Pfitzner et un système biaisé, mais oui, il savait ce qu'il faisait. On lui avait demandé de jouer les mouchards et il avait tenu son rôle à merveille. Aujourd'hui, toutefois, il ajoute la contrition – celle d'avoir menti. Dans un moment poignant qui prend tout le monde de court, Zeke relève la tête et se tourne vers notre client.

— Oui, j'ai fait ça, Quincy. Je l'ai fait pour sauver ma peau et maintenant je le regrette. J'ai menti et je t'ai envoyé au trou. Je m'en veux tellement. Je ne demande pas ton pardon, parce qu'à ta place je ne me pardonnerais rien. Je veux simplement te dire que je suis désolé, désolé de t'avoir fait une chose pareille.

Quincy hoche la tête mais ne répond pas. Il me dira plus tard qu'il avait eu envie de lui répondre, de lui dire qu'il lui pardonnait, mais il avait peur de parler sans qu'on lui en donne la permission.

Zeke est ensuite malmené pendant le contre-interrogatoire, Carmen Hidalgo pilonnant son passé de menteur professionnel. Où le mensonge s'arrête-t-il ? Quand ? À moins qu'il ne soit toujours d'actualité ! Comment savoir s'il ne ment pas cette fois ? Et les attaques n'en finissent pas. Il tient bon et s'en sort plutôt bien. À plusieurs reprises, je l'entends répondre : « Oui, madame, je sais que j'ai beaucoup menti. Mais cette fois, je ne mens pas. Je le jure. »

Notre témoin suivant est Carrie Holland Pruitt. Il m'a fallu batailler pour que Carrie et Buck acceptent de faire la longue route jusqu'à Orlando, mais quand les Anges Gardiens leur ont offert un passe famille pour un week-end à Disney World, le marché a été conclu. Soyons bien clairs : les Anges Gardiens n'ont pas les moyens d'offrir ce genre de cadeaux, mais Vicki, la fée de tous les prodiges, a réussi à trouver quelqu'un pour payer.

Guidée par Bill Cannon, Carrie narre l'histoire sordide de la condamnation de Quincy. Non, elle n'a pas vu d'homme noir s'enfuir dans la ruelle avec dans les mains un bâton ou quelque chose de ce genre. En vérité, elle n'a rien vu. On l'a convaincue de mentir au procès, sous la houlette du shérif Pfitzner et de l'ancien procureur Forrest Burkhead. Elle a donc raconté ces sornettes et le lendemain Pfitzner lui a donné mille dollars en lui ordonnant de quitter la ville. Si jamais elle remettait les pieds en Floride, il l'accuserait de parjure et la mettrait en prison.

Après une ou deux phrases, ses yeux s'embuent de larmes. Puis, elle éclate en sanglots. Au milieu de son témoignage déchirant, elle reconnaît avoir menti et exprime ses remords. Elle était perdue à cette époque, une junkie qui sortait avec un gars toxique, un flic, et elle avait tant besoin d'argent… Aujourd'hui, elle ne touche plus à la drogue, plus depuis quinze ans, et n'a jamais raté une journée de travail. Mais elle a souvent pensé à Quincy Miller. Elle s'effondre. Toute la salle attend qu'elle reprenne ses esprits. Buck est au premier rang. Il essuie ses joues aussi.

Le juge Kumar suspend la séance pour une heure. Son greffier vient nous expliquer que Kumar doit gérer une affaire urgente dans son bureau. Marvis Miller arrive et serre son frère dans ses bras tandis que les gardes se tiennent à distance. Je rejoins Mazy et Vicki sur les bancs et nous faisons le point sur les témoignages. Un journaliste nous réclame une interview mais nous refusons.

À 16 h 30, les débats reprennent et Bill Cannon appelle notre dernier témoin. Je viens de prévenir Quincy pour réduire le choc. Quand Cannon annonce :

« June Walker », Quincy me regarde avec de grands yeux. Je tente de le rassurer d'un sourire.

Frankie n'est pas du genre à se décourager, en particulier quand il s'agit de convaincre des Noirs de coopérer avec nous. Au fil des mois, il a tissé une relation d'amitié avec Otis Walker à Tallahassee, et par suite avec June. Au début, ils refusaient. Ils avaient mal pris que les avocats de Quincy aient dressé un tableau aussi noir de l'ancienne épouse de Quincy. À force de persévérance, Frankie leur a montré le bon chemin : les mensonges du passé doivent être corrigés si l'occasion se présente. Quincy n'a tué personne, et pourtant June a aidé les véritables assassins, qui sont en l'occurrence des Blancs.

Elle est au troisième rang. Elle se lève et se dirige vers le box des témoins, où le greffier lui fait jurer de dire la vérité et rien que la vérité. J'ai passé du temps avec June et lui ai expliqué qu'il n'est jamais facile de reconnaître devant un tribunal qu'on s'est parjuré. Mais je lui ai assuré qu'elle ne pouvait pas être poursuivie pour cela, qu'elle ne risquait rien.

Elle fait un petit signe de tête à Quincy et serre les dents. C'est parti ! Elle donne son nom, son adresse et explique que Quincy Miller est son premier mari. Ils ont eu trois enfants ensemble avant que leur mariage ne tourne mal et qu'il s'ensuive un divorce douloureux. Elle est dans notre camp et Bill Cannon ne la rudoie pas. Il prend une liasse de papiers et se tourne vers elle.

— Maintenant, madame Walker, revenons de nombreuses années en arrière, au moment du procès pour meurtre de votre ex-mari, Quincy Miller. Au cours des débats, vous avez été citée comme témoin par l'accusation et vous avez fait à cette occasion un certain nombre de déclarations. Vous voulez bien qu'on les passe en revue ensemble ?

Elle acquiesce.

— Oui, monsieur, répond-elle doucement.

Cannon ajuste ses lunettes et examine la transcription de son témoignage.

— Le procureur vous a demandé : « Est-ce que le prévenu, Quincy Miller, possède un fusil de chasse calibre 12 ? » Et votre réponse a été : « Je crois bien. Il a des pistolets. Je ne connais pas grand-chose aux armes, mais oui, Quincy a un gros fusil. »

Il marque un silence et reprend :

— Je vous pose aujourd'hui la question, madame Walker : était-ce la vérité ?

— Non, monsieur. Ce n'était pas vrai. Je n'ai jamais vu de fusil à la maison. À ma connaissance, Quincy n'en a jamais eu.

— Très bien. Deuxième déclaration : le procureur vous a demandé : « Le prévenu aime-t-il la chasse et la pêche ? » Et votre réponse a été : « Oui, monsieur, il ne chasse pas souvent, mais sort de temps en temps dans les bois avec ses amis, pour tirer sur les oiseaux ou les lapins. » Était-ce vrai, madame Walker ?

— Non. Je n'ai jamais vu Quincy chasser. Il aimait bien pêcher avec son oncle, mais la chasse, jamais.

— Très bien. Troisième déclaration : le procureur vous a montré la photographie en couleur d'une lampe de poche et vous a demandé si vous aviez déjà vu une lampe semblable. Votre réponse : « Oui, monsieur, elle ressemble à la lampe que Quincy a dans sa voiture. » Était-ce la vérité, madame Walker ?

— Non. Je n'avais jamais vu cette lampe, pas que je me souvienne, et je n'ai jamais vu Quincy avec une lampe de ce genre.

— Je vous remercie, madame Walker. Dernière question : durant le procès, le procureur vous a demandé si Quincy se trouvait dans les environs de Seabrook la nuit où Keith Russo a été assassiné. Et je cite votre réponse : « Je crois bien. On m'a dit qu'on l'avait vu devant le Pounder's Store. » Madame Walker, était-ce vrai ?

Elle veut répondre mais sa voix se brise. Elle déglutit en grimaçant et se tourne vers son ex-mari.

— Non, monsieur. Personne ne m'a jamais dit qu'il était là-bas ce soir-là.

— Je vous remercie, articule Cannon en reposant ses papiers sur la table d'un geste théâtral.

Carmen Hidalgo se lève lentement, comme si elle hésitait. Elle observe le témoin et comprend qu'elle ne pourra marquer aucun point. Agacée, elle annonce :

— Le ministère public n'a pas de questions, Votre Honneur.

Le juge se tourne vers June.

— La cour vous remercie, madame Walker. Vous pouvez vous retirer.

June s'empresse de quitter le box. Devant moi, Quincy repousse soudain sa chaise et se lève. Sans canne, il passe derrière Bill Cannon et claudique vers June. Elle ralentit, terrifiée. L'espace d'une seconde, tout le monde reste pétrifié devant l'imminence du désastre. Puis Quincy ouvre les bras et June vient s'y lover. Il l'étreint et les deux fondent en larmes. Deux personnes qui, autrefois, ont fait ensemble trois enfants, et qui ont fini par se détester, s'enlacent devant une foule d'inconnus.

— Je suis désolée, murmure-t-elle, encore et encore.

— C'est fini, lui répond-il. C'est fini.

47

Vicki et Mazy sont impatientes de rencontrer Quincy. Elles s'occupent de son affaire depuis longtemps, savent tout de sa vie, mais n'ont jamais eu l'occasion de le saluer. Nous quittons la salle d'audience et rejoignons le Mercy Hospital où Quincy est encore un patient détenu. Sa chambre se trouve désormais dans une annexe qui abrite l'unité de convalescence, mais nous le retrouvons à la cafétéria du sous-sol. Son gardien est un policier d'Orlando. Il est assis à l'écart et s'ennuie à mourir.

Après avoir connu pendant vingt-trois années la cantine de la prison, Quincy ne se plaint pas de la nourriture vendue à la cafétéria. Il veut un sandwich et des chips. Je vais lui chercher son repas pour le laisser évoquer avec Vicki et Mazy les péripéties de cette première journée d'audience. Frankie est assis à côté de lui, toujours prêt à rendre service. Luther Hodges est là aussi, tout heureux et fier d'être convié à cette rencontre. Quincy nous propose de dîner avec lui mais nous avons une autre invitation pour ce soir.

Il est encore ému par sa rencontre avec June. Il l'a tant détestée, pendant si longtemps, et d'un coup il lui pardonne tout ! Il n'en revient pas. Quand il l'a entendue reconnaître ses mensonges, quelque chose l'a envahi, peut-être le souffle de Dieu, et sa haine s'est envolée. Il a fermé les yeux et a demandé au Seigneur d'emporter toute cette rancœur, et dans un flash, un grand poids a quitté son être. Il s'est senti plus léger, réellement plus léger. Il a pardonné à Zeke Huffey, il a pardonné à Carrie Holland et s'est senti délivré, une sensation enivrante et miraculeuse.

Luther Hodges sourit et hoche la tête. Il aime entendre ce genre de paroles.

Quincy touche à peine à son sandwich, grignote quelques chips. Son appétit n'est pas revenu. Il pèse soixante-cinq kilos, près de vingt kilos en dessous de son poids de forme. Il me demande ce qui va se passer demain, mais je préfère ne pas m'avancer. Sans doute le juge va terminer l'audition des témoins et clore les débats. Il étudiera ensuite notre affaire et rendra son verdict dans des semaines, voire des mois. Kumar me donne l'impression d'être de notre côté, mais avec l'expérience j'ai appris à m'attendre au pire. Et à ne jamais espérer que la justice soit rapide.

Après une heure de bavardage, le garde nous annonce que c'est l'heure. Nous serrons tour à tour Quincy dans nos bras en lui donnant rendez-vous demain matin.

*

Bill Cannon a des bureaux dans les six plus grandes villes de la Floride. Son associé, qui dirige l'antenne à Orlando, est un spécialiste des erreurs médicales dont le seul nom, Cordell Jollie, donne des sueurs froides à tous les médecins incompétents. Il en a ruiné tellement, et ce n'est que le début. Les condamnations financières ou les règlements à l'amiable qu'il a obtenus lui ont permis d'acheter une sorte de manoir dans le quartier huppé d'Orlando, une enclave protégée avec grilles et portail de sécurité, sillonnée de jolies rues ombragées bordées de demeures plus ostentatoires les unes que les autres. Nous nous garons dans son allée circulaire. Je remarque côte à côte une Bentley, une Porsche et un coupé Mercedes. La flotte de Cordell Jollie, à elle seule, dépasse le budget annuel des Anges Gardiens. Et garée juste devant le perron, fière et solitaire, une vieille Coccinelle ! À l'évidence, Susan Ashley est déjà arrivée.

D'ordinaire, les Anges Gardiens déclinent toute invitation à dîner dans de tels lieux, mais il est quasiment impossible de refuser quoi que ce soit à Bill Cannon. En outre, nous avons un côté midinette. Comment se priver de visiter un joyau architectural qu'on ne voit d'ordinaire que dans des revues sur papier glacé ? Un gars en smoking nous ouvre la porte. C'est la première fois que je rencontre un majordome en chair et en os ! Nous le suivons dans une entrée monumentale avec de hautes voûtes au plafond. Une pièce qui pourrait contenir à elle seule une maison de dimension tout à fait respectable. C'est alors que nous prenons conscience de nos tenues. Nous avons l'air de pouilleux !

Frankie a eu la présence d'esprit de refuser ce genre de traquenard. Lui, Quincy et Luther ont prévu de regarder un match de baseball à la télévision.

Mais quand Jollie apparaît, nous ne nous inquiétons plus de nos vêtements. Il est en tongs et tee-shirt, et arbore un bermuda de golf crasseux. Tenant une canette de bière dans une main, il nous salue d'une poigne vigoureuse. Bill Cannon fait son entrée en scène, lui aussi en bermuda, et nous traversons l'immense bâtisse jusqu'à une terrasse surplombant une piscine gigantesque où l'on pourrait organiser une course d'avirons. Et quinze skiffs tiendraient à l'aise dans l'abri au bout du bassin ! Un autre domestique, en costume blanc, vient nous demander ce que nous souhaitons boire tandis qu'on nous conduit sous une pergola équipée de ventilateurs. Susan Ashley est là, un verre de vin blanc à la main déjà bien entamé.

— Je vous aurais bien présentés à ma femme, mais elle m'a quitté le mois dernier ! lance Jollie en s'affalant dans un rocking-chair. Mon troisième divorce.

— Ce n'est pas le quatrième ? réplique Cannon, avec le plus grand sérieux.

— Possible. En tout cas, je jette l'éponge. (Visiblement Cordell Jollie n'est pas petit joueur, ni côté travail ni côté cœur.) Elle veut la maison, mais elle a oublié le contrat que je lui ai fait signer avant le mariage.

— Et si on parlait d'autre chose ? intervient Cannon. Le cabinet vit dans la peur du prochain divorce de Cordell. C'est notre épée de Damoclès !

Comment enchaîner après ça ? Je me lance néanmoins.

— La journée a été bonne au tribunal. Merci à Bill.

Vicki, Mazy et Susan Ashley ne savent pas où donner du regard et sont trop impressionnées pour faire la conversation.

— C'est toujours plus facile quand les faits sont de notre côté, répond Cannon.

— C'est bien vrai ! renchérit Jollie. J'adore cette affaire. Je fais partie du comité de sélection et, dès que Bill nous a présenté votre dossier, j'ai dit : « Banco ! »

— Un comité de sélection ? m'enquiers-je.

Cordell Jollie est dans notre camp et il est du genre bavard. Il peut nous lâcher des infos…

— Toutes les affaires sont évaluées par un comité composé des dirigeants de nos six cabinets. Nous voyons passer tellement de bouses. Et aussi des tas de causes perdues ou trop chères. Pour nous, la barre, c'est dix millions de dollars de gain. En deçà, cela ne nous intéresse pas. C'est aussi simple que ça. Avec Quincy, on peut aller bien au-delà. L'État de Floride est impliqué, et dans ces cas-là il n'y a pas de plafond aux dommages et intérêts. Vous avez déjà les quatre millions de dollars du shérif, sans compter ses comptes offshore. Et il y a les caisses du cartel.

— Comment ça ?

M. Tout-de-blanc-vêtu revient avec un plateau d'argent et sert nos boissons. Bière pour moi. Vin blanc pour Mazy. Pour Vicki aussi (ce doit être la deuxième fois de sa vie qu'elle accepte de boire du vin !).

— Ce n'est pas réellement nouveau, explique Bill. Mais c'est la première fois qu'on va le tenter. On s'est associés à un cabinet de Mexico, spécialisé dans la traque des narcotrafiquants. Ce n'est pas une sinécure, comme vous l'imaginez, mais ils ont eu quelques victoires, saisi des comptes en banque et autres avoirs. Il y a de nouveaux chefs dans le cartel de Saltillo bien sûr, parce que les précédents ont été éliminés, mais certains anciens sont encore en activité. Notre plan c'est d'obtenir un gros verdict et de leur faire les poches.

— Attaquer un cartel en justice, c'est dangereux, non ?

Jollie part d'un grand rire.

— Moins que d'attaquer le lobby des tabacs, des armes à feu, ou les labos pharmaceutiques ! Sans parler des médecins corrompus et leurs sociétés d'assurances !

— Vous pensez réellement que Quincy peut avoir plus de dix millions de dollars ? s'étonne Mazy en articulant chaque mot parce que cela dépasse son entendement.

Cannon rit aussi et répond :

— Rien n'est gravé dans le marbre. Il y a trop d'inconnues. Un procès, c'est toujours un coup de dés. L'État sera prêt à négocier mais pas Pfitzner. Il va s'accrocher et défendre bec et ongles son butin. Il a de bons avocats, mais il sera coincé en prison. Je dis juste que l'affaire de Quincy a ce potentiel, moins, bien sûr, notre com.

— Notre com, absolument, renchérit Cordell Jollie en vidant sa canette.

— À votre avis, combien de temps il faut ? demande Vicki.

Cannon et Jollie échangent un regard et haussent les épaules.

— Deux ans, répond Cannon. Peut-être trois. Nash Cooley sait s'y prendre, alors ça va se jouer aux points.

J'observe Susan Ashley. Elle n'en perd pas une miette. Comme les Anges Gardiens, son organisation est caritative ; elle ne peut donc prétendre à une part des honoraires, cependant Bill Cannon lui a promis de lui faire don de dix pour cent de ses gains sur cette affaire. Et elle, en retour, me reverserait la moitié de ce que son agence de l'Innocence Project toucherait. L'espace d'une seconde, mon esprit s'enflamme à l'idée de ce que les avocats au Mexique pourraient récupérer dans les comptes en banque des Caraïbes. Mais au final, les Anges Gardiens n'auront que des miettes, juste quelques milliers de dollars, comme d'habitude.

Il y a une véritable corrélation entre l'argent que nous avons et le nombre d'innocents que nous parvenons à disculper. Si nous touchons le jackpot, nous pourrons embaucher du personnel. Peut-être acheter de nouveaux pneus pour ma voiture ou, mieux encore, un véhicule d'occasion mais en meilleur état.

L'alcool aidant, tout le monde se détend. Nous oublions notre indigence à mesure que nos verres sont remplis et qu'en cuisine se prépare le dîner. C'est fou le nombre d'anecdotes que des avocats pompettes ont à raconter ! Et Cordell Jollie en a une réserve inépuisable. Tel cet ex-agent de la CIA qui avait été sa taupe dans une société d'assurances couvrant les fautes du corps médical. Le gars infiltré lui avait apporté sur un plateau trois condamnations fracassantes, et le barbouze avait terminé sa carrière sans que personne dans la société ait le moindre soupçon !

Cannon nous décrit son premier verdict à un million de dollars, obtenu alors qu'il avait tout juste vingt-huit ans – un record en Floride.

Puis Jollie reprend le flambeau et nous narre sa première affaire de crash d'avion.

Enfin M. Tout-de-blanc-vêtu vient nous annoncer que le repas est servi ! Nous rentrons dans la maison pour prendre place dans l'une des salles à manger où l'air est délicieusement climatisé.

48

Son Honneur Ansh Kumar s'installe dans son fauteuil en nous lançant un grand sourire et salue toute l'assistance. Nous sommes dans les starting-blocks, impatients de commencer cette nouvelle journée. Que va-t-il se passer ? Qu'est-ce qui nous attend ? Le juge se tourne vers Bill Cannon et déclare :

— Après l'audience hier, j'ai contacté le laboratoire de la police scientifique à Tallahassee et me suis entretenu avec son directeur. Il m'a assuré que son technicien, un certain M. Tasca, serait ici à 10 heures. Monsieur Cannon, avez-vous d'autres témoins à nous présenter ?

— Peut-être, Votre Honneur, répond Cannon en se levant. Agnes Nolton est agent spécial au FBI, ici à Orlando, et elle dirige l'enquête sur la violente agression dont Quincy Miller a fait l'objet il y a près de cinq mois. Elle est prête à témoigner.

J'ai pris un petit déjeuner tôt ce matin avec Agnes et elle veut nous aider. Cependant, nous doutons fortement que le juge Kumar accepte d'entendre un témoignage qui sera nécessairement très limité puisqu'une enquête est en cours.

Cette demande n'est pas une surprise pour Kumar. Je lui ai parlé de notre projet la veille pendant une suspension de séance. Il réfléchit un long moment. Carmen Hidalgo se lève lentement et dit :

— Votre Honneur, sauf votre respect, j'ai du mal à saisir l'utilité d'un tel témoignage. Le FBI n'a jamais, en aucune manière, participé à l'enquête sur le meurtre de Keith Russo, ni eu un quelconque rôle dans l'inculpation et le procès du détenu. À mes yeux, cette audition est une pure perte de temps.

— Je suis plutôt d'accord avec vous. J'ai lu les chefs d'accusation, le recours en justice, la presse, je suis donc au courant de cette tentative d'assassinat en bande organisée sur la personne de M. Miller. Je vous remercie, agent Nolton, mais je ne pense pas qu'il soit nécessaire de vous entendre aujourd'hui.

Je me retourne vers Agnes et lui lance un sourire.

Son Honneur abat son marteau et annonce la reprise de l'audience pour 10 heures.

*

M. Tasca analyse des échantillons de sang pour l'État de Floride depuis trente et un ans. Les deux parties reconnaissent la validité de son expérience professionnelle. Pour Carmen Hidalgo, la question ne se pose pas puisqu'il est un expert de la police scientifique de l'État. Et de notre côté, nous tenons à entendre son témoignage. La procureure ne veut pas l'interroger. C'est notre recours en justice, dit-elle, pas le sien. Pas de problème, répond Bill Cannon en se levant.

En quelques minutes, tout est terminé.

— Monsieur Tasca, demande Cannon, vous avez analysé le sang sur la chemise et celui sur le verre de la lampe, n'est-ce pas ?

— C'est exact.

— Et vous avez lu, à ce sujet, le rapport du professeur Benderschmidt ?

— Oui, je l'ai lu.

— Vous connaissez le professeur Benderschmidt ?

— Oui. C'est un spécialiste éminent dans notre domaine.

— Êtes-vous d'accord avec lui quand il affirme que le sang sur la chemise est d'origine humaine et que celui provenant de la lampe est d'origine animale ?

— Oui. Il n'y a aucun doute là-dessus.

La réaction de Cannon est une première pour moi. Je n'ai jamais vu ça dans une salle d'audience : il se met à rire. Un grand rire, parce que tout est dit, parce qu'il n'y a aucune preuve contre notre client, parce que l'État de Floride est ridicule dans son obstination à ne pas reconnaître une erreur judiciaire aussi patente. Il écarte les bras, se tourne vers le juge.

— Votre Honneur, à quoi bon aller plus loin, je vous le demande ! Le seul indice incriminant notre client était cette lampe. Et preuve est faite qu'elle ne se trouvait pas dans le bureau de Keith Russo au moment des faits. En outre, nous savons que Quincy Miller n'a jamais eu en sa possession une telle lampe et que celle-ci n'a pas été récupérée sur les lieux du crime. Que nous faut-il de plus ?

— Vous avez d'autres témoins, monsieur Cannon ? demande le juge.

Toujours amusé, Cannon secoue la tête et s'éloigne du pupitre.

— Madame Hidalgo ?

Elle agite une main fébrile : « Non ! » À l'évidence, elle brûle de prendre ses jambes à son cou et de s'enfuir de cette salle.

— Les parties désirent-elles présenter une conclusion aux débats ? s'enquiert le juge Kumar.

Cannon s'arrête alors qu'il revient à notre table, se retourne et répond :

— Non, Votre Honneur, nous pensons que tout a été établi et nous ne saurions trop recommander à la cour de rendre son jugement au plus vite. Les médecins de Quincy Miller ont signé son autorisation de sortie aujourd'hui. Il doit donc retourner en prison demain. C'est ubuesque ! M. Miller n'a rien à faire en prison, ni aujourd'hui ni depuis vingt ans. Il a été injustement condamné par l'État de Floride et devrait être libre. Une justice lente est un déni de justice !

Combien de fois ai-je entendu ces mots ? L'attente est notre pire ennemi. J'ai vu des dizaines de tribunaux traîner les pieds pour rendre leur décision concernant des affaires d'erreurs judiciaires comme si le temps n'avait aucune importance. Cent fois, je me suis dit que ces juges pompeux devraient passer un week-end en prison pour leur édification. Trois jours et deux nuits, pas davantage, et leur éthique serait drastiquement remise à jour !

— La séance est levée jusqu'à 13 heures, déclare Kumar avec un sourire.

*

Cannon saute dans une limousine et file à l'aéroport où l'attend son jet privé. Il doit assister à Houston à une réunion avec un grand laboratoire pharmaceutique en vue de trouver un accord à l'amiable. Cette société a trafiqué des tests et des procédures de sécurité durant le développement d'un produit, et Cannon et son équipe de tueurs comptent bien les plumer. Il se réjouit d'avance.

Nous autres allons nous réfugier dans une cafétéria quelque part dans les profondeurs du palais de justice. Luther Hodges nous a rejoints pour une première tournée de cafés. L'horloge au mur indique 10 h 20. Mais sa grande aiguille semble désespérément immobile. Une journaliste arrive et demande si Quincy voudra bien répondre à quelques questions. Je refuse puis l'entraîne dans le couloir pour bavarder avec elle.

Pendant la deuxième tournée de cafés, Mazy demande :

— C'est gagné, non ? Qu'est-ce qui pourrait mal se passer ?

Beaucoup de choses, en fait. Nous avons bon espoir que Kumar annule la condamnation et la sentence. Pourquoi sinon reprendrait-il la séance à 13 heures ? S'il comptait nous débouter, il aurait attendu quelques jours et nous aurait envoyé sa réponse par courrier. Reprendre l'audience le jour même est bien sûr bon signe. Et les preuves sont aussi de notre côté. Le juge est amical, du moins jusqu'à présent. Le ministère public a quasiment abandonné la partie. Et je soupçonne Kumar de vouloir aussi sa part de gloire.

Toutefois, il pourrait renvoyer Quincy en prison le temps de finaliser la procédure. Ou rendre l'affaire au comté de Ruiz et ordonner à Quincy de rester à Garvin jusqu'à ce que les autorités locales ruinent tout, encore une fois. Il pourrait aussi demander que Quincy soit placé en cellule à Orlando, le temps que l'État de Floride fasse appel de sa décision. Sortir du tribunal avec Quincy en homme libre et rejoindre les caméras sur le perron me paraît encore bien loin.

Les aiguilles de l'horloge ont à peine bougé. Je préfère ne pas les regarder. Nous grignotons des sandwichs à midi pour faire passer le temps. À 12 h 45, nous revenons dans la salle d'audience et attendons encore.

À 13 h 15, le juge Kumar reprend place dans son fauteuil et demande le silence. Il fait un signe de tête au greffier et demande :

— Y a-t-il des éléments nouveaux à présenter à la cour ?

À notre table, Susan Ashley secoue la tête. Carmen Hidalgo l'imite.

Il se met à lire sa décision.

— Nous sommes ici pour répondre à la demande de révision de procès, conformément au titre de l'article 3850, déposée par le plaignant Quincy Miller, qui requiert de cette cour l'annulation de sa condamnation prononcée voilà de nombreuses années par la cour du vingt-deuxième district. La loi de la Floride stipule qu'une telle annulation peut être consentie uniquement si de nouvelles preuves sont apportées au tribunal, des preuves qui n'auraient pu être présentées en bonne et due forme lors du procès initial.

Prétendre à l'existence de nouvelles preuves ne saurait suffire, il faut aussi démontrer en quoi ces nouvelles preuves apportent matière à une tout autre décision de justice. La rétractation de témoins, la découverte de pièces et éléments à décharge, l'audition de nouveaux témoins, inconnus à l'époque du premier procès, entrent dans cette catégorie.

« Dans le cas présent, la rétractation de trois témoins, à savoir Zeke Huffey, Carrie Holland Pruitt et June Walker, a montré sans équivoque que leurs déclarations au procès n'étaient ni véridiques ni exactes. La cour juge aujourd'hui ces témoins solides et crédibles. La seule pièce reliant Quincy Miller à la scène de crime était une lampe de poche, qui n'a pu être produite aux audiences. Aujourd'hui, la défense est parvenue à retrouver cette lampe, accomplissant là un exploit remarquable. L'analyse des taches de sang, réalisée par les deux parties, démontre que ladite lampe ne se trouvait pas sur les lieux du crime, et que celle-ci a été vraisemblablement placée volontairement par un tiers dans le coffre de la voiture du plaignant. Cette lampe constitue un élément de disculpation de première importance.

« Par conséquent, la condamnation pour meurtre est annulée et la sentence est levée, et cette décision est à effet immédiat. En théorie, M. Miller peut être assigné à nouveau en justice par la cour du comté de Ruiz, mais je doute que cela se produise. En tout état de cause, si de telles poursuites devaient être engagées, ce sera pour plus tard. Monsieur Miller, ainsi que vos avocats, veuillez vous lever !

Quincy bondit de sa chaise, en oubliant sa canne. De part et d'autre de lui, Susan Ashley et moi le soutenons. Son Honneur poursuit :

— Monsieur Miller, les personnes responsables de cette condamnation injuste, voilà plus de vingt ans, ne sont pas dans cette salle d'audience. Certains sont morts, à ce qu'on m'a dit, d'autres sont loin. Je doute qu'un jour ils répondent de leurs actes. Je n'ai pas le pouvoir de les attaquer en justice. Cependant, avant que vous ne sortiez de ce tribunal, je tiens à dire que vous avez été mal traité, au-delà de ce qu'il est humainement supportable, par notre système judiciaire, et puisque je fais partie de ce système, je vous présente mes excuses pour ce que l'on vous a fait. Je ferai tout ce qui est en mon pouvoir pour finaliser votre disculpation entière et complète, et aussi pour faciliter la question des réparations du préjudice. Je vous souhaite bonne chance, monsieur Miller. Vous êtes libre !

Quincy acquiesce.

— Merci, marmonne-t-il.

Il chancelle sur ses jambes et enfouit son visage dans ses mains. Nous l'entourons – Susan Ashley, Marvis, Mazy, Vicki, Frankie – et pendant un long moment nous restons silencieux, emportés par nos émotions. Tout le monde est en pleurs, à l'exception de Frankie qui n'a pas même versé une larme quand il est sorti de prison après quatorze ans d'incarcération.

Le juge Kumar retire sa robe et nous rejoint. Nous le remercions chaleureusement. Sa décision, il aurait pu la faire traîner pendant un mois, six mois, deux ans, et surtout il aurait pu nous débouter, et on était bons pour repartir dans les méandres des appels où rien n'est jamais acquis et où le temps est gelé. Il est rare qu'un juge ait l'occasion de libérer un innocent après vingt ans d'incarcération, alors il savoure l'instant. Quincy se lève et le serre dans ses bras. Et sa joie est contagieuse.

C'est notre dixième disculpation, notre seconde de l'année, et, chaque fois, je dois affronter les caméras, les journalistes, je ne sais pas ce que je dois leur dire. Quincy y va en premier et parle de reconnaissance, ce genre de choses… Il dit qu'il n'a rien prévu pour l'avenir, il n'a pas eu le temps d'y réfléchir. Pour l'instant, il veut juste manger des travers de porc au BBQ et boire une bonne bière ! Je décide de la jouer grand seigneur et de n'accuser personne. Je remercie le juge Kumar pour avoir fait triompher la justice et l'équité. J'ai retenu la leçon : plus on parle, plus on risque de dire une bêtise. Alors après dix minutes, je remercie tout le monde et nous partons.

Frankie a laissé son pick-up dans une petite rue derrière le tribunal. Je donne rendez-vous à Vicki et Mazy dans quelques heures à Savannah puis je grimpe sur le siège passager. Quincy se hisse sur la minuscule banquette arrière et demande :

— C'est quoi ce truc ?

— Cela s'appelle un « club cab », répond Frankie en démarrant.

Et moi, je précise :

— Ça fait fureur, chez les gros péquenots blancs !

— Je connais pas mal de frères qui ont ce genre de machins, réplique Frankie sur la défensive.

— Vas-y roule ! lance Quincy, tout heureux d'être libre.

— Tu veux qu'on passe à Garvin ? Récupérer tes affaires ? m'enquiers-je.

Les deux s'esclaffent.

— Post, vous êtes nul, lance Quincy. Je me demande si je ne vais pas changer d'avocat !

— Vas-y, te gêne pas. Mais tu trouveras pas moins cher.

Quincy se penche vers moi.

— Au fait, on n'en a pas encore parlé, mais combien à votre avis je vais toucher de la part de l'État ? Pour la disculpation, l'erreur judiciaire et tout ça ?

— En gros, cinquante mille pour chaque année de prison. Cela fait un million de dollars.

— Et quand je vais les avoir ?

— Cela peut prendre un mois ou deux.

— Mais c'est sûr ?

— Quasiment.

— C'est combien votre part ?

— Zéro.

— Allez !

Frankie intervient :

— C'est vrai. La Géorgie m'a filé un paquet de fric et Post n'a rien voulu prendre.

D'un coup, je m'aperçois que je suis en présence de deux millionnaires noirs, même si leur fortune, ils l'ont gagnée au prix fort.

Quincy se laisse aller contre le dossier, pousse un long soupir.

— Je n'en reviens pas. Ce matin, je ne savais pas ce qui allait m'arriver, je me disais que j'étais bon pour retourner en prison… Où va-t-on, Post ?

— Loin. Loin de la Floride ! Avant que quelqu'un ne rapplique. Et ne me demande pas pourquoi ni comment, mais on n'est jamais sûr de rien. Je préfère qu'on se cache à Savannah quelques jours.

— Quelqu'un pourrait en avoir après moi ?

— C'est peu probable, mais je préfère ne pas prendre de risques.

— Et Marvis ?

— Il va nous rejoindre à Savannah. Ce soir, c'est BBQ et je connais l'endroit idéal pour ça.

— Tout ce que je veux c'est ça. Des travers de porc grillés, de la bière et une femme.

— Pour les deux premiers, c'est réglé.

Frankie nous regarde tour à tour comme s'il avait une petite idée pour exaucer le troisième souhait.

Après une demi-heure de liberté, Quincy veut s'arrêter à un fast-food. Nous entrons et commandons des sodas et des frites. Il choisit une table près de la fenêtre et il tente de nous expliquer ce qu'il ressent : être assis là, à manger comme une personne normale. Libre d'entrer et de sortir, libre de commander ce qu'il veut, d'aller aux toilettes sans demander la permission, et de ne pas s'inquiéter des mauvaises rencontres qu'il pourrait faire. Le pauvre gars a les nerfs en pelote et la larme facile.

De retour dans le pick-up, nous rejoignons la cohue de l'Interstate 95 et nous remontons lentement vers la côte est. Nous le laissons choisir la station de radio. Il opte pour de la Motown *old-school*. Excellent choix. Quincy est fasciné par le mode de vie de Frankie et veut savoir comment il a survécu après sa sortie de prison. Frankie le met en garde au sujet de l'argent. Il va avoir d'un coup plein de nouveaux amis sentant le filon. Puis Quincy s'endort. Plus personne ne parle dans la cabine. La musique berce le voyage. Nous contournons Jacksonville. Nous ne sommes plus qu'à trente kilomètres de la frontière avec la Géorgie quand Frankie s'écrie :

— Non ! Pas ça !

Je me retourne et aperçois un gyrophare derrière nous. Mon cœur se serre tandis que les flashes bleus réveillent Quincy.

— Tu roulais trop vite ? m'enquiers-je.

— Peut-être. Je ne faisais pas attention.

Une seconde voiture de patrouille rejoint la première, mais curieusement personne ne s'approche. C'est mauvais signe. Je plonge la main dans ma sacoche, en sors mon col d'ecclésiastique et l'enfile.

— Vous voilà redevenu pasteur ! lance Quincy. Prions, effectivement, c'est ce qu'il y a de mieux à faire.

— Vous en avez un pour moi, patron ? me demande Frankie.

— Bien sûr.

Je lui tends un autre col et l'aide à l'attacher puisque c'est une première pour lui.

Enfin un flic dans la première voiture descend et marche vers nous. Un Noir, avec lunettes de soleil, chapeau et tout le tralala. Il est sec et musclé, pas un sourire. Le type pas commode. Frankie baisse sa vitre. Le flic le dévisage, l'air étonné.

— Qu'est-ce que vous fichez dans un truc comme ça ?

Frankie hausse les épaules et ne répond rien.

— Je m'attendais à trouver au volant un sudiste de Géorgie. Et je tombe sur un pasteur noir. (Il aperçoit mon col.) Et un pasteur blanc.

Il jette un coup d'œil à l'arrière et voit Quincy, les yeux fermés en pleine prière.

— Carte grise et permis, s'il vous plaît.

Frankie lui tend les documents et le policier retourne dans sa voiture de patrouille. Les minutes passent. Nous restons silencieux. Quand il revient, Frankie baisse à nouveau sa vitre et le flic lui rend ses papiers.

— Dieu m'a dit de vous laisser partir, annonce-t-il.

— Loué soit le Seigneur, lâche Quincy à l'arrière.

— Un pasteur noir dans un pick-up avec un pasteur blanc comme passager, roulant trop vite. Je suis sûr qu'il y a une histoire derrière tout ça.

Je lui tends ma carte de visite et désigne Quincy.

— Cet homme sort juste de prison après y avoir passé vingt-trois ans. Nous avons prouvé son innocence au tribunal d'Orlando et le juge lui a rendu sa liberté. Nous l'emmenons à Savannah quelques jours pour qu'il décompresse.

— Vingt-trois ans ?

— Et moi, j'ai fait quatorze ans, annonce Frankie, pour un meurtre commis par quelqu'un d'autre.

Le flic me regarde.

— Et vous ?

— Personne ne m'a encore condamné.

Il me rend ma carte et dit :

— Suivez-moi.

Il monte dans sa voiture, laisse tourner ses gyrophares, démarre en trombe et prend la tête du convoi.

En quelques secondes, nous roulons à plus de cent trente kilomètres à l'heure, avec une escorte de police digne d'un président.

Note de l'auteur

Deux sources m'ont inspiré pour ce roman. La première est une personne existante, la seconde un fait divers.

D'abord, le personnage. Il y a une quinzaine d'années, alors que je faisais des recherches sur une affaire en Oklahoma, je suis tombé sur un carton de documents destiné aux Centurion Ministries. À l'époque, je savais peu de chose des groupes de défense des innocents injustement condamnés, et je n'avais jamais entendu parler des Centurion. Je me suis renseigné et j'ai finalement trouvé leurs bureaux à Princeton, dans le New Jersey.

James McCloskey a fondé les Centurion Ministries en 1983 alors qu'il était étudiant en théologie. Travaillant comme aumônier de prison, il a fait la connaissance d'un détenu qui n'avait de cesse de clamer son innocence. Jim finalement le croit et prouve son innocence. À la suite de cette disculpation, Jim prend une nouvelle affaire d'erreur judiciaire, puis une autre et encore une autre. Pendant près de quarante années, Jim a sillonné le pays, le plus souvent seul, à tenter de retrouver des indices perdus et des témoins, dans une quête acharnée de la vérité.

À ce jour, soixante-trois personnes doivent leur liberté retrouvée à Jim et à son équipe des Centurion Ministries.

Sur leur site Internet, on peut découvrir tous leurs hauts faits. Allez y jeter un coup d'œil, et si vous avez quelques dollars, envoyez-leur un chèque. Plus ils ont d'argent, plus ils pourront innocenter de détenus.

L'intrigue des *Oubliés* s'inspire d'une histoire vraie, malheureusement, et elle concerne Joe Bryan, un détenu au Texas. Il y a trente ans, il a été condamné à tort pour le meurtre de sa femme, un meurtre horrible qui s'était produit alors que Joe dormait dans un hôtel à deux cents kilomètres de là. L'enquête a été bâclée dès le début. Le véritable meurtrier n'a jamais été identifié, mais un faisceau d'indices désignait un ancien policier qui s'était suicidé en 1996.

L'accusation ne put établir un mobile expliquant la raison pour laquelle Joe aurait tué son épouse, et pour cause, puisqu'il n'y en avait pas ! Leur union était solide. La seule preuve physique reliant Joe au crime était une mystérieuse lampe de poche trouvée dans le coffre de sa voiture. Un expert a expliqué aux jurés que les petites taches sur la lentille frontale étaient des « rétroprojections » de sang provenant de la victime. Ainsi, l'expert a présenté ses conclusions : la lampe de poche était présente sur les lieux du crime même si elle a été retrouvée ailleurs.

L'analyse de cet expert était lardée de supputations, de conjectures sans nul fondement scientifique. Il s'est permis également d'avancer que Joe avait sans doute pris une douche après le meurtre pour effacer les traces de sang, sans avoir toutefois aucune preuve pour étayer ses dires. Depuis, l'expert est revenu sur ses affirmations.

Joe aurait dû être innocenté et libéré voilà des années, mais cela n'est pas arrivé. Son affaire a traîné à la cour d'appel du Texas. Il a soixante-dix-neuf ans aujourd'hui et sa santé décline. Le 4 avril 2019, la justice a refusé pour la septième fois de lui accorder une liberté conditionnelle.

En mai 2018, le *New York Times Magazine* et ProPublica ont publié conjointement une série d'articles sur l'affaire de Bryan. Du journalisme d'investigation de grande qualité. La journaliste, Pamela Colloff, a réalisé une enquête magnifique, a examiné tous les aspects du crime et le dossier de l'accusation, et mis au jour toutes les défaillances du système judiciaire.

Alors merci à Jim McCloskey et à Joe Bryan pour leur histoire. Quel dommage que Jim n'ait pas eu vent du cas de Joe il y a trente ans. Merci à Pamela Colloff pour son beau travail et pour avoir fait connaître au plus grand nombre ce récit tragique.

Merci aussi à Paul Casteleiro, Kate Germond, Bryan Stephenson, Mark Mesler, Maddy deLone et Deirdre Enright.

DU MÊME AUTEUR :

Chez Robert Laffont :

Le Droit de tuer
La Firme
L'Affaire Pélican
Le Client
L'Héritage de la haine (Le Couloir de la mort)
L'Idéaliste
Le Maître du jeu
L'Associé
La Loi du plus faible
Le Testament
L'Engrenage
La Dernière Récolte
Pas de Noël cette année
L'Héritage
La Transaction
Le Dernier Match
Le Dernier Juré
Le Clandestin
L'Accusé
La Revanche

Le Contrat
L'Infiltré
Chroniques de Ford County
La Confession
Les Partenaires
Calico Joe
Le Manipulateur

Chez Lattès :

L'Allée du sycomore
L'Ombre de Gray Mountain
L'Insoumis
L'Informateur
Le Cas Fitzgerald
Les Imposteurs
La Sentence
Le Cas Nelson Kerr

Chez Oh ! Éditions / XO :

Théodore Boone : Enfant et justicier
Théodore Boone : L'Enlèvement

Chez XO Éditions :

Théodore Boone : Coupable ?
Théodore Boone : La Menace

PAPIER À BASE DE FIBRES CERTIFIÉES

Le Livre de Poche s'engage pour l'environnement en réduisant l'empreinte carbone de ses livres. Celle de cet exemplaire est de :
350 g éq. CO_2
Rendez-vous sur www.livredepoche-durable.fr

Composition réalisée par PCA

Achevé d'imprimer en France par
CPI BRODARD & TAUPIN (72200 La Flèche)
en février 2022
N° d'impression : 3046612
Dépôt légal 1re publication : mars 2022
LIBRAIRIE GÉNÉRALE FRANÇAISE
21, rue du Montparnasse – 75298 Paris Cedex 06